INKED HEARTS

De la même autrice chez Addictives

Le Coloc de mon frère
The Ultimatum
Toxic Games

Sous le pseudo Izia Soley, avec Emily Kind
Fauve
Initiation on your Skin

ISLA A. ROWLEY

INKED HEARTS

addictives

À toutes ces personnes qui choisissent,
coûte que coûte, l'amour. Qui parviennent à puiser
de la lumière dans les ombres, le meilleur malgré le pire,
le positif dans la difficulté. Merci.
Le monde a tellement besoin de vous…

PROLOGUE

Ezra

– Putain…

Mon grognement est vite recouvert par les notes de « Bounce », de Timbaland, crachées à fond par les enceintes de ma chambre. D'une main, j'attrape la cigarette coincée entre mes lèvres, recrache un nuage de fumée quand, de l'autre, je resserre ma prise sur la chevelure brune qui s'affaire entre mes jambes. D'un geste un peu brusque, je l'incite à me prendre plus profondément dans sa bouche. Ma tête se rejette en arrière sous la salve de plaisir qui me crame l'abdomen. Le crâne échoué sur le dossier du fauteuil, je ferme les paupières. Un tic froisse tout à coup mon visage lorsque je commence à entendre les gémissements de Noa. Aussi, je m'empresse d'attraper la télécommande sur la petite table à ma droite puis augmente davantage le volume. *Qu'elle se la ferme pour que je puisse rester focus sur… la suite*. Une saleté de réflexe force un sourire sur mes lèvres. Je sens que les prochaines semaines vont être jouissives. En tout cas, je me le promets. Provoquer. *La* pousser à bout. *La* faire craquer. Et me gaver au passage. Putain de plan parfait. À cette pensée, ma queue se gonfle encore plus, m'obligeant à bander mes muscles pour ne pas éjaculer maintenant.

Mes doigts s'agrippent plus fort aux cheveux de Noa, la maintiennent fermement en place tandis que je bouge les hanches afin de m'enfoncer toujours plus dans sa chaleur. Avant d'accélérer mes coups de bassin, baisant sa bouche qu'elle a été bien prompte à m'offrir. Un flash de ses courbes *à elle* me frappe l'esprit. L'impression qu'une tige d'acier en fusion me pulvérise aussitôt les reins.

Parfait.

Putain de parfait.

Mon sexe poursuit son rapide va-et-vient. De plus en plus brutal. Violent. Jusqu'à me conduire aux portes de l'orgasme. Seulement alors, je relâche Noa, lui ordonnant d'un unique regard sombre de reculer. Ses yeux ambrés s'écarquillent de surprise.

– Quoi ? Tu ne veux pas jouir ? demande-t-elle, assise par terre.

Ma queue enflée à m'en faire un mal de chien, je m'incline, chope son menton entre mon pouce et mon index puis susurre à son oreille :

– La frustration, bébé. Ne jamais sous-estimer son pouvoir.

Et pile au moment où la chanson s'arrête, j'entends très nettement le klaxon d'une voiture.

– Qu'est-ce que tu as en tête encore ? souffle-t-elle en massant ses lèvres gonflées par mes assauts.

D'une impulsion, je me relève, remonte mon jean sur mon érection tendue. Mes jambes me portent près de la baie vitrée, que j'ouvre. Pieds nus, je marche sur le balcon jusqu'à m'accouder à la rambarde en pierre. Un rictus explose sur mon visage, transcende la moindre de mes cellules.

Elle est là.

Son corps s'extirpe de la berline en même temps qu'elle lève son regard sur l'immense devanture de la baraque. D'où je suis, je ne perçois pas réellement l'éclat de ses yeux noirs, mais je suis persuadé qu'elle mate la demeure comme si cette dernière allait la dévorer.

Ne t'inquiète pas. Je ne laisserai personne te dévorer. Personne à part moi, évidemment.

Le chauffeur sort une seule et unique valise du coffre, l'invite d'un geste insistant à pénétrer entre nos murs.

– Elle vient d'arriver ? s'enquiert Noa dans mon dos.

Je ne réponds pas. Me contente de sourire, entièrement polarisé sur celle qui se décide enfin à entrer dans le ventre de la bête.

Bienvenue à la maison, ma… nouvelle petite sœur.

1

Love
Quelques semaines plus tôt

C'est injuste.

Jamais je n'aurais pensé mourir si jeune. Et encore moins noyée…

Mon entrée dans cette vie a été plus que merdique – abandonnée à la naissance dans un hôpital, on a connu mieux comme arrivée en fanfare – ; j'avais au moins espéré réussir ma sortie. Avec un bon gros *fuck* que j'aurais brandi fièrement plutôt que de me retrouver tournoyant telle une toupie infernale, ballottée par les rouleaux marins de l'océan Pacifique. Quoique… à ce train-là, mon entrée dans l'au-delà, elle, sera fracassante. Littéralement parlant, si on considère le fait que mon corps risque fort de finir pulvérisé au large de Santa Monica Beach.

Notre vie défile à toute vitesse derrière nos yeux juste avant notre mort, paraît-il. J'aurais préféré. Je l'aime, ma vie, moi. Une chose est certaine, j'en aurais bouffé chaque minute, de ces dix-huit années, et ce en dépit de l'étiquette « pauvre petite orpheline » collée à ma peau.

Mais pour le moment, tout ce que je vois est une alternance de bleu sombre et de clair. Ma bouche s'ouvre par intermittence pour happer l'air quand je réussis à enfin regagner la surface. Pour mieux être embarquée vers le fond par une vague énorme la seconde suivante. Mes membres essaient pourtant de se mouvoir, de reprendre le contrôle afin de parvenir à nager à peu près normalement. En vain. Je ne tarde pas à me retrouver aspirée par un nouveau rouleau. J'en ai même perdu mon leash.

Soudain, un sentiment de frayeur pure me submerge, supplantant la panique, lorsque quelque chose me pince la hanche. Sous l'eau, je réussis à hurler, persuadée de me faire croquer par un requin. Mon cri se termine au-dessus de la surface tandis que je me débats encore plus.

– Bordel, mais arrête de bouger !

Hein ?

Perdue entre la peur et la panique, je me pose réellement la question de savoir si un requin est capable de parler.

– Calme-toi ou tu vas nous noyer tous les deux !

Tout d'un coup, un truc que je reconnais comme étant un bras crochète ma taille et réussit à me soulever pour me balancer sans aucun ménagement sur une planche de surf. Le haut de mon buste atterrit sur la surface dure et, malgré les vagues qui nous secouent dangereusement, je soupire, soulagée.

– Alléluia, enfin un signe d'intelligence, maugrée la voix essoufflée derrière moi.

À bout de forces, je ne prends même pas la peine de répondre ou de bouger un muscle.

– Tu peux battre des pieds ?

J'acquiesce d'un hochement de tête.

– Bien. Contente-toi de bouger les jambes. Je m'occupe de nous ramener sur la plage.

– M… merci.

Un simple « hum » me répond. Puis, soudain, un corps bouillant vêtu d'une combinaison de plongée se colle à mon flanc. L'un de ses bras passe dans mon dos. Ses doigts se resserrent sur le rebord de la planche, m'emprisonnant contre lui. Son autre main maintenant l'autre côté du pain de mousse, il nous impulse alors l'élan pour regagner la rive.

Parce que oui, il s'agit d'un « il » et non d'un requin. Un « il » qui maîtrise le surf bien plus que moi si j'en crois sa façon de se mouvoir au gré des vagues avec autant de facilité. Et ce, avec un poids quasi mort à gérer. Mon visage toujours écrasé sur la planche et la moitié de nos corps immergés, je tente de récupérer mon souffle tout en étudiant son profil. Ses yeux d'un bleu profond, presque aussi sombre que les profondeurs qui ont failli m'avaler, sont concentrés sur l'horizon. Sa façon de demeurer focalisé sur un point précis rend ses traits fins plus incisifs encore, plus aiguisés. Quant à ses cheveux noirs, rasés sur les côtés, ils retombent en mèches plus longues sur son front. L'espace de quelques secondes, j'ai l'impression de voir un personnage de ces mangas que j'aime tant dessiner.

Je cligne des paupières pour m'arracher à ma torpeur post j'ai-vu-la-mort-de-trop-près et porte enfin le regard devant nous. *La vache, je n'avais pas réalisé que je m'étais autant éloignée…* Durant plusieurs minutes, nous progressons en silence. Lui, avec une respiration si régulière que nager semble ne lui coûter aucun effort. Moi… avec les poumons qui me brûlent, sûrement sur le point de collapser à défaut de se noyer. Pourtant, je ne suis pas non plus une novice. Ayant passé ma vie entière à Los Angeles, je viens souvent ici. Mais là, j'avoue avoir sous-estimé la puissance des rouleaux aujourd'hui.

En silence, mon sauveur poursuit sur sa lancée. Sa cuisse gauche effleurant la mienne à chacun de nos mouvements synchronisés. Ou du moins, j'essaie de me synchroniser… parce que je commence à sérieusement galérer.

– Dou… doucement, s'il te plaît. Je… je fatigue.

Je l'entends soupirer, mais il ne dit rien. Son bras raffermit sa prise et me plaque un peu plus contre lui.

– Appuie-toi, m'intime-t-il.

Ce que je ne fais pas. Il est le seul de nous deux à être à cent pour cent opérationnel ; je préfère ne pas prendre le risque. Une noyade par jour, cela suffit amplement. Aussi, je n'obéis pas et m'écarte même un peu, redoublant d'efforts pour bouger mes jambes.

– Putain de têtue, hein ? lance-t-il en ricanant.

J'ignore pour quelle raison, mais un sourire frôle mes lèvres à sa remarque.

Nous continuons de nager quelques minutes quand sa

main abandonne la mousse pour serrer ma hanche et je réalise alors qu'il me fait signe que nous avons enfin pied. Aussitôt, je me mets debout. Seulement, mes membres tremblent tellement que j'ai la sensation de marcher dans du coton. Et, plus nous avançons, moins l'eau me porte et donc plus j'ai du mal à tenir sur mes deux jambes.

D'un geste un peu brusque, il accroche de nouveau ma hanche, me rabat contre lui, tenant fermement sa planche de son bras libre.

– Tu vois ? Finalement, tu reviens à moi, remarque-t-il en se marrant.

Un vieux réflexe ressurgit – signe que je suis bel et bien vivante – tandis que je trouve la force de glisser un majeur sous son nez. Loin de se vexer, l'inconnu lâche un rire qui semble amusé.

– Original comme façon de me remercier. Mais ça me plaît.

– Et encore, raillé-je, tu ne viens *que* de me sauver la vie. Sinon, tu avais droit au grand jeu.

– Tu me rends curieux, là. Non, parce qu'en parlant de « grand jeu »…

Piquée par son ton soudain bien bas, je relève mon visage en direction du sien, suis son regard rivé sur ma poitrine et…

– Oh, bordel !

Durant ma bataille avec les eaux, l'un de mes seins en a profité pour réclamer son indépendance et se balade donc impunément par-dessus mon maillot de bain une pièce. Je m'empresse de replacer le tissu trempé correctement alors que lui ne me relâche pas d'un millimètre. Il ne rit même pas face à mon expression mortifiée. Seul un sourire teinté d'insolence se déploie sur ses lèvres.

Mais je n'ai pas le temps de m'appesantir davantage que le chaos semble nous tomber dessus. Un groupe de personnes nous rejoint dans l'eau, Charlie, mon meilleur ami en tête. Des téléphones sont braqués sur nos corps enlacés rejoignant le rivage, nous filmant comme si nous venions de séparer l'océan en deux.

– C'est quoi, ce délire ?

Mon sauveteur ne prononce pas un son. Son visage empreint soudain d'animosité parlant à sa place.

– Love !

Charlie se rue dans ma direction, jouant des coudes afin de se creuser un chemin parmi la foule. Une fois à ma hauteur, il se place contre mon flanc gauche et nous aide à avancer à travers les corps de plus en plus nombreux.

– Mais cassez-vous, bande d'allumés ! hurle Charlie pour les dégager.

Mon sauveur demeure muet. Muet, mais visiblement en colère vu le regard qu'il porte sur les smartphones rivés sur nous. Sans plus une once d'énergie, je m'assieds – ou m'affale plutôt – dans le sable. Charlie fait de même, pose ses mains sur mes joues et m'étudie minutieusement, l'air inquiet.

Tout à coup, je suis arrachée à sa prise par un autre. Mon menton coincé entre son pouce et son index, *il* enfouit son regard au fond du mien. La sensation de me noyer une deuxième fois. De ne plus réussir à respirer correctement, ma peau soudain en feu.

– Emmène-la à l'hôpital, intime-t-il à mon ami sans pour autant détacher son attention de la mienne.

Il s'attarde quelques secondes supplémentaires au creux de mes yeux puis s'apprête à se redresser. Toutefois, je l'en empêche, enroule mes doigts à son poignet pour le retenir.

– Merci, dis-je dans un souffle.

Un sourire fend son visage. Puis, un clin d'œil plus tard, il disparaît, vite avalé par la foule qui le suit comme une nuée de mouches vicieuses.

– Putain, Love ! s'exclame presque Charlie. Tu te rends compte que tu viens d'être sauvée par Ezra Remington !

2

Love

Encore à moitié endormie, je sors de ma chambre pour me rendre dans la cuisine du foyer. Ce foyer que je connais depuis mes 12 ans lorsque j'y ai été transférée, devenue trop « grande » pour demeurer auprès des plus jeunes. J'aime cet endroit. Certes, ce n'est pas un cinq-étoiles, mais j'y ai ma chambre ainsi que des parties communes aménagées pour que l'on puisse s'y faire à manger, passer du temps entre nous, les plus anciens aidant les derniers arrivés à s'intégrer ou bien pour les devoirs. Charlie et moi sommes les plus vieux. Maintenant que nous sommes majeurs, il est grand temps que nous trouvions notre propre logement, surtout que les places sont chères dans les foyers tels que celui-ci. Cependant, Marlow, le directeur, retarde notre départ autant qu'il le peut. Je crois qu'il ne veut pas nous voir partir, tout comme nous n'en avons pas réellement envie non plus… Charlie et moi, nous en avons vu, des murs, avant d'atterrir ici. Disons que nous avons pleinement conscience que Marlow Sawyer est un phénomène rare dans ce genre d'institutions et surtout que nous sommes chanceux d'être tombés sur cet homme droit, concerné, passionné, parfois dur, mais aimant. Un homme pour qui nous sommes plus que quelques âmes de passage qui attendent leurs 18 ans avant de s'évanouir dans le dédale des grandes villes.

Déjà en tenue de travail, je rejoins Charlie en train de laver la vaisselle dans le petit évier en inox. À sa hauteur, j'embrasse sa joue, un sourire apparaissant aussitôt sur ses lèvres.

– Hello, ma jolie sirène !

Un grognement s'arrache de ma gorge. Ce petit con s'est amusé à me rebaptiser ainsi à la suite de ma presque noyade, il y a à peine quarante-huit heures.

– Eh, regarde ! J'imite qui, là ?

Cet abruti attrape une fourchette, qu'il plonge dans l'eau pleine de mousse et se met à faire semblant de crier :

– Ahh, à l'aide ! Je me noie ! Oh, fichtre ! L'une de mes protubérances mammaires se fait la malle !

Une expression figée sur les traits, je lui assène un taquet sur l'arrière du crâne, envoyant son front cogner contre le meuble fixé au-dessus de l'évier.

– Crétin !

Après avoir fait volte-face afin de dissimuler le sourire qui cherche à poindre sur ma bouche, je me sers un café, histoire de recharger mes batteries avant de prendre mon service. Depuis plusieurs mois, je bosse dans un immense magasin de souvenirs tout près du fameux *walk of fame* de Los Angeles. La « boutique » ne fait pas loin de mille mètres carrés et attire un nombre affolant de touristes. Surtout maintenant que nous sommes en pleine période estivale. Honnêtement, ce n'est pas un job très gratifiant. Le rythme est épuisant, les clients sont souvent désagréables et malpolis. Mon temps se divise entre réapprovisionner les stocks et biper les articles à la caisse, mais j'ai un boulot. C'est déjà plus que ce que beaucoup ont, ou n'ont pas. Aussi, je ne me plains pas. D'autant plus que Marlow nous a aidés dans notre recherche d'emploi. Hors de question que nous le décevions. Mon meilleur ami, quant à lui, bosse en tant que serveur dans un restaurant huppé de la ville. Merci à sa gueule de gendre parfait, qui lui permet de séduire tout le monde d'un sourire.

Les reins calés contre l'une des tables du réfectoire, je bois tranquillement quand Charlie me rejoint.

– Comment va ma petite célébrité ?

– Célébrité ? réponds-je, surprise.

D'un air limite moqueur, il extirpe son téléphone de sa poche, pianote sur son écran puis me colle l'écran sous le nez. Abasourdie, j'écarquille les yeux, persuadée de rêver. Ou cauchemarder, je ne saurais statuer. Sur le site d'un des magazines à scandale les plus connus, une vidéo où, je cite, « Ezra Remington a sauvé une parfaite inconnue : aurait-il finalement un cœur ? », tourne en boucle.

– Je… non, mais… J'hallucine ! m'exclamé-je.

J'arrache le smartphone des mains de mon ami afin de voir les images de plus près. Heureusement pour l'intégrité de mon sein gauche, j'étais encore loin de la plage lorsque je l'ai remis à sa place si bien que, Dieu merci, j'apparais habillée. Ou presque… parce qu'une chose est certaine : jouer au jeu du survivant avec les vagues n'aide pas à figurer à son avantage. Entre ma queue-de-cheval qui retombe sur la moitié de mon visage en un amas difforme noir d'encre, mon teint d'ordinaire mat virant à la craie et mon maillot de bain qui me rentre carrément dans les fesses, on pourrait croire que beau gosse Remington revenait d'une partie de pêche au poulpe… Surtout que lui, à côté, hormis son regard énervé qui fixe droit devant, il est canon dans sa combinaison noire.

Sonnée, je reporte mon attention sur Charlie, qui pince ses lèvres pour se retenir de rire.

– Tu trouves ça drôle ?

– Bah, un peu, avoue-t-il en se marrant.

Avant d'enrouler un bras sur mes épaules et d'ajouter :

– Ne t'en fais pas, ma sirène. Sans vouloir te vexer, les gens ne verront que Remington sur la vidéo. Surtout que l'on ne te distingue pas parfaitement. Et puis, ce sera vite oublié au prochain scandale qu'il provoquera. Ça fait à peine plus d'un mois qu'il a balancé en direct lors d'une émission télé que la présentatrice s'était déjà retrouvée dans son lit. Présentatrice mariée, je précise, alors cette vidéo passera vite aux oubliettes. Pas de quoi révolutionner ta vie, tu verras…

***

Pas de quoi révolutionner ma vie ?

Les choses auraient pu s'arrêter là si seulement l'un des pensionnaires du foyer ne m'avait pas reconnue sur les photos pour ensuite en parler à ses copains de lycée, il y a deux semaines. Du jour au lendemain, je me suis retrouvée avec plusieurs journalistes faisant le pied de grue devant le foyer, me suppliant pour une interview. Sérieux, ils s'attendent à quoi ? Un détail croustillant sur le mec qui m'a sauvée ? Sauf que, justement, il m'a sauvée. Après quelques recherches sur Internet, j'ai bien compris que ce type a une réputation plus que sulfureuse de rebelle et de petit con. Entre les femmes qu'il jette comme des mouchoirs, quelques bagarres dans des clubs selects ou ses commentaires désobligeants plus célèbres que lui, ce mec ne s'affiche clairement pas sous son meilleur jour, mais peu importe. Sans lui, je serais sûrement morte. Aussi, je refuse de tirer profit de cette histoire pour quinze pathétiques minutes de gloire. J'ignore pourquoi, mais j'ai comme l'impression de devoir à ce type au minimum le silence.

– Tu crois que je devrais te demander un autographe ? C'est que je dois assurer mes vieux jours, moi, se moque Charlie, affalé sur le canapé, pendant que nous zonons dans la pièce commune.

– Très drôle. Cela dit, j'envisage de demander une augmentation au boulot. Le manager me place sans arrêt en caisse, à la vue de tous, depuis ce bordel médiatique, réponds-je alors, installée à côté de lui.

– Ne t'en fais pas, dit-il plus sérieusement. Ils vont bientôt se lasser. Remington fils provoquera un autre scandale et ils t'oublieront dans la foulée.

– Tu te répètes, grommelé-je.

Soudain, une voix grave à l'accent purement californien nous fait sursauter.

– Love Abbey !

Par réflexe, je me ratatine tout en pivotant vers ladite voix appartenant à Marlow. Depuis le seuil, ce dernier me couve d'un regard perçant et chaleureux à la fois. Du haut de son mètre quatre-vingt-dix, il en impose. Atout non négligeable lorsque l'on a la charge d'une tripotée d'ados qui, le plus souvent, se trimballent des bagages plutôt imposants… Une carrure de footballeur américain, des cheveux sombres parsemés de quelques fils argentés et des yeux gris… Il n'y a pas à dire, notre Marlow est un bel homme. Dommage qu'il n'ait jamais trouvé chaussure à son pied, préférant se consacrer à sa famille « d'adoption » que nous représentons.

– Pourquoi tu me regardes comme si j'avais commis le casse du siècle ? rétorqué-je.

– Dans mon bureau. Maintenant, se contente-t-il de répondre.

Avant d'ajouter à l'intention de Charlie :

– Seule.

Ce dernier bougonne dans sa barbe – ou la repousse de sa barbe pour être plus correcte – mais ne moufte pas. Et se contente de m'asséner une claque sur les fesses lorsque je me relève.

– Je suis à fond avec toi, ma sirène, mais… de loin, pour le coup.

– C'est toi que j'aurais dû noyer, maugréé-je en lui donnant un coup de hanche.

Sous l'attention acérée de Marlow, j'avance et lui emboîte le pas quand il se retourne.

– Qu'est-ce qu'il t'arrive ? ne puis-je m'empêcher de demander tandis que nous progressons dans le couloir du rez-de-chaussée. Tu as l'air contrarié. J'ai fait quelque chose ?

Un sourcil arqué, il ralentit juste le temps que je puisse apercevoir son profil légèrement moqueur.

– Tu es la seule à pouvoir répondre à cette question, Love.

– C'est encore à cause de Santa Monica ? Je t'ai dit que je ferai plus attention à l'avenir. Franchement, ça fait des années que j'y vais et…

– Je te crois, m'interrompt-il. Tu es parfois trop fonceuse, mais pas idiote. Et encore moins suicidaire.

– Alors pourq…

Je ne poursuis pas ma phrase. Premièrement parce que nous arrivons déjà dans son bureau, deuxièmement parce qu'une femme d'une trentaine d'années environ me saute littéralement dessus à peine j'ai passé la porte.

– Tu dois être Love ! Ravie de pouvoir enfin te rencontrer !

Enfin ?

Son sourire resplendissant en force un sur mes lèvres. La trentenaire, habillée d'un large pantalon noir avec un top immaculé, me détaille alors de la tête aux pieds comme si elle jaugeait une marchandise prête à être vendue.

– Love, je te présente Isabella Montalbano, intervient Marlow d'une voix sombre tout en rejoignant son siège derrière son bureau en acajou.

– Oh, oui, pardon ! J'en oublie la politesse. Love, enchantée, je suis Isabella. Agent et conseillère en communication.

– Euh… Bonjour. Love, me présenté-je à mon tour, conseillère en faux Oscars à offrir à papy et mamy dans une boutique de souvenirs. Et accessoirement ex-future pâtée pour requins.

Un creux se forme entre ses sourcils. D'un revers de main, elle balaie son air dérouté tandis que Marlow, tranquillement assis, réprime un rire.

– Love, je peux t'appeler Love, n'est-ce pas ? OK, super, dit-elle avant même que je n'acquiesce, et d'enchaîner : j'ai une proposition, une énorme proposition à te faire. Seulement, avant de pouvoir t'en parler, j'ai besoin que tu signes ces papiers.

D'un index, elle désigne un petit tas de papiers coincé sous la large paume de Marlow.

– Il s'agit d'une clause de confidentialité sur ce qui se dira dans ce bureau.

Face à mon regard perplexe, elle précise :

– M. Sawyer les a déjà épluchés, ne t'en fais pas.

– C'est clean, me confirme celui-ci. Tu peux signer.

Sans hésiter une seconde de plus, j'attrape un stylo, le contrat et appose ma signature. J'ai une confiance aveugle en Marlow. Je le connais assez pour savoir que s'il approuve, c'est que je suis en sécurité. Et puis, il ne s'agit que d'une clause de confidentialité pour quelques minutes, donc… pourquoi pas ? Qu'est-ce que je risque, après tout ?

– Parfait ! s'exclame-t-elle avec un peu trop d'entrain.

– Je vous écoute, dis-je ensuite en m'installant sur l'une des chaises en face de Marlow.

Et putain… heureusement que mon cul est bien vissé à l'assise.

– Alors, Love, veux-tu devenir une Remington ?

3

Love

Figée, je demeure muette sur ma chaise. Le regard proche de celui d'un lapin en pleine crise d'apoplexie, je dévisage la grande brune qui, elle, me sourit comme si elle m'offrait une rivière de diamants.

What the fuck ?

Isabella pince ses lèvres en une expression plus douce et quelque peu contrite.

– Je sais, dit-elle d'un timbre calme et posé en prenant place sur la chaise à côté de la mienne, ça fait un choc.

– Un choc ? Pardon, hein, mais je suis surtout en train de me demander si vous n'avez pas fumé le goudron de Rodeo Drive avant de venir.

– Love, grogne Marlow.

Je reporte aussitôt mon attention sur mon mentor, étonnée de ne pas le voir, lui, également étonné. Ou en train de rire de cette mascarade.

– Une chose est certaine, tu ne manques pas de repartie, commente la jeune femme. Écoute, je suis ici pour te faire une proposition. Si tu es intéressée, alors je t'organiserai un rendez-vous avec Émeraude Remington.

Bordel de merde !

Autant je n'ai pas été fichue de reconnaître le fils, autant il est difficile de ne pas savoir qui est sa mère, Émeraude Remington. Elle et ses deux sœurs forment l'une des familles les plus influentes qui existent. Au niveau médiatique, du moins. La presse se plaît à dire qu'elles ont inventé le concept « d'influenceur » si répandu de nos jours. Mode, communication, télévision, même cinéma : elles sont absolument partout. Reines des réseaux sociaux, elles ont fait de leur nom de famille LA marque que tout le monde s'arrache. Célébrités comme entreprises. Au point que le jour où Émeraude a affirmé ne pas aimer une marque de soda connue, cette dernière a vu sa cote chuter en Bourse.

Alors oui, je réitère : bordel de merde !

– C'est une blague ? Marlow ? lui demandé-je en pivotant dans sa direction.

Une expression mélancolique se peint subrepticement sur ses traits.

– Je t'assure que ça n'a rien d'une blague. J'ai vérifié moi-même.

– Exact, l'appuie Isabella. Ça fait une semaine qu'il m'interdit de te parler.

– Le temps que je vérifie, la coupe-t-il d'un timbre tranchant.

– Love, reprend plus doucement l'agent de com.

Ses mains viennent se poser sur les miennes en un geste que j'imagine rassurant.

– Tu ne dois pas être sans savoir qu'Ezra Remington a une réputation de… gros connard avec les femmes, appelons un chat un chat, hein. Qu'il t'ait sauvée de la noyade et soit si « sympa » avec toi a montré une autre facette de sa personnalité. Une facette qu'Émeraude Remington désespérait de voir. Et autant te dire qu'elle compte bien exploiter le filon un max.

– Et… le filon, c'est moi ?

– En quelque sorte… En gros, elle aimerait t'adopter en échange de… eh bien, de jouer la sœur de cœur avec Ezra.

Un rire s'arrache de ma gorge. Je ne suis pas certaine de comprendre moi-même pour quelle raison je ris. Tout ceci est tellement ridicule.

– Je n'ai pas besoin d'être adoptée, déclaré-je, une fois mon sérieux recouvré.

Ma mine s'obscurcit quand son regard limite condescendant se balade sur les murs un peu miteux du bureau où nous nous trouvons.

– Quoi ? aboyé-je. Parce que je vis dans un foyer, que ma vraie mère m'a abandonnée dans un hôpital à ma naissance, et que je porte en nom de famille le prénom de l'infirmière qui m'a donné les premiers soins, implique forcément que j'ai besoin d'être sauvée par une adoption ?

Le regard noir, je l'enfonce au fond du sien tandis que Marlow se contente d'être un témoin silencieux. Comme toujours, il veille sans nous étouffer. Un roc immuable, éternel soutien en cas de tempête.

Loin de se vexer ou même de compatir à mes paroles, Isabella ramène ses paumes sur ses cuisses, son buste se déployant davantage.

– Réfléchis bien, Love. Une telle chance ne se balaie pas d'un revers de main, ou d'orgueil, devrais-je dire. Nous nous sommes renseignés sur toi. Tu as abandonné tes études et…

– Faux, j'en suis par correspondance. Enfin, quand j'ai le temps…

– Je comprends. L'université coûte cher. Tu dois travailler pour pouvoir te trouver un logement, te nourrir. Tu as dû faire des choix…

Je serre les dents sans lui répondre. Pas folle, la guêpe. Elle a tapé dans le mille et le sait. Être contrainte de mettre mes études en stand-by est mon plus grand regret. J'ai beau essayer de toujours voir le bon côté des choses, il n'empêche que je suis loin d'être naïve. Au contraire, je pense même avoir une perception particulièrement aiguë de la réalité. Être déjà sur le marché du travail avec uniquement mon diplôme de lycée en poche ne me promet pas à une grande carrière. Seulement, comme vient de le dire Isabella : ma situation implique des choix.

– Je suis certaine que M. Sawyer est de mon avis, insiste-t-elle, espérant obtenir l'appui de ce dernier, qui lui répond par un haussement de sourcil légèrement moqueur.

Quant à moi, je suis larguée. Quelque part entre l'impression de vivre le plus gros canular du siècle, la panique face à cette proposition juste énorme et une pointe d'excitation. Impossible de nier cette dernière. Soyons honnêtes deux secondes : qui ne ressentirait pas un peu d'euphorie à cet instant ? À moins que mon cas ne soit purement désespéré. Après tout, j'ai bien fêté durant une nuit entière le fait qu'il y aurait un film de la série *Teen Wolf* alors… peut-être que je ne suis pas vraiment fiable niveau « euphorie ».

– Je… je ne sais pas quoi répondre, avoué-je en toute honnêteté.

– Bien sûr, acquiesce Isabella. Personne ne te demande de prendre une décision maintenant. N'importe qui te le déconseillerait. Moi la première, d'ailleurs. Mais… ne claque pas la porte à cette proposition sans avoir pris la peine d'y réfléchir. OK ?

Je hoche la tête, ne pouvant qu'approuver ces paroles.

– Je ne veux pas te mettre davantage la pression, donc je vais te laisser un peu de temps pour y penser. Ton directeur a mon numéro de toute façon. Si tu as la moindre question, n'hésite pas à me contacter.

Une fois de plus, je hoche la tête. Ne sachant que faire d'autre. La visite de cette femme a tout soufflé sous mon crâne. Je suis soudain dans l'incapacité d'aligner deux pensées cohérentes, abasourdie par cette scène surréaliste.

Isabella se relève, lisse son pantalon, récupère son sac à main sur le dossier de sa chaise puis, après m'avoir adressé un sourire radieux, elle prend tout de même la peine de préciser :

– Love, cette offre expire dans une semaine.

Sans rien ajouter, elle s'évapore. Tel un cyclone qui vient juste de tout mettre à sac.

– Si ce n'est pas un coup de pression, ça, grommelé-je en croisant les bras contre mon ventre.

Mon regard fuse aussitôt sur celui, gris, qui me couve.

– Tu en penses quoi, toi ?

Le buste de Marlow se gonfle tandis qu'il prend une profonde inspiration. À croire que lui aussi s'est arrêté de respirer dès qu'Isabella a ouvert sa bouche.

– Je crois que je suis aussi surpris que toi, me répond-il sincèrement. Mais j'ai passé quelques coups de fil et… cette femme n'est pas une arnaqueuse. Elle bosse bien pour les Remington. Et elle a plutôt bonne réputation dans le milieu.

Soufflée, je crois que mon cerveau est de nouveau en plein bug.

– C'est du délire, lâché-je du bout des lèvres.

– On est à L.A. Ce n'est qu'un délire de plus pour cette ville.

– Tu ferais quoi à ma place ?

– Je ne le suis pas, Love. On parle de quelque chose d'énorme. Je ne veux pas t'influencer.

– Mais moi, je le veux, l'interromps-je. Tu viens de le dire : c'est énorme ! Et, à part toi, je n'ai personne à qui en parler alors…

– Justement, soupire-t-il en s'inclinant sur son bureau de façon à se rapprocher de moi, tu vas devoir apprendre à prendre tes décisions sans moi et…

D'un geste agacé de la main, je balaie ses mots puis me rencogne contre le dossier, les lèvres tordues en une moue boudeuse. Mes yeux rivés sur le mur, je devine, du coin de l'œil un sourire qui étire sa bouche.

– S'il s'agissait de moi, j'irais à ce rendez-vous. Je m'assurerais de noter toutes les questions qui me passent par la tête avant. De bien demander qu'on m'explique, dans les moindres détails, ce qu'implique cette histoire de « sœur de » et surtout ce que je pourrais en tirer. Parce qu'il s'agit d'un arrangement après tout. Pas d'un élan de générosité. Ensuite, une fois en possession du contrat proposé, j'irais le faire éplucher par un avocat. Et, par chance, il s'avère que ton super directeur a un ami ténor du barreau qui sera ravi, j'en suis sûr, de l'aider sur ce dernier point.

À mon tour, un sourire s'empare de mes lèvres. Avant qu'une expression de pure reconnaissance n'adoucisse mes traits.

– Merci, chuchoté-je.

Marlow ne dit rien, se contente d'un regard chaleureux.

– Je n'ose même pas imaginer la tête de Charlie quand je vais lui raconter.

– Love, grogne-t-il. Je te rappelle que tu as signé une clause de confidentialité.

– Et ? Je risquerais toujours moins que si je lui cache ça ! Je préfère encore les requins !

Ignorant son air blasé, je me mets debout . Tente de dissimuler les tremblements qui agitent soudain mes muscles. En vérité, je suis incapable de savoir s'il s'agit d'une bonne ou d'une mauvaise nouvelle.

D'un signe de la providence ou… juste d'un signe précurseur de chaos ?

4

Love

– Comment tu te sens ?

Ma main serrant celle de Charlie, je nous immobilise devant la devanture d'un club de Beverly Hills. Si Isabella ne m'avait pas fait parvenir l'adresse, jamais je n'aurais imaginé que cette façade uniquement composée d'une immense baie vitrée abritait ce genre d'établissement. Aucune enseigne, aucun néon n'indique ne serait-ce qu'un nom ou une marque.

– Ce n'est pas censé être fermé à cette heure-ci ? m'enquiers-je.

– Je ne pense pas que ce soit un problème pour une Remington, remarque Charlie. Cela dit, tu ne m'as pas répondu : comment tu te sens ?

– Franchement ? Je n'en ai aucune idée. Une part de moi se demande ce qu'elle fout ici. Une autre m'ordonne de me barrer. Et une troisième me menace méchamment de ne pas obéir à la deuxième alors…

– Un beau bordel, ricane Charlie en tapotant son index contre ma tempe. Rien de bien nouveau, quoi.

Je fais mine de vouloir mordre son doigt en représailles, ne lui extorquant rien d'autre qu'un rire amusé.

– Plus sérieusement, reprend-il ensuite d'un timbre plus grave, il ne s'agit que d'un rendez-vous pour le moment, OK ?

J'acquiesce en silence. Lorsque j'ai parlé de cette dinguerie – j'ignore comment appeler ça autrement – à Charlie, ce dernier a été aussi abasourdi que moi. Passé les blagues de merde dont lui seul a le secret, il m'a donné le même conseil que Marlow : accepter une entrevue avec Émeraude

Remington afin d'avoir toutes les données en main. Mon meilleur ami a beau, le plus souvent, opter pour la légèreté, lui aussi a une parfaite conscience du monde qui nous entoure. Tout comme du fait qu'une telle chance ne se dédaigne pas. Pas dans notre réalité à nous.

D'une pression sur mes doigts, il m'incite à appuyer sur la minuscule sonnette située près de l'unique porte en verre également. Je m'exécute et, par réflexe, me colle contre le flanc de Charlie. Celui-ci glisse un bras sur mes épaules au moment où le battant s'ouvre sur un jeune homme tout de noir vêtu.

– Love Abbey ?

Le mec n'attend même pas que je lui confirme mon identité et s'écarte aussitôt pour me faire entrer.

– En revanche, vous, s'adresse-t-il à Charlie sans s'embarrasser de politesse, patientez dans le vestibule. Mme Remington n'a autorisé la présence de personne d'autre.

J'arque un sourcil tandis que mon ami me relâche, s'incline légèrement, une main sur le cœur.

– Mais ce sera avec un immense plaisir que je patienterai ici, mon très cher.

Loin de se vexer, le type se contente d'un regard froid, puis opère une volte-face, m'invitant à le suivre. Après avoir adressé un clin d'œil à Charlie, j'emboîte donc le pas au brun. Nous empruntons un couloir étroit avant de traverser une large salle s'avérant être la zone bar. Un autre couloir et quelques marches plus tard, nous atterrissons dans une pièce beaucoup plus petite. Un canapé en cuir pourpre, deux fauteuils assortis et une petite table en verre, sur laquelle est étalé un assortiment d'amuse-gueules, composent la décoration assez minimaliste. D'un signe de menton, le mec m'intime de m'asseoir et sort en claquant la porte. J'espère que cet abruti n'est pas un avant-goût de ce qui m'attend sinon ça promet…

Une boule de stress au ventre, je m'avance jusqu'au sofa sans y prendre place. Le silence me paraît soudain bien assourdissant. Charlie a raison : mon esprit est sans arrêt en proie à un bordel sans nom. Trop de choses fusent dans tous les sens. D'aussi loin que remontent mes souvenirs, j'ai toujours été ainsi. Trop vive. Et là, ce petit instant de latence ne m'aide pas. Au contraire, l'inaction est ma plus grande ennemie.

Tout à coup, le bruit de la poignée que l'on actionne perce le chaos de mes pensées. La porte s'entrouvre, se fige puis s'ouvre en grand, dévoilant la silhouette d'Émeraude Remington. Cette dernière, son téléphone collé à l'oreille, soupire, lève les yeux au ciel puis lâche un « Hum » à son interlocuteur. Habillée d'une combinaison entièrement *nude*, elle lisse ses cheveux blonds coiffés en une queue-de-cheval haute d'un geste impatient. Elle est exactement comme j'ai déjà pu la voir à la télé ou dans des magazines : parfaite. Un visage aux traits fins, si bien maquillée qu'elle ne fait pas ses 42 ans. Des yeux bleus qui me font immédiatement penser à ceux de son fils. Un corps élancé aux courbes prononcées. Bref, de quoi faire baver d'envie ou de jalousie.

Son regard s'accroche alors au mien et, soudain, s'illumine. Elle m'adresse un sourire éclatant, m'offre un clin d'œil avant de dessiner avec ses lèvres sans prononcer un seul son un « j'arrive ».

– Hum. Hum, hum…

Qui a dit que la vie de star était passionnante ? Émeraude Remington semble être aussi enjouée par sa conversation que par un parterre de cailloux. Et, s'il me restait le moindre doute, il est vite balayé quand elle mime de se passer une corde autour du cou pour ensuite pencher sa tête sur le côté, la langue pendante.

Cette fois, je ne retiens pas un rire. Ce tout petit geste allège aussitôt l'appréhension qui grignotait mes entrailles.

Quoique… me retrouver soudain sous le feu de son regard qui me scanne de haut en bas a vite fait de me remettre les pieds sur terre. Son attention chute sur mes bottines à talons, remonte le long de mon jean brut à taille haute puis sur mon top blanc court, laissant entrevoir une bande de peau sur mon ventre. Un sourire fleurit ensuite sur ses lèvres pleines lorsqu'elle constate que mes cheveux ont également été assemblés en une queue-de-cheval lisse.

– Écoute, finit-elle par dire à son interlocuteur, e-mail-moi ça et on en reparle. J'ai un rendez-vous important.

Sans attendre, semble-t-il, une réponse, elle raccroche. Jette son téléphone sur l'un des fauteuils. Et, enfin, se rapproche de moi jusqu'à me serrer brièvement dans ses bras. Aussi raide qu'une tige de fer, je la laisse m'enlacer sans esquisser un mouvement. C'est étrange… Certes, je ne m'attendais pas à être mal accueillie, mais je ne pensais pas qu'Émeraude Remington était aussi chaleureuse. En public, elle arbore souvent une beauté assez froide.

– Je t'en prie, assieds-toi, Love.

Je m'exécute et prends place sur le sofa. Au lieu de s'installer dans l'un des fauteuils, elle choisit de se mettre près de moi, ses genoux à quelques centimètres des miens. Le dos droit, mais la tête penchée, Émeraude fend son visage d'un autre sourire lumineux.

– Je suis contente que tu aies accepté ce rendez-vous, amorce-t-elle. J'imagine combien tu as dû être étonnée par la visite d'Isabella…

– « Étonnée » n'est pas vraiment le mot. Disons qu'à tout moment je m'attends à me réveiller d'un coma de dix ans. Qu'un mec s'appelant « destin » se paierait ma tronche en me disant « T'y as cru, hein ? Maintenant, prends cette arme et va bousiller du zombie ».

Les yeux d'Émeraude s'écarquillent de surprise avant qu'elle ne lâche un rire.

– L'invasion de zombies n'est pas pour aujourd'hui, Love, se moque-t-elle gentiment. Cela dit, je comprends le côté « trop beau pour être vrai ». Mais justement… cette proposition n'est pas sans contrepartie, tu penses bien.

– J'imagine, oui.

– Je ne vais pas te mentir : si tu acceptes, ce ne sera pas de tout repos. Il te faudra un mental d'acier.

– Pour supporter le côté médiatique ?

– Non, lâche-t-elle avec un ricanement. Ça, ce sera le plus facile. Je fais allusion à mon fils. Il ne va pas accepter ta venue aussi docilement.

Sans que je comprenne pour quelle raison, la boule dans mon ventre devient soudain plus lourde. Plus pesante.

– Pourquoi le lui imposer, dans ce cas ? S'il ne veut pas de moi comme sœur, ce qui soit dit en passant est on ne peut plus compréhensible, pourquoi vouloir m'adopter ?

Un sourire évanescent flotte soudain sur sa bouche avant de se muer en une grimace que je ne parviens pas à définir.

– Que sais-tu de mon fils exactement ?

– Pas grand-chose…

Son expression s'adoucit pendant qu'elle reformule :

– Qu'as-tu lu le concernant dans la presse ?

– Que c'est un petit con qui collectionne les femmes comme les coups d'éclat. Qu'il a un goût un peu trop prononcé pour le scandale. Et qu'il provoque dès qu'il en a l'occasion.

– Un petit con, hein ?

– Je ne fais que rapporter des rumeurs, me défends-je avec un sourire contrit.

– J'aurais utilisé un terme un peu plus… violent. Mon fils est un bel enfoiré.

Saisie par ses mots sur son propre fils, je reste muette. Sans néanmoins dissimuler mon choc.

– Je sais, je fais très mère indigne tout à coup, raille-t-elle.

– Ce n'est pas ça. Enfin… vous êtes sa mère. Et je me doute que vous êtes l'une des personnes qui le connaissent le mieux. Mais… je ne sais pas, c'est perturbant. On parle de quelqu'un qui m'a sauvé la vie, m'a empêchée d'être immortalisée avec un sein à l'air et qui a paru… concerné par mon sort alors… ouais, j'ai du mal avec cette image que l'on donne de lui.

Un autre sourire doux, quoiqu'un peu cassant, s'épanouit sur son visage.

– Je sais, je parais dure. Écoute, Love… Il y a vingt et un ans, j'ai décidé d'avoir un enfant. Seule. Et par insémination artificielle. Vingt et un ans, une vie presque. À l'époque, j'en ai essuyé, des critiques. Féministe frustrée, femme inconsciente, égoïste, gâtée, trop pleine aux as pour savoir ce qu'est la vie… bref. Cette image de féministe que l'on me colle me va. Parfaitement même. Sauf que, contrairement à ce que peuvent penser certains, je n'ai aucune haine envers les hommes. J'ai simplement voulu élever mon enfant seule. Sans interférence. Tel que je l'entendais, moi. Avec le recul… je crois que je peux avouer que tout ne s'est pas déroulé comme prévu. Ezra a toujours été dur. Mais s'il n'y avait que ça… Le souci, vois-tu, c'est qu'il est en train de détruire cette image que mes sœurs et moi nous sommes construite. Quel genre de femme moderne suis-je si mon propre fils est incapable de respecter le sexe opposé ?

Pour une fois, je prends quelques secondes avant de répondre. En réalité, j'ignore quoi dire… Vu mon peu, voire mon manque total, d'expérience dans les relations mère/enfant, je suis plutôt mal placée pour émettre la moindre remarque. Aussi, je biaise :

– Et donc vous cherchez à adoucir son image en vous servant de cette histoire de sauvetage… mais pourquoi vouloir m'adopter ? Après tout, je suis déjà majeure. Il suffirait de nous afficher un peu ensemble et le tour serait joué, non ?

– Pour qu'il puisse te baiser dans un coin ? Non, merci.

Un ricanement à mi-chemin entre l'incrédulité et la colère s'arrache de ma gorge. Elle me prend pour qui ?

– Désolée, je suis parfois un peu trop cash, s'excuse-t-elle.

– Disons que sous-entendre que j'irais écarter les cuisses parce que votre fils est beau gosse et connu reste vexant à entendre. Et puis, on est loin de « la féministe du siècle ».

À peine ma voix se meurt-elle que je mords l'intérieur de ma joue. Putain de cerveau bordélique incapable de filtrer mes mots !

Les yeux écarquillés, la mère d'Ezra se fige. Une expression surprise, voire abasourdie, s'empare de son beau visage.

– Désolée, grommelé-je. Je suis parfois un peu trop cash.

Ma réplique a au moins le don de la dérider. Tout à coup, elle part dans un rire franc, ses cheveux fouettant ses omoplates.

– Eh bien, Love, tu seras parfaite, j'en suis sûre.

– Je n'ai pas encore accepté.

– Pas encore.

– J'aimerais surtout savoir à quoi m'attendre exactement.

– Tu as raison, se reprend-elle. Parlons affaires.

Ses traits se lissent alors. Ses épaules se carrent ; elle déploie son buste tandis que son corps entier semble basculer sur une autre fréquence. Plus incisive. Et déterminée surtout.

– En fait, c'est simple. Pourquoi l'adoption ? Car ainsi, tu deviens sa sœur et donc, il ne peut pas te toucher. Même lui n'ira pas jusque-là. Pas dans un pays comme le nôtre… Je veux que vous soyez vus ensemble. Que les tabloïds retrouvent en vous deux ce lien qu'ils ont toujours perçu entre mes sœurs et moi. Qu'on se dise « Ezra est enfin revenu dans le droit chemin grâce à l'influence de sa petite sœur adoptive ». Évidemment, quelques fuites dans la presse suggéreront que cette adoption est son idée à lui. En échange, tu gagnes le droit de porter notre nom. Un compte en banque sera bien sûr approvisionné pour toi. Et je m'engage personnellement à subvenir au moindre de tes besoins matériels, ce qui inclut donc des études dans l'université de ton choix.

On y est. Dans le « trop beau pour être vrai ». Enfin… pas totalement parce que cette proposition me paraît aussi inespérée que désespérée. En arriver à un tel subterfuge pour sauver la réputation de son fils en dit long sur ce dernier. Même si j'avoue avoir du mal à superposer le visage de l'homme qui m'a sauvée à ce tableau qu'elle dépeint d'Ezra Remington.

– Et si ça ne fonctionne pas ? me risqué-je à demander.

– Si vraiment ce plan est un échec à cause de mon fils, tu seras écartée de la famille, mais sûrement pas abandonnée. Je continuerai de subvenir à tes besoins, mais, médiatiquement, tu seras peu à peu effacée. En revanche, une chose doit être bien claire, Love : couche avec mon fils, et tu perdras tout.

– Ça a le mérite d'être clair…

Non pas que j'aie l'intention de coucher avec lui, mais cette menace à peine voilée ne me plaît pas du tout.

– Mon but n'est en aucun cas de t'arnaquer. À part une mauvaise publicité, cela ne m'apporterait rien. Et j'espère de tout cœur que ça marchera entre vous. Je me suis pas mal renseignée sur toi, tu sais. Auprès des foyers où tu es allée, de tes anciens professeurs de lycée, etc. Tous ont le même avis te concernant : intelligente, solaire… Ils n'ont pas tari d'éloges à ton sujet. Bien que, d'après eux, ton impulsivité puisse te jouer des tours.

Je roule des yeux par réflexe. Si on m'avait donné de l'argent chaque fois que l'on m'a sorti cette phrase… bah, je ne serais pas en train de sérieusement considérer les risques d'accepter l'offre d'Émeraude Remington.

– Mais je ne suis pas la seule dans ce plan, objecté-je. Si Ezra n'y met pas du sien, puisque, vous l'avez dit vous-même, il ne voit pas cette idée d'un bon œil, comment pourrai-je y arriver ?

– Ne t'en fais pas pour ça. Il s'y pliera. Je ne lui laisse pas vraiment le choix.

Super. Forcer un mec avec un goût particulier pour le scandale… ou comment filer un briquet à un pyromane en espérant qu'il ne te prenne pas pour un bûcher. Néanmoins, je garde ma remarque pour moi. Déjà, car j'ai appris à me fier à mon jugement. Finalement, ce que j'entends de mal sur Ezra ne sont que des ouï-dire, justement. Si je me base sur ce que, moi, j'ai vu, bah… merde, je lui dois la vie, quoi ! Et puis, très égoïstement, même si ma décision finale n'est pas encore actée, je n'ai pas envie qu'Émeraude fasse marche arrière…

– Cette histoire d'adoption te fait hésiter, constate-t-elle.

– Je ne sais pas… Je comprends la raison initiale. Celle de nous coller une étiquette frère-sœur, mais…

– Je ne parle pas de cette adoption-ci, Love, dit-elle d'une voix étrangement douce. Mais de la précédente…

Mes poings se serrent subitement sur mes genoux. Chose qu'Émeraude remarque. C'est alors qu'elle a ce geste, assez déroutant mais quelque peu réconfortant, d'envelopper mes doigts crispés de ses mains.

– Tu ne dois pas être sans savoir que ma sœur, Érica, a adopté ses deux enfants. Ils ont toujours été à leur place dans notre famille, au même titre que chacun d'entre nous. Ce sera ton cas également, Love.

– Sauf si je couche avec votre fils, lui rappelé-je.

– Love… Je n'en suis pas où j'en suis aujourd'hui par chance. Mes sœurs et moi nous sommes toujours assurées de parvenir à nos fins. Mais nous ne sommes pas des monstres pour autant. Soyons honnêtes, je ne serai jamais ta mère. Tu as déjà 18 ans. Tu as appris à être cette belle jeune femme que je vois sans une présence maternelle, avec ta seule force et ta seule volonté. Cependant, cela ne m'empêchera pas d'être présente pour toi. La famille est sacrée pour nous. Qu'elle soit de sang ou non.

Je plonge mon regard au fond du sien, creusant en quête de… je n'en sais rien. Une faille ? Un signe qu'elle ment ? Que l'unique chose à faire est de me préserver, encore ? Néanmoins, tout ce que je perçois, c'est une sincérité brute et sans fard.

– Alors, Love ? Qu'en dis-tu ? Prête à devenir l'une des nôtres ?

5

Love

– Tu devras aussi participer à… ça ?

Assise en tailleur sur mon petit lit, je bloque devant la télé située sur mon bureau. Au programme, *With the Remingtons*. Autrement dit, une émission découpée en plusieurs épisodes durant lesquels le téléspectateur suit la famille dans sa vie privée et professionnelle. Une sorte de téléréalité qui resterait truquée car les moments partagés à l'écran sont entièrement choisis et planifiés, j'en suis certaine. Une façon pour eux de créer une proximité avec les autres. Une proximité contrôlée dans les moindres détails. Depuis la visite d'Isabella, je me suis passé presque tous les replays. Histoire de savoir où je mets les pieds. Enfin, où je mets plus ou moins les pieds. Et si tous les membres de la famille semblent totalement en phase avec leur renommée, il y en a un qui, lui… apparaît à l'écran très rarement. En regardant ces images, je comprends pourquoi cette réputation de connard lui colle à la peau. À aucun instant, Ezra ne fait l'effort de se débarrasser de son attitude arrogante et insolente. Un sourire narquois par-ci. Un regard moqueur par-là. Une mine sombre par-ci. Un soupir saoulé par-là. Bref, un vrai petit bonheur sur pattes…

Malheureusement, les paroles de sa mère paraissent de plus en plus se superposer à la vérité…

– Selon Émeraude, ça aidera à asseoir ma relation avec Ezra auprès du « public ».

Installé à côté de moi, Charlie émet un grognement d'ours mal léché.

– Je suis jaloux. Déjà, ce mec est plus canon que moi et, en plus, il va devenir ton frère.

– Pas avant trois mois…

Avec l'aide de Marlow et de son fameux ami avocat, j'ai négocié quelques clauses dans mon contrat avec Émeraude Remington. Comme le fait que Charlie puisse venir me rendre visite quand il le souhaite. De son côté, Émeraude a stipulé que, si elle subvenait à mes besoins, en revanche, son patrimoine reviendrait entièrement à son fils le jour de son décès. Évidemment, cette clause me paraît on ne peut plus juste. Après tout, si un accident lui arrivait demain, il serait normal que je sois exclue de l'héritage. Et préférable même. D'un commun accord, nous avons également prévu un délai pour l'adoption, nous préservant toutes les deux en cas de souci. Je ne me sentais pas de signer et de porter leur nom sans même avoir mis un pied dans ma future vie. À cette pensée, un frisson me cueille l'échine. Pire que lorsque j'ai vu cette énorme vague me faucher pour m'emporter vers le fond. L'impression de plonger dans quelque chose d'encore plus vaste. Un putain de vertige, voilà ce qui me vrille le crâne. Un tourbillon d'émotions allant de la panique à l'excitation pure.

– Et puis, renchéris-je, ma famille, c'est toi. Peu importe quel nom on peut bien me coller. Nous sommes bien placés pour savoir qu'un patronyme ne nous définit pas… Je te rappelle au passage que c'est toi qui m'as poussée à accepter.

– Évidemment. Quel ami de merde je serais sinon ! Bien sûr que je préférerais te garder rien que pour moi, mais bon… ainsi va la vie. Les aînés sont condamnés à voir les oisillons quitter le nid.

Je lui décoche un regard railleur.

– Mec, tu as un mois et demi de plus que moi.

– La maturité est dans la tête, ma sirène.

– Sale con !

– Tu vois ? La maturité te fait défaut, baby.

Emprisonnant un rire derrière la barrière de mes

lèvres, je fourre un coup de poing dans son épaule, le repoussant contre le mur adjacent. Charlie en profite alors pour m'attirer contre lui, coincer ma tête dans le creux de son bras et ensuite s'amuser à emmêler ma longue tignasse brune.

Lorsque, enfin, je réussis à me défaire de sa prise après de nombreuses tentatives infructueuses, un sentiment de mélancolie me serre le cœur.

– Tu sais que ça ne changera rien entre nous, hein ? dis-je d'une voix tremblotante en me blottissant dans ses bras, qui m'accueillent aussitôt.

Je le sens sourire, ses lèvres contre le sommet de ma tête.

– Pas besoin de me rassurer. Je n'ai aucun doute sur notre amitié. Eh, regarde-moi.

Je relève mon visage sur le sien sans quitter son étreinte. Ce regard tendre et confiant que je sais m'être entièrement destiné me réchauffe immédiatement.

– Pars tranquille, Love. Et je t'interdis de penser que tu m'abandonnes ou je ne sais quelle autre connerie que ton esprit peut bien s'imaginer. Tu saisis juste une chance énorme. Une chance que j'aurais aussi saisie à ta place. Sans compter que, tu l'as dit, nous sommes une famille. Toi et moi, c'est d'la bombe, babe. Bien plus que Remington & Co.

Un sourire éclate sur ma bouche en même temps qu'au creux de ma poitrine et envoie valser mes doutes en un battement de cœur. Tout est tellement plus facile avec Charlie. J'avoue qu'une part de moi flippe à l'idée de me retrouver sans lui, mais il a raison. Cela ne changera rien.

Je suis prête. À vivre cette nouvelle expérience. Peut-être qu'il s'agit du début du reste de ma vie. Peut-être que tout ceci ne sera qu'éphémère.

Peut-être.

Je m'en contrefous dans un sens.

Je me suis toujours promis de dévorer chaque seconde de mon existence. Et personne sur cette terre ne me fera faillir à cette promesse.

***

Avant de me coucher, j'embrasse la déco assez désuète de ma petite chambre d'un regard nostalgique. Ce lit placé dans un coin que, plus jeune, je désertais pour aller rejoindre celui de Charlie jusqu'au jour où Marlow s'en est rendu compte. Mon bureau où j'ai passé des heures à dessiner… puis mon armoire en bois laqué de blanc. Un aménagement plutôt sommaire, mais je n'ai jamais ressenti le besoin de plus. J'ai vécu tellement de choses entre les murs de ce foyer… que le quitter me plombe l'estomac de mélancolie. Malgré tout, un sourire étire mes lèvres. Un sourire teinté de joie et de reconnaissance.

Soudain, le bruit de mon portable vibrant contre le bois du bureau m'arrache de mes pensées. Sans vraiment réfléchir, je décroche aussitôt.

– Allô ?

De minuscules secondes s'égrènent avant qu'une voix au timbre légèrement ébréché ne me réponde :

– Bonsoir, *petite sœur*.

Un frisson me saisit la nuque pour dégringoler le long de ma colonne vertébrale quand je reconnais *sa* voix.

– Ezra ?

– Love… raille-t-il à travers le combiné.

Il lâche ensuite un ricanement que je ne suis pas fichue de définir. Comme s'il se marrait à une blague que lui seul peut comprendre.

Quelque chose me dérange dans sa façon de parler. Elle est à mille lieues de ce jour-là à Santa Monica Beach. À croire que ses cordes vocales ont été recouvertes d'un voile sombre et métallique.

– Qu'est-ce que tu veux, Ezra ?

– Rien d'autre que prendre mon rôle de grand frère à cœur. Je m'inquiète, voilà tout.

Un sourcil arqué, je cale mes reins contre la tranche de mon bureau. C'est moi ou ses paroles puent le soufre ?

– Je t'assure que je vais bien. Parfaitement bien, même.

– Vraiment ? Je me demandais si tu savais à quoi t'attendre dès que tu auras débarqué dans ma vie ?

Je tique à ses deux derniers mots, mais choisis de ne rien montrer.

– Ta mère a été on ne peut plus claire. Et je t'assure qu'elle n'a en rien enjolivé le tableau.

Cette fois, un rire ricoche contre mes tympans. Un rire aussi chaud que dédaigneux.

– As-tu la plus petite idée de ce que veut dire être exposée ? Ton passé va être fouillé, épluché, et rendu public…

– Je n'ai rien à cacher, répliqué-je d'emblée.

– Tu seras surveillée, épiée et, au moindre faux pas, clouée sur la place publique.

– Je pense qu'ils auront trop à faire avec toi pour se soucier de moi. Et puis, on n'a pas tous un goût immodéré pour le scandale.

– Tu ne me connais pas, siffle-t-il.

J'ignore pour quelle raison exactement, mais sa phrase a le mérite de calmer mes nerfs, qui s'enflammaient déjà.

– Tu as raison, soupiré-je alors. Dans ce cas, pourquoi m'appeler pour ensuite agir comme un con ?

– Ne signe pas ce contrat, Love.

Son ton change soudain. Se teinte certes de férocité, mais devient surtout plus net. Plus sincère.

Mes doigts se mettent à triturer un fil dénudé de ma chemise de nuit. Je laisse planer un silence lourd de sens. Et qu'Ezra traduit parfaitement.

– C'est trop tard, hein ?

– Je pensais que ta mère t'avait déjà prévenu. Je suis censée emménager chez vous dans deux jours.

Évidemment, je ne précise pas que l'adoption sera vraiment effective dans trois mois. Vu les paroles d'Émeraude, ce serait comme lui coller un panneau « *free meat*[1] » sous le nez.

À son tour d'expulser un profond soupir. Un bruit de clapotis me parvient soudain ; on dirait qu'il m'appelle

1. « Viande gratuite ».

depuis son bain. C'est alors que j'entends une sorte de couinement féminin recouvrir le son de l'eau. J'hallucine ou il est en train de m'appeler tout en se payant du bon temps ?

– C'est assez ironique quand on y pense, déclare-t-il dans un murmure. Je t'ai sauvé la vie pour que tu m'obliges ensuite à la briser.

– La briser ? ne puis-je m'empêcher de rétorquer avec un rire incrédule.

Incrédule. Inquiet aussi. Et surtout, putain énervé.

– Tu te prends pour qui, Ezra Remington ? Tu n'auras rien à briser…

– Laisse-moi deviner, m'interrompt-il. Tu vas me servir le couplet de la petite fille abandonnée ? Je n'ai rien à briser car ta vie ne t'appartient pas…

Cette fois, je m'esclaffe presque.

– Non, Ezra… Tu n'auras rien à briser car ma vie ne t'appartiendra jamais. Que je porte le même nom que toi ou non. Peu importe l'influence que tu penses avoir, elle ne sera jamais assez forte pour me blesser, crois-moi.

– Putain… émet-il dans un grognement.

Je l'entends alors bouger. Enfin, j'imagine puisque des bruits de remous transpercent le combiné.

– La preuve que tu ne me connais pas, reprend-il. Sinon, tu saurais… qu'il ne faut pas me lancer ce genre de défi.

– Défi ? Tu t'emmerdes à ce point dans ton existence ?

Sans qu'il prononce un seul son, je devine le sourire qui s'incruste sur ses lèvres au souffle qui résonne dans mon oreille.

– On dirait bien que je ne vais pas m'emmerder longtemps, petite sœur.

Une grimace froisse mon visage.

– Quarante-huit heures, hein ? J'ai hâte, conclut-il avant de raccrocher.

Les yeux ronds, je lorgne l'écran noir de mon portable durant de longues secondes. Le soufre ? Ce mec pue l'enfer, ouais !

Qu'est-ce que m'a dit Émeraude, déjà ? Ah oui… que mes professeurs s'accordaient à dire que j'étais trop impulsive. À cet instant précis, je ne peux les contredire.

Pas quand je pianote un message à l'attention d'Ezra pour l'envoyer sans l'ombre d'une hésitation :

[À dans deux jours…
Signé : le karma]

6

Love

Un vertige monstre entre les tempes, j'essaie de rester stoïque sur le siège arrière de la voiture que les Remington m'ont envoyée. Le moindre virage malmène mon estomac. Hier soir, ou cette nuit plutôt, nous avons fêté mon départ avec Charlie et quelques amis. Un peu trop d'ailleurs. Si Marlow savait que nous avons échoué dans un bar avec de fausses cartes d'identité, il m'aurait lui-même emmenée dans ma nouvelle demeure… à coups de pied dans le cul. Heureusement, il n'a pas remarqué que nous avons fait le mur.

Et me voilà, sur la banquette d'une berline avec chauffeur, à forcer mes traits à demeurer lisses, histoire de conserver un peu de ma dignité qui n'a pas fini dans le fond d'un shot.

Mes lunettes de soleil sur le nez, je me concentre sur la route tout en frottant mes bras gelés. Le chauffeur a tellement poussé la clim à fond que je ne serais pas étonnée si un manchot sortait tout à coup du coffre. À moins que les frissons qui m'assaillent n'aient rien à voir avec l'air conditionné, mais plutôt avec ce qui m'attend. Une nouvelle maison. Une nouvelle famille. Une nouvelle vie…

Et un nouveau quartier aussi. Après avoir quitté celui de Downtown L.A., c'est sans surprise que nous prenons la direction des monts Santa Monica. Une vingtaine de kilomètres plus tard, nous arrivons devant les fameuses grandes portes blanches encadrant la route qui mène aux manoirs et autres demeures perdues dans des terrains interminables. Bienvenue à Bel Air. Quartier exclusif des villas luxueuses et des domaines à la végétation luxuriante.

C'est étrange… mais mon excitation retombe à mesure que nous sinuons au gré de la route et des hauts palmiers. Une pointe de stress chahute soudain mes nerfs. Et me fait alors douter. Suis-je vraiment capable de m'intégrer ici ? Dans un univers qui m'est totalement inconnu ? Surtout avec un faux frère qui ne me veut clairement pas dans sa vie ? Depuis deux jours, je me repasse en boucle ma conversation téléphonique avec Ezra et le constat reste le même : je suis dans la merde. Autant, mon tempérament me pousse d'ordinaire à vite passer à autre chose, à me détourner des personnes toxiques, mais là… je n'ai d'autre choix que de lui faire face. Je ne suis pas du genre à me laisser influencer ; cependant, force m'est d'avouer qu'Ezra Remington m'effraie un peu.

Cela dit, trop tard. Le contrat me liant aux Remington en attendant la vraie adoption est déjà signé. Et… trop tard car le chauffeur appuie sur une télécommande qui ouvre un immense portail, si haut qu'il faudrait un pro de l'escalade pour y grimper.

Un réflexe me pousse à croiser les bras contre mon abdomen tandis que nous nous immobilisons près d'un mec qui me dévisage de longues secondes avant de nous faire signe d'avancer. Le véhicule emprunte ensuite une route étroite sur de longs mètres quand la demeure d'Émeraude Remington surgit enfin. Dans une sorte d'énorme cube à la façade grise, la villa a un style résolument moderne. De grandes baies vitrées courent sur le rez-de-chaussée ainsi que le premier étage. Sur le deuxième et le troisième, en revanche, se découpent des portes-fenêtres plus petites, toutes donnant sur un balcon en pierres noires et blanches. Nous nous arrêtons alors devant la porte d'entrée entièrement composée de verre et de fer forgé immaculé. Je ne suis pas certaine d'aimer ce style. Et j'avoue en être étonnée. Cela ne correspond pas à la personnalité assez chaleureuse d'Émeraude.

– Nous sommes arrivés, mademoiselle.

Je sursaute presque au son de la voix du chauffeur. Dans le rétroviseur, j'aperçois son regard amusé de me voir bloquée, ma main figée sur la poignée.

– Tout se passera bien, je vous l'assure. C'est un peu comme plonger dans l'eau d'un lac. On est saisi dans un premier temps puis on s'habitue rapidement.

– Vu mon dernier plongeon, je ne suis pas certaine que ce soit de bon augure, raillé-je.

L'homme m'adresse un sourire encourageant et, la seconde suivante, j'ouvre enfin la portière. M'extirpe lentement de l'habitacle, le regard levé sur ma « nouvelle maison ».

Quand, tout à coup, je me sens comme happée. Sur l'un des balcons, je le vois, lui. Ezra. Torse nu, les coudes plantés sur la rambarde, son visage est braqué dans ma direction. Un autre frisson se propage sur ma peau. Rien à voir avec le précédent. Plus subversif, il renverse mon appréhension pour la transformer en détermination. Hors de question qu'un petit con me vole cette chance. D'où je suis, je ne perçois pas nettement ses traits, mais je jurerais que, alors qu'il s'incline un peu plus en avant, un rictus s'empare de ses lèvres. Néanmoins, je n'ai pas le temps de m'appesantir qu'une voix féminine attire mon attention.

– Love ?

Je reporte mon regard sur une jolie blonde qui descend les quelques marches du perron pour me rejoindre. Un carré court souligne son visage aux traits gracieux pendant que deux yeux noirs pétillants me fixent avec gentillesse.

– Bienvenue ! s'exclame-t-elle, enjouée.

Une fois à ma hauteur, elle me serre brièvement dans ses bras, comme l'avait fait Émeraude.

– Merci, réponds-je avec un sourire que je n'espère pas trop bancal.

– Oh, pardon ! Je ne me suis pas présentée. Ma tante m'a demandé de t'accueillir, son vol depuis Paris a été retardé. Je suis…

– Sélia Remington, la devancé-je.

Impossible de ne pas la reconnaître. La fille de la plus jeune des sœurs, Ella Remington, s'est illustrée il y a peu en tant qu'actrice dans une série où elle joue une ado addict à l'héroïne. Série qui fait d'ailleurs scandale à cause de ses scènes trop osées, pour ne pas dire parfois trash. À son tour, ses lèvres s'étirent, faisant se retrousser son nez parsemé de taches de rousseur.

– Viens, je te fais visiter.

Je n'ai même pas le temps de répondre qu'elle attrape ma main et m'entraîne à l'intérieur.

– Attends, ma valise !

– Laisse, quelqu'un te l'apportera dans ta chambre.

D'une pression, elle tire sur mon bras, ne me laissant guère le choix. Je tente un dernier coup d'œil en hauteur, mais Ezra a déjà disparu. Une profonde inspiration plus tard, je suis à l'intérieur. À l'image de la façade, le rez-de-chaussée est moderne et épuré. Pas d'entrée, nous arrivons directement dans une immense pièce. Sans mur pour séparer la cuisine du salon ou du reste. Un open space total. Tout en nuances de gris, de blanc, la décoration est néanmoins rehaussée par des teintes plus chaudes avec la présence de bois ou encore par des touches bleu pétrole comme sur les canapés ou les lustres en verre. En revanche, l'intimité ne semble pas être une préoccupation visiblement puisque aucun rideau ne couvre les baies vitrées courant le long des murs.

– C'est l'une des maisons principales de ma tante, commente Sélia. Elle utilise celle-ci quand on est en tournage pour notre émission. Après, ne t'inquiète pas, on a tous une maison éloignée des caméras pour les moments où l'on sature. Bref, tu verras. Émeraude t'expliquera plus en détail.

Je hoche la tête sans rien dire. Une sensation diffuse de malaise m'envahit. C'est tellement éloigné de ce que j'ai toujours connu que je ne m'y sens pas réellement à ma place.

– Ça va ? s'enquiert la cousine d'Ezra. Tu m'as l'air…

– Perdue ? raillé-je. Totalement !

Une moue attendrie et contrite à la fois fronce encore son nez.

– Je comprends. Enfin, j'imagine plutôt. C'est un peu le grand écart pour toi. Ne le prends pas mal, surtout. Ce n'est en aucun cas un jugement ou…

– Aucun souci. C'est la vérité, de toute façon. Prétendre le contraire serait de l'hypocrisie.

– Exact, concède-t-elle avec un immense sourire comme si mes propos la rassuraient.

Elle avance ensuite de quelques pas, opère une volte-face sur moi puis écarte les bras.

– Bon, ici, la visite est vite faite puisqu'il y a une seule pièce. De ce côté-là, l'espace cuisine, dit-elle en désignant sa droite.

Un large plan de travail, parallèle à un îlot central de même longueur, s'étend en une mosaïque de carreaux, là aussi gris et blancs. Hormis ça, il n'y a rien. Pas de plaques pour cuisiner. Heureusement que le frigo énorme est là, sinon je me poserais sérieusement la question de savoir s'ils mangent ou non. Le reste de l'open space se divise ensuite en un salon composé de plusieurs canapés et fauteuils ainsi qu'un coin salle à manger avec une table en bois brut de plusieurs mètres.

– Viens, on passe à la suite ! s'exclame-t-elle, soudain excitée.

Une fois encore, elle enroule ses doigts à mon poignet et me tire derrière elle. Nous sortons par l'une des portes-fenêtres arrière qui, en fait, s'ouvre sur un patio. Ce dernier semble être au centre de la maison. Des ouvertures se déploient en branches aux quatre coins de la petite pièce. Après avoir slalomé entre les plantes, nous débouchons sur un couloir.

– Alors, ici, tu as une salle de sport, un espace douche et sauna, un jardin d'hiver…

Elle ouvre chaque porte en grand, me laisse le temps de jeter un coup d'œil avant de poursuivre sa visite éclair.

La plupart de ces pièces, je les connais déjà plus ou moins, mais entre les voir à travers un écran de télé et y être immergée, il y a une différence énorme. Tout paraît encore plus grand, immense. Réel et paradoxalement… irréel.

– … et une piscine. Il y en a une aussi dehors, mais tu auras le temps de la voir plus tard.

Lorsque nous longeons le bassin intérieur, nous tombons sur une femme d'une quarantaine d'années habillée d'un tailleur-pantalon noir. Une planche avec une feuille sous le bras, elle m'adresse un sourire affable en penchant son visage doux surplombé d'un chignon aux cheveux bruns.

– Enchantée, Love. Moi, c'est Liv, je suis la gouvernante de cette maison.

– La meilleure des gouvernantes, même ! Si ma mère le pouvait, elle la volerait à sa sœur, chuchote Sélia à mon oreille.

Liv roule des yeux et secoue la tête en riant. Avant qu'elle ne reprenne un ton plus professionnel :

– Ta chambre est déjà prête. Je laisse à Sélia le soin de te la montrer. Avec une jeune fille de ton âge, tu seras sûrement plus à l'aise. Mais si tu as besoin de quoi que ce soit, tu n'as qu'à me le demander. Mon numéro est enregistré dans le portable qui est sur ton bureau. Et, depuis ta chambre, tu n'as qu'à composer le 0. Tu tomberas directement sur moi, m'indique-t-elle en portant sa main au téléphone accroché à sa ceinture.

Putain, ça y est, j'ai le tournis.

– Merci, articulé-je.

J'ai bien envie de lui demander de me réveiller pour enfin aller tuer ces saloperies de zombies, mais j'ai trop peur qu'elle ne me prenne pour une folle. Ou qu'elle ne me réveille vraiment…

Avec un autre sourire, elle prend congé pendant que Sélia nous fait rebrousser chemin. Dans le patio, nous prenons la direction opposée pour tomber sur un escalier. Sans nous arrêter au premier étage, Sélia me conduit au deuxième. Un autre couloir aux murs immaculés nous accueille. La cousine d'Ezra s'immobilise ensuite devant la troisième porte, enclenche la poignée, entrouvre le battant puis s'efface afin de me laisser entrer en premier. Sans tergiverser, je m'exécute. De toute façon, ce n'est pas comme si je pouvais prendre mes jambes à mon cou. Ou plutôt si, je peux, mais n'en ai pas envie. Pas totalement, du moins…

À peine ai-je pénétré entre les quatre murs de ce qui sera ma chambre qu'une vague de chaleur me caresse de l'intérieur. Cette pièce n'a strictement rien à voir avec le reste de la maison. Et… enfin, je me sens plus en phase avec les lieux.

Sur un parquet en bois brut trône, à gauche, un immense lit à baldaquin. Des voilages blancs et dorés volettent légèrement à cause du souffle de la clim, les températures extérieures étant trop élevées. Des coussins de toutes les couleurs sont éparpillés sur l'édredon, blanc également. Contre une des cloisons adjacentes se trouve un bureau, en bois aussi, sur lequel sont posés un ordinateur portable ainsi que le fameux téléphone dont parlait Liv.

– Il faudra que tu changes ton numéro, remarque alors Sélia. Quand la nouvelle de ton arrivée ici se répandra… ça va vite devenir le bordel.

– Merci de me rassurer, ironisé-je.

– Désolée, mais on a dit pas d'hypocrisie, n'est-ce pas ? Et puis, tu n'es pas seule. On sera tous là pour te soutenir et faire en sorte que tu t'intègres parfaitement.

– Tous sauf ton cousin.

– Ezra… dit-elle dans un soupir contrarié.

Ce qui m'interpelle. Que sait-elle de toute cette affaire ? Est-elle au courant qu'il s'agit d'une histoire en partie montée de toutes pièces ? Qu'Ezra Remington a décidé de me faire regretter mon choix ?

– Tu sais, insiste-t-elle, il paraît plus con qu'il ne l'est vraiment. Enfin, quand il le veut… Parce que, ouais, il peut être un bel enfoiré. Mais la famille, la nôtre en tout cas, est précieuse. Même pour lui.

Comme seule et unique réponse, je lui adresse une grimace peu convaincue, lui arrachant un rire. Puis, j'effectue quelques enjambées, regarde à travers la porte-fenêtre pour y découvrir un petit balcon du même genre que celui où était perché Ezra un peu plus tôt. Avant de m'avancer jusqu'à une grande bibliothèque aux étagères désertes.

– Tu pourras la remplir avec des livres à ton goût, intervient encore Sélia.

Ensuite, je m'assieds sur la méridienne, en velours doré elle aussi, et relâche un long soupir. Quant à ma nouvelle amie, elle s'assied en tailleur sur le sol.

– Tu es sûre que ça va ? Tu ne sembles pas… enchantée.

– Au contraire, lui assuré-je. Je le suis, promis. J'adore cette chambre, en plus…

– Mais ?

– Mais… il y a un côté un peu flippant, tu vois ? Je me retrouve catapultée dans une famille que je ne connais pas. Dans un monde que je connais encore moins.

Une expression concernée et sincère se peint sur son visage tandis qu'elle acquiesce en silence. Puis déclare d'un ton apaisant :

– Laisse-toi du temps. Pour apprivoiser ce nouvel univers. Et laisse-nous du temps aussi. Pour t'apprivoiser, toi.

Sur ces derniers mots, elle me lance un clin d'œil. Se relève avant d'abattre ses paumes sur mes cuisses. Penchée au-dessus de moi, Sélia murmure d'une voix de conspiratrice :

– Le meilleur moyen pour briser la glace ? Des kilomètres de shot, *sweety* !

Je ne devrais pas. Pas après ma nuit, mon peu d'heures de sommeil et mon trop d'heures de fête. Mais…

– Je te suis. Pulvérisons-la, cette fichue glace !

7

Love

– Toujours aucun signe de ton cher frère ? raille la voix de Charlie.

Je lève les yeux au ciel avant de les reporter vers l'écran de mon téléphone, sur lequel mon meilleur ami m'observe pendant que je brosse mes longs cheveux dans la salle de bains attenante à ma chambre.

– Pas depuis que je suis arrivée ce matin. Je n'arrive pas encore à savoir si c'est mieux ainsi… ou pas.

– Disons que pour créer des liens, ça risque d'être compliqué si vous n'échangez pas un minimum.

Mon reflet, à travers le miroir situé au-dessus du lavabo, grimace.

– Je préfère le laisser venir. Débusquer une bête sauvage dans son antre n'est sûrement pas une bonne idée.

– Nan, toi, tu préfères dompter les vagues, mon amazone des mers.

D'un geste agacé, je repose ma brosse sur la tablette en marbre.

– Tu vas me saouler encore longtemps avec cette histoire ?

– Jusqu'à la fin de ta vie, babe.

– C'est quoi, la chanson, déjà ? Ah oui… *ABCDEF… U…*[1]

Accompagnant le geste à la parole, je plante un majeur devant le petit écran. Évidemment, ce petit con se met à rire. Évidemment, je ne peux m'empêcher de sourire à mon tour. En même temps, c'est exactement pour ça que je l'ai appelé. Afin de me changer les idées et d'autoriser à mon

1. Chanson de Gayle. Le « FU » est une façon de dire *fuck you*, soit « je t'emmerde ».

esprit quelques minutes de repos. Ce soir, toute la famille sera présente pour me souhaiter la bienvenue. S'ils sont tous comme Sélia, cela devrait être une soirée très sympa. Cette fille est une vraie boule d'énergie ; les quelques heures passées avec elle m'ont rechargée en bonne humeur pour le mois à venir. Et ce sans une goutte d'alcool, je tiens à préciser. Puisque Liv n'a jamais voulu nous servir des shots à « même pas midi » et encore moins à « une jeune fille pas en âge de boire[2] ». Et c'est tant mieux. Pas sûr qu'assister à ma première réunion de « famille » à moitié saoule aurait été une bonne idée.

En vérité, la perspective de me retrouver avec la totalité des Remington me colle un stress assez important. Et le fait qu'Ezra ait été clair quant à ma venue ici ne m'aide pas à relativiser. Au contraire…

– Mets ta robe noire, me conseille alors Charlie. Tu es canon avec, pardon encore plus canon que d'habitude, et elle n'est pas too much.

D'un air fier, j'attrape le tissu accroché à une patère et le secoue sous son nez.

– Tu vois ? Connectés, babe, me répond-il sur un ton de connivence en constatant que nous avons eu la même idée.

De longues minutes plus tard, je sors de la salle d'eau avec l'idée d'aller fureter un peu dans la maison. La visite éclair de Sélia a été si rapide que, hormis le vertige qui m'a secouée, je ne me souviens pas de grand-chose.

Sauf que…

Sauf qu'Ezra Remington.

Tranquillement avachi sur la méridienne de ma chambre, un bras coincé sous la nuque, il consulte avec un calme et un aplomb hallucinants mon portable. Celui mis à disposition par Émeraude. Je le reconnais à sa très subtile *cover* rose fuchsia avec un « L » inscrit dessus.

– Déjà en train de fouiller dans ma vie privée ? demandé-je d'une voix posée. Moi qui pensais que tu aurais du mal à m'accepter… Tu es aussi envahissant qu'un vrai frère.

---

2. Aux États-Unis, les jeunes n'ont pas le droit de boire de l'alcool avant d'avoir 21 ans.

Sans même prendre la peine de m'accorder son regard, Ezra se contente de sourire à ma remarque. À dire vrai, je m'en fiche pas mal qu'il fouille dans mon téléphone parce qu'il ne s'agit pas du mien. Pas vraiment, du moins.

– Je suis curieux, rétorque-t-il de sa voix chaude et ébréchée. Je voulais voir à quoi ressemble le *starter pack*[3] d'une Remington. Tu as vu qu'ils t'ont déjà créé un profil Insta, Twitter et même Tiktok ?

– Putain, c'est vrai ? Mais j'en ai déjà, des profils…

– Pas un entièrement contrôlé par maman et Isabella.

Je déglutis, avalant au passage une pointe d'agacement. Finalement, est-ce si important ? Ce n'est pas comme si je ne m'attendais pas à ce genre de « détails ». Aussi, je balaie l'air d'un revers de main et décide de me concentrer sur Ezra.

– Et donc ? Tu es encore venu me prévenir sur les risques de voir ma vie exposée ? Relou et protecteur : le frangin idéal. Qui l'aurait cru ?

– Qu'est-ce que tu y connais en frangin, toi ? ricane-t-il.

Cette fois, c'est carrément un vent de colère qui me secoue de l'intérieur.

– J'ai comme l'impression qu'en ce qui concerne la famille, j'en connais toujours plus que toi, répliqué-je, perfide.

Enfin, son visage se tourne dans ma direction pour me dévoiler un regard clairement mauvais. Sa bouche, à l'ourlet inférieur légèrement plus prononcé, s'ouvre, mais je le devance :

– Je sais. « Je ne te connais pas », c'est ça ?

Son humeur semble aussitôt changer. Un rictus aussi moqueur qu'amusé s'épanouit sur ses lèvres tandis que, d'une impulsion, il se relève, abandonnant mon téléphone sur le siège en velours. À présent debout, Ezra fourre ses mains dans les poches de son jean. Dieu merci, il a au moins passé un tee-shirt. Toujours avec ce foutu sourire, il s'avance vers moi d'une démarche paresseuse de félin. L'une de ses mèches noires chute sur le haut de son front, soulignant davantage cette aura sombre dont son corps transpire.

3. Kit de démarrage.

Étrange… je ne l'avais pas perçue la première fois. Bon, à ma décharge, à ce moment-là, j'étais sûrement en overdose d'iode avec tout ce que j'avais ingurgité comme eau.

À ma hauteur, il se redresse, me surplombe, cherchant peut-être à m'écraser de sa présence. Sauf que tout ce qu'il obtient est un haussement de sourcil et un sourire clairement railleur. Ses yeux se baissent ensuite sur ma robe, se baladent sur la totalité de mes courbes. Une étrange sensation rampe alors sur ma chair. L'impression que l'on approche un chalumeau de ma peau sans jamais réellement la toucher. Déroutée, je me recule d'un pas pour le regretter immédiatement. Une expression de vainqueur se peint sur ses traits, fout le chaos dans mes cellules.

– Mignonne, la robe, commente-t-il soudain. Pour une soirée dans le bar du coin, quoi.

– Tant de considération pour ma personne… Je vais finir par croire ce que j'entends sur toi.

Ezra opère un pas sur le côté, me contourne tout en glissant à mon oreille au passage :

– Parce que ce n'est pas déjà le cas ?

– Je suis plutôt du genre à me faire ma propre opinion.

Un ricanement s'arrache de sa gorge, échouant sur ma nuque tandis qu'il se place dans mon dos.

– Qui te dit qu'elle ne sera pas pire dans quelques semaines ?

Défiante, je tourne la tête de façon à lui afficher mon profil.

– Qui te dit que je ne suis pas pire que toi ?

Je le sens sourire derrière moi ; néanmoins, il ne répond pas. Tout à coup, son index se pose sur la base de ma nuque pour suivre la ligne de ma colonne vertébrale dévoilée par le dos nu de ma robe.

– Ce côté-ci est, comment dire, nettement plus intéressant.

L'ongle de son doigt me griffe doucement les reins. C'est alors que les paroles d'Émeraude me reviennent en mémoire, étouffant aussitôt ce frisson déconcertant qui cherche à s'emparer de ma peau. Une envie de m'écarter, de creuser une distance entre nous m'envahit. Mais je n'en fais rien.

Déjà pour ne pas lui donner la satisfaction de plier. Et aussi pour qu'il comprenne que son petit jeu ne me fait aucun effet. Ou… presque.

– Qu'est-ce que tu essaies de faire, Ezra ? De me coller dans ton lit ? Ou de me faire peur ?

– Ça dépend… Qu'est-ce que tu préfères, *Love* ?

Mon prénom, il ne l'a pas prononcé, il l'a… susurré.

Aussi stoïque que je puisse l'être, je me retourne. Toujours sans me reculer. Je lève ensuite mon visage sur le sien.

– Écoute, tu ne veux pas de moi dans ta vie et je peux le comprendre. Vraiment. Je ne suis qu'une étrangère que tu as sauvée dans un accès de bonté. Alors je te propose un deal : faisons semblant. Devant les autres. Devant ta mère. Et le reste du temps, je te foutrai la paix. Tu ne me devras rien et je ne te devrai rien.

Un éclat que je suis incapable de définir se loge au creux de ses iris.

– Tu es ici depuis quelques heures et déjà tu espères rouler ma mère ? J'hésite, Love. Tu es ou trop naïve ou trop maligne.

– Tu te plantes. J'aspire seulement à une cohabitation sereine. Et je te l'ai dit : je comprends. Je ne suis personne pour toi. Et je refuse de forcer un quelconque lien si tu n'en veux pas.

– Alors pourquoi tu es là ?

– As-tu la moindre idée de la chance que cette occasion représente pour moi ? soufflé-je.

– Chance ? J'avoue avoir du mal à le concevoir, raille-t-il.

Je secoue la tête. Inspire profondément.

– Je n'ai pas à me plaindre de ma vie. Vu d'où je viens, ça aurait pu être pire. Seulement, je n'en reste pas moins… limitée. Je rêve de devenir dessinatrice de bande dessinée, de manga surtout. Pour cela, j'ai besoin d'un enseignement particulier et pointu. Chose que je ne peux pas m'offrir en bossant dans une boutique de souvenirs. Pas avec un loyer et la nourriture à ma charge. À mon âge, ce sont les parents qui, généralement, paient pour tout ça… Encore une fois, je ne me plains pas. J'aurais pu finir à la rue. Ou pire. Néanmoins, je ne cracherai pas sur cette chance d'accomplir l'un de mes rêves. Au contraire, je compte bien m'y accrocher, à cette chance. Pour moi, déjà. Et aussi par respect pour tous ceux qui galèrent vraiment dans la vie et aimeraient être à ma place. Traite-moi d'opportuniste si tu veux. Mais mon destin, je suis la seule à pouvoir le choisir.

Je finis ma tirade presque à bout de souffle tant j'y ai mis toutes mes tripes. Pourquoi d'ailleurs ? Parce que je cherche à le convaincre d'accepter ce statu quo ? Sûrement. Même si mon instinct me chuchote que j'ai vraiment envie qu'Ezra me croie. Ce dernier m'observe durant de longues secondes, scrutant mes traits. Une ligne se creuse entre ses sourcils quand ses iris bleus s'enfoncent dans les miens. Puis une expression sardonique se peint sur son visage.

– Un conseil, ne dis pas ça devant les caméras, *petite sœur*.

Sans rien ajouter, il opère une volte-face pour se diriger vers la sortie.

– Ça veut dire que tu acceptes ? tenté-je.

Saloperie de tempérament positif !

Arrivé devant la porte, il se retourne. Esquisse un sourire en coin.

– Voyons d'abord comment tu t'en sors ce soir.

– Quoi ? C'est un test ? Une menace ? Une mise en garde ?

– Un peu des trois, Love.

De sa main dans le dos, il enclenche la poignée, et me gratifie d'un clin d'œil avant de disparaître dans le couloir.

Résumons : mon stress est grimpé de façon exponentielle maintenant que j'ai vu Ezra et… je suis censée, par la suite, me montrer en public en sa compagnie ?

Je vais finir par croire que cette chance n'en porte que le nom. Un putain de cadeau empoisonné.

8

Ezra

– Tu tires une de ces tronches, dit Josh, rieur, en s'affalant à côté de moi sur le canapé.

Sans prendre la peine de reporter mon regard sur sa tête blonde, je continue de fixer Love. Cette dernière, les reins calés contre l'îlot de la cuisine est entourée de mes cousines. Semblant parfaitement à son aise, elle rit, s'amuse, les écoute, parle… toujours avec un immense sourire aux lèvres. Dégageant une tonne d'ondes positives. En apparence, du moins… Car je suis persuadé que mon attention rivée sur elle lui colle les nerfs. Il n'y a qu'à voir cette façon discrète avec laquelle tapent ses pieds sanglés dans une paire de sandales à talons. Ou encore la manière avec laquelle elle ramène sa longue tresse sur son épaule gauche. Je lui tape sur le système et, franchement, je crois que j'aime ça…

– Elle a l'air d'être super sympa, insiste mon cousin. Émeraude aurait pu te trouver pire pour te coller au cul.

Émeraude est surtout maligne. Quand je regarde Love au milieu de toute ma famille… la seule brune de la famille. Avec moi. Histoire de coller encore plus à cette histoire de frère et sœur, j'imagine.

– Elle détonne, réponds-je enfin.

– Elle va vite se fondre, ne t'en fais pas. Laisse-lui un peu de temps.

Le coin de mes lèvres se rehausse. Il ne comprend pas. Ma remarque n'a rien d'une critique. Au contraire. Mais il a raison sur un point : elle finira par vite entrer dans le moule.

J'aime ma famille. Même si on pourrait penser le contraire. Ici, la loyauté fait loi. Des familles brisées, corrompues, où le fric a remplacé le sang coulant dans les veines, j'en ai vu. Et pas qu'un peu. Émeraude, Ella et Érica nous ont élevés seules puisque Ella est la seule à avoir été mariée. Le père de Sélia aura duré à peine un an dans la famille avant de fuir. Et depuis que nous sommes gosses, elles nous ont inculqué l'idée que le clan Remington est notre priorité, le seul endroit où nous sommes libres. Seulement, moi, je veux être libre partout. Une liberté encerclée de barreaux n'est rien d'autre qu'une cage. Et les cages ont tendance à me rendre enragé.

Dans la pièce à vivre du rez-de-chaussée, ma mère et mes tantes continuent de parler ensemble, légèrement en retrait. Vu le regard bleu d'Érica qui dérive subrepticement vers moi, il y a fort à parier que je suis au cœur de leur conversation. Ou plus précisément, « Ezra va-t-il se plier sans créer de scandale? ». Me plier? Oh, oui, je vais plier… mais quand je me redresserai, l'onde de choc sera telle que ces foutus barreaux céderont enfin.

J'étire mes lèvres d'un sourire teinté d'insolence, lorsque maman tourne la tête vers moi. À son tour, elle me sourit tout en plissant les yeux. Traduction: « Je t'aime, mon fils, mais joue au con et je te pourris l'existence. » Je lui adresse alors un clin d'œil avant de retourner à mon précédent point d'intérêt. Love Abbey. Pardon, Love Remington depuis qu'elle a décidé de signer les papiers d'adoption.

Adoption, Remington… deux mots qui devraient me retenir. Ils sont comme des putains de fils barbelés enroulés autour des barreaux de cette cage, et pourtant, quand je la regarde, elle, je ne vois que mon ticket de sortie. Dommage que je doive la sacrifier. Ce n'est pas faute de l'avoir prévenue de ne pas accepter ce deal. Néanmoins, elle aura le temps de profiter avant. Parce que je compte bien me gaver de ses courbes au passage. Et elle aimera ça. Oh, oui, elle aimera ça. Je m'en assurerai.

Tandis que je persiste à mater Love, Sélia me lance une œillade sombre. Son bras se glisse ensuite sur les épaules de ma nouvelle sœur avant qu'elle ne chuchote quelques paroles à son oreille qui la font éclater de rire. Je suis certain que ces deux-là s'entendront à merveille. Sélia a mon âge, 21 ans. Elle est à la fois la plus volubile et la plus saine d'esprit d'entre nous. Assez paradoxal quand on sait qu'elle est du style à flirter avec les excès en tout genre. En face d'elles, la jumelle de Josh, Jenna, plus sur la réserve, se marre aussi sans toutefois réellement prendre part à la conversation, sa longue queue-de-cheval fouettant ses omoplates. Ces deux derniers ont été adoptés par Érica alors qu'ils n'avaient que quelques mois. Contrairement à Love, eux ont eu vingt-trois ans au sein de la famille pour parfaitement s'adapter à notre mode de vie.

Soudain, une silhouette de top model traverse mon champ de vision, s'interposant entre Love et moi, pour ensuite venir s'asseoir sur les jambes de mon cousin. Noa soulève sa longue chevelure en un geste trop théâtral puis écrase sa bouche sur celle de Josh, son fiancé. Cette même bouche qui, quelques heures plus tôt, accueillait ma queue. Une grimace ourle ma lèvre supérieure.

Je l'ai dit : nous sommes loyaux. Chacun à sa façon. La mienne est juste plus controversée.

Un rictus en coin, je glisse un regard dans sa direction quand mon cousin est trop occupé à embrasser son cou pour me voir. Cette garce, elle, en revanche, me capte parfaitement. Ses lèvres s'incurvent en un sourire obscène, me collant davantage la rage.

Puisque Noa s'est invitée ce soir, autant qu'elle me serve à quelque chose…

***

Un mal de tête rongeant mon crâne, je m'échappe pour prendre l'air près de la piscine extérieure. Après avoir inspiré profondément, je fixe l'eau éclairée par des spots mauves avant de relever les yeux sur le ciel étoilé de L.A. L'atmosphère est lourde ce soir, si moite que j'hésite à me jeter dans le bassin tout habillé.

– On dirait que tu prépares un sale coup.

Le son de sa voix m'extorque un sourire. Je me retourne alors sur Love, qui me dévisage avec insistance.

– Voilà une chose que tu dois savoir : je suis toujours en train de préparer un sale coup.

Un sourcil arqué, elle rétorque :

– Pourquoi tu fais ça ? Afficher ton mode connard de cette façon.

– Peut-être parce que… attention, *spoiler alert*, je suis un connard.

– Les connards, les vrais, ne se dévoilent pas. Au contraire, ils se planquent sous des tonnes de faux-semblants.

– Et tu en es sûre, parce que… ?

Un sourire satisfait fend son visage, rehausse ses pommettes légèrement rougies.

– Ça, c'est quelque chose que je pourrais raconter à un ami, ou… à mon frère. Pas à un petit con qui joue les enfoirés.

Mes incisives se plantent dans ma lèvre inférieure. Comme je le disais : elle détonne. Son petit menton relevé en guise de défi. Cette lueur franche et chaude dans ses yeux. Rien à voir avec Noa, qui se plie à tout dans l'espoir que je la baise. Elle… elle ne plie pas. Pas pour le moment, du moins. Cette fille vient de débarquer dans l'une des familles les plus influentes des États-Unis. Elle se retrouve face à moi, et Dieu sait que je me suis assuré de ma réputation ; pourtant, à aucun moment, elle ne fait preuve d'un signe de faiblesse. Ou de doute.

En une enjambée, je me coule jusqu'à elle. Ses grands yeux noirs s'arrondissent subrepticement, mais Love s'empresse de lisser ses traits. Je me penche ensuite, la recouvre afin de la dominer ; seulement, alors que je m'apprête à lui balancer une vacherie, elle me devance. Et me fauche :

– Je crois que je t'aime bien, Ezra.

Dérouté, saisi surtout, je rétorque d'un ton acide :

– Tu n'as pas la moindre idée de qui je suis. De ce dont je suis capable.

Loin de se laisser impressionner, elle roule des yeux.

– Le feeling, Ezra. Peut-être que tu as oublié ce que c'était, mais… il reste primordial. À mes yeux, en tout cas, il l'est. D'un regard, d'une sensation, je suis capable de dire si j'apprécierai une personne ou non. Tu vois, c'est pour cette raison que je n'ai pas peur de votre monde. Et puis…

Sa tête se relève vers les étoiles tandis qu'un sourire éthéré affleure sur ses lèvres.

– … j'ai un faible pour les personnes qui se débattent au beau milieu de la nuit.

Une violente montée de colère embrase mes nerfs sans que j'en saisisse la réelle raison. Je n'arrive pas à comprendre si cette fille est d'une naïveté hallucinante ou juste d'une sincérité absolue. Quoi qu'il en soit, ce que je ressens en cet instant précis ne me plaît pas. Mais alors pas du tout.

Heureusement pour moi, un mouvement derrière Love attire brièvement mon attention. Bien. Très bien. Ce moment est parfait.

Un peu brusque, j'enroule mon bras sur ses reins et la rabats contre moi. Sans lui laisser le temps de réagir, je déploie ensuite mes doigts sur sa mâchoire en un geste faussement tendre puis rapproche sa bouche de la mienne. Ses ongles se recroquevillent contre mon torse, me griffant à travers le tissu de ma chemise noire. Cependant, elle ne me repousse pas. Exactement comme je disais : elle ne plie pas.

– Le feeling, hein ? susurré-je à un souffle de prendre le sien. Dis-moi, Love, qu'est-ce que tu ressens, là ?

Elle déglutit. Puis répond d'une voix ténue :

– Que tu essaies de reprendre la main.

– Il aurait fallu que tu me la voles pour ça, petite sœur.

– Exactement.

Bordel, je déteste ça. Ses membres tremblent entre mes bras et, pourtant, elle semble avoir la détermination chevillée au corps.

Aussi, histoire de la déstabiliser, j'étale ma main sur la peau nue de son dos, glissant le bout de mes doigts sous le tissu. Je lui aurai au moins volé une saleté de frisson, ce soir.

– Alors, raconte-moi, Love, si je t'annonce que j'ai envie de te baiser, il va te dire quoi, ton putain de feeling ?

– Rien d'autre que ce qu'il me crie déjà. Toi et moi, nous serons amis. Tu n'es pas assez fort pour me résister, Ezra Remington.

Mes yeux fouillent les siens en quête d'une fissure. De quelque chose qui m'indiquerait qu'elle joue. Que ses paroles ne sont qu'une manifestation de cet opportunisme dont elle parlait plus tôt. Seulement, je n'y lis rien de ça. Juste une vérité claire. Tout ce que j'ai toujours envié autant que redouté et qui, à cet instant, me fout en vrac.

– Sauf si tu craques avant, dis-je dans un murmure tout en resserrant ma prise sur ses courbes.

Soudain, comme si ses sens se mettaient enfin en alerte, Love tourne la tête. Droit sur Noa qui, un peu plus loin, est en train de nous filmer. À ma demande, évidemment.

– Tu vois ? chuchoté-je à son oreille. Pas faute de t'avoir prévenue, pourtant, chère sœur. Chaque moment de ta vie sera traqué pour être exposé. Comme cette vidéo qui, une fois postée sur Internet, montrera que toi et moi n'avions strictement aucun lien… fraternel.

Contre mon torse, je sens sa poitrine se soulever, s'écraser sur moi, son cœur cognant si fort que je le ressens presque dans ma propre cage thoracique. Noa, avec un haussement d'épaules, s'excuse d'un sourire avant de faire volte-face pour rejoindre les autres encore à l'intérieur. Love suspend de nouveau son regard au mien. Regard toujours empreint de franchise, mais avec une pointe à la fois plus sombre et plus éclatante. Durant de longues secondes, elle m'observe en silence – non, me défie plutôt – tandis que je la garde contre moi. Pour quelle raison ? Je n'en sais foutrement rien. Peut-être que sa manière de me provoquer sans un mot me plaît…

– Je vais prier pour toi ce soir, Ezra.

– Pardon ?

– Tout ce mal en toi, cette noirceur. Cela ne peut être que l'œuvre du démon. Tu as pensé à te confesser ? C'est important, tu sais. Pour alléger ton âme de toutes ces pensées si indécentes. Obscènes.

C'est quoi, son putain de délire ?

Comme si elle m'avait brûlé, je me recule d'un bond. La mate de travers.

– Je m'inquiète sincèrement pour toi, tu sais, insiste-t-elle. Quand je vois où tu en es rendu… À quel point tu es perdu dans le péché… Tu as pensé à la flagellation ? Sérieusement, Ezra, pour que le Seigneur t'ouvre ses bras, tu vas devoir faire preuve de plus de piété… Beaucoup plus.

Largué par les conneries qu'elle débite, j'opère deux autres pas en arrière. Je rêve. Ma mère n'a pas fait ça ? Me balancer un cul béni dans les pattes ? Dans cette maison ? Je…

– Tu sais par quoi tu devrais commencer ? Des ablutions. Te laver de toutes ces actions impies. Et vu l'ampleur des dégâts… la quantité d'eau de la piscine devrait être un bon début.

J'ai à peine le temps de la voir éclater de rire que ses paumes s'abattent sur mes épaules. D'une forte pression, elle me pousse dans l'eau. Aussitôt, un manteau froid et apaisant m'enveloppe, me berce de cette bulle que j'aime tant. Dommage que, pour une fois, elle ne me calme pas. Je peine à croire que je me suis fait berner de la sorte. Lorsque je regagne la surface, mon regard tombe sur son cul. Avant de remonter son dos, sa tête puis ses bras tendus au-dessus de son visage. Avec son téléphone dans les mains, elle cadre de façon à nous prendre tous les deux en photo.

– Qu'est-ce que tu fous ? grommelé-je en effectuant quelques brasses pour gagner le rebord.

Sans me répondre, elle s'affaire déjà sur son smartphone. Tranquillement, quand mon sang bout sous ma peau, je me hisse sur la margelle. Me remets debout puis, dégoulinant de flotte, me positionne dans son dos au moment où son pouce valide un post sur Instagram. Sa tête se tourne légèrement, son nez frôlant ma mâchoire, alors qu'elle me montre le cliché ainsi que sa légende : #bestbrotherever[1]

Et moi, je lui souris.

Parce qu'elle m'a eu. Avec cette photo, Love nous affiche déjà en tant que frère et sœur puisque aucune déclaration officielle n'a encore été faite. Me coupant l'herbe sous le pied avec cette histoire de vidéo.

Tant mieux, dans un sens… Comme on dit : à vaincre sans péril, on triomphe sans gloire. Et Love vient de pimenter le jeu. Finalement, cela ne sera que bénéfique pour moi.

Néanmoins, je dois me rendre à l'évidence : bien qu'elle ne maîtrise pas complètement les règles, Love vient de me prouver qu'elle sera une adversaire de taille. Et surtout que les prochaines semaines seront jouissives.

Lentement, j'extirpe son portable d'entre ses doigts sans qu'elle essaie de me retenir puis ouvre l'application de la caméra. Je le braque ensuite sur nous puis commence à nous filmer. Mes yeux rivés à l'écran comme si je la regardais, elle, j'approche ma bouche de son oreille pour murmurer :

– T'as gagné sur un point, Love. Maintenant, je te veux.

1. Meilleur frère du monde.

9

Love

Je vais me sentir mal.

Je ne suis pas du genre à regretter, mais là… Je vais finir par me demander si je n'ai pas été droguée à mon insu lorsque j'ai accepté tout ce bordel.

Une caméra braquée sur mon visage, je déglutis, assise sur le sofa du salon des Remington. Raide, je n'ose plus bouger ni m'exprimer. Je n'ai déménagé que depuis deux jours et Émeraude me balance direct dans le grand bain. Enfin, pas selon ses dires. Au contraire, de son point de vue, ceci n'est qu'une première approche en douceur. Douceur… Laisse-moi rire. Le réalisateur de *With the Remingtons* ne cesse de me scruter, de m'expliquer comment placer mes cheveux, mes mains de cette façon ou d'une autre. De me rappeler ce que je dois dire, comment je dois le dire, et sur quel ton. Le tout sous le regard acéré de la maîtresse de maison.

Je déteste ce moment. Sauf que je n'ai d'autre choix que de m'y soumettre. Surtout avec ce cliché d'Ezra et moi que j'ai posté. Émeraude n'a pas apprécié que je prenne les devants et j'avoue ne pas avoir osé lui expliquer la vraie raison de ce post. J'aurais pu. Après tout, Ezra espérait clairement me tendre un piège. Seulement, si je commence à le vendre à sa mère à la moindre anicroche, la situation ne s'améliorera pas entre lui et moi. Déjà qu'elle n'est pas très brillante. Or, j'ai besoin de lui. Et puis, je ne mentais pas en affirmant que je l'aime bien. Près de la piscine, j'ai de nouveau ressenti ce « truc » éprouvé lorsqu'il m'a sauvée. Je ne saurais définir exactement ce sentiment. Ce que je sais, en revanche, c'est que cette sensation, j'ai envie de m'y accrocher. En même temps, j'ai plutôt intérêt à m'y accrocher si je veux passer au-dessus de son côté détestable. Et Dieu sait que je vais en avoir besoin.

Donc je prends sur moi pour ne pas envoyer balader le quadragénaire qui, au passage, fait les yeux doux à Émeraude afin de montrer patte blanche.

– Détends-toi, Love, dit-elle dans l'espoir de m'apaiser, depuis la baie vitrée près de laquelle elle se tient debout. Ce n'est pas du direct ; cette séquence sera sur les ondes dans plusieurs mois. Ce qui veut dire qu'on peut faire autant de prises qu'on veut, alors… relax. Tu peux te planter, ce n'est pas grave.

Te planter, ça veut tout dire…

Je lui souris, quelque peu crispée, et redirige mon regard vers le monstre qui me dévisage. Saleté de caméra. Le cameraman se redresse ensuite pour me lancer un clin d'œil, souhaitant, j'imagine, me dérider. Autant dire que ce n'est pas gagné.

– On reprend ? s'impatiente James, le réalisateur.

Je hoche la tête, aussi impatiente que lui de m'arracher de ce bourbier.

– Donc, Love, renchérit-il, comment vous sentez-vous depuis que les Remington vous ont accueillie ?

Les mots sont là, sur le bout de ma langue. Ceux fortement *conseillés* par Émeraude.

Reconnaissante, mais aussi parfaitement à ma place.

Heureuse d'avoir enfin trouvé une famille.

Excitée à l'idée de plonger dans cette nouvelle vie.

Bercée par un sentiment de sécurité grâce à la protection d'Ezra.

Protection ? La blague. S'il le pouvait, il me pousserait dans un brasier empli de couleuvres de feu, je suis certaine.

Bref, les mots sont bien là. Mais j'ai un mal fou à les prononcer. Ça va ressembler à ça, ma vie, à partir de maintenant ? Mensonges, sourires factices, peur de me planter et le tout en étant constamment observée ? Je commence à regretter mon combat à mains nues avec les rouleaux du Pacifique…

Tout à coup, une autre silhouette entre dans mon champ de vision, son aura insolente fendant l'air jusqu'à moi. Un rictus bancal étire les lèvres d'Ezra au moment où il dévie son regard sur le mien. Pieds nus, habillé d'un pantalon de jogging gris avec un simple tee-shirt blanc, il semble s'extirper d'une partie de baise. Ou simplement d'une séance de sport, ce qui est plus probable. *Pourquoi je pense immédiatement au sexe d'abord ?* Peut-être parce que ce type pue la débauche à des kilomètres à la ronde. Un frisson descend le long de ma colonne vertébrale. Comme si j'avais besoin de ça…

Merde, qu'est-ce que je dois dire, déjà ?

– Ne t'interromps pas pour moi, *petite sœur*, lâche Ezra d'un ton dégoulinant de sarcasme.

– Pour s'interrompre, encore faudrait-il qu'elle ait déjà prononcé un son… soupire James.

Sans m'en cacher, je le fusille du regard avant de reporter ce dernier sur le mec qui a décidé de pourrir ma chance. D'une démarche de fauve, il nous rejoint et s'affale dans un des fauteuils pile en face de moi. Émeraude, quant à elle, demeure stoïque, les yeux braqués sur son fils qui, lui, l'ignore royalement. Une jambe en équilibre sur un accoudoir, Ezra passe une main sur le sommet de sa tête, dans la masse de ses cheveux sombres, puis il me décoche une œillade beaucoup trop railleuse à mon goût.

– Faut pas lui en vouloir, James. Elle n'a peut-être pas le bon *feeling* avec la caméra.

Je hausse un sourcil, parfaitement consciente qu'il fait allusion à notre conversation près de la piscine. Soudain le frisson prend de l'ampleur, tente de s'incruster dans mon ventre lorsque sa phrase « Maintenant, je te veux » me revient en mémoire comme s'il me la chuchotait encore à l'oreille. Et la satisfaction qui s'imprime soudain sur les traits de son visage, elle, me chuchote que ce petit con l'a fait exprès. Un autre sentiment m'envahit subitement : la volonté de gagner. De ne pas lui autoriser cette emprise qu'il espère avoir sur moi.

Une onde se soulève entre mes côtes, écrase au passage ce maudit « truc » dans mon ventre avant de m'insuffler la volonté d'esquisser un sourire rayonnant sur mes lèvres. Entièrement dirigée vers l'œil de la caméra, je débute d'une voix à la fois claire et enjouée :

– Vous connaissez ce sentiment d'excitation et d'appréhension juste avant un saut à l'élastique ? Voilà comment je me sens. J'ai une parfaite conscience de cette chance qu'on m'offre, qu'Ezra m'offre, mais il n'empêche que se jeter dans le vide reste un peu flippant. Ce… Cette nouvelle vie qui me tend les bras est si loin de ce que j'ai toujours connu… qu'une part de moi ne peut éviter de vouloir se pelotonner dans un coin. Mais… il y a cette autre part qui, elle, meurt d'envie de déployer ses ailes, de grandir et de s'épanouir. Et je sais aussi que ma nouvelle famille saura prendre soin de ces deux parts. Puis Ezra est tellement à l'opposé de ce que l'on peut percevoir dans les tabloïds ou sur les réseaux sociaux. En tout cas, avec moi, il est… prévenant et étrangement doux. Étrangement parce que bon, Ezra est Ezra : un mec un peu sombre et rebelle. Seulement, c'est agréable de se sentir connectée à quelqu'un de cette façon, d'avoir l'impression de… bah, d'avoir enfin trouvé un grand frère.

Je ponctue mon dernier mot d'un petit rire aigu qui, dans ma tête, sonne faux. Néanmoins, il faut croire que je donne le change car, du coin de l'œil, j'aperçois James qui acquiesce en silence.

– Je ne suis pas naïve, reprends-je, et je crois encore moins aux contes de fées. D'où je viens, on se permet juste ce qu'il faut d'espoir, mais pas trop non plus. Toutefois, ma rencontre avec Ezra puis la famille Remington a… ce côté magique que j'ai envie de chérir.

Ma voix se meurt dans un silence de cathédrale. OK, je me suis écartée du texte initial qu'Émeraude voulait que je récite, mais… je ne me suis pas trop mal débrouillée, pourtant. *Non ?* Quelque peu angoissée, j'arrache donc mon attention de la caméra pour la dévier sur Ezra, qui a changé de position. Ses pieds bien ancrés au sol, il est toujours installé dans le fauteuil, le dos voûté et les coudes calés sur les genoux. Son regard entièrement focalisé sur ma personne. Un air impossible à déchiffrer voile son visage et me met bizarrement mal à l'aise.

– C'était parfait ! s'exclame James avec trop d'entrain.

Soudain sur ressorts, je me lève, désireuse de mettre le plus de distance possible entre la caméra et moi. À moins que ce ne soit Ezra, me couvant d'une expression grave de ses billes acier, qui me file alors l'envie de fuir. Émeraude bouge enfin, se décolle de la baie vitrée pour s'approcher de moi. Un immense sourire ourlant ses traits fins, elle soulève d'un geste doux mon menton.

– Je suis d'accord, dit-elle d'un ton chaleureux, tu es parfaite, Love.

Sa remarque me tire un soupir de soulagement, mais ce qui me rend d'une humeur festive, c'est le ricanement lugubre qui s'extirpe de la gorge d'Ezra. J'ai gagné. Ce coup-ci, du moins. Il espérait me voir me planter, mais c'est lui qui s'est planté. Émeraude me relâche ensuite pour se diriger vers James et lui murmurer quelque chose à l'oreille. Je fais volte-face sur mon cher frère, qui se redresse à son tour. En une enjambée, il avale l'espace entre nous et se penche le temps de me chuchoter :

– Parfaite…

C'est alors qu'il a ce sourire. Un sourire de vainqueur. Calculateur et beaucoup trop confiant pour quelqu'un censé être déçu.

L'enfoiré. Ezra, contrairement à ce que je pensais, espérait me voir réussir. Il m'a provoquée en connaissance de cause, sachant pertinemment que je répondrais. Mais pour quelle raison ? Si je suis incapable de m'adapter, je serai écartée de la famille des Remington avant même d'avoir pu porter leur nom. Alors… pourquoi ? Clairement, il ne m'a pas aidée par pure bonté d'âme.

Et puis merde, pourquoi je ne parviens pas à me débarrasser de ce fichu feu dans mon ventre ?

10

Love

– Et ici ? s'enquiert Charlie en indiquant de l'index la porte toujours close de la chambre d'Ezra.

Je lui adresse une moue un peu renfrognée tandis que nous traversons le couloir du deuxième étage. Il aura fallu presque quinze jours pour qu'Émeraude et le chef de la sécurité de la demeure acceptent enfin que mon meilleur ami vienne. De toute façon, ils ne pouvaient guère attendre plus, la présence de Charlie dans ma vie étant une condition de mon contrat. Cela fait donc une heure maintenant que nous parcourons en long, en large et en travers ma nouvelle maison, visite ponctuée par quelques sifflements d'admiration, des « oh, putain » ou des « je suis trop jaloux ».

– C'est l'antre de la bête, réponds-je. Ou l'antichambre de l'enfer. Ou peut-être même l'enfer, va savoir.

– Ah, carrément ! explose Charlie en riant.

– Bah, il n'en sort quasi jamais. Je te jure, il passe tout son temps là-dedans.

Depuis quinze jours que je suis ici, hormis pour piquer une tête dans la piscine ou lorsque ses cousins nous rendent visite, Ezra n'est pas sorti de sa chambre. Souvent, Liv lui fait porter ses repas alors, ouais, je commence à croire que ce qui le retient entre ses murs doit être sacrément distrayant. Et vu le caractère de la bête, je penche plutôt pour le royaume de Lucifer. Cela dit, moi non plus je n'ai presque pas mis le bout de ma frimousse dehors. En postant cette photo sur mon Instagram, j'ai peut-être repris la main sur Ezra, mais j'ai surtout ouvert une porte à tous ces vautours de paparazzi. Aussi, lorsque, la semaine dernière, j'ai voulu m'extirper de Bel Air pour rejoindre mon meilleur pote, j'ai vite déchanté quand une nuée de ces sales volatiles m'a collée au train. Émeraude m'a conseillé de faire profil bas pour le moment en attendant un instant plus propice. Instant propice qui tombe ce soir, la famille Remington étant invitée à l'inauguration d'un tout nouveau club de Los Angeles. Émeraude a décidé que je devais m'afficher avec eux et surtout avec Ezra. Histoire de commencer doucement. Ainsi qu'elle me l'a expliqué, dans ce genre d'endroit où les célébrités se côtoient, la politique concernant les paparazzi est stricte. Évidemment, certaines photos peuvent fuiter – et c'est d'ailleurs sur ce point précis qu'elle mise pour me placer lentement en scène. Cela reste néanmoins moins violent qu'une plongée directe en eaux troubles. Voilà pourquoi j'ai insisté pour que Charlie soit là aujourd'hui. J'ai besoin de lui pour m'épauler. Émeraude n'a émis aucune objection ; au contraire, elle m'a affirmé que cela projetterait une image plus naturelle, moins calculée s'il est à mes côtés.

– Et il ressemble à quoi, l'antre du démon ? raille-t-il. J'avoue que je suis curieux de savoir de quoi a l'air la chambre d'Ezra Remington.

Deux portes plus loin, je me retourne sur Charlie, le dos calé contre le battant en bois.

– Aucune idée… Figure-toi que, la semaine dernière, j'ai tenté une approche en lui apportant une tarte aux noix de pécan préparée par mes jolies mimines et… il m'a défendu d'entrer, ce petit con.

Un kaléidoscope d'images me revient soudain en mémoire…

Moi, comme une conne sur le seuil de sa porte avec ma tarte entre les mains.

Lui qui s'incline, me recouvre. Ses lèvres, à l'orée de mon oreille, qui susurrent :

– *Les seules femmes autorisées à entrer dans cette*

chambre n'en ont le droit que parce qu'elles gémissent mon prénom. Tu veux en être, petite sœur ?

Et encore cette chaleur, digne d'un feu de joie qui s'envole au creux de mon abdomen.

Je secoue la tête, renvoie ce moment dans un recoin de mon esprit, espérant l'y enfermer à double tour.

Quel con. Je le déteste. Un peu. Malheureusement pas assez pour étouffer mon envie de le connaître davantage. Pourquoi ? Aucune idée. Ou plutôt si. Plus j'y pense et plus je commence à mettre le doigt sur ce qui me « manque » chez lui. Son regard. Ou plutôt ce regard qui m'a tant subjuguée lorsqu'il l'a plongé au fond du mien ce jour-là sur la plage. Je refuse de croire que je l'ai uniquement rêvé…

– Bref, passons à autre chose, tu veux ? soupiré-je de dépit. J'en ai marre de m'user les neurones sur Ezra Remington.

D'un coup de cul, je pousse la porte derrière moi puis, d'un geste théâtral, je déploie un bras.

– Et voilà le mien, d'antre. Sauf qu'ici, au moins, ça ne pue pas le soufre.

– Parce que tu te penses moins démon que lui, ma sirène ? se moque Charlie en me dépassant.

– Je suis un ange, avec une double auréole même.

– Je dois avoir une bonne dizaine de vidéos de toi en soirée qui prouvent ton appartenance aux bas-fonds, avoue-t-il en riant. D'ailleurs, à partir de maintenant, tu feras exactement tout ce que je t'ordonne. Ou ces vidéos risquent malencontreusement de se retrouver sur la Toile.

– Tu oublies que j'en sais bien plus sur toi… et si j'appartiens aux bas-fonds, toi, tu es encore en train de creuser plus profond.

Une expression faussement désappointée se peint sur son visage.

– Merde… Ça veut dire que je suis bon à jouer les super potes pour le reste de ma vie alors, conclut-il en faisant semblant de se lamenter.

Avant qu'il n'éclate de rire, ne passe un bras sur mon épaule et ne m'attire contre lui.

– Trêve de plaisanterie, murmure-t-il, sa bouche contre le sommet de mon crâne. Je signe à la vie à la mort pour toi.

D'instinct, j'enroule mes bras sur sa taille et me blottis contre lui. Son étreinte me procure un bien fou après ces derniers jours à végéter entre les allers et retours d'Émeraude et le tempérament volcanique d'Ezra.

– Comme si tu avais le choix, rétorqué-je.

Charlie me relâche après un dernier baiser égaré dans la masse de mes cheveux.

– Quant à ta chambre, c'est une tuerie !

– Et encore… tu n'as pas vu le dressing avec toutes les fringues choisies par Sélia.

***

Le moins que l'on puisse dire, c'est que Charlie s'adapte facilement à ma nouvelle famille. Peut-être même plus que moi, d'ailleurs. Non pas que je me plaigne, au contraire. Tous m'ont accueillie les bras ouverts, et Sélia vient me rendre visite autant de fois qu'elle le peut. Quand j'y pense… Si quelqu'un m'avait dit qu'un jour je serais « amie » avec la star de la série *Hysteria*, j'aurais ri.

J'aime vraiment beaucoup Sélia. C'est la première fois que je rencontre une personne avec une soif de vivre plus grande que la mienne. Extravertie, intelligente avec une repartie aussi cinglante qu'épicée, cette femme est parfaite. Et, surtout, elle semble très bien s'entendre avec Charlie. En même temps, difficile de ne pas succomber à sa gueule d'ange et à sa sempiternelle bonne humeur. Même le regard clairement narquois que lui a jeté Ezra, lorsque enfin monsieur a daigné rejoindre toute sa famille dans le salon, s'est écrasé lamentablement à ses pieds. Je l'admire pour sa façon de ne jamais être atteint par la méchanceté des autres. À une pique acerbe ou à une critique, il répondra toujours par l'opposé, par quelque chose de bienveillant. Sans toutefois s'empêcher d'user d'un ton ironique et équivoque…

Coincée entre Sélia et Charlie sur la banquette arrière d'un immense SUV, je ne réussis pas à me détendre. Rien à voir avec les deux qui se marrent comme si demain n'existait pas, mais tout à voir avec ce bleu électrique qui tente de me déstabiliser. Assis sur le siège en face de nous, Ezra me dévore du regard. Oh, je ne suis pas dupe. J'ai conscience qu'il le fait exprès.

Depuis qu'il a prononcé ces mots « Maintenant, je te veux », il ne fait que ça. Me provoquer. Par quelques mots. Quelques frôlements lorsque l'on se croise dans le couloir. Par beaucoup de regards du même style que celui qui me cloue au cuir en cet instant. Néanmoins, il se met le doigt dans l'œil jusqu'au coude s'il pense me faire fuir ainsi. Ou même me coller dans son lit. Après tout, ceci n'est qu'une panoplie d'artifices destinés à me déstabiliser. Et, si j'admets que mon ventre plombé d'envie me prouve qu'Ezra est doué à ce petit jeu, il n'empêche que, heureusement pour moi, mon esprit est incorruptible. Coucher avec lui est rangé dans mon placard des « conneries monumentales » donc…

Mais pourquoi j'envisage le simple fait de me retrouver dans les mêmes draps que lui, moi ?

Je secoue la tête, désireuse d'arracher ces images qui, j'ignore comment, essaient de s'imposer entre mes tempes. Face à ma réaction, Ezra se fend d'un sourire enflammé tout en écartant ses jambes, habillées d'un pantalon noir. Noir, à l'instar du simple tee-shirt qu'il porte.

Grrr, sale petit démon.

Je me raccroche enfin à la conversation entre Charlie et Sélia au moment où cette dernière raconte comment elle a été prise d'un fou rire quand sa co-star de la série a dû mettre une chaussette sur son membre lors d'une scène de sexe. Deux petites minutes plus tard, nous arrivons enfin, notre véhicule patientant derrière ceux où sont Émeraude et ses sœurs puis Jenna, Josh et Noa.

Soudain, je ne tiens plus en place. L'appréhension se transforme en stress, à une vitesse exponentielle. Percevant mon soudain malaise, Charlie passe un bras dans mon dos et me rapproche de lui, le tout sous le regard d'Ezra, qui me scrute des pieds à la tête.

– Détends-toi, tout va bien se passer. Puis, il ne peut rien t'arriver tant que je suis là, chuchote mon meilleur ami à mon oreille.

– Parce que tu gères, toi ? rétorqué-je. C'est aussi nouveau pour moi que pour toi, hein.

– Ouais, mais moi, je suis une star née, bébé.

Je lève les yeux au ciel, non sans toutefois lâcher un petit rire. L'effet Charlie dans toute sa splendeur.

– Ah ouais ? répliqué-je, un peu perfide. Alors… après toi…

Au même moment, la portière s'ouvre sur une foule beaucoup trop dense à mon goût. Quelques flashs zèbrent la nuit noire, signe que le reste de la famille se fait déjà mitrailler. Oh, bordel. J'ai la nausée. Et si je vomis ? Pire, si je vomis et m'étale par terre pour avoir glissé dans mon vomi ?

– Débranche, Love, me chuchote Charlie après avoir tapoté de l'index sur ma tempe. Et mate la diva qui sommeille en moi quand je foulerai ce faux tapis rouge.

À peine a-t-il prononcé ces paroles qu'il s'extirpe de la voiture juste après Sélia. Je me sens soudain seule, trop seule. Et je sais pertinemment que je ne pourrai compter sur l'aide de *mon frère*. Aussi, je me force à rester focus sur les raisons qui m'ont poussée à accepter l'offre des Remington, inspire à m'en décoller les poumons et bouge enfin de mon siège. Sauf que la main d'Ezra s'enroulant à mon bras me fauche dans mon élan. D'un mouvement sec, il me rapproche de lui, m'obligeant à plaquer mes paumes sur la banquette de chaque côté de ses jambes pour ne pas lui tomber dessus.

– Qu'est-ce que tu…

– Je peux être le meilleur, le plus adorable des frères ce soir, Love, lâche-t-il d'un coup.

Suspicieuse, je tords mes lèvres en une grimace peu convaincue.

– Mais ?

– Il n'y a pas de « mais », Love. Juste une condition…

Le cœur battant soudain à tout rompre, sans même que je comprenne pourquoi, je lui enjoins de poursuivre.

– Je t'écoute, démon.

Un rire sincère lui échappe.

– *Démon ?* Putain, Love, tu es…

Ses incisives se plantent dans sa lèvre inférieure sans qu'il cherche à poursuivre, ses derniers mots mourant sur le bout de sa langue.

– Quelle est ta condition ? demandé-je d'un ton plus abrupt que je ne l'aurais voulu.

– Je veux… que tu joues avec moi.

11

Love

Tapis rouge, enfin non, pas rouge, mais violet, check !

Bon, il s'agissait en réalité de quelques mètres avant de rejoindre l'entrée du club. On ne parle pas non plus des Golden Globes ou des Oscars, hein. Puis, les quelques journalistes présents étaient surtout concentrés sur la famille – la vraie – Remington. Et heureusement, ça m'a au moins permis de me détendre. Quoique, pour ça, j'avais Charlie qui, comme promis, paradait telle une star née. Quand il ne prenait pas la pose avec Sélia sous les regards perplexes des paparazzi, il me tenait contre lui pour m'assurer de sa force et de sa folie douce.

Quant à Ezra, lui s'est contenté de marcher près de moi, à une distance raisonnable toutefois, une main dans la poche de son pantalon sans accorder la grâce d'un regard à ceux qui l'appelaient pour une photo. Durant ces très courtes minutes, j'ai eu l'impression de revenir plusieurs semaines en arrière. Après m'avoir sauvée de la noyade, il s'était complètement renfermé dès que nous avions mis un pied sur la plage. Je ne saurais dire pourquoi exactement, mais je crois préférer le Ezra con/enfoiré/démon. Je n'aime pas ce costume froid, stoïque et hermétique.

Quoique… Quelque chose me dit, me hurle plutôt, que je vais le regretter, ce costume. Surtout maintenant que j'ai accepté de « jouer ». Cela dit, mon « OK » lâché dans un souffle à son « joue avec moi » était si ténu que je garde l'espoir qu'il n'ait rien entendu.

Comment ça, son sourire carnassier était une preuve que, au contraire, il m'a parfaitement entendue ?

Nous débarquons enfin dans le vestibule du Feel the Beat. Du moins, j'imagine qu'il s'agit d'un vestibule… car nous sommes presque dans le noir complet. Seuls des spots disséminés ici et là éclaboussent les murs de lumières ultraviolettes, tels des jets de peinture. Et lorsqu'une double porte que je n'avais pas remarquée s'ouvre enfin, je suis le mouvement, ma main au creux de celle de Charlie.

À peine ai-je mis un pied dans l'immense salle que le sens du nom du club me percute. Littéralement parlant. Je crois que nous avons tous le même réflexe. Nous nous immobilisons de concert, nos paumes contre nos cuisses afin de ressentir le rythme des basses se diffusant du sol à nos membres. Cette pièce vibre. Mais vibre vraiment. Chaque percussion de la musique – mix de techno et de house – se déploie, de l'espèce de vinyle par terre, et même des sofas blancs placés un peu partout, jusqu'à venir onduler sous notre peau.

– C'est dément ! m'exclamé-je un peu trop fort.

– Ça le fait si je m'allonge ? me glisse Charlie à l'oreille. T'imagines, le massage d'enfer ?

Je lui lance une œillade en biais à laquelle il répond :

– Ouais, t'as raison. La règle d'or, bébé : pas de position horizontale avant au moins trois verres. On n'est pas des bêtes, non plus.

Je me mets à rire puis nous emboîtons le pas à l'un des propriétaires du club venu accueillir les trois sœurs. Et nous, accessoirement. Nous contournons des sortes de petites oasis écloses un peu partout, composées de canapés et de fauteuils immaculés autour de tables de même couleur. Ici, comme dans l'entrée, le sombre domine. Seuls des spots ultraviolets surgissent du sol afin d'éclairer uniquement les voilages transparents qui isolent les oasis les unes des autres. Pour ce qui est du reste, l'obscurité règne en maître. Le proprio nous conduit à l'un des mini salons les plus en retrait. Plus grand aussi, avec carrément une sorte de balancelle suspendue au plafond et surtout des farandoles de mignardises déjà sur les tables.

– Apprécie de bientôt t'appeler Remington, me chuchote Charlie.

OK, là, étonnamment, leur nom de famille me fait tout à coup moins peur.

Nous prenons tous place, mon corps pulsant au rythme des ondes qui le dévalent. Je ne suis assise que depuis quelques minutes qu'Ella et Érica nous rejoignent, Charlie et moi. La plus jeune des sœurs, arborant une cascade ondulée de cheveux blonds, me lance un clin d'œil en même temps qu'un :

– Alors ? Comment tu te sens ?

– Euh… vibrante ?

Érica, une coupe garçonne et des traits encore plus fins que ceux de ses sœurs, se met à rire tandis que Charlie me décoche une pichenette sur le sommet de la tête.

– Je faisais allusion à ton arrivée parmi nous, précise gentiment Ella.

– Euh… oui, bien sûr, balbutié-je. Cela dit, « vibrante » correspond pas mal. J'ai l'impression que mon corps et mon esprit ne se sont toujours pas remis de tout… *ça*.

Érica se relève du sofa afin de venir s'asseoir sur la table basse, pile en face de moi.

– S'adapter demande du temps, Love, déclare-t-elle d'un ton presque maternel. Surtout dans un milieu comme le nôtre. Tout va toujours tellement vite… Si tu as besoin d'une pause ou de prendre un peu de recul, n'hésite pas à le dire à Émeraude. Ma sœur peut paraître parfois dure, mais je t'assure que ton bien-être lui importe aussi.

– Merci du conseil. Mais, en réalité, mon quotidien a été assez mort, ces derniers temps. Et je crains davantage l'ennui que la suractivité.

– Oh, ne t'en fais pas, reprend Ella. On va te faire bouger, ce soir. Mais avant, dis-nous tout. Qui est Love « Abbey-bientôt-Remington » ?

– Quelqu'un qui a toujours eu en horreur de devoir se présenter devant les élèves de sa classe, plaisanté-je. Et puis, j'imagine qu'Émeraude a déjà dû tout vous dire à mon sujet.

– C'est vrai, approuve-t-elle.

Avant de néanmoins objecter :

– Mais un dossier d'adoption ou des bulletins scolaires ne sont que des données factuelles. On n'y distingue pas vraiment… l'âme.

Un sourire apparaît sur mes lèvres en réaction à ses mots.

– Je suis d'accord ; seulement, je ne suis pas douée pour parler de moi, dis-je un peu nerveusement.

– Laisse-moi faire, bébé, intervient Charlie, qui jusqu'ici demeurait silencieux.

D'un geste théâtral – Charlie, quoi –, il s'incline vers les deux sœurs.

– Love, c'est un concentré de vie à elle toute seule. Pleine de lumière, positive, c'est le genre de personne capable de vous sortir un morceau d'espoir de sa poche alors même que vous êtes au plus bas de votre existence. Elle rit beaucoup, parle trop, et pense surtout beaucoup trop. Mais je ne connais personne qui pourrait lui résister. Son seul défaut, c'est qu'il n'en existe qu'une.

Tandis que je ris de sa remarque, à l'instar d'Ella, Érica, elle, demeure silencieuse, observant Charlie avec attention.

– Tu l'aimes, constate-t-elle simplement.

– Love est ma sœur, répond-il sur le même ton.

D'un léger coup de poing, Ella cogne son épaule.

– Monsieur marque son territoire, remarque-t-elle, amusée.

Interpellée par ses paroles, je me focalise sur Charlie et demande :

– C'est vrai ? Mais tu sais que…

– Et je sais, bébé, me coupe-t-il avec un sourire. Mais je m'assure juste que ta nouvelle famille sache qui elle a la chance d'accueillir.

Un regard empli de reconnaissance, je le remercie en silence.

– Tu n'as pas à t'inquiéter, le rassure aussitôt Érica. Nous ferons tout pour que Love s'y sente bien et acceptée, tu as ma parole. Nous savons à quel point la famille est primordiale, crois-moi.

Les trois sœurs ont toujours été très évasives sur leurs parents ; ces derniers sont décédés tous deux à quelques mois d'intervalle lorsque Émeraude n'était qu'une ado. De ce que j'ai lu dans un article, leur père aurait été emporté par un cancer. Quant à leur mère, elle se serait donné la mort, incapable de surmonter la perte de son mari. Même si elles ont connu la chaleur d'un vrai foyer, elles aussi sont orphelines. Et quand je vois l'empire qu'elles ont bâti, je ne peux m'empêcher de ressentir autant d'admiration que de respect pour elles. D'autant plus à présent qu'elles sont face à moi, me promettant une place au sein de leur famille quand je ne suis personne pour elles…

Le temps me file ensuite entre les doigts sans que je le sente vraiment. Pourtant, j'aimerais le retenir tant cette soirée se déroule à merveille. Ella et Érica profitent de ce moment pour apprendre à me connaître davantage, et je me surprends à vraiment les apprécier.

Après les deux cadettes, c'est au tour d'Émeraude de venir s'asseoir à mes côtés. Charlie ayant été embarqué par Sélia Dieu sait où, je me retrouve seule avec l'aînée des Remington pour la première fois depuis mon arrivée. Habillée d'une longue robe blanche soulignant son corps parfait, Émeraude est, comme toujours, magnifique.

– Je suis désolée pour mon absence, Love, amorce-t-elle. Nous sommes en train de monter un gros projet et ça me prend un temps fou.

– Aucun souci, réponds-je honnêtement. Je comprends parfaitement.

– Comment tu te sens ?

– Franchement ? J'aimerais qu'on arrête de me poser cette question, dis-je d'une voix douce. Parce que je me sens bien. Vraiment. Un peu stressée parfois, comme ce soir, mais ça va. Vous êtes tous tellement gentils et préoccupés pour moi que…

– Ça en devient étouffant, termine-t-elle à ma place sur un léger rire.

– Ce n'est pas ça, mais je n'ai pas l'habitude. Marlow s'est toujours senti concerné par nos états d'esprit ; seulement, il était plus du genre à veiller de loin, tu vois ?

– Très bien. Tu passes d'un foyer à une famille surexposée médiatiquement et très soudée, jusqu'à, je l'avoue, s'avérer parfois envahissante.

– Ne te méprends pas, surtout, m'empressé-je d'ajouter. Ce n'est en aucun cas une critique. Vous êtes tous géniaux, vraiment. Je ne sais juste pas… comment gérer toute cette soudaine attention.

– Tu vas apprendre, je ne m'en fais pas pour toi. Et si on devient trop chiants… enferme-toi dans ta chambre.

Après avoir relâché un soupir d'aise, elle se rencogne contre le dossier, son épaule contre la mienne.

– Et Ezra ? Détrompe-moi, mais j'ai du mal à imaginer mon fils te demander si tu te sens bien…

Son regard vogue jusqu'à lui qui, plus loin, discute avec Josh, son cousin. J'ignore le sujet de leur conversation, mais les deux semblent d'un coup bien tendus.

– Ezra est… assez hermétique, en réalité. Sans être désagréable pour autant.

OK, je mens effrontément. Cependant, je ne peux décemment pas avouer à Émeraude que son fils vient de me proposer de « jouer » avec lui. Et que, pire encore, j'ai accepté. Sinon, je n'aurai même pas le temps de mettre un deuxième pied dans la famille Remington avant qu'elle ne m'en éjecte.

– Prends-moi pour une folle, mais c'est plutôt positif comme comportement de la part d'Ezra.

Bon sang, ça promet si *ça*, c'est un comportement positif…

Soudain, sa main s'abat sur ma cuisse.

– Tu sais quoi ? Ces derniers jours ont été éprouvants. On a mérité de relâcher la pression. Viens !

Après avoir récupéré deux coupes de champagne sur la table, nous trinquons à ses « quelques rares minutes de liberté », selon ses mots avant qu'elle ne décide de m'embarquer sur la piste de danse. En réalité, je n'attendais que ça depuis le début de la soirée. Pouvoir extérioriser ces notes qui me rentrent littéralement dans la peau. Lâcher prise aussi. Et renouer avec la vraie moi qui m'a tant manqué, ces derniers jours. Nous ne tardons pas à être imitées par Charlie, Jenna, Sélia, Ella, Érica et Noa, les autres mecs préférant rester sur leur petite oasis.

J'ignore combien de temps nous dansons au gré de la musique qui nous enveloppe et nous envahit. Profitons de cet instant libre et partagé. Portée par cette impression d'être enfin totalement en phase avec ma nouvelle famille, je me laisse aller. Je dérive. Juste dérive et, bordel, ça fait un bien fou.

Et peut-être que le regard bleu électrique que je sens épouser le moindre de mes mouvements n'est pas étranger à cette sensation étourdissante de bien-être.

Quand, enfin, nous retournons près des autres, je suis accueillie par un immense sourire. Un immense sourire que je n'avais jamais vu. En tout cas, pas sur cette *bouche-là*. Ezra m'invite d'un geste à prendre place à sa gauche, une expression amicale et avenante collée sur ses traits. Une expression que je ne pensais jamais voir sur lui… Les sens en alerte tant ça pue le coup fourré, je m'assieds à côté de lui tandis qu'il se penche afin de me parler.

Euh… hein ?

– Tu peux répéter, s'il te plaît ? demandé-je, interloquée – non, choquée, carrément.

– Je te trouve plutôt mignonne, ce soir.

– Je rêve ou tu viens de me faire un compliment ?

– Je te l'ai dit : je peux être un frère parfait. Tu as accepté de jouer, à moi de remplir ma part du marché.

Ses deux billes acier tombent ensuite sur mon crop-top noir à col roulé puis sur mon slim en cuir de même couleur, me volant encore un fichu frisson. Et je ne peux même pas tricher et mettre ça sur le compte des vibrations provenant du sol. Impossible. Cette vibration-ci est autrement plus vorace. Plus brutale aussi.

– C'est Jenna qui t'a habillée ? demande-t-il soudain.

La bouche pincée, je soupire :

– C'est dommage, tu y étais presque arrivé.

– À quoi ? demande-t-il, un sourcil arqué.

– À être sympa. Sous-entendre que je ne sais pas m'habiller sans l'intervention d'un membre de ta famille, ce n'est pas vraiment… délicat.

Un sourire, bien différent du précédent, apparaît sur sa bouche tandis qu'il s'incline un peu plus sur moi.

– De *notre* famille, tu veux dire. C'est surtout que je ne voudrais pas te déstabiliser.

– En étant trop sympa ? Impossible d'oublier qui tu es, Ezra.

Un éclat irise tout à coup ses prunelles sombres. Les dévore d'une lueur pernicieuse. Et j'ai la sensation dingue d'être également dévorée.

– Tu ne sais pas qui je suis, *petite sœur*.

Ses yeux me quittent, s'attardent durant quelques secondes en direction de sa mère. Avant qu'il ne repeigne sur son visage cette expression sympa et à mille lieues de qui il est, justement. Ensuite, il ancre de nouveau son regard au mien.

– Attends quinze minutes puis prétexte je ne sais quelle connerie pour te barrer. Prends l'autre sortie de la salle, longe le couloir. Troisième porte sur ta droite. Je t'attendrai.

– Et si je refuse ?

– Tu as accepté de jouer, Love. Alors, jouons.

12

Love

Se jeter dans la gueule du loup ? Mais oui, avec plaisir, voyons ! Enfin, plaisir... Avec la peur au ventre, plutôt. Non pas qu'Ezra me fasse réellement flipper. Disons que son goût pour la provoc, lui, n'augure rien de bon.

La main sur la poignée de la porte qu'il m'a indiquée auparavant, je l'actionne sans prendre le temps de réfléchir davantage. Déjà car je n'ai pas vraiment le choix si je veux qu'Ezra ne me mette pas trop de bâtons dans les roues lorsque nous sommes en public. Aussi car j'avoue être curieuse quant à ce « jouons ». Peut-être que si je rentre dans cette partie, j'apprendrai enfin à le connaître. À entrevoir qui est réellement Ezra Remington.

Et puis, ce poids dans mon ventre ne me laisse pas non plus le loisir de rebrousser chemin, alors... je fais ce que j'ai toujours fait : je fonce.

Lorsque je pénètre dans la pièce encore plus sombre que le reste du club, mon regard le trouve immédiatement. Difficile de faire autrement puisque l'un des seuls rais de lumière provenant d'un spot au sol, entre ses deux pieds, est dirigé sur lui. Assis dans un fauteuil, Ezra penche son buste, calant ses coudes sur ses genoux, afin de placer sa tête sur le chemin du faisceau violet. Ce dernier se projette sur son visage en un clair-obscur assez troublant. Ses traits semblent encore plus creusés, encore plus tranchés. Encore plus énigmatiques.

– Putain de démon, commenté-je sans m'en empêcher.

Évidemment, ma remarque déclenche un sourire bien

trop satisfait à mon goût sur ses lèvres. Je referme le battant dans mon dos et verrouille avec la clé déjà enclenchée dans la serrure.

– Je vois que tu aimes vivre dangereusement, me lance-t-il, railleur.

– Hum, disons que je m'assure qu'aucun invité surprise ne vienne nous filmer, cette fois.

– Tu ne me fais pas confiance ?

– Pas le moins du monde.

– Je t'ai sauvé la vie, pourtant.

– Justement, à ce propos… Je pense avoir découvert ton secret. Un jumeau. Une version de toi vachement plus sympa. Je suis sûre que c'était lui, sur la plage, ce jour-là. Ou alors tu t'es envoyé un bon shoot d'ecsta, par exemple. Tu sais, la drogue…

– … de l'amour, termine-t-il à ma place, non sans ponctuer le dernier mot d'un rire clairement moqueur. Parce que tu m'en penses capable ? D'aimer ?

Sans lui répondre, je me contente à mon tour d'un ricanement. En marchant dans sa direction, je prends le temps de scanner la pièce malgré la pénombre. L'espace est assez petit, aménagé uniquement de deux fauteuils blancs. Fauteuils faisant face à une espèce de socle de la largeur d'un tabouret, également éclairé d'un spot et recouvert de la même matière que celle sur le sol et les murs. Je me plante ensuite devant Ezra avant de tendre la main.

– Ton téléphone, exigé-je.

L'un de ses sourcils s'arque. Néanmoins, il s'exécute sans broncher. Après avoir déposé son portable dans un coin de la pièce où il ne peut y avoir accès, je reviens sur mes pas.

– Et si tu t'asseyais, Love ?

– Comme si j'avais besoin de ta permission, grommelé-je.

Toutefois, tandis que je lui passe devant pour m'installer dans le fauteuil libre, son bras se place en travers de mon chemin et m'interrompt.

– Pas ici. Là…

Je suis son regard rivé à l'espèce de tabouret.

– Qu'est-ce que ça change ? demandé-je, suspicieuse.

– Si je te le dis, où est la beauté du jeu ?

– Justement, j'aimerais bien savoir en quoi consiste ce jeu, Ezra. Tu sais, histoire de découvrir à quelle sauce je vais être mangée.

Cette fois, un éclat de rire s'extirpe de sa gorge pour venir me chatouiller étrangement la poitrine.

– Je n'arrive toujours pas à saisir si tu es putain naïve ou juste sans filtre, dit-il d'une voix soudain traînante.

– Je balance juste ce que je pense sans réfléchir. Tu sais, sans calculer. Tu devrais tenter, un jour…

– Assieds-toi, répète-t-il plus durement cette fois.

Un soupir emprisonné derrière la barrière de mes lèvres, je m'installe donc, les fesses au bord.

– Recule-toi.

– Si tu continues de me donner des ordres de cette façon, ta tête va tester les vibrations de la musique à même le sol.

Un sourire amusé fend son visage. Avant qu'il ne s'exprime sur un ton limite licencieux :

– Petite sœur, aurais-tu l'amabilité de reculer ce cul foutrement excitant, s'il te plaît ?

Je pince mes lèvres pour ne pas réagir. En même temps, quoi dire ou faire ? Oui, sa remarque sur mes fesses m'agace autant qu'elle… Bref, elle me déstabilise. Et c'est exactement ce que cherche Ezra. Que je m'emmêle dans ses provocations pour tomber à ses pieds. Il rêve debout, ce démon. Je préfère le scénario du vomi sur le tapis rouge. Aussi, mes yeux arrimés aux siens, je me replace. Et j'ai même l'audace d'écarter un peu les cuisses.

Son regard électrique chute aussitôt sur mes jambes, remonte lentement – trop lentement – sur mon ventre nu, ma poitrine puis rejoint le mien, de regard.

– Ça, tu risques de le regretter, Love.

Son ton n'a rien de menaçant. Au contraire, il semble réellement s'amuser de quelque chose que, visiblement, j'ignore.

Tout à coup, son visage disparaît. D'un mouvement souple, il se rencogne contre le dossier de son fauteuil, échappant à la lumière qui n'éclaire plus que ses jambes. Pour une raison inconnue, ne plus le voir me perturbe. Planqué ainsi dans les ombres, il n'en paraît que plus insaisissable. Et moi, je n'en suis que plus exposée. Arrachée de ses deux billes bleues, je prends alors de plein fouet l'étendue de la situation. Ensemble. Lui, assis en face de moi comme s'il s'attendait à ce que je lui tape un show privé. Moi, dans une position qui, clairement, laisse à penser que… bah, que je vais lui taper un show privé. Bordel, mais…

Soudain, une vibration me transit de la tête aux pieds. Ou plutôt transit l'un des points les plus névralgiques de mon anatomie.

Je me plantais. Là… Là, je prends conscience de l'ampleur de la merde dans laquelle j'ai sauté. Et à pieds joints !

La surface en dessous de moi semble prendre vie. De très nettes pulsations se répercutent contre mes cuisses. Chacune venant mourir au centre de ce siège de malheur. Centre où mon entrejambe est parfaitement placé donc, grâce aux bons soins de cette saleté de démon qu'est Ezra Remington.

Merde, mais c'est un putain de vibro sur pattes, ce machin !

– Tu te prends pour qui ? sifflé-je alors que je découvre que cet enfoiré tient une télécommande entre ses doigts.

– Pour un mec qui t'a demandé de jouer. Défi que tu as accepté, je te rappelle. Sinon, nous ne serions pas là.

– Je n'ai jamais accepté quoi que ce soit qui implique du sexe ! me révolté-je.

– Vraiment ? déclare-t-il d'un timbre sardonique. Et tu t'attendais à quoi d'autre ? Avec moi ? Tu peux me mentir si tu veux pour garder la face. Mais j'espère au moins que tu ne te mens pas à toi-même. Tu savais plus ou moins à quoi t'attendre en me rejoignant, Love.

Je me mords si violemment l'intérieur de la joue qu'un goût de rouille tapisse mon palais. Au même instant, une ondulation plus forte heurte mon bas-ventre. Il a raison. Ce petit con a raison. J'ai beau me répéter que je suis venue pour qu'il incarne ensuite les frères sympas en public… je me doutais bien qu'on ne se ferait pas une partie d'échecs. Vu son tempérament brûlant, vu ses remarques peu équivoques, bien sûr que je m'attendais à… quelque chose de brûlant et peu équivoque également.

Néanmoins, plutôt crever que le lui avouer.

– Ouais, parce que c'est mon fantasme de me retrouver juchée sur un vibro géant devant celui qui est censé être mon frère.

– Alors pourquoi tu es encore assise ? Pourquoi tu ne t'es pas levée ? Ou sauvée ? Pourquoi tu continues à me fixer pendant que les vibrations prennent possession de ton ventre ?

– Je refuse de plier, grincé-je entre mes dents.

Sa main libre apparaît alors dans mon champ de vision tandis qu'il la serre en un poing ferme sur l'une de ses cuisses.

– Une vraie Remington, hein ? ironise-t-il.

– Je ne te laisserai pas gagner, Ezra. Ce jeu n'en est un que pour toi. Pour moi, il s'agit de bien plus et tu le sais. Donc non, tu ne gagneras pas. J'aime trop vivre pour plier lorsqu'un connard veut jouer les dominateurs.

Pour seule réponse, je reçois une décharge encore plus intense. Sous la déferlante de plaisir qui s'empare de mon intimité, je rabats mes paumes sur l'assise, mes ongles raclant le vinyle.

J'essaie de… Putain ! J'essaie de réfléchir, de rassembler mes idées éparpillées au gré des ondes de désir brut qui m'envahissent. Sauf que je n'y parviens pas. J'ai l'impression d'être assiégée. Coincée d'un côté entre les flammes qui lèchent l'intérieur de mon ventre, de l'autre par mon refus de céder. De lui céder.

Une autre salve me déchire l'abdomen. Et je ne bouge toujours pas d'un millimètre. Tout comme je ne dévie pas mon attention de son visage plongé dans l'obscurité. Fière, je lui balance tout mon orgueil et ma colère en pleine face. Enfin, j'espère… Parce que occulter le plaisir qui m'embrase de plus en plus devient compliqué.

– Tu veux que je t'avoue quelque chose, Love ?

D'une détente, il se relève. Son ombre fond sur la mienne, me recouvre tandis qu'il me surplombe, ses paumes posées près des miennes. Son visage ainsi en pleine lumière ne me cache rien de ses expressions. Ne dissimule rien non plus. Ni du feu irradiant dans ses iris. Ni de ses traits tendus. Ni de son souffle court.

– Je bande tellement que j'en ai un mal de chien. Et crois-moi… à ce point, c'est inédit.

L'une de ses mains se porte ensuite à mon visage, me caresse la joue en un geste affreusement lent, si tendre que le chaos entre mes cuisses n'en est que plus attisé.

– Quelque chose me fascine chez toi, souffle-t-il comme s'il se parlait à lui-même. Et je ne sais pas si c'est une bonne chose.

– Pour toi ? Ou pour moi ? haleté-je.

– Nous deux. On est une famille, après tout.

Je déglutis, en proie à un bordel sans nom, quand son buste frôle mes seins tandis qu'il se penche pour murmurer à mon oreille :

– Dis-moi, Love… Est-ce que tu vas jouir ?

La puissance des pulsations redouble, s'intensifie, me clouant sur place. Et, malheureusement pour moi, la chaleur d'Ezra ne m'apaise pas du tout. Oh, non. C'est pire. Tellement pire. Sa respiration saccadée qui se répercute contre mon cou, son parfum qui s'enroule au moindre grain de ma chair, sa présence… Juste sa présence suffit à me faire couler. Et à me donner envie de couler surtout. Sauf que je ne suis pas certaine qu'il m'empêcherait de me noyer, cette fois.

– C'est ça… susurre-t-il en relevant son visage de façon à nouer nos regards l'un à l'autre. Montre-moi, Love. Je veux voir comment tu jouis sans plier devant moi.

Je suis tentée de l'envoyer bouler. De le gifler ou… que dalle. Je suis tentée de que dalle car tout simplement pas en état. J'ai toujours privilégié l'instinct, eh bien, bravo, je peux être fière de moi. Parce que je n'en suis réduite qu'à ça, à cet instant. À de l'instinct dans sa forme la plus simple. La plus dévastatrice.

Ce constat me tue. Me foudroie de façon si violente que mes idées se remettent d'équerre sous le choc. D'un geste de la main, je vire la télécommande de la sienne, et la jette dans un coin de la pièce. Sous le regard surpris d'Ezra, qu'il s'empresse toutefois de camoufler derrière un air suffisant, je me remets debout. Les jambes tremblantes et la moindre de mes cellules me suppliant de refoutre mon cul où il était.

– Tu veux me voir jouir, Ezra ? Il va t'en falloir plus. Bien plus…

Ses doigts s'enroulent autour de mon bras, me rabattent, brusques, contre lui, affamant encore plus mon fichu ventre qui réclame l'assouvissement.

– À ton tour de m'inviter à jouer, petite sœur ?

– Non… à mon tour de te voir plier.

13

Love

Dans le couloir menant à ma chambre, je marche – enfin, j'essaie – avec les bras écartés afin de m'assurer une certaine stabilité. Au bout de quelques pas, je trouve le moyen de coincer le talon d'une de mes chaussures dans l'autre. Agacée, je me retourne vivement et, un index barrant ma bouche, balance un « Chhh ! ». Avant de me rappeler que… je suis seule. Seule et visiblement saoule. Après mon expérience vibro géant/démon en chaleur, j'ai voulu éteindre ce feu sur ma peau, en allumant un autre dans mes veines grâce à l'alcool. Sauf qu'Émeraude m'a gentiment rappelé mon âge, ainsi que la possibilité que, ce soir, quelques photos de moi fuitent sur les réseaux. Une coupe de champagne, OK, mais plus me donnerait une mauvaise image donc… je m'en suis tenue à ce bon vieux Coca-Cola. Bah ouais, parce qu'une overdose de sucre, c'est tellement mieux…

Néanmoins, et heureusement pour mon esprit en surchauffe – à l'instar de cette saleté de ventre –, Charlie a réussi à choper une bouteille de champagne puis, prétextant vouloir rentrer, nous avons fini dans le SUV. Et, putain, les bubulles à quelques milliers de dollars montent à la tête plus vite et plus fort que je ne l'aurais pensé. À moins que je ne sois saoule de… lui. Je ne vois que ça comme raison pour expliquer que j'étais prête à jouir, mes yeux plongés au fond des siens. Mais qu'est-ce qui m'a pris, bordel ? Je ne l'aurais même pas fait avec un mec lambda et j'ai à peine hésité avec lui. Lui qui est censé devenir mon frère ! Le sexe en soi ne m'a jamais dérangée ; seulement, avec Ezra…

– Oh, ta gueule ! me mets-je à râler, toujours seule, en tapant du plat de ma paume sur ma tempe.

Une douche, bien chaude… Non ! Surtout pas ! Froide plutôt, glaciale même. Tout pour ne pas penser à…

– J'ai dit « ta gueule », bougonné-je à voix basse.

Donc, je disais : une douche gelée et…

Oh !

Ma bouche se tord en une espèce de cul-de-poule qui doit juste être affreux. Mais je m'en fous. Car… j'ai soudain envie de faire une bêtise. Une grosse bêtise. Comme une percée en enfer. Devant mes yeux brillants se dresse la porte de la chambre d'Ezra. Ezra qui n'est pas là puisqu'il est resté avec ses cousins au club. Un sourire à la Cruella d'Enfer se peint sur mes lèvres. Vais-je tenter de pénétrer dans l'antre du diable ? Mais tout à fait. Il y a quelques heures, j'étais juchée sur un sextoy en sa compagnie, alors… je ne suis plus à ça près.

Telle une voleuse professionnelle, je m'approche à pas de loup. Enfin, je crois. Me plaque contre le mur. Regarde à droite, à gauche. Opère une volte-face qui me projette direct contre la porte et, lentement, enroule ma main autour de la poignée. L'enclenche.

Tss, Ezra. Tu me déçois… Tu aurais au moins pu la verrouiller. Histoire de me compliquer un peu la tâche. Quoique, sobre ou pas, hormis me jeter sur le bois jusqu'à ce qu'il cède, je ne vois pas très bien ce que j'aurais pu faire pour l'ouvrir.

Bref, la question ne se pose pas puisque le battant me laisse la voie libre sans aucune résistance. Sur le seuil, je m'immobilise, une boule crépitant dans mon ventre. Je la connais, cette boule ; c'est celle qui annonce une connerie imminente. Je tâtonne plusieurs secondes avant d'allumer le plafonnier, qui déverse sa lumière sur l'entièreté de la chambre d'Ezra. Puis, la respiration hachée, je referme derrière moi et avance de quelques mètres comme si je foulais la Terre sainte. Ou plutôt la Terre damnée, vu le propriétaire des lieux.

En réalité, je suis surprise. Je m'attendais à… j'ignore quoi, mais pas à ressentir une telle chaleur et un tel bien-être se dégageant des murs. Le style est assez simple, masculin et sobre. Un lit king size recouvert d'un édredon bleu roi, assorti aux grands rideaux qui dissimulent une immense baie vitrée. Cette pièce doit être constamment baignée de rayons de soleil durant la journée. C'est étrange, mais je l'aurais plutôt vu vivre dans les ombres, comme ce soir… Un ordinateur portable est négligemment posé sur son matelas tandis qu'un autre, plus gros et donc plus performant, trône sur un bureau en bois brut assez large pour recouvrir un pan de mur. Mais la pièce bien plus impressionnante reste l'énorme bibliothèque qui déborde littéralement de bouquins. Ezra en a tellement que certains squattent même le parquet en piles plus ou moins hautes ou encore la petite table encadrée de deux fauteuils situés à côté. Curieuse, j'entreprends de fureter au milieu des ouvrages. Certains sont récents, d'autres plus anciens, et il y en a pour tous les goûts. Ou presque. Allant de l'essai philosophique à la fantasy en passant par des classiques français ou, plus simplement, le traditionnel *Harry Potter*. Et j'aperçois même les œuvres d'un de mes auteurs préférés… Merde. Ezra est un putain d'intello. Intelligent, enfoiré et doté d'un sex-appeal débordant. Mauvais combo. Très mauvais combo, surtout pour la personne en face. Ou pour l'idiote qui aurait accepté de jouer… Peut-être a-t-il raison, peut-être suis-je naïve…

Je secoue la tête pour chasser cette idée absurde et le regrette aussitôt. Le cœur au bord des lèvres, je grimace sous les percussions entre mes tempes. Autant dire que je ne veux plus entendre parler de battements, de rythme, ou de quoi que ce soit qui « vibre » pour les dix prochaines années de ma vie. Je continue mon inspection quand, au milieu des livres, par terre, je remarque des carnets d'où s'échappent quelques feuilles libres noircies d'écriture manuscrite. Quitte à faire la fouineuse… Sans l'ombre d'une hésitation, je décide d'extirper une des pages, mais à peine mes doigts sont entrés en contact avec le papier que j'entends la voix d'Ezra depuis le couloir. Et il n'est pas seul, d'ailleurs, si j'en crois les gloussements qui l'accompagnent.

Bordel de merde !

Sous la panique, je sautille sur place. Scanne l'espace afin de trouver un trou de souris où me planquer. Le lit ? Sauf si j'ai envie de me retrouver dans un plan à trois, vaut mieux pas. Le bureau ? Je préfère crever plutôt que de voir l'expression d'Ezra s'il me découvre à quatre pattes dessous. Les rideaux ? Mais oui ! Les rideaux ! Ni une ni deux, je me précipite vers eux et m'enroule dans l'épais tissu au moment même où la porte se rouvre.

– Ezra, susurre une voix féminine.

– Chhh, lui intime-t-il dans un sifflement autoritaire.

Je me raidis de la tête aux pieds, je sens même mes cheveux se dresser sur mon crâne. Persuadée de m'être fait repérer, je manque de chanceler de soulagement quand je l'entends, en fait, embrasser la fille. Vu les bruits de succion, l'un ou l'autre n'est pas loin des amygdales, là. Cela dit, le soulagement ne tarde pas à vite être remplacé par un sentiment plus… ambigu. Plus dangereux aussi. Parce que je réalise alors que je ne peux pas bouger. Et surtout que je vais devoir patienter le temps que…

Oh, putain. Soudain, même sans rien voir, j'ai une image très précise de ce qui se déroule à quelques mètres de mon pauvre corps tremblant. Les bruits de bouche que je pensais être des baisers ne s'avèrent, en fait, être rien d'autre qu'une bonne vieille fellation.

C'est alors qu'un gémissement me frappe de plein fouet. Rallume l'incendie qui assiège la moindre de mes cellules depuis le club. La jeune femme met visiblement du cœur à l'ouvrage vu le plaisir que semble prendre Ezra. Plaisir qui se répercute avec un peu trop de violence pile entre mes jambes.

C'est normal de trouver des râles masculins aussi sexy ? Si érotiques ? Si décadents ?

J'ai chaud, trop chaud. Et je suis en train de cuire, coincée dans ma toile en velours.

Oh, mon Dieu, j'espère que ma température corporelle qui grimpe en flèche ne fait pas de la buée sur les vitres !

Les paupières closes, je peine de plus en plus à respirer à cause du tissu. À cause de la chaleur qui fait bouillir le sang dans mes veines. Manquerait plus que je m'étouffe dans la chambre d'Ezra pendant que celui-ci prend son pied… Avec précaution, je remonte très lentement ma main puis, du bout de l'index, tente de dégager un minimum le rideau afin de permettre à un peu d'air d'emplir mes poumons.

J'en ai fait, des conneries, ce soir. Mais celle-ci restera la pire… Parce que quand je découvre une partie de mon visage, l'un de mes yeux tombe direct sur le couple s'ébattant. Debout, le dos contre la porte, Ezra empoigne fermement la masse de cheveux de la brune qui, agenouillée, le prend en bouche. L'arrière de son crâne tape une fois, puis une seconde, contre le battant en bois tandis que ses deux billes sombres me harponnent d'un regard à la fois licencieux et enténébré.

Oups.

Avec la mine d'une gamine prise sur le fait, je glisse de nouveau le tissu devant moi. Comme si de rien n'était. Comme si je ne venais pas de me faire choper en train de jouer les voyeuses. Peut-être qu'il ne m'a pas vue. Peut-être qu'il fixait juste le vide, tout à son plaisir. Peut-être que si je ne bouge pas, il pensera à une apparition de son cerveau dérangé. Peut-être que…

– Tu aimes ça, *regarder* le plaisir que je prends ?

OK, là… Me raccrocher à mes illusions me paraît compliqué. Même avec l'alcool noyant mon sang. J'entends la jeune femme alors lui répondre un « oui » étouffé, ignorant qu'il ne s'adresse pas à elle. Mais à moi. Cette façon de prononcer « regarder », je sais qu'elle m'était destinée.

Quant à moi, je prends mon mal en patience. Dans l'attente qu'ils en terminent et que je puisse, la honte au teint mais la tête haute – faut pas déconner non plus –, sortir d'ici pour me terrer entre mes murs jusqu'à la fin de mes jours.

– Stop, grommelle ensuite Ezra.

– Mais… tu n'as pas joui, se lamente la fille.

– Tu peux partir maintenant, la congédie-t-il.

Décidément, ce mec a toutes les qualités dont une mère pourrait rêver pour sa fille…

Seulement, il faut croire que cette fille-là est habituée car, sans prendre ombrage de son comportement, elle sort de la chambre. J'entends très nettement le bruit du battant qui se referme. Nous emprisonnant Ezra et moi dans son antre. Dans son enfer qui ne va pas tarder à devenir le mien, je le sens.

– Tu vas sortir de là ou je dois venir te chercher, Love ?

14

Love

D'un geste un peu trop théâtral, je rouvre en grand le rideau avec la même expression qu'une strip-teaseuse qui jaillirait d'un gâteau. OK, c'est de mauvais goût, mais bon, on ne peut pas dire qu'on flirte avec l'élégance et la classe, ce soir…

Face à ma réaction, Ezra se mord la lèvre afin, j'en suis certaine, de ne pas rire. Ce petit con a retiré son tee-shirt, mais a au moins eu la délicatesse de remonter son pantalon. Le seul hic ? La bosse énorme qui semble avoir du mal à rester en place sous son boxer. Néanmoins, ce qui m'explose aux yeux sont toutes ces nuances de couleurs qui recouvrent l'entièreté de son torse. Dans un style japonisant, des tatouages se déploient en entrelacs serrés et emmêlés, de la couture de son dessous jusqu'à ses pectoraux gonflés. Des irezumis représentant un dragon asiatique doré sous un clair de lune, la traditionnelle carpe koï de couleur orange ou encore un masque Oni bleu éclaboussent sa peau de lignes d'encre vives. Pourquoi n'avais-je jamais remarqué ces tatouages avant ? J'ai beau chercher dans mes souvenirs lorsque je suis allée faire ma curieuse sur Internet, je ne me rappelle pas avoir vu une seule photo de lui torse nu…

Avec ces tatouages et son air de combattant, on dirait un putain de samouraï.

Démon et samouraï. Comment on peut lutter face à un tel phénomène ?

Un rire s'arrache de sa bouche et je réalise aussitôt que j'ai parlé et pas seulement pensé ces deux dernières phrases. Fier comme un paon, il se rencogne davantage contre le battant de porte, les mains dans les poches de son pantalon noir.

– Alors, on ne veut pas jouir ? balancé-je tout à trac, histoire de calmer son orgueil.

Ce qui évidemment ne fonctionne pas le moins du monde.

– Solidarité fraternelle, petite sœur. Tu ne jouis pas, je ne jouis pas…

Je grimace en repensant à ce qu'il s'est passé au club.

– Conneries, grommelé-je.

Un sourire de prédateur éclot sur ses lèvres, vibrant jusque sous ma peau. Putain de vibrations !

– Je trouve que ma capacité de jouir t'importe un peu trop, raille-t-il.

Et moi, je trouve que le mot « jouir » a été beaucoup trop prononcé ces dernières heures.

D'une impulsion, il se décolle du bois et avance lentement vers ma pauvre carcasse.

– Ou peut-être que j'attends juste un corps plus… excitant.

Ezra s'immobilise à de ridicules centimètres de moi. Toujours les poings dans les poches, il se redresse de toute sa hauteur, me surplombe, tente de s'imposer.

– Je vois, réponds-je, la bouche pâteuse. Monsieur est romantique. Monsieur réserve son foutre à l'élue.

À ses yeux qui s'écarquillent pour la deuxième fois de la soirée, je comprends qu'il ne s'attendait pas à cette réplique. Sa silhouette se fige avant de se détendre d'un coup tandis qu'il éclate d'un rire franc et sonore. L'une de ses paumes se rabat sur sa ligne abdominale et je me maudis de soudain envier chacun de ses doigts en contact avec sa peau.

Bordel, il est temps que je prenne mon pied pour endiguer la fureur de mes hormones qui, visiblement, n'ont pas compris que ce mec est interdit. Pas faute de l'avoir rangé dans sa petite boîte des erreurs monumentales, pourtant.

– « Foutre », je l'ai toujours trouvé violent et trivial, ce mot, se reprend-il soudain. Et, forcément, j'aime ça, tu imagines. Mais ta bouche… Elle lui apporte ce côté érotique et indécent qui lui manquait.

Érotique et indécent, à l'image de ce frisson qui s'éparpille sur ma chair.

– Pourquoi tu fais ça ? demandé-je dans un murmure. Pourquoi tu cherches tant à ruiner ma chance ? Parce que, je ne suis pas conne, ou naïve comme tu le prétends, je sais que tu ne veux pas vraiment coucher avec moi. Tu veux simplement prouver à ta mère qu'elle a commis une erreur avec cette histoire d'adoption. J'ai tort ?

– Oui et non.

Je lève un sourcil interrogateur auquel il me répond par une réplique à la Ezra.

– Oui, je veux que ma mère comprenne qu'elle doit cesser de me contraindre à me plier à ce jeu de la *fame* que j'ai en horreur. Et non parce que… j'ai vraiment envie de coucher avec toi, Love.

– Une chance que tu sois habitué à ne pas prendre ton pied, alors. C'est un bon entraînement pour la suite.

Un autre sourire – indéchiffrable, cette fois – illumine son visage. D'un geste tendre, Ezra approche sa main de ma joue, qu'il caresse d'un index plié.

– Tu n'es qu'un gamin capricieux et hypocrite, craché-je tout à coup. Tu boudes comme un gosse au lieu de prendre tes affaires et tout simplement te barrer. Tu as 21 ans après tout, qu'est-ce qui t'en empêche ?

Piqué au vif, il laisse retomber aussi sec son bras entre nous.

– Tu prétends ne pas vouloir de la célébrité, mais tu nourris l'attention des paparazzi avec tes scandales, enchéris-je. Et c'est ce que je suis pour toi. Un autre scandale à faire exploser. Tu n'en as rien à foutre si, au passage, tu détruis mon rêve et l'occasion pour moi d'avoir enfin une vraie famille.

Moi qui pensais ne jamais réussir à l'atteindre, là encore je suis étonnée. Enfin, j'imagine… parce que ses traits se murent derrière un masque froid et dur. Les muscles de son torse sont saisis d'une violente contraction qui se répercute bizarrement dans mes propres membres.

– Tu ne me connais pas, siffle-t-il, les mâchoires crispées.

– Arrête avec cette phrase. Tu as remarqué ? Tu me la sors dès que, au contraire, je découvre un trait de ton sale caractère merdique.

Sans attendre une réponse, je lui tourne le dos, tout à coup harassée par ce trop-plein d'émotions et de colère. Toutefois, mes pieds ne semblent pas vouloir progresser plus loin que la bibliothèque. Mon regard erre quelques secondes le long des rangées de livres. Dans mon dos, je sens la présence d'Ezra se rapprocher jusqu'à effleurer mon dos.

– C'est vraiment bête, soupiré-je. Je ne mentais pas, la dernière fois ; malgré ton comportement de con, je t'aime bien. Toi et moi, on pourrait vraiment s'entendre. Regarde, tu as même tous les livres de mon auteur préféré.

Son souffle s'échouant dans mes cheveux, Ezra tend son bras par-dessus mon épaule pour attraper un bouquin intitulé *Le Hurlement des ténèbres*. L'un de mes favoris.

– Sanada Adkins ? résonne son timbre près de mon oreille.

Je caresse la couverture bleu nuit qu'il tient juste devant nous.

– J'adore cet écrivain et sa façon de décrypter les sentiments humains, de les rendre à la fois beaux et monstrueux. Je me dis que… tu ne dois pas être si insensible que ça si, toi aussi, tu aimes le lire.

– Et si, toi, tu aimes le lire alors tu sais que, au sein de chaque âme, se livre une bataille entre lumière et ténèbres.

– Et que donc, tu n'es pas qu'un connard ? C'est ce que tu sous-entends ? demandé-je en me retournant.

Son regard orageux, vif et profond me cueille. Et remue méchamment mes entrailles.

– Montre-m'en plus, lui intimé-je d'une voix presque tremblante. De ta lumière. De cette bataille.

Sans déverrouiller cette expression obscure de son visage, Ezra se penche jusqu'à poser son front sur le sommet de ma tête. Il ne me touche pas, une main contre sa cuisse qui convulse en un poing nerveux. Puis, les paupières closes, il inspire. Profondément. Son nez s'attarde ensuite dans mes cheveux avant qu'il ne murmure :

– Va te coucher, Love.

J'acquiesce en silence, mais ne bouge pas. Lui non plus, d'ailleurs. C'est normal de ressentir autant de paix, de bien-être alors qu'on est censé s'engueuler ? Enfin, moi, j'ai gueulé, en tout cas. Lui n'a fait qu'encaisser, presque immuable. Comme ces ténèbres dont parle le livre qu'il tient encore fermement entre ses doigts.

– Love…

À contrecœur, je me recule, lève les yeux sur les siens, qui me couvent d'une chaleur étrange. Décidément, tout prend un goût différent, étrange avec lui. Puis, je me détourne et me dirige vers la porte. Au moment où je pose un pied dans le couloir, j'entends sa voix résonner autour de moi, de ce timbre rocailleux, presque moqueur :

– Passe une bonne nuit, Love.

Une fois de plus, c'est le bordel dans ma tête. Car je ne suis pas foutue de savoir si je suis rassurée ou paniquée quand il ajoute :

– Repose-toi, on a une partie à assurer.

15

Love

Mal à la tête.

Mal au cœur.

Mal à chaque grain de ma peau.

Saleté d'alcool.

Saleté de démon.

Et saleté de frustration.

Dans l'un des bureaux du premier étage, celui personnel d'Émeraude plus exactement, j'écoute cette dernière en tentant d'ignorer le marteau-piqueur qui a élu domicile entre mes tempes. Cela dit, s'il me restait encore quelques résidus d'alcool, cette entrevue aura au moins eu le mérite de totalement me dessaouler. Les yeux ronds, je mate, un peu de travers, le planning – un planning ! – entre mes doigts dans lequel se disputent, au milieu de mes heures de cours, des instants de tournage, des apparitions publiques programmées avec Ezra et plusieurs sorties « en famille » étalées sur tout le mois. Tout ceci avant d'annoncer officiellement mon adoption si les trois mois se déroulent bien. Sauf que… je ne suis pas sûre d'être prête.

– Love ? m'interpelle Émeraude.

Je relève mon visage sur elle qui, un éclat incertain dans le regard, contourne son bureau pour venir se placer devant moi. Une fesse calée sur la tranche en bois, Émeraude m'observe avec attention.

– Je ne suis pas sûre que le président des États-Unis lui-même ait un quotidien aussi chargé, soufflé-je.

– Médiatiquement parlant, je ne pense pas non plus, admet-elle en riant. Et encore… je t'ai épargnée sur certains points. Je me suis essentiellement concentrée sur Ezra et toi. Dans quelques jours aura lieu le Salon du dessin de L.A. Je me suis dit que vous pourriez y faire une apparition ensemble. Que lui fasse une entrée dans ton univers pour une fois. Afin de montrer que… qu'il s'implique aussi.

Oh, pour s'impliquer, il s'implique, ai-je envie de rétorquer.

– Ensuite, poursuit-elle, je t'ai prévu une sortie avec Sélia ; j'ai vu que vous vous entendez bien, toutes les deux. La semaine prochaine se déroulera l'avant-première de la prochaine saison de sa série ; ce serait bien qu'on te voie la soutenir. Oh, et le 20, Jenna et Josh participent à une rencontre pour influenceurs, peut-être que si Ezra et toi, vous…

Le reste de ses mots tournent au-dessus de ma tête sans vraiment percer mon esprit. Un sentiment d'appréhension grossit soudain dans mon estomac. Parce que j'ai beau flipper en voyant ce planning, je n'ai aucunement envie de retourner en arrière. Plus le temps passe, plus je me sens à l'aise en leur compagnie. Il faut dire que, hormis Ezra, ils ne sont pas avares en efforts pour m'intégrer. Je commence à réellement les apprécier et, surtout, je commence à en vouloir plus, de cette famille. Et puis, il y a lui, celui pour qui tout ce plan a été monté, celui qui me pousse dans la direction opposée à celle qu'il souhaiterait me voir emprunter. Vers lui. Ce mec m'énerve. Et je m'énerve encore plus de penser à lui depuis hier soir. Depuis notre tête-à-tête dans ce club…

– Tout va bien ? s'enquiert Émeraude face à mon mutisme.

– Je… Oui, ça va.

Mes yeux chutent une nouvelle fois sur le planning, sur ces zones surlignées de rouge correspondant à mes heures de cours, et un sourire sincère s'envole sur mes lèvres. Émeraude n'a pas failli à sa promesse et m'a inscrite dans l'une des meilleures écoles de mangaka. Le souci, c'est que cette école est au Japon… Je suivrai donc des cours par correspondance en anglais, et un professeur particulier de dessin se déplacera ici afin de renforcer ce cursus. Devenir mangaka est un parcours du combattant, mais gravir une montagne ne m'a jamais fait peur. Sinon je ne serais pas ici, le stress au ventre à l'idée d'affronter tout ce bazar médiatique. Ou à me tenir face à Ezra Remington.

Alors oui, reconnaissante, je souris à cette femme qui m'offre cette magnifique occasion.

– Ça va très bien même, affirmé-je.

***

Après mon entrevue avec Émeraude, je me traîne jusqu'à l'un des bains de soleil bordant la piscine extérieure, puis m'affale dessus. Je vais avoir besoin de reprendre des forces pour suivre ce planning de ministre… Je retire ma robe légère puis, en bikini couleur corail, je m'allonge sur le ventre, bien décidée à me taper un coma sous la chaleur estivale de Los Angeles.

Soudain, une silhouette s'interpose entre les rayons et moi. J'ouvre un œil bien que je sache parfaitement qui vient jouer de son ombre sur mon corps étendu.

– Arrière, démon, grommelé-je. Pardon, je reprends dans un langage que tu comprendras peut-être mieux : *Vade retro, Satanas.*

– Tiens, je suis monté en grade ? Je suis passé au diable, maintenant ?

Tandis qu'Ezra, habillé d'un seul boxer de bain, s'installe tranquillement sur le transat à ma droite, je tourne la tête dans la direction opposée et demeure silencieuse. Mais c'est compter sans cette brûlure qui me crame la peau bien plus que l'astre au-dessus de nous ne pourrait le faire. Le regard rivé sur la baie vitrée en face de moi, je me noie dans le reflet d'Ezra, qui mate mes fesses sans vergogne. Note à moi-même : la prochaine fois, je viens bronzer en tenue de ski parce que… bordel, j'ai l'impression de me liquéfier sous le poids de son attention trop incendiaire. N'y tenant plus, je me retourne vers lui. Un sourire vorace s'envole sur ses lèvres.

– Le côté pile est à ta convenance ? pesté-je en bombant le buste.

– Le côté face n'est pas mal non plus, raille-t-il alors que ses yeux glissent sans pudeur sur ma poitrine.

Poitrine qui se tend d'ailleurs avec trop de facilité... Soudain, Ezra penche son visage sur le côté puis, avec une pointe de moquerie dans la voix, lit le tatouage encré sous mon sein gauche :

– *Live, Laugh, Love*[1].

– Laisse-moi deviner : tu trouves ça... naïf, je me trompe ?

– Je dirais surtout que ça te ressemble, répond-il d'un timbre indéchiffrable.

Piquée, je rétorque :

– Pour reprendre les mots d'un petit con : tu ne me connais pas.

– Vraiment ? Alors pourquoi j'ai quelque chose pour toi qui, je suis certain, te donnera envie de me sauter dessus ?

– Tu me fatigues, Ezra. Je vais finir par croire que tu es incapable d'avoir une vraie conversation.

– Donc...

Sa main attrape un paquet que je n'avais pas remarqué sous son transat puis me l'agite sous le nez.

– ... ça, je le garde ? termine-t-il.

– Un cadeau ? Pour moi ?

Pour seule réponse, ses lèvres s'étirent en quelque chose de dévastateur pour mes sens. Je tends donc mon bras, mais me fige lorsqu'une pensée me traverse l'esprit.

– Pitié, dis-moi que ce n'est pas un moule de ton sexe avec ton nom gravé dessus.

D'abord saisi par ma réplique, il ne tarde pas à se mettre à rire :

– Promis, non. Cela dit, je prends note que la taille de ma queue t'interpelle. Je garde l'idée pour plus tard.

Je roule des yeux, mais ne moufte pas. Ce n'est pas comme si j'avais tendu le bâton... Soudain aussi excitée

1. Vis, ris, aime.

qu'une gamine, je lui arrache le paquet des mains et, sans tergiverser, l'ouvre.

– Mais… comment tu…

Ébahie, une onde de joie se greffant à mes cellules, je contemple avec émerveillement le dernier livre de Sanada Adkins entre mes doigts.

– Il est censé sortir dans plus d'un mois ! Comment tu as fait pour l'avoir ?

Ezra se contente d'un regard entendu. Ouais, je sais… il s'appelle Remington, etc. Mais quand même !

Un petit cri transperce ma gorge et, la seconde suivante, je me jette au cou de mon *frère* qui, pour une fois, se comporte comme tel. Enfin… jusqu'à ce que lui et moi réalisions ce que je viens de faire et où je me trouve à cet instant précis. À savoir dans ses bras, mes seins collés contre son torse nu et nos peaux pressées l'une contre l'autre. Étrangement, Ezra n'en profite pas pour me coller davantage à lui, ni même me toucher. Ses mains restent sagement en place contre ses cuisses, bien que la totalité de ses muscles se contracte d'un seul coup.

Je ne me détache pas d'emblée de lui. De cette étreinte uniquement dictée par la joie, mais qui prend une saveur autrement plus… électrisante. Plus étourdissante aussi tant son odeur s'accroche à chaque centimètre de mon épiderme. Tant sa chaleur se répand sur mon corps en de violents frissons. Tant sa respiration lourde me…

– Tu vois ? chuchote-t-il à mon oreille. Je t'avais dit que tu me sauterais dessus.

Dieu merci, Ezra redevient Ezra. Son ton beaucoup trop confiant a au moins le mérite de ranimer mon esprit en plein bug mental. Rapidement, je m'écarte et récupère ma place sur mon propre transat.

– Merci, dis-je du bout des lèvres. Ça me touche. Vraiment.

Je risque ensuite un coup d'œil à son profil qui, lui, n'a pas bougé d'un pouce. Comme si j'étais toujours accrochée à lui.

– Et sans mauvais jeu de mots, précisé-je d'une voix plus légère.

Ezra se reprend enfin pour afficher l'un de ses rictus mi-suffisants mi-ravageurs. Puis, sans prononcer un son, il ferme les paupières, glisse un bras sous sa nuque puis tend son visage vers les rayons. Quelques mèches de ses cheveux noirs retombent sur le haut de son front, une repousse de barbe ombre sa mâchoire, et les couleurs qui éclaboussent son torse musclé sont encore plus éclatantes en plein jour. Mes doigts se mettent à fourmiller tant j'ai une sérieuse envie de le dessiner. De décortiquer ses traits mystérieux en lignes que je pourrais enfin saisir.

– Pourquoi tu me l'as offert ? demandé-je tout à trac. Pour vraiment me faire plaisir ? Pour te montrer sympa ? Ou juste pour être sûr que je ne fuie pas en t'abandonnant seul à ton jeu malsain ?

Sa bouche s'entrouvre le temps d'un soupir et je me surprends à humecter mes lèvres en réponse. Ensuite seulement, il penche la tête dans ma direction, et baisse ses yeux bleus sur mon tatouage.

– Et si tu te contentais de suivre ce qui est inscrit sur ta chair, Love ? Vis. Arrête de te poser trop de questions.

– Je veux juste être certaine que tu as bien compris. Toi et moi, jamais on ne couchera ensemble.

OK, c'est peut-être violent juste après le cadeau qu'il vient de m'offrir. Néanmoins, je ne peux m'empêcher de penser qu'il ne s'est pas montré généreux gratuitement. Et que donc, il attend quelque chose en retour.

– Si tu veux continuer de le répéter pour t'en convaincre, je t'en prie. Mais ne le fais pas devant moi, je supporte mal les mensonges.

Choquée par son aplomb, je lâche un rire incrédule. Sous mes yeux ronds, Ezra pose deux pieds à terre de façon à me faire face.

– Ose me dire que tu n'as pas envie de moi ? assène-t-il, sombre.

– Mais… pour qui tu te prends ? T'es tellement arrogant que le fait qu'une femme ne veuille pas de toi dans son lit t'est inconcevable ?

Son expression se verrouille subitement. Sa suffisance naturelle disparaît au profit d'un air obscur et glacial que je n'aime pas du tout.

– Regarde-toi, crache-t-il. Déjà en train de t'adapter, hein ? Où est passée ta franchise ? Elle s'est évanouie quelque part entre les fringues de luxe et l'une des piscines à débordement ?

– T'es qu'un connard, Ezra.

– Peut-être, mais chaque mot qui sort de ma bouche ne pue pas le mensonge, au moins.

Une boule douloureuse se forme dans ma gorge, me forçant à déglutir dans l'espoir vain de l'en déloger. Soufflée par sa dureté, je me contente de le fusiller du regard sans un mot. Mais le pire, c'est ce sentiment de trahison qui m'envahit car…

– Tu as raison, admets-je à voix basse. J'ai menti. Je… oui, j'ai envie de toi. Tu es… enfin, merde, d'un, tu es canon. De deux, je me rends compte que tu es loin d'être con et, en plus, cette façon que tu as de… réagir avec moi, c'est… bref, mon corps n'est pas fait de bois. Mais cela ne change rien au fait que tu ne me mettras jamais dans ton lit, Ezra. Parce que, le désir n'est, au final, que du désir. Tu veux de la franchise ? Eh bien, si ça me titille, j'ai des doigts plutôt agiles pour me soulager.

Au fur et à mesure de ma tirade, Ezra quitte son mode chevalier de glace pour glisser dans celui de démon brûlant. D'un opposé à un autre en quelques secondes.

– Rien n'est comparable à un corps chaud et accueillant.

– C'est vrai. Seulement, il te manque quelque chose pour obtenir le mien.

De l'index, je tapote sur ma poitrine.

– Ton cœur, s'amuse-t-il. Comme c'est mignon.

Portée par cette sincérité dont je suis pétrie et dont j'avais besoin, je me penche vers lui. Effleure ses lèvres des miennes lorsque je lui réponds :

– Moque-toi, mais mon cœur est qui je suis.

Se prêtant à mon jeu, Ezra penche la tête sur le côté, semblant vouloir m'embrasser.

– J'ai du mal à croire que tu n'aies jamais couché avec quelqu'un juste pour du sexe.

– Jamais. J'ai perdu ma virginité avec Charlie, si tu veux tout savoir. Parce qu'il était le seul en qui j'avais confiance. J'ai besoin d'une vraie connexion, Ezra, pour autoriser quelqu'un à me toucher. Et, même si je t'aime bien, toi et moi sommes loin de ce stade. Je me trompe ?

Le bleu profond de ses iris se trouble d'un voile encore plus sombre avant que son regard ne m'échappe quand il se baisse afin de respirer mon cou. Me ravageant d'un frisson supplémentaire.

– Est-ce qu'on en est si loin que ça, *mon cœur* ? J'ai des doutes quand je te vois me mettre au défi de la sorte alors que tu sais… ou au moins tu pressens, que je ferai tout pour le relever, ce défi.

– De quoi tu parles ? Je ne t'ai lancé aucun défi !

– Ah ouais ?

Impérieux, il coince mon menton entre ses doigts et m'oblige à arrimer mon regard au sien.

– Tu viens de m'avouer que le premier à s'être immiscé entre tes cuisses est la personne que tu considères comme… ton frère. Du coup, je me demande : tu essaies de me motiver ou de me dissuader ?

Euh… hein ? Mais, enfin, je n'ai jamais voulu le motiver ! Si ? *Si ?* Certainement pas, voyons !

Comment il fait ça, sérieux ? Comment il parvient à toujours retourner mon esprit contre moi-même ? Je l'ai toujours dit, les hommes intelligents sont les pires. Ezra Remington en chef de file !

– Donc, je te confie une part de moi et toi, tu la transformes en argument pour m'avoir dans ton lit ? Quoi que je te dise, tu resteras enferré dans ton truc…

Je m'attendais à… j'ignore quoi en réalité. Mais pas à ce que son visage s'habille de tendresse. Avec douceur, sa main frôle ma joue. Encore ce geste étrange qui bouleverse mon ventre.

– Tant que nous sommes dans les confidences et la sincérité, souffle-t-il, nos bouches si près l'une de l'autre, j'aime quand tu te confies à moi. En revanche, ne me mens plus. Parce que je t'assure que cette Love-là, celle qui débite des conneries, elle ne me plaît pas.

Chamboulée par le pouvoir que ces simples mots ont sur mon rythme cardiaque, je ne le regarde même pas se remettre debout, perdue par cette conversation pour le moins déstabilisante.

– Love ? m'interpelle-t-il.

Je relève mon visage sur le sien, qui me sonde intensément.

– Autre chose que tu dois savoir : je ne te toucherai pas. Pas tant que tu ne me l'auras pas demandé.

Sur ce, il pivote sur ses talons non sans m'avoir décoché un regard orageux mais profondément sincère.

Une fois qu'Ezra est hors de mon champ de vision, je remplis mes poumons de cet air qui m'a manqué sans même que je le réalise.

Mais, en vrai… Qu'est-ce qu'il vient de se passer, là ?

16

Love

Face à un Ezra clairement de mauvaise humeur, je me dandine sur le canapé du salon, mal à l'aise. Et ces saletés de caméras braquées sur nous ne m'aident pas à me détendre. Lui non plus d'ailleurs. Maintenant, je comprends en quoi il peut apparaître aussi con aux yeux du public. Le Ezra devant moi, assis dans son fauteuil, n'a rien à voir avec celui qui, trois jours plus tôt, m'offrait un livre. Pourtant, je m'étais promis de faire un effort. J'ai lu et relu le script qu'Émeraude nous a refilé pour cette scène. Un script… On repassera, pour le concept de téléréalité. Bref, Ezra est censé débarquer pendant que je dessine avant qu'il ne commence à s'intéresser aux raisons qui m'ont poussée à tracer mes premières lignes. Pour ce qui est de la première partie, c'est OK. La seconde, en revanche… Depuis maintenant dix bonnes minutes, il se terre dans un silence borné, son regard énervé voguant entre les pauvres cameramen et moi qui, lâche, conserve mon attention sur ma tablette graphique.

Trois minutes supplémentaires me sont nécessaires avant que je ne perde enfin patience à mon tour. Je relève alors mon visage et tente un :

– Tout va bien ?

Ses yeux se figent sur les miens, s'irisent d'une flamme de colère sans que je comprenne pourquoi.

– Je me demandais, *petite sœur*, pourquoi… moi ?

Prise de court, je réussis à masquer ma surprise. Évidemment, le script, lui, il s'en moque comme de sa première capote. Rencogné contre le dossier de son fauteuil, les jambes légèrement écartées, il feint une position nonchalante quand son regard et sa façon de parler hurlent le contraire. Quoique… non. Ezra ne s'embarrasse même pas à faire semblant.

– Hum… tente de demander à l'univers plutôt, rétorqué-je pour noyer le poisson. C'est lui qui a choisi de te mettre sur mon chemin. Et c'est toi qui as choisi de me sauver la vie.

– Te sauver pour… quoi ? Te retrouver catapultée ici ? Je ne suis pas certain de t'avoir sauvée, Love.

À cet instant, je comprends. Son animosité n'est pas dirigée contre moi, mais contre les caméras. Contre sa vie entière même, je crois bien.

– Ezra… Moi, je suis persuadée du contraire. Notre rencontre, ce qui en a découlé, c'est… vrai.

Sous les trois autres paires d'yeux qui nous épient, je ne peux davantage développer, mais j'espère qu'il saisit la portée de mes mots. Parce que, oui, en dépit du contrat qui me lie à sa mère, je souhaite de tout cœur comprendre et surtout connaître Ezra Remington.

Ezra Remington qui, une fois de plus, se mure derrière un air indéchiffrable. Et insaisissable. Durant de longues secondes, il me fixe, sondant mon regard, avant que son attention ne soit attirée par Liv qui, discrète, rase les baies vitrées afin de traverser la pièce sans se faire remarquer des caméras.

– Fais gaffe, mon cœur. Rien ne reste longtemps « vrai » entre ces murs…

Puis, sans rien ajouter pour clarifier ses propos nébuleux, il se relève et disparaît derrière la gouvernante.

Quant à moi, je suis saoulée. Saoulée de son comportement de mec je-me-la-joue-mystérieux ainsi que de son manque d'implication. Après tout, j'ai accepté son jeu à condition que lui me facilite la tâche. Or, il est loin d'avoir rempli sa part du contrat, là.

Après avoir adressé un sourire contrit aux cameramen, je grommelle :

– Je vais le chercher.

Et, à mon tour, je déserte leur champ de vision pour rattraper Ezra.

Sauf que je m'immobilise rapidement. Dans le couloir menant à la piscine intérieure, je tombe sur Liv qui, professionnelle jusqu'au bout des ongles, hoche la tête face à un Ezra particulièrement désagréable.

– Je ne veux pas le voir ici, c'est clair ? Ce n'est pas faute de vous l'avoir dit et répété, pourtant ! gronde-t-il.

– Je sais, répond-elle d'une voix douce. Seulement, ce n'est pas moi qui lui ai parlé, mais votre mère.

– Il est rentré ? s'emporte-t-il soudain. Bordel, Liv, je vous jure que s'il est rentré, je brûle cette baraque et…

– Ezra ?

Ce dernier se pétrifie avant de pivoter sur moi, un air déchiré peint sur son visage. Bon sang, au-delà de la colère, il semble presque… *paniqué* ?

– Est-ce que… ça va ? m'inquiété-je.

– Très bien, me répond Liv avec un sourire avenant.

D'un geste tendre, elle pose ensuite une main sur le bras d'Ezra.

– Il n'a pas franchi la porte, je vous le promets.

Puis, un autre sourire plus tard, elle se retourne et nous laisse seuls.

– Qu'est-ce qui se passe ? m'enquiers-je alors. Qui a failli entrer ?

Mais il ne me répond pas. Toujours drapé d'ombres, il avale la distance entre nous pour mieux se poster à ma hauteur. Les doigts repliés, Ezra effleure ma joue, faisant s'évanouir au passage mes questions et mon agacement. Puis, sans rien dire, lui aussi s'en va.

Perdue, au beau milieu du couloir, je tente d'analyser tout ce qui vient de se dérouler, mon pauvre esprit partant, une fois de plus, dans tous les sens.

Bref, un autre jour dans le monde d'Ezra Remington…

***

Je vais le tuer !

Le regard assassin rivé à la photo que Charlie vient de m'envoyer sur mon téléphone, je lâche un soupir contrarié. Ma semaine était pourtant super bien partie. J'ai enfin commencé mes cours, et il a suffi de quelques heures pour me conforter dans l'idée que, oui, je suis sur la bonne voie. Mardi, j'ai pu aller visiter le nouvel appartement que mon meilleur ami partage avec deux autres colocataires, sans galérer avec les journalistes. Et Ezra ne m'a plus mis de bâtons dans les roues. Enfin, pas trop, du moins…

Parce que le cliché sous mes yeux me pousse à croire qu'il attendait juste le moment parfait pour bouger. Hier, lui et moi sommes allés au Salon du dessin annuel de Los Angeles, une idée d'Émeraude afin de montrer que son fils s'intéresse à mes passions. Sur le papier, le plan était bon… OK, si je me montre honnête, j'ai passé un excellent moment, même si nous étions entourés de gardes du corps. Et j'ai découvert qu'Ezra peut être agréable, et drôle en plus de posséder un cerveau assez impressionnant, je dois l'avouer. Nous étions sur mon terrain et, malgré cela, c'est lui qui a fini par m'apprendre des anecdotes que j'ignorais. Ce mec serait parfait si seulement il était capable d'abandonner son tempérament de connard plus de quelques heures…

Bref, cette journée aurait dû être une victoire. Sauf qu'un abruti a décidé de nous photographier pile au moment où Ezra s'est penché sur mon épaule pour murmurer à mon oreille :

– Tu as remarqué que « mon cœur » rime avec « sœur » ?

Ce à quoi j'ai répliqué :

– Et toi, tu as remarqué que « frère » rime avec « pervers » ?

Sur le cliché, on le distingue parfaitement éclater de rire. Tout comme on distingue parfaitement ses doigts qui n'ont pas pu s'empêcher de s'incruster sur ma hanche. Oh, cela n'a duré qu'une fraction de seconde. Fraction de seconde devenue immortelle à cause de cette merveilleuse invention qu'est l'appareil photo. Puis cette fichue phrase juste au-dessus du tweet de l'un des plus célèbres magazines : « Mister Connard aurait-il enfin trouvé l'amour ? »

Je donne un + 1 pour le Mister Connard, en revanche un – 1 pour l'originalité et – 10 pour le reste de la phrase, qui me fout dans la merde. Certes, mon adoption n'a rien d'officiel, mais, merde, j'ai pourtant posté une photo avec pour légende le mot « frère » ! L'idée était de m'afficher peu à peu avec les Remington avant d'en devenir réellement membre à part entière. Or, là… On me colle l'étiquette d'une petite amie potentielle. Malheureusement pour les plans d'Émeraude, plus je fixe cette photo de nous deux, plus je me rends à l'évidence : nous n'avons rien d'un frère et d'une sœur, lui et moi. Mais ce qui, je crois, me tue le plus, c'est que je nous trouve beaux ensemble. Les traits de son visage dénués, pour une fois, de dureté, le regard en biais que je lui lance tout en souriant, son corps si près du mien… Mes doigts se resserrent si fort sur mon portable que je crains un instant d'en fissurer l'écran.

Je n'aime pas ça. Pas du tout. Je n'aime pas ce sentiment qui fraie son chemin sous ma peau lorsque je regarde cette photo. Et surtout, je n'aime pas le fait de l'aimer, ce sentiment.

Soudain, je sursaute tandis que plusieurs coups retentissent contre la porte de ma chambre. Pitié, pourvu que ce ne soit pas Ezra… Cela dit, il ne serait pas du genre à gentiment toquer à une porte. Oh, non, lui se glisse, s'immisce, serpente, jusqu'à se retrouver près de sa proie sans que cette dernière le voie arriver. Aussi, je réponds d'un « oui ? » avant que la poignée ne s'enclenche, laissant apparaître Émeraude sur le seuil.

Oh, merde.

D'un bond, je me relève du sol sur lequel j'étais assise en tailleur en train de ruminer puis me fige malgré son sourire avenant. Habillée d'un tailleur blanc à la veste *oversize* et coiffée avec une queue-de-cheval basse, elle est, comme toujours, éclatante de classe et d'élégance.

– Je peux ? demande-t-elle poliment.

– Je t'en prie, fais comme chez toi.

Ma remarque lui arrache un léger rire en même temps qu'elle progresse de quelques pas.

– Une chose que j'ai apprise : ne pas entrer dans la chambre de l'un de ses enfants sans demander la permission. Enfin… sans leur laisser penser que je demande l'autorisation plutôt, ajoute-t-elle en m'adressant un clin d'œil.

Je ne relève même pas son sous-entendu, bloquée sur le mot « enfant ». Une étrange sensation gonfle dans ma poitrine. Un mélange de chaleur, d'incertitude, d'espoir et de peur aussi. Cette dernière, elle, je la hais de toutes mes tripes. Je m'étais pourtant promis… de ne plus l'endurer, de ne plus l'autoriser à me soumettre. Or, il n'a fallu qu'un mot de la bouche d'Émeraude pour qu'elle renaisse de ses cendres.

– Tout va bien, Love ?

Je cligne des paupières afin de me centrer sur le bleu des yeux qui m'étudient avec intérêt.

– Oui, pardon. J'étais dans mes pensées, éludé-je avec un geste vague de la main.

Émeraude acquiesce en silence, à présent habituée à mon esprit qui part dans tous les sens, puis déporte son attention sur ma chambre. Sur les bougies qui traînent un peu partout, cadeaux de Marlow à chacun de mes anniversaires passés au centre. Ma panoplie de crayons, fusains et pinceaux étalés sur mon bureau. Mes quelques fringues éparpillées sur la méridienne. Puis les livres qui remplissent ma bibliothèque. Je la surprends même à ébaucher un sourire devant ma collection de livres. Peut-être que cette dernière lui rappelle celle de son fils. D'ailleurs, je n'ai toujours pas saisi la relation qu'elle entretient avec ce dernier. Émeraude n'a pas l'air d'avoir le profil type de la mère absente ; pourtant, je ne l'ai presque pas vue échanger avec lui depuis que je suis ici.

– Je suis désolée, amorce-t-elle. Je n'ai pas pris le temps de venir voir si tu t'étais bien installée dans ta chambre. Mais, pour ma défense, Liv m'a assuré que tu t'acclimatais bien.

– Qui ne s'acclimaterait pas bien dans cette maison ?

Une moue tord ses lèvres parfaites lorsqu'elle réplique du tac au tac :

– J'en connais au moins un.

D'une démarche assurée malgré ses escarpins, Émeraude se dirige vers mon lit avant de s'asseoir sur le bord. Sa paume tapote ensuite le matelas, m'invitant à m'installer à côté d'elle. Pourquoi je la sens mal, cette histoire ?

Je m'exécute, les membres ankylosés d'une certaine appréhension, puis arrime mon regard interrogateur au sien.

– Comment s'est passée cette semaine, Love ?

– Euh… bien.

Sa tête se penche sur le côté, le coin de sa bouche se retroussant en un rictus. Oh, celui-là, je le connais. Le même s'imprime sur le visage de son fils quand il veut me montrer qu'il n'est pas dupe.

– C'est tout ? insiste-t-elle. Tu es plus loquace d'ordinaire.

Je relâche un soupir, lui offre un sourire sincère.

– Je ne mens pas, promis, assuré-je. Cette semaine, j'ai assisté aux cours les plus passionnants qui puissent exister. Ta famille est… Ils sont géniaux, vraiment. Josh et Jenna m'ont emmenée passer un après-midi sur une plage privée, Sélia est venue trois fois cette semaine pour dîner avec moi, Ella l'a même accompagnée mercredi. Alors…

– Et avec Ezra ? me coupe-t-elle.

Pas folle, la guêpe.

– Ezra est…

– Toujours aussi hermétique ?

– Toujours difficile à cerner, je dirais. Mais… je l'apprécie beaucoup malgré ses penchants d'enfoiré.

Son expression change à peine j'ai terminé ma phrase, et se mue en quelque chose de plus acéré. Ses iris se cristallisent telles deux stalactites et soudain, je comprends que j'ai en face de moi cette reine des glaces dont les médias parlent souvent.

– Love, j'espère que tu n'oublies pas la seule et unique condition que je t'ai imposée.

Voilà, je le pressentais bien, le tour qu'allait prendre cette conversation. Agacée, je croise les bras sur ma poitrine en une attitude clairement revêche.

– Ne pas coucher avec. Merci, je m'en souviens. Ce n'est pas tous les jours qu'on me demande ce genre de choses.

– C'est pour ton bien, crois-moi, soupire-t-elle. Plus tu restes éloignée, mieux tu sauras te protéger.

– J'ai du mal à saisir le principe. Je dois nouer des liens fraternels avec Ezra tout en me tenant loin de lui ?

Ses lèvres s'étirent, peignant sur son beau visage un air mélancolique et surtout usé.

– Tu ne seras pas la première femme à faire un peu semblant, Love.

Une grimace dégoûtée s'empare à ce moment-là de mes traits.

– Je refuse. De faire semblant. Je suis capable de beaucoup, mais ça, c'est trop me demander… J'ai essayé, une fois. Une fois qui s'est soldée par un tel échec que j'en ai encore mal alors… non. Compte pas sur moi.

Avec douceur, Émeraude lève sa main entre nous pour replacer une de mes mèches derrière mon oreille. Son attention perdue dans le noir de mes cheveux, elle dit dans un souffle :

– Je sais.

Son regard s'ancre de nouveau au mien, tendre et dur à la fois.

– Je comprends, Love. Je *te* comprends. Seulement, garde à l'esprit qui est Ezra : un enfant qui rejette avec violence tout ce qui vient de sa mère. Et toi… tu es ici parce que je l'ai voulu, ne l'oublie pas.

Abasourdie par ses paroles, je conserve les lèvres scellées. La tristesse profonde qui, à cet instant, s'échappe de la moindre de ses cellules me frappe de plein fouet. J'en oublie sa mise en garde, trop touchée par cette détresse qu'elle me laisse entrevoir. Néanmoins, Émeraude reprend vite contenance. Après avoir légèrement secoué la tête, elle la relève, le menton dressé fièrement, vaillamment. Si une fine pellicule humide ne voilait pas ses yeux, je jurerais avoir rêvé.

– Bref, conclut-elle, j'ai confiance, Love. Tu transpires la bonté et la bienveillance. Tu ne peux exercer qu'une bonne influence sur mon fils. Fais juste attention que ce ne soit pas lui qui t'influence…

Souplement, Émeraude se remet debout, avance de plusieurs pas avant d'effectuer une volte-face dans ma direction.

– D'ailleurs, nous devons faire quelque chose pour cette photo.

Mince. J'ai presque failli oublier…

– Tu l'as vue, constaté-je, piteuse.

– Évidemment, répond-elle sans néanmoins une trace de colère ou de déception.

Sans trace d'une quelconque émotion non plus, d'ailleurs.

– J'ai eu une idée, enchaîne-t-elle. Ton ami, Charlie. Lors de l'inauguration de ce club en ville, vous êtes apparus très proches sur les photos que j'ai vues. Du coup, j'ai pensé qu'on pourrait le faire passer pour ton petit copain.

J'ouvre la bouche pour protester à cette très, très mauvaise idée. Je viens à peine de lui dire que je refusais de faire semblant et elle me balance ça comme si elle me demandait de lui passer le sel !

Sauf qu'Émeraude ne m'offre pas le loisir de me révolter. Elle me cloue d'un regard polaire puis tourne les talons avant de s'échapper de ma chambre telle une tornade en quête de la prochaine ville à détruire.

17

Love

Juchée sur la table ronde du patio, je plonge la main dans un paquet de guimauve au chocolat avant d'en fourrer une dans ma bouche. Le visage relevé en direction du plafond en verre, je m'abîme dans la contemplation du ciel étoilé. Nous sommes en plein milieu de la nuit, mais impossible de fermer l'œil. Cette histoire avec Charlie me torture l'esprit. Je ne lui en ai même pas encore parlé. Et j'ignore si je compte le faire ou dire tout simplement non à Émeraude. Je n'arrête pas de penser que si j'accepte alors je poserai un pied sur la pente descendante… « Toutes les femmes font un peu semblant, Love. » Émeraude a raison, nous faisons toutes plus ou moins semblant ; cependant, entre prendre sur soi pour ne pas blesser et prétendre être une autre personne, il y a un gouffre que j'ai peur de franchir. Si seulement Ezra n'était pas aussi obstiné…

– Je suis curieux de savoir ce que tu vas décider, résonne soudain une voix qui déclenche une nuée de frissons sur ma peau.

Ma tête pivote vivement dans la direction d'Ezra qui, d'un pas tranquille, s'avance dans le patio, pieds nus et les mains dans les poches d'un pantalon de sport gris. Seul vêtement qu'il porte, d'ailleurs. C'est moi ou, chaque fois que je le vois ces derniers temps, il est à moitié à poil ?

– Flippant, grommelé-je. À croire que mes pensées t'ont invoqué, démon.

Dans la pénombre de la nuit, j'aperçois un sourire qui fend son visage.

– Ravi de savoir que tu pensais à moi, mon cœur.
– Ouais, moi aussi, j'étais ravie de t'imaginer avec une voix de castrat…
Ses lèvres s'étirent davantage tandis qu'il s'approche jusqu'à se figer, à une distance raisonnable pour une fois.
– Pourquoi tu ne dors pas, Love ?
– Pourquoi, toi, tu ne dors pas ?
– Hum, j'ai posé la question en premier.
– Et ? Ce n'est pas pour autant que je te répondrai. C'est vrai, quoi… Au final, je suis la seule de nous deux à être franche.
Uniquement éclairée par le halo des étoiles au-dessus de nos têtes, je perçois pourtant très nettement le spasme qui contracte ses muscles.
– Je ne t'ai jamais menti, gronde-t-il, les mâchoires serrées.
– Peut-être, mais cela ne fait pas pour autant de toi une personne sincère et franche. Pas quand tu te caches sans arrêt dans l'ombre pour ne te dévoiler un peu que quand ça t'arrange. Après tout, je ne sais presque rien de toi. Tiens, par exemple, qu'est-ce que tu fais de tes journées ? Chaque membre de ta famille contribue à quelque chose. Sélia est actrice. Les jumeaux sont devenus les influenceurs mode les plus suivis…
– Parce que tu trouves que, ça, c'est contribuer ? Afficher son plus beau profil sur Instagram dans des fringues griffées n'est qu'un mensonge de plus.
– Josh et Jenna bossent comme des acharnés, tu es injuste. Et toi ? À quoi te sert d'avoir un cerveau aussi bien rempli si c'est pour ne rien en faire ?
En une enjambée, Ezra se retrouve près de moi, trop près. Ses cuisses frôlent les miennes lorsqu'il se penche pour murmurer :
– Ne t'en fais pas pour moi, mon cœur. Mon cerveau sait parfaitement s'occuper… Je t'assure qu'en ce moment il est même beaucoup trop occupé par une petite peste à la langue bien pendue.
J'arque un sourcil en même temps que mon cœur se comprime étrangement. Ces mots, il les a prononcés avec

un tel sérieux que, à cet instant, il m'est difficile de douter de leur véracité.

– Mais je t'écoute, lâche-t-il dans un soupir en se redressant sans pour autant s'éloigner. Que veux-tu savoir ?

Durant quelques secondes, j'hésite. Je peine à croire qu'il veuille enfin réellement s'ouvrir. Néanmoins, je me reprends aussitôt, consciente que cette chance peut vite s'envoler.

– Pourquoi tu en veux autant à ta mère ?

OK, j'attaque fort. Peut-être trop si j'en crois la colère qui zèbre son regard avant que ce dernier ne coule dans quelque chose de glacial, pour ne pas dire polaire.

Ma tête dressée vers la sienne, je scrute chaque ligne de son visage lorsqu'il déclare :

– Je lui en veux d'avoir fait de moi un mensonge.

Ses mots s'engouffrent dans ma poitrine avec la même violence qui semble alors le secouer, lui, de l'intérieur. Mon Dieu, mais c'est atroce de se qualifier ainsi…

– Comment tu peux penser ça de toi ? demandé-je dans un souffle ténu.

– C'est ce que je suis, chuchote-t-il en haussant les épaules.

– Je n'y crois pas. Ceux qui mentent vraiment sont ceux qui se cachent derrière un comportement exemplaire. À moins que… ce connard que tu affiches à tout le monde ne soit le vrai mensonge ?

Lentement, Ezra se penche de nouveau sur moi jusqu'à m'obliger à m'incliner en arrière. Ses mains se déploient sur la table de chaque côté de mes cuisses, faisant au passage tomber les guimauves sur le sol, et je me rends à peine compte que j'écarte les jambes afin de lui creuser une place.

– Attention, Love. Ne me cherche pas un cœur ou je ne sais quelle autre connerie. Parce que, si tu m'apprécies déjà, comme tu le prétends, qu'est-ce qu'il se passera si tu parviens à dénicher mon âme ?

Refusant de répondre, je déglutis, conservant ma bouche close, et me contente d'étaler ma paume sur son torse. À l'endroit où je sens des battements se révolter dans leur cage. Si mon geste le dérange ou le perturbe, il n'en montre rien. Au contraire, son buste se baisse davantage, pressant encore plus mes doigts sur sa peau tatouée. Hypnotisée, j'observe ses lèvres s'entrouvrir, sa langue se glissant entre elles. Nous sommes si proches que je suis à un souffle de capturer le sien. Et… j'en ai tellement envie que j'en ai mal. Physiquement mal. Comme si ces chaînes que je m'impose afin de ne pas dévorer ces quelques centimètres entre nous me lacéraient vraiment la chair. Je dévie mon regard de sa bouche pour mieux me noyer dans ses yeux. La sensation de plonger dans une autre réalité. Où le temps n'aurait pas la mainmise sur notre vie, où cet instant pourrait durer encore et encore. Parce que je refuse d'enlever ma main. Parce que je refuse qu'il se recule. Ce que je ressens, cette douleur dans ma poitrine, dans mon ventre, elle est si… fulgurante, douce. Addictive. Inconsidérée.

J'en veux encore. Pire, j'en veux plus.

– Qu'est-ce tu comptes faire, Love ? Avec Charlie ?

Le son de sa voix a beau n'être qu'un chuchotis suave, il me ramène au monde réel avec brutalité. Ou plutôt, il me ramène à notre *situation* avec brutalité.

– Je… je ne sais pas, murmuré-je, toujours trop proche de sa bouche. Que dois-je faire selon toi ?

– Refuse, rétorque-t-il d'un ton presque lapidaire. Et…

En un geste affreusement lent, Ezra vient poser le bout de son index dans le creux de mon cou.

– Et on pourra encore jouer, ajoute-t-il. Ou bien…

Sans me toucher, son doigt survole ma poitrine, descend avant qu'Ezra ne déploie sa main au-dessus de mon abdomen. Sans ne serait-ce que m'effleurer, il demeure ainsi, sa paume écartée à quelques millimètres de s'emparer de mon ventre.

– … accepte, mon cœur, susurre-t-il alors. Et on pourra encore jouer. Parce que faire semblant n'y changera strictement rien.

Un violent soubresaut me tord l'estomac. Évidemment, il ne s'est jamais agi que de cela…

– Jouer, hein ? répété-je avec une hargne que j'aurais aimé dissimuler. Écarte-toi, Ezra.

Décontenancé, il ne réagit pas sur le coup. Son regard fouillant le mien en quête de… J'ignore quoi et je m'en fous. Oui, à ce moment précis, je m'en contrefous, même. Je… je m'en veux tellement. D'avoir aimé sa chaleur s'enlaçant à la mienne. D'avoir espéré son corps contre moi. Et d'être blessée de constater que lui ne fait que jouer. Ce que je peux être conne… Émeraude m'avait pourtant prévenue.

Ezra s'exécute enfin et se recule, ma peau maudissant déjà ce froid qui la transit. Les muscles tremblants, je descends de la table sous son attention acérée. Ses mains ont retrouvé les poches de son pantalon, tandis que son visage, lui, a retrouvé cette expression verrouillée et ombrageuse.

– Finalement, peut-être que tu as raison, déclaré-je calmement malgré le chaos dans mes cellules…

– Love, feule-t-il, comme s'il pressentait la fin de ma phrase.

– Peut-être que tu n'es, en effet, qu'un mensonge. Un mensonge au beau milieu d'un tas de menteurs…

J'opère une volte-face, décidée à le planter là malgré la rage qui explose sur son visage. Sauf qu'il ne m'en laisse pas l'occasion. D'un bond, il agrippe mon poignet et me rabat contre lui. Je crois qu'il ne se rend même pas compte de son geste. Parce que, au moment où ses doigts capturent ma nuque pour me serrer contre son torse, Ezra se fige des pieds à la tête. Soudain moulé dans une armure de métal, il ne bouge plus, sa main toujours emmêlée à mes cheveux pendant que l'autre pend, serrée en un poing ferme, contre sa cuisse.

Mon pouls s'emballe, à l'instar du sien que je pourrais presque entendre dévaler dans ses veines. Je… je ne sais que faire. Je voudrais le rejeter, mais, en même temps, j'en suis incapable. Brouillée par toutes ces émotions contradictoires qui m'assaillent, je me blottis davantage contre lui, griffe sans le vouloir ses omoplates lorsque je lui rends cette étreinte pour le moins déroutante.

– Ne dis plus jamais ça, Love.

Le timbre de sa voix résonne si fort dans son buste qu'il en ricoche lourdement contre mes côtes. Je ne réponds pas, incapable de prononcer un seul son. Quelques secondes plus tard, Ezra laisse tomber son bras dans mon dos puis s'éloigne. Son regard perdu me cloue sur place.

– Plus jamais, insiste-t-il.

Avant de tourner les talons.

Et de fuir. De me fuir, *moi*. De ça, au moins, je suis sûre.

18

Love

Sous le regard de merlan frit dont me gratifie Charlie, je souris de toutes mes dents. OK, mon sourire est faux, et il en a parfaitement conscience, mais je n'ai rien trouvé d'autre pour garder contenance. Assis sur le canapé de son appart', nous nous faisons face. Lui, coi et surpris. Moi, affichant une mine mi-coupable mi-c'est-pas-ma-faute-ce-sont-mes-hormones. Je viens de passer la dernière demi-heure à tout raconter à mon meilleur ami. Absolument tout. Les avances d'Ezra, ce jeu qu'il a instauré et auquel j'ai accepté de participer, notre échange de cette nuit. Ainsi que ce feu qui s'engouffre sous ma peau dès qu'il se trouve trop près de moi.

– Dis quelque chose, maugréé-je.

– Laisse-moi le temps de…

Il s'interrompt avant de lâcher, telle une bombe :

– Je suis déçu et vexé, bébé ! Tu ne m'en parles que maintenant ? Traîtresse ! Ça ne compense même pas le fait que je ne t'ai pas attendu pour regarder le nouvel épisode de *The Witcher*…

J'ouvre la bouche, choquée, puis lui fourre un coup de poing sur son biceps.

– C'est toi, le sale traître ! Je me suis empêchée de mater Henry Cavill pour tes beaux yeux alors que toi…

– Oh, c'est bon, hein, me coupe-t-il. Fais pas ta pleureuse. Apparemment, tu avais de quoi te rincer l'œil à la maison…

– Ça, c'est un coup bas, grommelé-je en me rencognant contre le dossier avec une moue boudeuse.

Un ricanement amusé s'échappe de ses lèvres pendant

qu'il passe un bras sur mes épaules pour me coller contre lui. Contre le sommet de mon crâne, il murmure :

– Ne t'en fais pas, ma puce. Je suis là, on va démêler tout ça ensemble, OK ?

– Sauf que je ne sais même pas ce qu'il y a à démêler…

– Bah, déjà, va falloir que tu t'envoies en l'air. Avec quelqu'un d'autre, je précise.

– C'est grave si je te dis que je n'en ai pas envie ? Enfin si, j'en ai envie, mais pas avec quelqu'un…

Soudain, une main bande ma bouche, m'empêchant de terminer ma phrase, qui se meurt dans un grognement agacé.

– Oublie, Love. Je sais que coucher avec le premier venu n'est pas ton délire, mais on va trouver. En attendant, tu te tiens loin d'Ezra Remington *a.k.a.* Monsieur J'affole-les-hormones-de-celle-censée-devenir-ma-sœur.

– C'est si grave ? demandé-je, un trémolo dans la voix.

Depuis cette nuit, j'ai la sensation de ne plus réussir à respirer normalement. Comme si Ezra avait emporté tout mon souffle en disparaissant du patio. Lorsque je me suis retrouvée seule, j'ai su. Que toute cette histoire allait mal finir. Parce que je l'ai ressenti, lui. Et surtout, parce que j'ai ressenti la détermination de mon cœur à s'accrocher au sien. Mais pas de la bonne façon malheureusement…

J'ai eu peur. Non, *j'ai* peur. Toujours cette saleté d'émotion qui me paralyse et m'empêche de réfléchir avec clarté.

Je suis prête à aimer chaque personne qui croisera mon chemin. Alors, oui, je suis prête à aimer Ezra Remington, mais… pas comme *ça*.

Ça, c'est hors limite. Impossible. Et devrait même être impensable.

– Bien sûr que non, essaie de me rassurer Charlie. Tu es intelligente et intuitive, bébé. Au fond de toi, tu sais que tu ne dois pas le laisser t'approcher. Tu me l'as dit. Émeraude te l'a dit. S'il veut te mettre dans son lit, c'est uniquement pour faire foirer les plans de sa mère.

Je me ratatine dans ses bras tant ses paroles se plantent dans ma poitrine telles des flèches empoisonnées. Le pire, c'est que je suis persuadée qu'il a raison. Alors… pourquoi hier soir, je me suis sentie si connectée à Ezra ? Comme s'il avait vraiment eu besoin de moi ?

Percevant mon mal-être, mon meilleur ami dépose ses lèvres dans mes cheveux en un tendre baiser avant de me forcer à arrimer mon regard à ses yeux ambrés. Ses mains sur mes joues, il déclare d'une voix douce mais ferme :

– Love, je comprends que tu veuilles voir plus chez Ezra. Tu es ainsi faite. À toujours chercher le bon chez les autres. Mais ça t'a déjà joué des tours. Et je refuse que tu souffres de nouveau parce qu'on aura profité de ton cœur. Alors, non, je ne le connais pas aussi bien que tu penses le connaître. Et justement, mon point de vue est beaucoup plus objectif que le tien. Puis, je suis ton meilleur ami. Contrairement à lui, je n'ai que tes intérêts à cœur, et tu le sais. Enfin, bébé, tu ne vas quand même pas gâcher une chance si énorme pour un type qui veut se glisser entre tes cuisses ?

Je hoche la tête en silence. De toute façon, je suis incapable d'énoncer un son. La boule malmenant ma gorge prend trop d'ampleur au fur et à mesure de ses mots. Qu'est-ce qui cloche avec moi ? Pourquoi ça me blesse autant alors que mon cerveau lui-même applaudit les propos de Charlie ?

– C'est pour cette raison, insiste-t-il, que l'on va se plier à la demande d'Émeraude. Je jouerai au petit ami le temps que cette histoire se calme un peu, OK ? Surtout que mon petit doigt me dit que rester dans les parages quand Ezra est là ne sera pas du luxe…

– Je… je ne sais pas, Charlie. Faire semblant…

– Justement, on n'aura pas à tant faire semblant. On aura juste à s'afficher ensemble, rien de plus. Au lieu de mettre mon bras sur tes épaules, je le mettrai sur ta taille et le tour sera joué. On a déjà fait pire, toi et moi, ajoute-t-il pour plaisanter.

Je grimace, mais émets un rire en même temps.

– Ne remue pas d'autres mauvais souvenirs, s'il te plaît.

– Garce, ricane-t-il.

Je lui souris malgré ce truc qui se met soudain à vrombir

entre mes côtes. L'impression de commettre une énorme connerie. Je n'ai aucun doute sur Charlie. Lui donner ma virginité était logique à l'époque. Cela faisait peu de temps que j'étais revenue au foyer et j'étais incapable d'avoir confiance en qui que ce soit. Sauf en mon ami de toujours. J'avais 16 ans et voyais cette étape aussi bien comme un rite de passage qu'un handicap. Alors je me suis tournée vers lui, tout simplement. S'il a évidemment refusé au départ, il a tout de même cédé au bout de trois mois. Malgré cela, et malgré ce que l'on peut en penser, il n'y a jamais eu aucune ambiguïté entre nous deux. Surtout que nous avions imposé cette règle…

– On ne s'embrasse pas, me rappelle Charlie, branché sur mes pensées.

– On ne s'embrasse pas, affirmé-je.

***

Voilà comment, deux jours après, je me retrouve à presque courir dans le couloir de la demeure Remington, affublée d'une longue robe ivoire ouverte jusque sur la cuisse et laissant entrevoir une jarretière de laquelle pendent des diamants en forme de goutte d'eau. Merci, Jenna, et sa merveilleuse idée de me faire porter l'une de ses créations…

Bref, je cours car je suis en retard pour rejoindre toute la famille qui m'attend au rez-de-chaussée. Ce soir, nous nous rendons tous au défilé d'un créateur dont j'ai déjà oublié le nom. Tous dont Charlie…

– Pressée de rejoindre ton *petit ami* ? demande une voix moqueuse dans mon dos.

Je me fige. Avant de me retourner sur Ezra, qui est juste à tomber dans un pantalon noir et une chemise à col Mao de même couleur. Des broderies blanches et argentées représentant des sortes de ronces serpentent sur le tissu, et enlacent son torse pour mieux se resserrer au niveau de son cou. Ses manches sont retroussées, laissant apparaître ses avant-bras et j'avoue être déçue de ne pas apercevoir une ligne de ses tatouages. Comme s'il cherchait à tout prix à les masquer, eux aussi, au monde extérieur.

– Tu es beau, soufflé-je.

Je me raidis, surprise d'avoir énoncé ces mots à voix haute.

Nullement touché par mon compliment, Ezra dévore l'espace entre nous, un éclat de colère incrusté dans ses yeux bleus.

– Tu penses y arriver, mon cœur ?

Par réflexe, je ramène les bras contre ma poitrine. Ce ton qu'il vient d'emprunter, je ne l'avais encore jamais entendu.

– À quoi ? le défié-je, le menton relevé quand, en vrai, je n'en mène pas large.

Un rictus bancal tord sa bouche lorsqu'il se penche sur moi. Murmure à mon oreille, couvrant ma peau d'un frisson brûlant et déroutant :

– À faire semblant. De ne pas imaginer ma peau contre la tienne. De ne pas crever de vouloir sentir mes lèvres au lieu des siennes. De le vouloir, lui, quand ton corps me réclame, moi.

Ezra se redresse ensuite de toute sa hauteur, darde sur moi un regard vorace et glacial en même temps :

– Je sens qu'on va bien s'amuser, ce soir, mon cœur.

19

Love

Le bras de Charlie sur ma taille, je barricade un soupir derrière mes lèvres. Et le laisse m'entraîner au milieu d'un parterre d'invités, tous des personnalités éminentes de la mode, paraît-il. Mais je m'en fous. Ce soir, je n'habite même pas mon propre corps, j'ai l'impression. Si mon meilleur ami ne me trimballait pas comme une poupée de chiffon, je crois que je serais capable de demeurer aussi raide qu'un bloc de marbre. Ou de fuir.

Je ne me sens pas à ma place. Et je ne saurais dire si cela est dû au fait que voir défiler des mannequins tirant la gueule sur un podium plein de boue – soi-disant pour éveiller les consciences à l'écologie – ne réveille rien en moi. Ou au fait de devoir prétendre être folle amoureuse de mon frère de cœur. Ou… au fait que *lui* m'ignore royalement. Je pourrais être constituée de courants d'air que je n'obtiendrais pas moins d'intérêt de sa part. Et je déteste ça. Qu'Ezra agisse comme si je n'existais pas. Mais ce que je hais par-dessus tout, c'est ce sentiment putain pathétique d'avoir réellement besoin de son attention. Cela dit, c'est étrange de le voir évoluer parmi cette foule ce soir. De l'observer se mélanger en conservant une certaine distance avec les autres. De converser, sourire parfois, acquiescer ou, au contraire, contrer un argument, sans que jamais son regard soit contaminé par cette lumière qui l'anime quelquefois en privé.

La famille Remington éparpillée aux quatre coins de la salle pour la réception donnée après le défilé de la nouvelle collection, je suis seule avec Charlie et Sélia. Cette dernière a parfaitement capté mon humeur maussade ; je vois bien ses efforts pour tenter de me dérider. Par tous les moyens si j'en crois les coupes de champagne qu'elle ne cesse de me coller dans les mains. J'ai bien essayé de lui rappeler mon âge, mais elle m'a vite contré d'un : « Chérie, si tu vas aux chiottes, tu trouveras plus de poudre blanche près des lavabos que de papier toilette alors, même si tu t'enivres un peu d'alcool, tu resteras la plus pure de cette réception. » Du coup… vive les bubulles !

– Love, se met soudain à chuchoter Sélia, souris ou on va te confondre avec l'un des top models du défilé.

Sa remarque m'arrache un rire.

– Impossible, rétorqué-je en baissant le visage sur mon corps un peu trop en courbes pour correspondre à une taille mannequin.

– Grave, renchérit Charlie, tu as vu l'engin, toi ? Une fusée au milieu d'un tas de bombes.

Fier de sa connerie, il se penche sur moi, me gratifie d'un clin d'œil et ajoute :

– Une fusée vole bien plus haut, bébé.

Son buste se redresse, ses doigts lissant le col de sa chemise bleu nuit. Habillé d'un simple pantalon de même couleur, il est fidèle à ce qu'il a toujours été. Un caméléon qui s'adapte absolument partout sans jamais oublier d'où il vient.

– Quel petit ami attentionné, raille Sélia, sublime dans une sorte de smoking féminin, dévoilant un décolleté vertigineux.

Je lui tire la langue tandis que Charlie chipe un petit four sur le plateau d'une serveuse. Sa main replace l'une de ses mèches blondes rebelles d'une façon un peu exagérée. La seconde suivante, il adresse un autre clin d'œil, mais à la serveuse cette fois.

– Un petit ami parfait qui drague sous mon nez, ironisé-je.

– Tu me connais, ma sirène. Je suis un cœur d'artichaut.

– Artichaut te convient effectivement. Mais plus pour tes couches de vêtements qui tombent plus vite que ton cœur, ricané-je.

– Toi, tu as tout compris de la vie, se marre Sélia en choquant son verre contre celui de mon meilleur ami.

Je lève les yeux au ciel, mais ne peux m'empêcher de sourire à leurs conneries. Leur légèreté soulage le poids sur ma poitrine. Malheureusement, Sélia vient elle-même le lester davantage, ce poids :

– Il t'aime bien, tu sais, déclare-t-elle d'un coup.

Nul besoin d'une traduction pour savoir à qui fait référence ce « il ».

– Mouais, peut-être un peu trop, maugrée Charlie.

– Tu ne le connais pas, le rabroue-t-elle gentiment. Mon cousin est sombre, mais, à sa façon, il est honnête et loyal.

Je mords l'intérieur de ma joue pour ne pas répliquer que vouloir me coller dans son lit juste pour emmerder sa mère n'est pas ce que j'appelle loyal et honnête. J'ignore si Sélia connaît les plans d'Ezra. Si elle s'en fout ou si elle se fait trop d'illusions sur lui. Néanmoins, je me garde de lui exposer les faits car je n'oublie pas qu'ils sont une famille. Et que, pour le moment, je ne suis qu'une pièce incluse par la volonté d'Émeraude de faire plier son fils. Cette pensée résonne soudain trop lourdement entre les parois de mon crâne jusqu'à y ricocher avec violence.

– Tu le défends, Sélia, lui répond Charlie, et c'est normal. Il fait partie de ta famille. Ma famille, c'est Love. Et je constate juste qu'il n'est pas en train de la tirer vers le haut.

– Tu te trompes, le contre-t-elle. S'il avait vraiment voulu du mal à Love, elle n'aurait pas tenu une semaine, crois-moi.

– Ezra est un sale con, lâche mon meilleur ami.

Sélia éclate de rire. Avant de recouvrer son sérieux et de riposter… par une phrase dont je me contrefous. Le regard vide, je les observe tour à tour s'envoyer des arguments tel un match de ping-pong. Sauf que leurs répliques jouent à la boule de flipper dans ma tête. Que leur échange emmêle encore plus mes idées. Que la vision d'Ezra, qui me fixe d'un air obscur avant de disparaître, une fille pendue à son cou, me torpille. Que je me sens encore plus mal. Très mal.

– Cette conversation à laquelle, vous aurez remarqué, je ne prends pas part alors que je suis la principale concernée, me saoule prodigieusement, dis-je d'une voix blanche.

Sous les yeux médusés de Charlie, je lui colle mon verre dans les mains et les plante d'un :

– Je vais prendre l'air. Seule.

Sans un regard pour qui que ce soit, je fends la foule composée de créateurs, journalistes, top models et célébrités pour m'échapper de la salle de réception. Dans un couloir aussi blanc que celui d'un hôpital, je presse le pas. Trouver une sortie, voilà mon but pour les prochaines minutes. J'ai besoin d'air loin de ce brouhaha. Loin. Juste loin. Enfin, je tombe sur une double porte débouchant sur une sorte de balcon, une cour intérieure peuplée de palmiers juste sous mes pieds. Les mains agrippées à la rambarde en pierre, j'inspire enfin. Profondément. Du moins, j'essaie. Parce que mes poumons ne coopèrent pas, comme entravés de chaînes invisibles. Que cette soirée me serve de leçon : feindre n'est pas envisageable. Pas pour moi, en tout cas.

– Je reconnaîtrais n'importe où l'empreinte de Jenna, lâche tout à coup une voix inconnue dans mon dos.

Je fais volte-face et me retrouve devant un homme d'une trentaine d'années. Visiblement éméché, il s'avance jusqu'à moi, le haut de sa chemise blanche ouverte et sa cravate dénouée.

– J'adore ces petites touches de trash qui viennent dénaturer l'élégance.

Comprenant qu'il fait référence à ma robe, je baisse le regard sur les lettres capitales noires en dentelle qui tranchent l'ivoire sur la longueur. *Love. Lust. Power.* Tout un programme.

– Jenna et Josh sont doués, réponds-je poliment.

Une espèce de rictus étire ses lèvres tandis qu'il tend la main vers ma cuisse nue.

– Cette jarretière est… plutôt tentante.

Je me recule à temps pour que ses doigts n'entrent pas en contact avec ma peau.

– Tentante, mais certainement pas en libre-service.

Ses cheveux bruns en bataille, le trentenaire se met à rire, clairement défoncé au vu de ses pupilles avalant l'entièreté de ses yeux.

– Le petit joujou des Remington fait sa prude ? ricane-t-il d'un timbre qui me glace les sangs. Il ne faut pas l'être trop pour traîner avec le fils d'Émeraude, pourtant.

– Le joujou mord aussi, grincé-je, reculant d'un pas tandis que lui avance.

– Ceci explique cela alors, petit jouet.

– Écoutez, je ne vous connais pas et je me fous pas mal de qui vous êtes. Mais essayez encore une fois de me toucher et…

Soudain, une troisième voix, ébréchée, suave en dépit de son timbre glacial, recouvre la mienne.

– Et je te fais passer par-dessus ce putain de balcon.

De concert, le type et moi pivotons vers la silhouette d'Ezra, qui dévore l'espace. En tout cas, c'est la sensation que j'ai. La peur qui commençait à se frayer un chemin sous ma chair disparaît dans la nuit. Remplacée par du soulagement et, surtout, par autre chose que je refuse de qualifier pour le moment.

– Tiens, Ezra, tu es revenu récupérer ton…

– Casse-toi, Rob, l'interrompt-il. Tu viens de le dire. *Mon* jouet. Alors hors de question que tu la touches.

Mes mains se serrent avec une telle force que mes ongles s'incrustent dans mes paumes, me soutirant une grimace. *Son jouet ?*

Le fameux Rob titube jusqu'à lui qui, les poings dans les poches de son pantalon, le suit des yeux sans bouger un seul muscle. Si je trouvais que son regard était sombre, sans éclat, ce soir, ce n'est rien en comparaison des ténèbres qui l'enveloppent en cet instant. L'éclairage du couloir dans son dos, Ezra semble absorber la lumière, l'avaler pour la faire sienne. Jusqu'à en devenir, lui, encore plus sombre.

– Allez, mec, ce ne serait pas la première fois qu'on se les prête…

Sa tirade soulève un rictus de dégoût sur mes lèvres.

Arrivé à sa hauteur, il tente de poser une main sur son épaule. Cependant, Ezra se dégage d'un mouvement sec.

– Pas elle.

Deux mots. Déclarés dans un murmure lourd. Deux mots qui me remuent le ventre avec violence. Qui m'étourdissent presque.

Et qui semblent suffire à Rob. Ce dernier se contente d'un :

– Comme tu voudras…

Avant de néanmoins ajouter d'un ton clairement narquois :

– Carter te salue.

Un ricanement mauvais plus tard, le mec se barre tandis qu'Ezra feule, émet un grondement qui fait froid dans le dos.

Chamboulée par toute cette scène, je me détourne, une main étalée sur mon ventre. En silence, il s'approche derrière moi ; je le sens à cette toile électrisante qu'il tisse à même ma peau juste par sa présence.

– C'est plus compliqué que prévu de plonger dans le grand bain, hein ?

– Tu es le mieux placé pour savoir que nager n'est pas ma plus grande force.

Le souffle de son sourire se déploie en une légion de frissons sur ma nuque. D'un geste doux, il soulève mes cheveux longs détachés, les écarte sur l'une de mes épaules puis chuchote :

– Toi aussi, tu es très belle, ce soir.

Je ferme les paupières durant quelques secondes. Savoure l'onde de chaleur que font naître ses mots au cœur de ma poitrine.

– Rentre avec moi, Love.

Surprise, je me retourne, relève le visage sur lui. Me prends l'obscurité de son regard de plein fouet.

– Pourquoi ?

– Parce que tu es bien ici ? argumente-t-il.

– Parce que je serais mieux avec toi ?

– Avec moi, tu n'as pas à faire semblant.

– En effet, je n'ai qu'à ouvrir les cuisses.

Ses mâchoires se crispent avec violence. Un court instant, il dévie son attention au-dessus de ma tête, comme pour s'exhorter au calme, puis la reporte de nouveau sur moi.

– Viens avec moi, répète-t-il.

– Donne-moi une raison valable, Ezra.

Je n'attends que cela. Qu'il trouve les mots justes pour me convaincre. La vérité, c'est que je meurs d'envie qu'il m'arrache à cet endroit pour m'emmener ailleurs. Ailleurs et avec lui.

Ezra paraît hésiter et, si je ne le connaissais pas, j'irais même jusqu'à penser qu'il est aussi paumé que moi.

– Je sais que tu aimes ça, mon cœur, murmure-t-il enfin. Jouer avec moi.

Je baisse mon visage. Le dissimule afin qu'il ne perçoive pas à quel point ses paroles me griffent de l'intérieur. Puis, après avoir secoué brièvement la tête, je me décale d'un pas et fuis. Une putain de seconde fois, ce soir.

Néanmoins, je n'ai pas le temps de passer la porte-fenêtre que ses doigts emprisonnent mon poignet.

– Tu préfères retourner auprès de lui ? gronde-t-il en me faisant pivoter.

Saisie par son ton venimeux, je me fige.

– Charlie ? demandé-je dans un souffle.

– Tu choisis de faire semblant avec lui plutôt que d'être toi avec moi !

Ce n'est même pas une question. Juste une affirmation qui revêt un accent de condamnation dans sa bouche.

Sauf qu'il ne comprend rien. Et moi non plus, d'ailleurs… Qu'il soit déçu que je ne cède pas, je peux le concevoir. Mais là… son corps vibre d'une telle rage qu'elle me paralyse.

– Ezra, tu…

– Pas la peine de me sortir une excuse bidon. Tu veux jouer les grandes, mon cœur ? Eh bien, lever de rideau.

Sur cette menace à peine voilée, Ezra m'abandonne. Seule. Le cœur et l'esprit en pleine confusion. Et l'empreinte de ses doigts encore sur ma peau.

20

Love

Je retourne dans la salle de réception, la mort dans l'âme. Et le cœur étrangement lourd. Vivement que cette soirée se termine. Cette confrontation avec Ezra m'a chamboulée plus que je ne veux me l'avouer. Pourtant, nous n'en sommes pas à notre première altercation, mais celle-ci était différente. La colère d'Ezra était réelle. Bien au-delà de la simple frustration de me voir lui résister. Sans parler de la confusion qui règne sous ma peau. L'envie d'accepter de rentrer avec lui. Le besoin qu'il me rassure quand je sais que c'est impossible. L'urgence de… le ressentir. Encore. Encore plus fort.

Je retrouve Charlie, qui s'empresse d'enrouler un bras autour de mon cou pour me coller contre son torse. Ses doigts attrapent mon menton, me forcent à plonger mon regard dans le sien et, vu la grimace qui déforme ses traits, je réalise que toutes mes émotions doivent se livrer bataille sur mon propre visage. Heureusement, près d'une fontaine à champagne défiant la loi de la gravité, le créateur du défilé entame un discours et accapare l'attention de mon meilleur ami avant qu'il ne me bombarde de questions. Mentor de Jenna et de Josh dans le milieu de la mode, l'homme – dont je n'ai toujours pas retenu le nom – les met en avant pour leur contribution à la nouvelle collection. Tandis que les jumeaux prennent place derrière le micro et se répandent en remerciements, je n'écoute plus un mot, l'esprit encore sur ce balcon. Avec lui.

Jusqu'à ce que Josh rie et que je l'entende dire :

– Préparez-vous à l'apocalypse, mon cousin veut prendre la parole. Oh, ça va, me mate pas de ton regard de psycho, dit-il en se marrant de plus belle. Bon, je lui laisse le micro avant qu'il ne change d'avis!

Quelque chose se forme dans mon estomac. Une franche dose d'appréhension. Mon attention se porte d'emblée sur Ezra, qui fend la marée humaine et s'avance jusqu'à ses cousins. Empli de l'aura d'un homme prêt à conquérir, il façonne ses traits en une expression qui se veut avenante. Mais moi, je sais. Qu'il ne s'apprête pas à conquérir, mais à détruire. Le bleu sombre de ses yeux est beaucoup trop voilé. Presque tourmenté.

– Vous me connaissez tous, ou presque, déclare-t-il d'un timbre clair et posé. Vous savez que les discours ne sont pas… un exercice que j'affectionne particulièrement. Voire pas du tout. Me répandre en mots souvent inutiles… bref, vous voyez où je veux en venir.

Un silence pesant s'étend sur la salle. Plus personne n'ose parler ni bouger. Tous accrochés à la bombe qu'Ezra cherche forcément à lâcher. Pourquoi s'embarrasserait-il à s'afficher ainsi, sinon?

– Mais ce soir, je tenais à faire une exception. Pour une personne en particulier. Quelqu'un qui la mérite tellement, cette exception. Toi…

Sa tête pivote aussitôt vers moi, ses yeux me harponnant avec la force d'un bulldozer.

– Love Abbey. Ce petit bout de femme que j'ai sauvée et… qui cherche tant à me rendre la pareille, ajoute-t-il avec mesquinerie.

Mon corps entier se raidit. À l'instar de celui de Charlie, qui resserre sa prise sur moi en un réflexe protecteur. Je crois que toutes les paires d'yeux présents convergent dans ma direction, me donnant soudain l'impression d'étouffer…

– C'est étrange parfois, renchérit Ezra, comme il suffit de quelques secondes pour changer votre vie. De quelques échanges, quelques paroles pour coller un beau bordel dans votre existence. Ou de quelques souffles pour asservir un esprit. Ou un corps…

Accrochée à son regard soudain brûlant, je suis sûre de suffoquer. À cet instant, je ne pense même pas aux répercussions de ses paroles. À la réaction que ne manquera pas d'avoir Émeraude qui, Dieu sait où dans la salle, assiste à cette mise en scène. Non, je ne réfléchis pas à ça. Uniquement polarisée sur la signification de ses mots. Et sur cette chaleur explosive qu'ils déclenchent dans ma poitrine.

Sauf que lui y pense, à ces répercussions. Après tout, malgré mon imagination qui cherche de l'espoir où il n'y en a pas, ce discours n'est destiné qu'à ça : se venger. Je le comprends quand Ezra penche son visage, sa bouche ourlée de son sempiternel rictus, et reporte son intérêt sur mon ami.

– N'est-ce pas, Charlie ? Tu vois exactement de quoi je veux parler, hein ?

Pour le show, Ezra balaie la foule des yeux. Avant de revenir à son point de départ.

– Parce que, voyez-vous, notre cher Charlie est venu me voir plus tôt. Pour me demander conseil. Même si, comme l'a si justement précisé mon cousin, me demander conseil, à moi, est un signe avant-coureur d'apocalypse. Cela dit, laisse-moi te répondre, Charlie. Ma réponse est oui. Je pense que tu devrais faire ta proposition à Love.

Je manque de chanceler, choquée par ce coup bas. Ni Charlie ni moi ne réagissons, trop sonnés. Si le silence était pesant, à présent, il est asphyxiant. En tout cas, moi, je suis sûre de finir étouffée par la colère, la déception et surtout la désillusion.

– Qu'est-ce que tu attends, mon pote ? insiste Ezra. Pose ton genou à terre et sers-nous, toi aussi, un discours à tous nous faire jalouser Love. Et puis, ce n'est pas comme si elle comptait te dire non. Ai-je tort… *petite sœur* ?

Je crois que jamais encore je n'avais ressenti des mots avec une telle brutalité, une telle violence. Par chance, Charlie redevient Charlie et, comme toujours, s'adapte.

– Ezra, *mon pote*, dit-il en riant de bon cœur – en apparence, en tout cas –, tu es un sacré petit con, tu sais ça ?

Son bras descend ensuite ostensiblement sur ma taille, les yeux d'Ezra suivant son geste, puis il s'adresse à l'assemblée d'un ton amusé :

– Ne m'en voulez pas, mais je n'assurerai pas le spectacle ce soir. Je suis certain qu'Ezra espérait ainsi me servir une scène romantique. Mais je connais Love… assez pour savoir que lorsque je ferai ma demande, elle sera nue sous mon corps.

Il ponctue sa dernière phrase d'un clin d'œil évocateur qui déclenche quelques rires. Quant à moi, je ne peux me détacher de la rage d'Ezra, qu'il ne tente même plus de dissimuler. Cette dernière rampe jusqu'à moi, s'enroule autour de ma gorge, m'étrangle.

– N'est-ce pas, bébé ? ajoute Charlie pour attirer mon attention.

Je me détourne d'Ezra, lève un regard reconnaissant sur mon meilleur ami et hoche la tête. Il répond à mon sourire tout en caressant tendrement mon bras nu.

– OK, OK… soupire Ezra. Je pensais que Love aimerait ça, s'afficher devant tous. Mais tu la connais mieux que moi, après tout.

Je retiens de peu une grimace tant sa remarque pue la bassesse.

– Offrez-nous un baiser digne de ce nom au moins, conclut-il, perfide.

Cette fois, une fureur sans nom m'engloutit. Il va trop loin. Beaucoup trop loin. Et j'en ai marre. Plus qu'assez qu'il se fiche des conséquences de ses actes sur la vie des autres. Qu'il agisse comme un enfoiré juste pour son plaisir. Et surtout, j'en ai ma claque qu'il gagne.

Les nerfs en état de siège, je ne réfléchis pas davantage. Attrape les joues de Charlie et fonds sur ses lèvres. Ce dernier se raidit, tel un bout de métal à mon contact. Ses doigts s'enfoncent méchamment sur ma taille lorsque ma langue cherche la sienne et s'y emmêle durant quelques secondes.

Le temps de donner le change. Le temps d'entendre quelques timides applaudissements. Le temps qu'ils y croient tous.

Lorsque je me détache de la bouche de mon meilleur ami, je sombre. Dans la dureté de ses traits. Dans ses yeux ambrés qui me fixent avec colère. Amertume aussi. Avec une teinte glaciale que je ne lui avais jamais vue.

Aussitôt, ce que je viens de faire m'explose au visage. Notre pacte… Je viens de briser le seul pacte que nous nous sommes fait… Lentement, je me recule. Perdue. Et lorsque les conversations reprennent autour de nous, je note qu'Ezra a abandonné son poste.

– Je… je suis désolée, balbutié-je à mon meilleur ami.

Qui ne me répond pas, toujours droit comme un piquet, le regard accusateur. Et il ne me retient pas non plus quand je l'abandonne au milieu de tous les témoins de la plus grosse connerie de ma vie.

À cause de lui. Encore.

Dans le couloir, je m'immobilise. Tente de respirer. En vain. C'est alors que j'aperçois la silhouette d'Ezra, qui s'échappe, elle aussi. Oh, non. Il ne s'en sortira pas cette fois.

– Toi ! hurlé-je dans le couloir.

Et rien à foutre si quelqu'un m'entend.

Il ralentit une microseconde. Avant de reprendre sa course normalement.

– Espèce d'enfoiré ! crié-je en me précipitant derrière lui. On n'en a pas fini, toi et moi !

21

Ezra

La voix de Love résonne derrière moi, s'écrasant contre ma rage. Rage en partie dirigée contre elle. Et en grande partie contre moi. Je refuse de me retourner et presse le pas. Tout pour ne pas sombrer dans ses yeux couleur encre. Ou craquer en la plaquant contre un mur et enfin me glisser dans son ventre. C'en est devenu une obsession. Elle est devenue une putain d'obsession. Son regard franc et pur. Ses courbes pleines que je crève de marquer. Ses répliques piquantes et parfois naïves. Et cette chaleur… Elle me crame la peau dès que j'ai le malheur de frôler la sienne. Me brûle de sensations inédites. Foutrement excitantes. Je pourrais m'en accommoder, de ce chaos, mais j'ai un mal de chien à endurer, en revanche, de la voir avec ce type. Son prétendu meilleur ami. Qui couche avec son meilleur ami, bordel ?

Mes poings se referment avec violence tandis que je les enfonce dans mes poches afin de les dissimuler. Je hais ce truc dégueulasse qui rampe sous ma chair. Me pourrit le crâne comme le reste. Je pourrais jouer les hypocrites et feindre de ne pas comprendre. Seulement, hormis le fait que mentir m'est insupportable, je connais assez bien le cerveau humain pour déchiffrer l'origine de ma colère : la jalousie. Et ça me rend barge. Encore plus que de l'observer toute la soirée dans ses bras à lui. Quand je pense que je suis allé jusqu'à presque la supplier de rentrer avec moi… Putain de pathétique !

– Je te parle, démon !

Malgré moi, un sourire s'épanouit sur ma bouche. Si je suis un démon, elle est Satan en personne. Comment expliquer qu'elle soit capable de me retourner l'esprit aussi facilement ? Ou alors, elle disait vrai, elle a été envoyée par mon karma. Quoique, j'ai du mal à l'imaginer comme une âme vengeresse. Love est bien trop vraie, ses émotions bien trop absolues. Et moi, je suis baisé… car cette authenticité me plaît beaucoup trop.

Soudain, ses doigts s'enroulent autour de mon bras, me forcent à pivoter vers elle. Du moins, ils essaient. Je résiste, mais m'immobilise, l'obligeant à se planter devant moi. Son regard assassin me happe aussitôt. Furieuse, Love frappe mon buste du plat de sa paume. J'arque un sourcil sardonique, et conserve un calme olympien quand je lutte intérieurement comme un malade pour ne pas la toucher. Et cette robe… Je maudis Jenna de lui avoir filé ce bout de tissu qui épouse chacune de ses formes. La dévoile encore plus femme, plus élégante et en même temps tellement plus bandante avec ces lettres en dentelle noire.

– Le gamin pourri gâté a encore fait son caprice ? crache-t-elle, véhémente. Son jouet ne cède pas alors il cherche à le casser ?

Une grimace de colère manque d'imploser à la surface de mon visage. Néanmoins, je me contiens et me contente de répéter d'un ton moqueur :

– *Casser* ?

– As-tu la moindre idée de ce que je viens de faire par ta faute ? fulmine-t-elle, ses cheveux longs cascadant devant sa poitrine. J'ai trahi mon meilleur ami ! Embrasser, c'est… quelque chose de sacré à ses yeux et moi, j'ai… j'ai bafoué ça ! Par ta faute !

– Ma faute ? grondé-je. Tu as décidé toute seule de feindre les petites amies heureuses ce soir. Je n'ai fait que te mettre le nez dans ta propre connerie, mon cœur.

Un cri frustré, teinté de rage, s'arrache de sa gorge. Et me donne envie de l'avaler à même ses lèvres.

– À cause de qui j'ai dû faire semblant ? s'agite-t-elle

dans le couloir désert. Depuis le départ, tu ne fais que me pousser pour que je me casse la gueule devant toi ! Je n'ai fait que me défendre, me préserver. De toi, putain !

Mes mains toujours dans le fond de mes poches, je m'incline. Tente de la recouvrir quand je sais que c'est impossible. Love est bien trop lumineuse pour être dévorée.

– Qui est le pire de nous deux ? demandé-je d'un ton trop bas. Moi qui, dès le départ, suis franc quant à ce que j'attends de toi ? Ou toi qui embrasses ton meilleur ami en sachant combien cet acte lui est précieux ?

Un voile humide recouvre aussitôt ses yeux. Et je crois bien que, pour la première fois de ma vie, je regrette mes paroles. D'un réflexe que je ne maîtrise pas du tout, une de mes mains se met à caresser sa joue. Ses paupières clignent rapidement. Sa poitrine se soulève comme si ses poumons se remplissaient enfin d'air. Toutefois, elle se reprend vite puis, d'un revers de main, balaie la mienne de son visage.

– Franc ? Tu te moques de moi ? On en revient toujours au même, Ezra ! Tu es franc uniquement quand ça t'arrange !

– C'est faux !

– Ah oui ? Alors, dis-moi pourquoi tu m'as demandé de rentrer avec toi ?

Mes mâchoires se referment d'un coup. Face à mon silence borné, elle se rapproche d'un pas. Frôle mon torse de ses seins, un éclat victorieux logé dans ses iris noirs. Love sait pertinemment que, si je me tais, c'est pour ne pas mentir. Car je ne suis pas foutu de lui avouer que j'ai eu besoin d'elle ce soir.

– Réponds-moi, merde ! s'agace-t-elle de plus belle en abattant une nouvelle fois sa main sur mon torse.

Ma paume s'empare de la sienne dans un réflexe que je ne contrôle pas pour la retenir contre mon plexus.

– Mais parle, bon sang ! Pourquoi tu continues à te cacher derrière ta colère ?

– Qui te dit que je suis vraiment en colère, Love ? Qui te dit que tout ceci ne fait pas juste partie du jeu ?

– Ton cœur, rétorque-t-elle, ses doigts pressant davantage mon buste. Tu sens comme il bat fort ? Je l'entends, tu sais. Se révolter.

Quelque chose se déchire dans ma cage thoracique. Pile où la main de Love se trouve. La sensation d'imploser, que chaque particule de mon corps fragmenté n'aspire qu'à s'accrocher à elle.

Mes doigts s'agrippent fermement à son bras. Le serrent tandis que je la force à marcher sur quelques mètres malgré ses protestations. J'ouvre une porte et la propulse dans l'une des loges servant à habiller les mannequins avant le défilé.

– Je peux savoir ce que tu fous ? s'insurge-t-elle.

Je referme le battant d'un coup de talon, et avance sur Love, qui relève le menton, prête à la confrontation.

– J'arrête de jouer, grogné-je.

Ses yeux s'arrondissent de surprise. Avant de s'écarquiller lorsque, d'une main sur son ventre, je l'accule contre le mur adjacent. Coincée par mon corps qui épouse le sien, elle ne bouge pas. Ne fait aucun mouvement pour se dégager de mon emprise ou me fuir. Au contraire, sa poitrine se soulève, se colle encore plus à moi, comme si elle m'appelait. D'un geste affreusement lent, je pose mon pouce sur sa lèvre inférieure, l'étire, mon regard hypnotisé par le sien qui s'enflamme.

– J'ai détesté te voir l'embrasser. Tu trouves ça normal, toi ? De… d'en avoir mal au point de vouloir effacer son goût sur tes lèvres par le mien…

Sans lui laisser le temps de répondre, je fusionne nos bouches.

Sans attendre qu'elle me supplie de la toucher.

Moi aussi, je dévie de ma propre voie. Cette voie que je me suis toujours assuré de suivre.

Tout ça pour elle. À cause d'elle, putain…

22

Love

Le feu. Il est partout. S'empare du moindre grain de ma chair. Lèche mes reins, le creux de mon ventre. Me consume d'un mal si délicieux que m'en détourner m'apparaît comme une hérésie. Chaque parcelle de ma peau en contact avec celle d'Ezra s'enflamme, grisée d'une sensation de désir brut.

Et je veux brûler. Laissez-moi brûler encore.

Laissez-moi le ressentir davantage.

Comme s'il percevait mes prières, Ezra emmêle sa langue à la mienne en même temps que sa paume agrippe ma jambe, la relève pour la coincer sur sa hanche. Ses doigts enfoncés dans l'arrière de ma cuisse, il donne un coup de bassin qui me colle un peu plus contre le mur. Et allume un incendie dans mon abdomen. Un gémissement s'esquive de ma gorge, meurt contre son palais. Semble se répercuter dans ses muscles, qui se contractent violemment. Mes mains se croisent sur sa nuque lorsqu'un deuxième coup de boutoir me vole une autre plainte lascive.

Sa paume libre contre le mur près de mon visage, Ezra presse férocement ma cuisse, puis, après avoir émis un grognement sourd, il détache ses lèvres des miennes. Sans néanmoins se reculer. La bouche entrouverte et les paupières closes, il demeure immobile, nos souffles erratiques se mêlant et résonnant dans la pièce.

– Ezra ? parviens-je à dire dans un murmure rauque.

Son torse se soulève avec une telle frénésie que je suis incapable de discerner s'il est furieux ou… Ses yeux m'apparaissent soudain et le désir que j'y lis me liquéfie sur place.

– Demande-moi de t'embrasser, m'intime-t-il d'une voix si basse, si lourde qu'elle en vibre dans mon ventre.

Perdue face à sa demande, je ne réponds pas immédiatement.

– Putain, Love, supplie-t-il presque. Demande-moi de t'embrasser de nouveau.

Le bleu de ses prunelles vire à la tempête, et me bouleverse tant Ezra semble livrer bataille contre lui-même.

– Embrasse-moi, soufflé-je alors. Donne-m'en plus, Ezra.

Ses traits s'affaissent de soulagement. Avant que ses doigts ne glissent sur mon cou pour le recouvrir entièrement. Son autre main toujours arrimée à ma jambe, il soulève mon menton de son index pour rejeter davantage ma tête en arrière, qui bute contre le mur. Puis il plonge son nez dans mon cou, me respire à pleins poumons. Bombardant au passage mes cellules d'un orage magnétique et puissant.

Soudain, sa langue lèche ma peau, trace un chemin humide et incendiaire le long de ma gorge, du fil de ma mâchoire et dessine le contour de mes lèvres. Enfin, sa bouche s'empare de nouveau de la mienne. M'insuffle l'oxygène qui me manquait. Celui qui me permet de respirer au-dessus des flammes. Celui qui m'étourdit assez pour que je ne pense pas aux conséquences. Ces dernières flottent à l'orée de ma conscience, prêtes à me fondre dessus lorsque ce moment hors du temps s'achèvera. Mais pour l'instant, je m'en fous. Seul compte le fait de ressentir.

Seul compte le fait de vivre.

Parce que je peux affirmer au moins cela : je vis. Pleinement. Avec une passion jamais éprouvée auparavant.

Le bassin d'Ezra entame un lent va-et-vient contre le mien, son membre bandé massant mon intimité. De furieuses ondes électriques se déploient, carnivores, dans chacune de mes terminaisons nerveuses. Toutes convergent dans une seule et unique direction : mon sexe.

Son baiser glisse sur une fréquence plus lente, plus licencieuse. Ça en devient décadent tant il prend son temps, comme s'il cherchait à m'imprégner de lui pour ne surtout pas oublier cette sensation excitante d'être sur un bûcher aux flammes voraces.

Oui, je veux continuer de brûler. Que jamais l'empreinte de ses lèvres, de ses doigts sur ma peau ne s'efface.

S'il vous plaît, laissez-moi encore brûler.

Malheureusement, cette fois, mes prières ne sont pas entendues. Des éclats de voix et de rires transpercent les murs depuis le couloir et nous ramènent à la réalité. Brutalement, si j'en crois le regard obscur qu'Ezra darde sur moi. En réaction, mon cœur se comprime violemment.

Le torse s'emballant avec férocité, il me relâche, recule d'un pas.

– Ezra, je t'en prie. Ne fais pas ça…

Ses traits se parent d'une expression indéchiffrable.

– Faire quoi ?

– Te détourner de moi.

Il dessine sur son visage un sourire amer. Fataliste.

– J'ignore même si j'en suis capable à présent, mon cœur.

– Alors reste.

– Non.

Je me recroqueville contre le mur, comme si son « non » m'avait réellement frappée. Son bras se tend, ses doigts repliés caressant ma joue.

– Si je reste, je vais tout te prendre, Love.

– Ce n'est pas ce que tu voulais ?

– Non, déclare-t-il en secouant doucement la tête. Crois-moi, je n'ai jamais voulu *tout* te prendre. Mais maintenant…

Il ne termine pas sa phrase, ses mots mourant quelque part entre son esprit et ses lèvres. Ezra se penche ensuite jusqu'à humer mon parfum en dessous de mon oreille. Sa bouche s'égare une dernière fois sur ma peau, puis il se retourne et sort de la loge.

Je reste un long moment à fixer la porte fermée. À attendre que mon cœur et mon corps se détendent, gagnent une paix qu'ils ne trouveront plus. Pas maintenant qu'il m'a touchée.

Pas maintenant qu'il m'a trop donné.

23

Love

Me dandinant d'un pied sur l'autre, j'attends dans la ruelle adjacente du restaurant où travaille Charlie. D'ici cinq minutes, il devrait passer la porte arrière des cuisines pour venir prendre l'air durant sa pause. J'ai réussi à m'échapper de la demeure sans souci. La propriété possède une autre sortie, située au bout d'un chemin de quelques kilomètres et, par je ne sais quel miracle, encore inconnue des paparazzi.

Soudain, un flash me renvoie direct dans la loge. J'en frissonne malgré la chaleur qui plombe cette soirée. Par réflexe, je rabats les pans de ma veste en cuir par-dessus mon débardeur blanc et soupire en patientant. Sauf que patienter lorsque mon cerveau est d'un côté bombardé d'images d'Ezra en train de m'embrasser et, de l'autre, dévoré de remords, ce n'est pas bon. Pas bon du tout. Deux jours qu'Ezra a disparu des radars. J'ignore où il se trouve depuis le défilé. Enfin, je sais au moins où il ne se trouve pas : à la maison. Le voir déserter me rend dingue et soulève un tas de doutes, de questions que j'ai un mal fou à endiguer. Sans compter qu'il me laisse dans une merde complète avec sa connerie. Je me suis retrouvée seule face à une Émeraude pas franchement ravie de la scène de son fils. Cela dit, je pensais qu'elle réagirait plus violemment. En même temps, sans vraiment le vouloir, Ezra n'a fait que renforcer cette histoire de faux couple. Bordel, comment je suis censée me sortir de ce beau foutoir ? Parce que, si cette histoire de proposition de mariage, les gens s'en tamponnent pas mal, le mot « sœur » qu'il a employé, en revanche, lui, n'est pas passé inaperçu. Et a appuyé les rumeurs que j'avais moi-même amorcées avec mon post Instagram… Ce qui, certes, arrange Émeraude, mais moi… je n'en suis plus si sûre.

Comme me l'a précisé Émeraude : ce n'est que le calme avant la tempête médiatique.

Seulement, moi, je ne suis pas prête à la tempête. Pas celle-ci, du moins. Et plus le temps avance, plus… je ne suis plus certaine d'en vouloir. Parce que plus le temps avance, plus… j'en aspire à une autre, de tempête. Plus incendiaire. Portée par deux yeux d'un bleu sombre.

Soudain, les portes battantes s'ouvrent pour laisser apparaître la silhouette de Charlie. En tenue de travail – pantalon noir et chemise blanche –, il se fige à peine son regard s'est posé sur moi. Aussitôt, ma culpabilité redouble, se logeant en une boule douloureuse dans ma gorge. Nous ne nous sommes pas revus depuis cette fameuse soirée. Je n'ai même pas osé lui envoyer de message ou l'appeler. Trop honteuse. Trop angoissée aussi à l'idée qu'il me rejette. Toutefois, je n'ai pas tenu longtemps. Rester dans le doute s'avère bien plus effrayant que d'affronter la vérité. Bien que, là, ma vérité ne s'annonce pas glorieuse vu le regard froid que Charlie verrouille sur moi. D'un geste nerveux, il replace une mèche blonde puis progresse lentement dans ma direction.

Jamais je n'avais autant eu envie de me terrer dans un trou, espérant que l'ombre m'engloutisse. À ma hauteur, il s'immobilise, carre ses épaules. Et attend. Sans prononcer un seul mot.

– Je suis désolée, couiné-je.

Aucune réaction de sa part alors que, dans ma poitrine, mon cœur se serre.

– Je me sens mal, murmuré-je. Vraiment mal. Je n'aurais pas dû et je m'en excuse. Je sais à quel point embrasser est un acte important pour toi. Je le sais, mais… je n'en ai pas tenu compte. Tout ça parce que Ezra m'a provoquée. J'ai merdé dans les grandes largeurs. Parce que… parce que j'aurais dû penser à toi au lieu de me laisser guider par mes émotions.

Les traits de son visage demeurent lisses. Tout ce que n'est pas Charlie. Tout ce que lui et moi ne sommes pas. Et le voir aussi stoïque me brise.

– Tu as le droit de m'en vouloir à mort, renchéris-je, la voix tremblotante. Mais tu ne peux pas me rejeter. J'ai commis une erreur, une erreur monumentale. Seulement… c'est toi, mon frère, Charlie. Peu importe le nom que je porterai, peu importe les papiers que je signerai… tu es ma famille. Alors si tu…

Je m'interromps, soudain incapable de parler. Des larmes emplissent mes yeux, m'épargnant la vision de mon meilleur ami mutique. Tout à coup, une vague de chaleur s'abat sur ma nuque en même temps que sa main m'attire dans ses bras. Ces derniers se referment sur moi, me bouleversent d'une étreinte.

– Tu sais ce qu'on dit de la famille, Love ? chuchote-t-il, sa joue contre le sommet de ma tête. Que quoi que l'on fasse, on se la coltine jusqu'à la fin, alors ne t'en fais pas. Tu m'auras sur le dos encore un bon bout de temps.

– Jusqu'à la fin ? Promis ?

– Et plus encore. Toi et moi, on se fera des apéros en enfer, ma sirène.

Je souris en même temps que quelques larmes dévalent mes joues. Mon soulagement est si immense que je suis obligée de me retenir à lui pour ne pas vaciller.

Ses paumes viennent ensuite englober mes joues et ainsi m'inciter à relever mon visage vers le sien.

– Je ne t'en veux pas, bébé, dit-il d'un ton doux et apaisant. Enfin, si, un peu. Mais ça passera. On blesse tous des personnes qui nous sont chères sans vraiment le vouloir. Et je suis sûr que tu te sens déjà bien assez coupable.

J'acquiesce en silence, une nouvelle salve de larmes menaçant de couler.

– Love, ajoute-t-il, il faut qu'on parle de l'influence que ce mec a sur toi. Celle qui a assisté à ce défilé, ce n'était pas toi.

– Tu as raison, soufflé-je. Je n'aurais pas dû me focaliser sur sa provocation…

Un sourire tendre quoiqu'un peu paternaliste ourle ses lèvres.

– Bien sûr que si… Tu feras forcément passer le mec dont tu es amoureuse avant moi et c'est normal, mais…

– Je… je ne suis pas amoureuse ! me révolté-je.

Sa bouche se pince, comme s'il se retenait de rire. Et ce constat me fout les nerfs. Encore plus que cette remarque totalement et archi fausse !

– En effet, tu n'es pas amoureuse. Pas encore. Pas totalement…

Le plat de ma main fuse sur son sternum, le repousse, lui extirpant un rire au passage.

– Love, bébé, ce que…

– Je l'ai embrassé, lâché-je sans aucun préambule. Juste avant de rentrer de la soirée…

Charlie ouvre la bouche bien qu'aucune parole n'en sorte. Durant quelques secondes, il me fixe avec intensité, fouillant dans le creux de mes yeux.

– Je suis vexé. Encore, finit-il par dire. Tu m'embrasses et deux minutes après tu te jettes sur lui ?

Une moue coupable force le passage sur mon visage. Néanmoins, mon meilleur ami roule des yeux, lâche un rire et en profite pour m'attirer de nouveau dans ses bras. Après un câlin ressemblant plus à une tentative de m'étouffer, il m'invite à m'asseoir sur une pile de palettes qui traîne dans la ruelle. Je lui raconte ensuite mon tête-à-tête avec Ezra dans les loges puis son absence, qui me torture bien plus que je ne suis prête à l'admettre.

– Il a fallu que tu tombes amoureuse d'un connard, hein ? raille-t-il.

Sous mon regard meurtrier, il nuance :

– Pardon, que tu *brûles de désir* pour un connard, c'est mieux ?

– Pas vraiment, grommelé-je. Ça ne change rien à la merde dans laquelle je me suis fourrée.

– Il y a au moins quelque chose sur laquelle tu as un pouvoir, bébé. Toi. Peu importe l'homme pour qui tombera ton cœur. Peu importe que tu te perdes un peu en chemin. Que tu commettes des erreurs, que tu souffres. Peu importe les blessures… Tant que tu restes fidèle à qui tu es, tu gagneras toujours.

24

Love

J'adore rêver. Et surtout, j'adore décortiquer ces rêves une fois éveillée. Qu'ils soient complètement loufoques, délirants, doux ou flippants, les songes proviennent de notre subconscient. C'est comme réussir à regarder dans son moi profond. Le fixer dans les yeux pour se rendre compte que… ouah, nous sommes tous ravagés à notre façon.

En ce qui concerne les images qui défilent sous mes paupières à cet instant, pendant que je dors à poings fermés, pas besoin d'un diplôme en psychologie pour les décrypter. Des membres emmêlés. De morceaux de chair qui se frôlent, se cherchent. Des corps qui s'entrechoquent, se télescopent. Des souffles erratiques. Et ce feu… Toutes ces flammes qui me caressent, me…

Soudain, mes yeux se rouvrent. La respiration hachée, je resserre ma paume dans les draps humides de ma sueur. Bordel… ce démon s'invite jusque dans mes rêves maintenant…

Je pousse un grognement frustré puis, un bras en travers de mon visage pour me protéger de la lumière déversée par le plafonnier, je me retourne sur le dos. J'ai un affreux mal de crâne. Mon corps a faim et…

Je me fige tout à coup, aux aguets, lorsque, sous la couette, mon pied rencontre un poids inconnu. Je m'assieds dans un bond, mon pouls s'emballant, pour découvrir Ezra, tranquillement installé au bout du lit. Une jambe repliée sur le matelas, il me dévisage, une expression clairement moqueuse greffée à son visage. Il porte encore une veste en cuir sur un tee-shirt gris et un jean, donc visiblement il vient de rentrer.

– Dis-moi, mon cœur, de quoi tu étais en train de rêver au juste ?

Sa tête penchée sur le côté, Ezra me refait le coup de son rictus mi-amusé mi-décadent.

– Qu'est-ce que tu fais ici ? me révolté-je alors. Tu sais que seuls les psychopathes s'invitent dans les chambres des filles pendant qu'elles dorment ?

– Love… tu es dans MA chambre.

Ah…

Oups, j'avais oublié.

Mon regard balaie la pièce dans laquelle effectivement je me suis endormie, le lit où gisent mes carnets de croquis ainsi que mes crayons avant de revenir s'ancrer sur Ezra. Ce dernier, les lèvres pincées pour ne pas rire, pose une main sur le matelas et se penche légèrement vers moi.

– Laisse-moi résumer, mon cœur. Tu viens squatter ma chambre, tu t'endors dans mes draps pour partir dans un trip érotique, le tout en étant à moitié nue, ajoute-t-il en glissant une attention appuyée sur mon débardeur et mon tanga rouge vif. J'ai bien raison jusque-là ?

Je crois que c'est la première fois de ma vie que je me mets à rougir. Néanmoins, le menton dressé dans un sursaut de fierté, je rétorque :

– Oui. Et ?

– Et ? répète-t-il avec un rire. Love…

Sans terminer sa phrase, il se remet debout, se débarrasse de sa veste, qu'il balance sur l'un des fauteuils près de la bibliothèque puis, après avoir contourné le lit, comme s'il voulait instaurer un maximum de distance entre nous, il cale ses fesses contre la tranche de son bureau.

Je n'ai même pas le réflexe de me couvrir d'un drap pour me dissimuler à son regard qui semble ne pas réussir à s'empêcher de glisser sur moi.

– Pourquoi tu es venue ici ? demande-t-il alors.

– Je n'arrivais pas à bosser dans ma chambre. J'ai pensé

qu'en changeant de pièce, je parviendrais peut-être à organiser ce foutoir que j'ai dans le crâne.

Sous son froncement de sourcil interrogateur, j'explique :

– Je galère à pondre un scénario qui tienne la route. Une bande dessinée, un manga, ce ne sont pas que des images, mais aussi une histoire. Une trame bien ficelée, des rebondissements plausibles et inattendus. Bref… quelque chose de carré et ordonné. Sauf que là-dedans, précisé-je en tapotant contre ma tempe, c'est tout sauf carré et ordonné.

Mes derniers mots lui arrachent un sourire.

– Beaucoup de dessinateurs s'allient à des auteurs, tu sais.

– Exact, mais j'ai plusieurs planches à rendre pour mes cours. Franchement, je ne pensais pas que ce serait si compliqué pour moi. Les idées ne me manquent pas. Mais, dans ma tête, c'est comme si je pensais en lignes, courbes et traits, tu vois ? Alors écrire puis coller une image dessus, c'est… bref, un beau bordel.

J'ignore pour quelle raison précise je me confie à lui. Pour quelle raison les mots fusent aussi facilement quand cela fait quatre jours que je suis incapable de mettre le doigt sur ce qui me bloque. Tout ce que je sais, c'est que sa présence apaise mon esprit tout en affolant la moindre de mes cellules. Et que son regard concentré et incisif me donne la sensation que nous ne sommes plus que deux sur cette terre.

– Qu'est-ce que tu ressens lorsque tu dessines ? s'enquiert-il d'un air grave.

– Je… Ça dépend. Plein de choses. Soulagement. Bien-être. Joie. Frustration. Tristesse. Mélancolie. Colère et rage aussi parfois. Et encore… Ce n'est que le sommet de l'iceberg.

– Tu vois ? Tu prends le problème à l'envers, me répond-il. Tu ne dois pas coller tes dessins à un texte, mais le contraire. Les mots ne sont qu'un support. Un très beau support certes, mais ils ne sont ni plus ni moins qu'une traduction de ce qui brûle sous ta peau à un instant *t*. Toi, tu vis en esquissant des traits sur une feuille. Alors vis. Et les mots viendront tout seuls.

Je demeure silencieuse de longues secondes durant lesquelles je me perds en lui. Ces paroles s'insinuent en moi, trouvent un écho presque assourdissant au cœur de ma poitrine. Ezra non plus ne prononce pas un son. Me contemple comme s'il entendait également cet écho. Que ce dernier résonnait jusqu'à lui.

– Tu as raison, murmuré-je. C'est sûrement pour ça que je suis venue ici. Et pas ailleurs dans ces mille mètres carrés qui nous entourent.

Je me redresse doucement sur les genoux. Puis avance sur le matelas, une boule de plomb lestant délicieusement mon ventre.

– Parce que tout est plus fort ici, ajouté-je à voix basse.

Les poings d'Ezra se referment brusquement contre ses cuisses. D'acérée, la teinte dans ses yeux vire à un éclat ardent.

– En vrai, poursuis-je tout en glissant jusqu'au pied du lit, tout est plus fort quand je suis près de toi. Mais tu n'étais pas là alors…

– Love…

– Quoi ? Regarde-moi. Je suis là. Offerte sur un plateau comme tu le voulais et… tu fuis ? Encore ?

D'une impulsion, il se décolle du bureau. Sans toutefois me rejoindre.

– Es-tu sûre que ce soit ce dont tu as envie ?

– Tu m'as dit de vivre. C'est exactement ce que je compte faire. Mais… toi, qu'est-ce que tu veux, Ezra ?

D'un geste empreint d'urgence, il passe un bras dans son dos, et retire son tee-shirt, qui retombe sur le sol, me dévoilant enfin ces tatouages qui hantent mes pensées.

– Toi, gronde-t-il.

En deux enjambées, il est sur moi. Ses doigts étalés sur ma gorge me forcent à relever mon visage sur lui. Et éclatent à la surface de ma peau en un délire brûlant.

– Demande-le, m'intime-t-il, ses lèvres effleurant les miennes.

– Touche-moi, Ezra Remington. Donne-m'en plus. Encore.

25

Ezra

– Touche-moi, Ezra Remington. Donne-m'en plus. Encore.

Ces mots que j'ai fantasmés ces quatre derniers jours s'infiltrent dans mes veines pour y perfuser une dose violente d'envie. Mes lèvres frôlant toujours les siennes, je ne l'embrasse pas. Me contente d'entrouvrir la bouche, d'avaler son souffle, mes yeux plongés dans l'encre de ses iris.

Quatre putains de jours pour tenter de reprendre le contrôle. Il m'aura fallu tout ce temps pour me recentrer. Me rappeler que la coucher dans ce lit est mon seul but. Mon ticket de sortie de cet enfer. Ma mère ne pourra plus m'imposer une vie publique faite de mensonges si tout le monde sait que je me tape ma sœur, adoptée ou pas. Pas ici. Pas dans ce pays ô combien hypocrite où le puritanisme de notre société n'est là que pour étouffer toute sa perversité.

Ouais, quatre jours…

Et Love n'aura eu besoin que de quatre minutes pour me retourner le crâne. Encore. La retrouver dans mes draps. Savoir qu'elle a cherché ma présence. Sa sincérité mâtinée de fragilité lorsqu'elle m'a parlé de ses doutes. Cette connexion ressentie avec ses émotions, avec ses mots. Avec elle, tout simplement… Tout ça colle un sacré merdier entre mes tempes.

Ce serait tellement plus facile si elle était Noa…

Debout, je resserre légèrement ma prise sur sa gorge, embrasant ses yeux sombres.

– Sais-tu seulement à quel point j'ai envie de me venger, mon cœur ? susurré-je.

Un pli se creuse subrepticement entre ses sourcils.

– Te venger ?

– Je ne suis plus foutu de contrôler quoi que ce soit quand tu es là, réponds-je honnêtement.

Contre moi, je sens sa poitrine se soulever d'un coup.

– Pourquoi devoir te contrôler quand… s'abandonner est si bon ? Si grisant…

Je m'incline davantage, ma langue dardant entre mes lèvres sans néanmoins toucher les siennes.

– Tu t'abandonnerais ? À moi ?

Sans que l'ombre d'une hésitation agite ses prunelles, elle dit dans un souffle :

– Je n'attends que ça.

Un souffle qui me percute telle une puissante déflagration. Parce que je réalise combien, moi aussi, je n'attends que ça.

Ma paume retombe sur le haut de sa poitrine. Mes ongles cherchent sa peau sous le tissu de son débardeur.

– Je veux te voir, grondé-je.

D'un hochement de tête, elle acquiesce. Et me laisse le contrôle comme si elle avait compris que j'en ai besoin. Lentement, je glisse un index entre ses seins, m'impose une maîtrise presque surhumaine pour ne pas fondre sur elle, en elle, tout de suite. Puis, mes doigts chopent le bas de son débardeur pour le passer par-dessus sa tête, libérant au passage deux seins lourds d'envie. Tandis qu'elle s'apprête à retirer son top, j'emprisonne ses poignets pour l'en empêcher et, en quelques torsions, je lie ses mains entre elles avec le tissu. Je me penche ensuite sur son corps, l'obligeant à retomber sur le matelas, ses bras emprisonnés et tendus au-dessus de sa tête. Je me redresse alors, griffe doucement son aine tandis que je roule son tanga le long de ses jambes. Pour ensuite, en quelques mouvements, le nouer autour de ses chevilles. D'un geste sec, j'écarte ses cuisses, la positionne de façon qu'elle demeure allongée, mais avec ses pieds touchant le sol. Que je ne puisse rien louper d'elle. La contempler. À m'en allumer un incendie dans le bide. Sa poitrine gonflée qui se dresse dans ma direction. Son ventre qui se creuse. Ses hanches larges. Ses cuisses pleines qui se contractent quand je me concentre sur son sexe humide.

En silence, entièrement offerte à mon attention, Love m'observe. De ce regard pur tant il est empreint de sincérité. De vérité. De certitude aussi. L'impression qu'il s'enfonce dans mon crâne, entre mes côtes. Qu'il voie. Me voie, moi. Par-delà le voile. Par-delà le mensonge.

Et, à cet instant précis, je tuerais quiconque cherchant à s'interposer entre ce regard et moi.

Sans prononcer un son, avec pour seul bruit la respiration haletante de Love, je me défais de mes chaussures et de mes chaussettes. Pieds nus, je déboutonne mon jean afin d'offrir un peu d'espace à mon membre bandé.

La seconde suivante, je me laisse tomber au-dessus d'elle, mes paumes à plat sur les draps de chaque côté de son visage. Ses yeux s'écarquillent de surprise avant de basculer dans une teinte plus lascive. La pointe de ses seins s'écrase par intermittence contre mon torse, transformant mon sang en une rivière de feu.

– Embrasse-moi, me supplie-t-elle.

Un sourire fend mes traits. Je recule mes lèvres. Une expression frustrée la chahute. Expression qui se change en un gémissement lorsque je l'embrasse, oui, mais sur son sein droit. Ma langue s'enroule autour de son téton, que je cisaille avec douceur entre mes incisives. Aussitôt Love creuse les reins et tente de relever les jambes. Pour l'en empêcher, je pose mon pied sur son tanga attaché à ses chevilles, remets ses cuisses en place et m'incline sur elle, mon buste appuyant un peu trop fort contre son intimité.

– Pour quelqu'un qui ne parvient soi-disant pas à garder le contrôle, je trouve que tu te maîtrises un peu trop, maugrée-t-elle.

Un rire m'échappe.

– Peut-être parce que je veux que TU le perdes, mon cœur.

– Trop tard, Ezra. Ma position le prouve, il me semble.

– Oh, ça ? On peut faire mieux, Love. Beaucoup mieux…

Ma main plonge dans mon boxer et en ressort ma queue, qui pulse ardemment. Un « démon » s'esquive de sa gorge alors que je commence à me masturber. Pile entre ses cuisses. Mes phalanges effleurent son clitoris à chacun de mes mouvements.

Si je jubile à la voir se tordre de frustration, je me trouve bien vite pris à mon propre piège. La scène m'explose soudain à la gueule. Sans m'en rendre compte, j'accentue la pression sur mon sexe à m'en faire mal, mais je ne le sens pas vraiment. Parce qu'une autre douleur vient supplanter ce mal. Le manque. L'envie, non, le besoin de la sentir, elle, sur moi. Ses doigts à la place des miens. Ses lèvres coulissant sur ma peau. Ses chairs m'étranglant dans leur fourreau.

Durant une fraction de seconde, je m'imagine prendre possession de son ventre. En réalité, c'est exactement ce que je comptais faire il y a encore quelques minutes lorsqu'elle m'a demandé de lui en donner plus. Seulement…

Merde, je ne peux pas lui faire ça.

Soudain, je sens Love onduler contre moi, m'arrachant à mon bordel intérieur. La voir chercher son plaisir contre moi manque de me faire virer taré. Ses hanches dansent tandis qu'elle se frotte sur mes doigts entourant ma queue, les paupières closes et la tête rejetée en arrière. Love désire comme elle vit : sans pudeur, avec passion. Son cœur en bandoulière. Impossible de ne pas l'entendre battre avec avidité pendant que je me consume de la voir se donner ainsi. À moi.

Mon autre main trouve sa cuisse, la serre avec une telle force que sa peau en est marquée. Elle ne le remarque même pas, perdue dans son désir.

– Stop, grogné-je.

Love se fige aussitôt, ses grands yeux noirs fusant sur moi. Essoufflée, elle me dévisage puis, l'insolence parant son visage, elle entame un lent va-et-vient du bassin. Je relâche mon sexe sous peine de ne plus réussir à me maîtriser, avant de presser son clitoris du bout de mon index. Love ahane, soulève ses hanches, mais je l'immobilise en les empoignant pour la clouer sur le matelas.

Je me glisse ensuite entre ses jambes, pose ses cuisses sur mes épaules tandis que ses chevilles liées atterrissent sur mes reins.

D'abord un souffle. Sur son intimité. Et un autre. Aiguisant sa frustration.

Ma bouche entrouverte. Chahutant son point névralgique de ma respiration chaude.

Mon nez, qui suit son aine, la respire à m'en crever les poumons.

Puis ma langue qui la frôle, l'effleure. La taquine. La touche à peine. Avant de remonter plus franchement ses chairs, attisant enfin le feu dans son ventre.

Ma paume sur son abdomen qui la maintient en place pendant que je la dévore. La seconde qui pétrit son sein, se referme sur leur globe avec un peu trop de brutalité.

Ses gémissements qui se répandent dans la chambre, dans l'air saturé d'envie, de désir interdit. Qui rampent sur ma peau.

Elle. Sensuelle à en crever, la peau voilée de sueur. Ses muscles contractés de plaisir.

Moi. Qui crève à petit feu. Non, ce feu qui me crame de toutes parts n'a rien de petit. Au contraire, des putains d'immenses gerbes de flammes me tourmentent. Me ravagent. M'absorbent.

Tout à coup, Love se redresse, le regard embrasé, pour attraper mes épaules malgré ses entraves et m'attirer sur elle. Sans que je la voie venir, elle plaque nos bouches l'une contre l'autre, sa langue trouvant la mienne avec une facilité déconcertante. À croire que cette dernière n'attendait qu'elle. Le moindre de mes muscles se raidit à l'impact. Ce qui me submerge est d'une rare violence.

Avec Love, le simple fait d'embrasser prend une dimension encore plus intense. Presque indéfectible.

Et ça me colle une frayeur monstre.

Pourtant, je reste incapable de me détacher d'elle. Nos lèvres se cherchent, se fondent l'une contre l'autre, se font l'amour. Se baisent.

Ma queue contre son ventre enfle davantage, alors que je suis enivré par ce baiser. Love finit par se débarrasser du top qui l'entravait, ses ongles s'enfonçant dans mes omoplates lorsque ma main se glisse de nouveau entre ses cuisses. Je la pénètre de deux doigts tandis que le reste de ma paume recouvre l'entièreté de son sexe.

– Ezra…

Mon prénom susurré avec tant d'indécence me pulvérise de l'intérieur. C'en est obscène tellement Love m'excite. J'effectue quelques mouvements circulaires contre son clitoris, l'embrassant avec toujours plus de fièvre. D'abandon. Soudain, je sens ses muscles se contracter, se tendre avant qu'elle soit parcourue d'un long et puissant spasme. Love jouit en murmurant une fois de plus mon prénom et, quelque part au fond de moi, j'ai conscience que jamais je n'oublierai ce son. Elle s'amollit ensuite entre mes bras, son visage se nichant d'instinct dans mon cou. J'en demeure figé.

J'en ai vu, des corps prendre leur pied, mais là… un goût d'inédit tapisse mes cellules. De démesuré. D'incomparable.

Merde.

Je me fous une droite mentale et me recentre. Enfin, j'essaie. Faut que je reprenne le contrôle, putain.

– Regarde-moi, Love.

L'arrière de sa tête retombe sur le lit au moment où elle s'exécute. D'un mouvement souple, je me place à califourchon sur elle, mes cuisses flanquant les siennes et mes mains de chaque côté de son visage. Les paupières lourdes, elle me pulvérise de son regard franc, brillant. Étourdissant.

Avec douceur, je caresse sa joue, dessine des doigts le contour de sa bouche. Les enfonce entre ses lèvres puis les laisse dériver sur sa gorge.

– Je veux que tu me voies, murmuré-je tout en attrapant ma queue qui bande douloureusement.

Un sourire sublime ses traits.

– Je te vois, Ezra, assure-t-elle d'un timbre vibrant.

Mes yeux ancrés à la mer noire des siens, nos lèvres s'effleurant, je commence à me masturber. Il ne me faut que quelques allers et retours pour basculer. Je jouis, violemment, au moment où je nous emporte dans un dernier baiser.

Et juste avant que Love ne me tue d'un :

– Je ne vois que toi, Ezra.

26

Love

Ezra se laisse tomber sur les draps, à côté de moi. En ce qui me concerne, je ne suis pas certaine de réussir à mouvoir un seul de mes membres. Trop d'intensité. Trop de feu. Ce dernier a remplacé mon sang par un liquide ardent. J'avais raison, ce mec a l'enfer enchaîné au corps. Cette façon qu'il a eue de m'observer, comme s'il me dépouillait de tout sauf de mes émotions qui tendaient uniquement vers lui, elle ne peut être que l'œuvre d'un démon.

Toujours allongée sur le dos, je tourne la tête vers lui. Chute dans son regard perçant, profond, rivé sur moi. Durant un temps qui me semble infini, nous demeurons ainsi. À nous observer en silence. Nos corps repus. Mon cœur battant sur une fréquence que je ne connais pas. Une paix étrange, un mélange paradoxal de langueur et d'excitation, engourdit mes membres. Et ce en dépit de ces conséquences qui, fatalement, ne tarderont pas à surgir. Mais pas maintenant. Pas ce soir. Là, je veux juste m'étendre un peu plus dans cette paix.

L'attention d'Ezra me quitte pour dériver sur ma poitrine et mon ventre maculés des traces de son plaisir. Une lueur enflammée zèbre son regard, me soutirant un ricanement. Je me redresse sur les coudes, constate à mon tour les dégâts et sens mes lèvres s'étirer malgré moi.

– Love, me prévient Ezra. Je t'interdis de dire ce que tu as en tête.

J'arque un sourcil, mon sourire s'agrandissant.

– Dire quoi ? Que je suis *foutrement* chanceuse d'être l'*élue* ?

– Putain ! s'esclaffe-t-il.

Avant de balayer l'un de mes bras à l'aide de sa main pour que je m'étale sur le lit. Je lui tire la langue puis me mets aussi à rire.

– La prochaine fois, je te bâillonne, se moque-t-il.

Soudain, changement d'ambiance. Sans que je le voie venir, il s'incline sur moi, sa main s'étalant sur ma gorge.

– Je crois que ça ne me déplairait pas, mon cœur, murmure-t-il, son souffle contre mes lèvres. Entendre tes gémissements étouffés par de la soie sur cette jolie bouche.

Un réflexe me force à serrer les cuisses. Tentée, moi ? En vérité, je suis au-delà de la tentation. Rectification : Ezra est au-delà de la tentation. Comme s'il devenait autre chose. Autre chose de… plus. Ma poitrine se comprime alors et je déglutis sous la paume d'Ezra. Ce dernier, remarquant mon changement d'attitude, fronce les sourcils tandis que son pouce caresse tendrement le fil de ma mâchoire.

– Bouge pas, dit-il ensuite dans un murmure.

La seconde suivante, il se lève, replace son boxer et son jean puis s'échappe dans la salle de bains. Pour en revenir presque aussitôt avec une serviette mouillée. Il met un genou sur le matelas puis le second avant de poser délicatement le tissu sur mon buste pour nettoyer avec douceur mes seins et mon abdomen. Ses doigts se recroquevillent dans l'éponge lorsqu'il insiste un peu trop longuement sur mon ventre, son regard hypnotisé par ma peau. Comme s'il cherchait à lire au travers. Mon épiderme ne tarde pas à être recouvert d'une chair de poule. Pourtant, je n'ai pas froid. Au contraire, je me sens bien, bercée par ses caresses et la chaleur de son corps.

– Merci, soufflé-je.

– Ne me remercie pas, je l'ai fait pour moi. Je ne suis pas certain de supporter une autre blague douteuse sur mon sperme, raille-t-il.

Je lui tire la langue et me redresse enfin. Au milieu de mes feuilles de dessins éparpillées sur les draps, je retrouve mon top, que j'enfile avant de libérer mes chevilles de mon tanga pour le remettre également. Ezra, le dos appuyé contre la tête de lit, m'observe en silence. Me sentir épiée ne me dérange pas. J'en éprouve même un certain plaisir de le voir accroché à mes gestes.

J'entreprends ensuite de ramasser mes esquisses et mon bordel quand, d'une voix lourde et rauque, il m'arrête :

– Tu me montres ?

Mes doigts se crispent sur le papier. La raison ? Il se peut que l'un des personnages ait… comment dire… quelques similarités avec un certain Remington. Pour ne pas dire qu'ils se ressemblent comme deux gouttes d'eau. Ouais, j'ai plagié son visage, mais à mon corps défendant. Enfin, je crois… Mon corps ne se défend jamais beaucoup dès qu'il s'agit d'Ezra.

– Pas ça, précise-t-il.

Face à mon air interrogateur, il explique :

– Toi et moi. Je veux… Dessine ce que nous venons de vivre, Love. Je veux le saisir à travers toi.

Sa demande me prend de court. Et me remue méchamment. Peut-être à cause de cette déchirure sombre dans ses yeux bleus. Ou peut-être est-ce dû à cette aura, à la fois sauvage et pure, qui émane de son corps immobile. Je l'ignore. Toujours est-il qu'accepter me semble une évidence.

D'un hochement de tête, j'acquiesce. Attrape une feuille à dessin à grain puis un fusain dans mon matériel et vais pour m'asseoir à côté de lui quand, d'une pression sur mon bras, il m'attire contre lui. Mon dos calé contre son torse, je m'installe entre ses jambes repliées de chaque côté de mon bassin. Ses coudes se positionnent sur ses genoux, construisant un cocon autour de moi.

Mon fusain à quelques millimètres du papier que j'ai calé sur mes cuisses par-dessus une chemise cartonnée, je me fige. Projetant déjà les prochaines lignes dans ma tête. Et, je l'avoue, profitant de cette sensation de bien-être. Une légion de papillons s'envole dans mon ventre lorsque Ezra déplace la masse de mes cheveux pour caler son menton sur mon épaule. Je ferme les yeux un court moment, les images de ce que nous venons de faire se tatouant sous mes paupières et, enfin, je mets sur pause. Pile sur l'instant que je veux ramener à la vie.

Ma main s'anime. Trace un premier trait. Toujours un peu timide. Puis un deuxième, toujours un peu plus sûr, qui se transforme en un enchaînement de courbes, de lignes, de dégradés, d'ombres…

Je suis incapable de dire combien de temps nous demeurons ainsi. Moi, perdue dans ce monde, mon monde, qui me complète et me définit. Lui, à m'accompagner sur mes terres. Terres qu'il foulerait presque comme un conquérant.

Lorsque j'appose le dernier tracé, mes doigts sont noirs d'avoir crayonné et estompé le fusain. Ma main retombe contre mon ventre et seulement alors je me rends compte du silence de cathédrale qui règne dans la chambre. Ezra n'a pas émis un seul mot, un seul son. Seule sa respiration contre mon cou et son torse, qui se soulève calmement dans mon dos, me prouve qu'il ne s'est pas transformé en statue de sel. Je tourne légèrement le visage, mon nez frôlant sa joue, et tombe sur son regard électrique rivé à mon esquisse.

– Tu… Tu aimes ? m'enquiers-je après avoir dégluti.

Ma voix me paraît étrange. Parler me paraît étrange, en fait. Après m'être plongée dans mes créations, je mets toujours un laps de temps à redescendre. À me reconnecter à la réalité alors que j'étais si bien, noyée dans mes idées. C'est d'ailleurs le seul instant où ces dernières ne sont pas emmêlées.

– C'est ainsi que tu me vois ? répond-il, sans vraiment répondre, cela dit.

– Il te manque les cornes et les pieds fourchus, mais… oui, c'est ainsi que je te vois.

Ma blague tombe à plat tant il reste concentré sur mon dessin. À mon tour, je reporte mon attention sur l'esquisse. Un sourire étire mes lèvres. Je crois que c'est l'une de mes préférées. Sûrement car je l'ai vécu. Avec passion. Je n'ai eu besoin que de laisser mes émotions, mes sensations se diffuser de ma main au papier.

– Brutalité, expire soudain Ezra en posant son index sur sa silhouette dessinée.

Lui, au-dessus de mon corps nu. Une main qui coulisse autour de son sexe dressé.

– Sauvage, rectifié-je aussitôt.

Son doigt file pour s'arrêter sur son autre paume ancrée en un poing serré sur le matelas.

– Instinct, affirme-t-il.

J'acquiesce en silence.

Il reprend le chemin inverse, s'arrête sur mes cuisses comprimant son bassin.

– Plaisir primaire, murmure-t-il.

Je ne réponds pas, déroutée qu'il puisse ressentir autant à travers mes lignes. Cette fois, il désigne le cœur de ma poitrine. Ma bouche reste scellée. À l'instar de la sienne. Un tas de sensations me brûlent, affolent mes pulsations et mon palpitant, qui s'emballe contre ma cage thoracique. Seulement, je ne suis pas capable de les traduire. De poser des mots dessus. Je suis plus douée pour communiquer en lignes et tracés. Au bout de longues secondes, Ezra poursuit sa course jusqu'à mon regard. Le seul que l'on aperçoit, le visage de profil d'Ezra étant à moitié dissimulé. En vérité, il ne s'agit pas réellement du mien, mais du sien, que j'ai transposé dans mes yeux. Je ne suis pas foutue de savoir pourquoi je l'ai représenté ainsi, pourquoi je lui ai dérobé cette puissance voilée d'obscurité pour me l'approprier. Tout ce que je sais, c'est que j'ai l'impression que cela me rend encore plus… complète.

Sa main recouvre ma joue, m'oblige à tourner la tête sur lui. Avant que ses lèvres ne me fauchent d'un baiser à l'intensité rare. Sans que je sache comment, je suis de nouveau allongée sur le matelas, ses muscles déliés épousant mes courbes.

– Love, halète-t-il une fois sa bouche détachée de la mienne. Est-ce que tu réalises dans quelle merde on est ?

– Je pensais être la seule dans ce cas. Que c'était exactement ce que tu voulais ?

– Mon cœur… Crois-moi, tu es tout ce que je ne voulais pas.

Le choc de ses mots est tel que je manque de suffoquer. Mon abdomen se contracte avec violence et, alors que je tente de me dégager de sa prise, il maintient mon visage d'une paume sur ma mâchoire.

– Tu comprends mes paroles de travers, se moque-t-il.

Je le fusille d'une paire d'yeux meurtriers. Néanmoins, Ezra, loin de se laisser impressionner, me sourit. De ce sourire qui bouleverse mon cœur. Puis, d'un geste impérieux, il me retourne. Fond son torse contre mon dos. Rabat les draps sur nous. Murmure à mon oreille :

– Tu es tout ce que je n'attendais pas, Love.

27

Love

Sur le transat où elle est affalée, Sélia m'adresse un clin d'œil afin de me dérider. Pourtant, je fournis un véritable effort cette fois et tente du mieux que je le peux d'occulter la présence des caméras qui nous ont suivis près de la piscine. Assise sur la margelle, je suis tournée vers Josh et Noa, enlacés sur un bain de soleil, ainsi que vers Sélia, donc. Si les cousins d'Ezra sont habitués, Noa est novice puisqu'elle a commencé à sortir avec Josh après le tournage de la saison précédente de *With the Remingtons*. Néanmoins, elle paraît aussi à l'aise qu'un poisson dans l'eau. Moi… j'imagine que l'eau n'est définitivement pas pour moi.

Même si, pour l'instant, je n'ai qu'à réagir aux propos de Josh concernant un projet secret sur laquelle lui et Jenna bossent d'arrache-pied.

– Enfin, tout devrait bien se passer, conclut-il en replaçant l'une de ses mèches blondes. Sauf si mon cher cousin se décide à déclencher un petit scandale en plein défilé, bien sûr.

Je me prends sa remarque dans les dents, mais – et je peux être fière de moi – n'en montre rien. À aucun moment, il ne cherche à être blessant. Il exécute juste les prérogatives d'Émeraude. Ces images seront vues dans plusieurs mois ; cependant, elle veut tenter de reprendre le contrôle du discours de son fils. Selon elle, aux yeux du public, en parler au sein du « clan » aura beaucoup plus de crédibilité que les dires de la presse à scandale. Ce qui serait en outre l'une des raisons les ayant poussées, elle et ses sœurs, à réaliser cette émission.

– Ezra, quoi, lâché-je avec un ricanement. Ça faisait plusieurs jours qu'il m'avait prévenue, pourtant. Que j'aurais droit à un bizutage en public et… il a osé, ce petit con.

J'ignore comment je réussis à maîtriser mon corps sous l'attention de ces saletés de caméras qui rôdent autour de nous quatre. Entre le vent brûlant qui souffle au creux de mon ventre dès que je repense à la nuit dernière, ces ailes qui n'ont pas cessé de chatouiller mon estomac depuis hier soir, et… cette sensation de malaise de me retrouver là, à jouer un rôle que je ne devrais plus, j'ai un mal fou à contrôler mes gestes.

– D'ailleurs, tout se passe bien avec lui ? demande Noa, bien calée entre les jambes de Josh.

– Oh, bah, tu le connais, répliqué-je aussi sec. Ezra est un cadeau du ciel. Toujours aux petits soins avec moi. Toujours à respecter mon avis, à me préserver… bref, un ange.

Un silence de plomb s'abat autour de nous. S'étire seulement quelques secondes avant que, d'un coup, ils n'éclatent de rire tous les trois. Un sourire s'imprime aussitôt sur mes lèvres. Sourire qui manque de s'évanouir lorsque l'un des cameramen se déplace pour se couler derrière Josh et Noa, avec l'œil de son monstre braqué sur moi. L'envie de me ratatiner sur place. De plonger dans la piscine dans mon dos. De disparaître d'un coup. Ou de me mettre à courir comme une dératée dans ma chambre. De fuir.

– Ange, cadeau du ciel et Ezra dans la même phrase ? C'est moi ou ça a des accents de Jugement dernier ? s'esclaffe Sélia.

– Je l'ai toujours dit, m'exclamé-je en riant avec elle, Ezra est un démon. Mais… même le diable a été un ange un jour.

– Je rêve ou tu prétends qu'il en est un ? raille Noa.

– Oh, non, réponds-je avec sérieux. Il est juste différent. De vous. De moi. Et maintenant que je le connais mieux, je commence à le comprendre. Enfin, je crois. On parle de démon, d'enfer et ça lui va plutôt bien, en fait. Ezra est juste aussi passionné qu'une flamme. Seulement, il se camoufle, s'étouffe pour je ne sais quelle raison. Mais même en enfer, il y a un morceau de paix, un territoire qui n'est pas ravagé par le feu. Sinon, ce feu, il s'épuise s'il n'a plus rien à cramer. Franchement, qui veut du paradis quand tu peux brûler à l'infini ? Et c'est comme ça qu'on doit se sentir dans son cœur, n'est-ce pas ?

Mon regard opère un aller et retour entre Josh et Sélia. Si le premier me mate d'un air à la fois incrédule et grave, la seconde, elle, me gratifie d'un sourire resplendissant.

– Je suis vraiment heureuse que quelqu'un voie enfin qui est réellement mon cousin.

– J'aime tes mots, rétorque simplement Josh.

– Eh bien, nous avons une artiste de plus dans la famille, intervient Noa. Sérieux, tu pourrais écrire des bouquins, vu comme tu parles.

– Dessiner lui va beaucoup mieux, nous interrompt une cinquième voix.

Voix qui s'incruste d'emblée dans mon abdomen pour y déchaîner ce fameux feu. Je m'oblige à conserver une expression impassible lorsque je dévie mon attention sur Ezra qui, pieds nus et les mains dans les poches d'un pantalon de jogging, s'avance vers nous. Il porte également un tee-shirt noir, occultant ses tatouages aux caméras et je remarque alors que nous sommes les seuls habillés. Contrairement aux autres en maillot de bain, je suis restée en short et débardeur. Non pas que je sois mal à l'aise avec mon corps. Néanmoins, l'exposer à des milliers de paires d'yeux, très peu pour moi.

– Tu tombes bien, on parlait de toi, glousse Noa en se trémoussant dans les bras de son mec.

– Je sais que vos vies sont fades sans moi, raille-t-il en venant s'installer au pied du transat de sa cousine.

D'un revers de main, il vire ses jambes pour avoir plus de place. Elle lui file alors un taquet derrière le crâne en grommelant un « Sale con ».

– Tu m'expliques où sont le cœur, la paix et le feu, là ? me demande Sélia en râlant.

Sans répondre, je lui offre un clin d'œil, qu'elle me renvoie, sourire éclatant en prime.

– Je peux savoir de quoi vous parlez ? grogne Ezra.

– Nan, t'es encore trop… pur pour comprendre, me moqué-je.

Un sourcil arqué, il me dévisage longuement. Trop longuement. Assez pour que les pulsations de mon cœur dégringolent pile entre mes cuisses.

– Tu te proposes pour me dévoyer encore plus, *petite sœur* ?

À trop jouer avec le feu, bah, on se prend un retour de flammes justement. Surtout avec un mec tel qu'Ezra. Lui s'en fout, des caméras. Lui s'en fout de se faire griller. Peut-être qu'il le recherche encore, d'ailleurs. Et moi… Est-ce que je m'en fous ? Suis-je prête à perdre ce pour quoi j'ai signé ? Et le perdre pour… quoi au juste ?

Percevant sûrement mon malaise, Ezra se fige, son regard s'aiguisant comme s'il cherchait à s'implanter entre mes tempes.

– Te dévoyer ? s'exclame Sélia un peu trop fort. Ton âme est déjà perdue, mec. D'ailleurs, si tu cherches à blanchir un peu cette aura de débauche que tu te traînes, tu pourrais enfin accepter la requête de ta cousine préférée et venir jouer en guest-star avec moi dans un des épisodes de…

– *Blanchir mon aura de débauche ?* Dans une série où des ados ont les veines aussi chargées qu'un bus de junkies et où ils couchent pour un rail de coke ? Sérieusement ? ironise-t-il, ses yeux toujours arrimés aux miens.

– Tu stigmatises ! se révolte-t-elle. Tu sais que cette série est là pour dénoncer l'hypersexualisation des jeunes et toutes les dérives de cette société pourrie sur leurs vies !

D'une paume sur le genou de Sélia, Ezra l'apaise.

– Je me moque, Sé. Détends-toi.

– Sale con.

– Je sais.

– Et tu t'étonnes de passer pour un enfoiré.

– Ça me va.

Son regard ne m'a pas quittée une seconde. Me figeant dans une autre réalité. Dans celle que nous avons partagée dans sa chambre cette nuit.

Avec difficulté, je m'arrache à son attention. À contrecœur. Malheureusement, nous ne sommes pas seuls. Je me dois de faire semblant. De museler mon besoin de le toucher. Et ce constat me tue. Subitement, je me sens piégée. Emprisonnée. Avec la sensation que des ronces s'épanouissent sur ma peau, rampent à sa surface pour m'empêcher de respirer.

Et ces putains de ronces m'accompagnent tout le reste de l'après-midi. Même lorsque les cameramen disparaissent. Bientôt suivis par Josh et Noa, puis Sélia. Le soleil entame déjà sa descente lorsque Ezra se relève sans un mot, puis plonge dans l'eau, encore habillé.

Quant à moi, je détale. La peur au ventre. Oui, je suis soudain effrayée. De tous ces sentiments qui poussent contre mes côtes. De tout ce que cela implique. Je sais que demain tout ira mieux. Qu'une fois mes émotions démêlées, je me sentirai moins embourbée. Après tout, je ne vis que par elles. Mais, comme tout le monde, parfois, trop est juste trop.

Je me réfugie dans ma chambre, ouvre la porte-fenêtre puis, contre la balustrade en pierre, j'inspire profondément. Je crois que je ressens sa présence avant même que ses mains ne se posent de part et d'autre de mes hanches. Un vertige bouleverse l'entièreté de mon corps. Bordel, que c'est bon…

– Regarde-moi, chuchote Ezra à mon oreille.

Au lieu de m'exécuter, je m'appuie contre son torse trempé, clos les paupières. Savoure ce truc dingue qui m'attire à lui et qui envoie valser mes doutes d'un murmure. Je sens alors son menton se poser sur le sommet de ma tête puis son nez respirer mon cuir chevelu.

– Je déteste quand tu ne me regardes pas.

Une grimace chiffonne mon visage. Pour ne pas me trahir, je l'ai ignoré durant presque tout l'après-midi et l'idée qu'il ait pu en souffrir, ne serait-ce qu'un peu, me griffe le cœur. Aussi, je fais volte-face et noie mon regard dans le sien. Il ne sourit pas. Ne paraît même pas soulagé. Son expression est indéchiffrable. Ses mâchoires ombrées par un voile de barbe sont contractées.

– Demande-le-moi, Love.

Des gouttes s'échappent de ses cheveux noirs, s'échouent sur mon visage, glissent jusqu'à ma bouche qui crève de lui accorder ce qu'il veut. Que je lui demande de m'embrasser. Si j'en ai envie ? Pire, j'en souffre physiquement de ne sentir que son contact fantôme sur mes lèvres.

– Toi, demande-le-moi.

Cette fois, un sourire fend son visage. Vorace, carnassier et curieusement lumineux. Dévastateur pour mes sens.

– Embrasse-moi, mon cœur. Je veux un baiser que tu pourras dessiner ensuite.

À mon tour, je lui souris. Libérée des ronces.

Puis, sur la pointe des pieds, je précipite nos bouches l'une contre l'autre, ma main sur sa nuque.

Et je l'embrasse. Avec toute la passion que ses paroles viennent de raviver. Et avec ces émotions dont je suis certaine à présent de ne plus pouvoir me débarrasser. À moins d'y laisser un morceau de mon cœur.

28

Love

Excitée comme une gamine devant un parterre de bonbons, je me penche par-dessus la balustrade afin d'observer la foule, triée sur le volet, investir le théâtre. Ce dernier a été reconverti en cinéma spécialement pour l'occasion. Quelle occasion ? Celle que j'attendais avec une telle impatience que je me retiens de ne pas sauter dans tous les sens. À savoir la sortie de l'adaptation d'un livre que j'ai adoré. La famille Remington a bien entendu eu droit à des invitations pour l'avant-première mondiale à Los Angeles. À l'instar de la scène initiale du bouquin qui se déroule à l'opéra Garnier de Paris, la rétroprojection a été prévue dans un ancien théâtre.

Le clan Remington a donc été réparti dans les loges du balcon. Loges remises au goût du jour, bien sûr, avec quatre fauteuils super confortables, une table où nous attend un seau à champagne ainsi que des flûtes. Des rideaux pourpres en velours sont attachés par des liens dorés, nous libérant la vue sur la toile encore blanche. Debout, je me penche un peu plus, curieuse de voir si je reconnais quelques visages pendant que Sélia, Charlie et Ezra prennent place derrière moi.

Je ressens soudain la présence de ce dernier et reporte mon attention sur lui tandis qu'il cale ses fesses sur la rambarde. Ses yeux glissent un court instant le long de ma robe patineuse rouge, choisie par mes soins en référence au titre du livre : *L'Ombre en rouge*, faisant en réalité allusion à une jeune femme en robe couleur sang, assassinée en début d'histoire. Bon, cela va sans dire que je ne compte pas finir de la même façon… Lorsque son regard réintègre le mien, je me liquéfie. Ce regard, *son* regard, met tout mon corps en état de siège, coincé dans une envie qui l'affame toujours plus. Cette semaine, nous ne nous sommes presque pas vus ; Ezra a disparu quelques jours avant de rester enfermé dans sa chambre. Je ne sais toujours pas ce qu'il peut bien faire de son temps et j'avoue que demeurer dans l'ignorance commence à me taper sur le système. Néanmoins, j'ai conscience que le bombarder de questions ne m'aidera pas. Ezra se confiera quand il en aura envie. On ne doit pas acculer un animal sauvage, il faut avant tout l'amadouer et le laisser s'approcher de son propre gré pour qu'il ait confiance.

Sans rien dire, Ezra balaie rapidement du regard les invités qui remplissent les rangées en dessous de nous avant de s'ancrer de nouveau à moi. Habillé d'un costume sobre de couleur bleu nuit, il est à tomber ce soir. OK, je sais pertinemment que j'ai dépassé le stade de l'objectivité en ce qui le concerne, que mes émotions influent sur ma façon de le voir, mais… il n'empêche. Mon ventre se serre douloureusement dès que je le regarde.

Durant plusieurs secondes, il me dévisage d'un air grave. Puis, il se redresse, s'incline légèrement sur moi pour chuchoter à mon oreille :

– J'ai atrocement envie de toi, Love. Et ça me pourrit le bide autant que le crâne depuis une semaine.

Stupéfiée par le choix de ses paroles, je resserre mes bras sur mon abdomen :

– C'est horrible ce que tu dis.

Un rictus un tantinet moqueur s'incruste sur son visage alors qu'il se redresse. Me surplombe pour me clouer d'un regard incendiaire.

– As-tu envie de moi, mon cœur ? demande-t-il à voix basse pour que Charlie et Sélia, en train de parler ensemble sans aucune discrétion, ne nous entendent pas.

Je déglutis.

Je pourrais mentir.

Je *devrais* mentir même. Tout ce bordel va mal se terminer. Il ne peut en être autrement…

– Oui, réponds-je du bout des lèvres.

– Et ça ne te bouffe pas le ventre ? Tu… tu n'as pas l'impression de ne penser qu'à ça ? Au moment où tu me sentiras enfin ? Où je te posséderai ?

Mon abdomen se contracte, hurlant contre ce vide douloureux et qui n'aspire qu'à être comblé. Par lui et uniquement lui. Il est d'ailleurs là, le pire de tout ce problème… Je ne veux plus que lui. Ezra Remington.

– Si, dis-je dans un souffle.

Un sourire apparaît sur sa bouche avant de s'évanouir aussitôt.

– Est-ce si horrible que ça, Love ?

À cette seconde précise, je me rends compte qu'il est l'unique personne devant qui je vais céder. Ça arrivera, je le sais. Ça a même déjà commencé. Et je ne parle pas uniquement de mon corps…

– Non. Pas du tout.

Sa main se dresse entre nous ; il la retient juste à temps pour ne pas caresser ma joue en public puis la fait retomber sur sa cuisse en un poing fermé.

– Nous sommes d'accord, conclut-il avant de rejoindre sa cousine et mon meilleur ami.

Je prends place dans le fauteuil à gauche de Charlie. Ezra, lui, est assis entre Sélia et moi. Un réflexe que je ne maîtrise pas me pousse à coller mon épaule à celle d'Ezra, lui soutirant un sourire bancal que j'aperçois du coin de l'œil.

Le film débute après un discours du réalisateur. Le premier plan de Paris *by night* et de sa place de l'Opéra me happe aussitôt et je ne suis plus capable d'arracher mon intérêt de la toile vivante. Du moins, ça, c'était compter sans mon voisin et ses manières… comment dire… indécentes. Ce mec est un scandale à lui tout seul.

Plongée dans l'action, j'entends vaguement les mots adressés par Sélia et Charlie sans réellement les écouter. Ce n'est que lorsque Ezra se lève doucement pour verrouiller la porte dans mon dos que je prends conscience que nous sommes seuls. Seuls, noyés dans une obscurité quasi pleine entrecoupée par la lumière projetée par l'écran. De nouveau à côté de moi, il me chuchote :

– Dis-moi que tu veux me sentir, Love.

Comment il fait ça, putain ? Comment il parvient à m'animer d'une si vive passion en quelques paroles ? Comment il creuse ce manque sous ma peau alors même qu'il est si près ?

Encore une fois, je devrais lui dire non. Hésiter au moins. Sauf que…

– Touche-moi, Ezra.

Il ne répond pas. Ne prononce pas un son. Et se rencogne dans son siège comme si je ne venais pas de le supplier. De longues, très longues minutes durant lesquelles je patiente mal, très mal, s'écoulent, me remplissent d'une frustration flirtant avec le désarroi.

Soudain, aussi discrètement que possible, Ezra se coule de son siège jusqu'à s'insinuer, à genoux, entre mes cuisses. Comprenant son but, je manque de hoqueter et scanne aussitôt le reste du théâtre. Seulement, tout le monde est bien trop concentré sur le film pour remarquer quoi que ce soit et, d'où nous nous tenons, il est impossible pour quelqu'un, en dessous, de voir Ezra, ce dernier entièrement dissimulé par le garde-fou. Ses paumes s'étalent sur mes cuisses, sous l'ourlet de ma robe, avant, d'un geste impérieux, de largement les ouvrir.

Oh, putain.

J'inspire, cherchant un air qui me manque, ce qui lui arrache un rire qui chatouille ma peau sensible. Les yeux scotchés aux images qui défilent et qui, d'un coup, ne m'intéressent plus, je me force à conserver une expression stoïque. Même si… bordel, c'est juste impossible lorsqu'un démon compte faire de vous son prochain repas.

Son souffle chaud ne tarde pas à s'échouer sur la dentelle de mon dessous, ravivant au passage les braises dans mon ventre.

D'un index, Ezra décale le tissu, le bout de son doigt longeant ensuite mes plis en une caresse beaucoup trop aérienne. Mais je ne veux pas de sa douceur. Le manque et la faim sont si intenses que j'en hurle intérieurement. Non, je me fous de sa douceur. Ce que mes sens réclament, c'est… un putain d'outrage.

Aussi, je glisse les fesses de manière à me coller plus franchement contre sa bouche. Je le sens sourire contre mon intimité, déchaînant ce truc violent dans mon abdomen. Comme s'il entendait mon corps le réclamer ardemment, Ezra enroule sa langue à mon clitoris sans aucune délicatesse. Ses mains fermement agrippées à mes cuisses, il s'applique avec avidité, presque avec dévotion, à nourrir ce désir qui me déchire de l'intérieur. À me balancer dans la tempête pour mieux m'en soustraire dès qu'il me sent au point de rupture, ses yeux buvant la moindre de mes expressions, j'en suis certaine. Et il recommence. Encore.

Jusqu'à ce que, enfin, mes doigts accrochés sur sa nuque, je jouisse. Si intensément qu'un flash m'aveugle. Que mes jambes en tremblent en se resserrant sur Ezra. Que ma poitrine menace d'imploser. Mes dents se plantent dans le creux de ma paume afin que les gémissements bloqués dans ma gorge ne s'en extirpent pas. Essoufflée, je sens une pellicule de sueur voiler ma peau. Lentement, Ezra reprend sa position initiale. Du coin de l'œil, je l'aperçois lécher ses doigts, avec lesquels il m'a pénétrée.

– Finalement, j'aime bien quand tu fais semblant. Tu es sexy à crever, mon cœur, susurre-t-il. Et crois-moi, je *crève* de ne pas te prendre plus.

– Démon.

C'est le seul mot que je parviens à émettre dans un halètement. Ezra se met à rire. Puis, son timbre devient plus métallique :

– Dors avec moi cette nuit.

J'acquiesce en silence. De toute façon, ce soir, j'aurai prouvé, encore une fois, que je suis incapable de lui opposer un non.

– Promets-le-moi.

Enfin, j'ancre mon regard au sien. Et seulement alors je note cet éclat incertain, inquiet, dans ses iris ombrageux. Éclat qui se loge aussitôt dans mon cœur.

– Je te le promets, Ezra.

29

Love

– Tu as la tête d'une personne un peu trop heureuse, raille Sélia en prenant place à côté de moi sur la balancelle.

Après l'avant-première, nous avons tous échoué chez Érica et les jumeaux. J'aime leur maison. Enfin, maison… leur villa encore plus grande que celle où je vis. Contrairement à Émeraude, sa sœur a préféré un style beaucoup plus classique pour sa demeure. Un mélange subtil de bois et de blanc, le tout parsemé de touches de couleurs grâce aux fleurs présentes partout entre les murs. Spécialement dans le jardin d'hiver où je me suis réfugiée, seule. Dans l'espoir qu'Ezra m'y rejoigne dans le dos des autres ? C'est un fait que je ne pourrais nier, effectivement…

– Et ? Pour quelle raison devrais-je ne pas être heureuse ? Je viens d'assister à l'avant-première d'un film génial et je passe une super soirée avec vous tous. Tu préfères que je tire la tronche ?

Un sourire énigmatique aux lèvres, elle cale son pied sur le siège qui ondule légèrement puis pose sa joue sur son genou, ses yeux noirs rivés à mon visage.

– C'est vrai que tu t'es bien adaptée, souligne-t-elle d'une voix douce.

– Le contraire aurait été difficile. Vous m'avez tellement bien accueillie.

– Surtout Ezra, hein ?

Une grimace tord subrepticement mes traits. Son ton est bien trop incisif, trop net, pour qu'elle soit en train de se moquer ou d'ironiser. Je me rencogne donc contre le dossier, la dévisage à mon tour et attends. Sans même chercher à me dissimuler derrière un faciès stoïque. J'en ai plus que marre de faire semblant.

– Je sais ce qu'il se trame entre vous, balance-t-elle tout à trac.

– Et ?

Sur la défensive, je contracte mes muscles, me préparant à parer à l'attaque. De quelle manière ? Je n'en sais rien du tout. Ce n'est pas comme si je pouvais nier ou feindre quoi que ce soit, de toute façon…

– Et ? répète Sélia. Et je m'inquiète, Love. Pour vous deux.

– Alors pourquoi nous avoir laissés seuls tout à l'heure ?

– Parce que mon cousin me l'avait demandé. J'ai prétexté une envie soudaine de fumer et Charlie, serviable comme il est, a accepté de me tenir compagnie. Mais j'ai bien vu son regard inquiet sur toi lorsque nous sommes sortis. Surtout lorsque nous avons trouvé la porte close…

J'inspire profondément. En réalité, j'ignore même comment réagir. Mentir ? Non, je ne veux plus. Surtout que je sais déjà tout ça puisque mon meilleur ami m'est tombé dessus dès la fin du film. Depuis que je lui ai révélé ma nuit avec Ezra, le pauvre est mort d'inquiétude. Je le comprends. Vraiment. Si nos rôles étaient inversés, je serais dans le même état que lui. Seulement, même si j'ai conscience, quelque part, de merder, de risquer de foutre en l'air une chance énorme, je ne parviens pas à me réfréner. Je suis foutue, de toute façon. J'ai dépassé la frontière du mauvais choix dès que ses lèvres se sont emparées des miennes.

– Écoute, déclare-t-elle, un air sérieux gravé sur son visage d'ordinaire bien plus enjoué. Je n'ai rien à dire là-dessus. Et encore moins de jugement à porter. Je t'apprécie, Love. Beaucoup. Tu es parfaite pour cette famille même si tu as encore un peu de mal avec le côté vie publique. Sauf que… bordel, tu réalises que tu es la seule à avoir tout à perdre dans cette histoire ? J'aime mon cousin. Dieu sait que je l'aime de tout mon cœur. Toutefois, je le connais. Si cette histoire éclate au grand jour, il n'en aura rien à foutre.

Cette réputation d'enfoiré lui colle à la peau depuis trop de temps pour que cela le touche. Il passera à autre chose et c'est tout. Mais toi… Ma tante t'en voudra énormément. Et crois-moi, personne ne veut avoir Émeraude Remington comme ennemie. Et puis, on sait comment ça marche, ce genre de scandale : c'est toujours la femme qui prend cher. Toujours la femme qui est traitée de salope. Toujours la femme qui passe pour la pute de service. Toujours, Love.

Choquée, pire révoltée, par ses paroles, je demeure figée. La colère me fouette les sangs en prenant conscience de l'image si erronée qu'elle a de son cousin. Mais… en même temps, est-elle si erronée que ça ? Émeraude, Sélia… Deux femmes qui font partie de la vie d'Ezra, qui sont censées le connaître et deux femmes qui n'ont de cesse de me mettre en garde.

Je suis certes impulsive, mais pas déraisonnable. Et pourtant, je semble incapable de suivre leurs conseils.

Parce que…

– S'il s'en fout, dis-je à voix basse, dis-moi pourquoi il semble autant souffrir ?

Sa main se pose alors sur ma cuisse, la presse dans un élan rassurant. Enfin, je crois…

– Bon sang, Love… Je t'en prie, ne tombe pas amoureuse de lui.

Mon cœur se comprime jusqu'à la douleur. En un geste de protection vain, je rabats ma main sur mon ventre, les ongles enfoncés dans ma peau à travers le tissu de ma robe.

– Ma puce… soupire soudain Sélia.

Elle m'attire dans ses bras. Sans lui rendre son étreinte, je la laisse néanmoins faire. Me réconforter alors que je ne comprends pas. Dans quel monde on plaint une personne qui choisit de croire en une autre ? Dans quelle réalité merdique on compatit avec quelqu'un qui aime ? Non, je ne comprends pas. Ne devrait-on pas encourager les sentiments plutôt que d'essayer de les étouffer ? Je ne suis pas ainsi. Je suis incapable de préférer la prudence aux émotions, à l'amour. Et surtout, je ne veux pas devenir ce genre de personne.

Alors… pourquoi ses mots résonnent autant dans ma poitrine ? Pourquoi ils trouvent un écho qui me lacère le cœur ? Et pourquoi mon instinct rue sous ma chair ?

– Je veux être seule, dis-je dans un murmure.

Sélia acquiesce en silence, embrasse ma tempe en un geste étrangement maternel puis attrape mon visage entre ses mains.

– Je suis désolée si j'ai été un peu dure avec toi. Mais sache une chose : tu fais partie de ma famille, à présent. Et rien ne pourra changer ça.

Je lui adresse un sourire timide, me retiens de lui répondre qu'Émeraude, elle, pourra le changer.

Soudain lasse et épuisée, je me rencogne contre le dossier de la balancelle, mes pensées en plein chaos alors qu'elles étaient si limpides jusqu'à présent.

– Tu devrais l'écouter, tu sais.

Un hoquet de stupeur se soustrait de ma gorge tandis que la silhouette de Noa se découpe devant moi.

– Le prends pas mal, rétorqué-je, mais je n'écoute personne.

Preuve en est : mon comportement de ces dernières semaines.

Un sourire éthéré affleure sur ses lèvres. Avant qu'un air mélancolique et triste ne l'étouffe, ce sourire.

– Je comprends. J'ai commis la même erreur que toi.

Et c'est là… que la douleur l'emporte définitivement sur le reste. À l'instant où Noa précise :

– Avec le même homme.

30

Ezra

Allongé au bord de la piscine, je cale une cigarette entre mes lèvres, inspire puis relâche un nuage de nicotine dans la nuit étoilée. Avant de clore les paupières, appréciant le silence quand, à l'intérieur, toute la famille profite du reste de la soirée sans prêter attention à mon besoin de solitude. Ils y sont trop habitués et le respectent. Même si, à cet instant, j'ai envie de tout sauf d'être seul. Ou plus précisément : je veux être seul. Mais seul avec elle…

Bordel, à quel moment mon plan a dérapé à ce point ? À quel moment j'ai vrillé à ce point ? À quel moment elle…

Mes mâchoires se contractent d'un coup tandis qu'un grognement s'arrache de ma trachée. Love… Avec un prénom pareil, si je n'étais pas aussi cartésien, je pourrais croire que l'univers l'a balancée dans les vagues exprès juste sous ma gueule… Moi, sauver une fille qui porte le sceau de « l'amour », putain de blague insensée. Et pourtant, cette petite peste est là. Trop là. Dans mon crâne. Sous ma peau.

– Je reconnais ce grognement, résonne soudain une voix au-dessus de moi. C'est le signe que mon cher fils n'a pas obtenu ce qu'il voulait. Ou que son cerveau trop plein s'use à trouver une solution, je me trompe ?

Je rouvre les yeux pour me suspendre au regard de ma mère, qui me surplombe, un sourire moqueur sur ses lèvres parfaitement dessinées, ses cheveux blonds cascadant sur son épaule en une queue-de-cheval basse. Pour toute réponse, j'arque un sourcil sans bouger. En silence, elle s'assied à côté de moi, retire ses sandales à talons et plonge ses pieds dans l'eau après avoir remonté l'ourlet de sa combinaison. Durant de longues minutes, nous ne prononçons un son. Nous le faisons souvent. Nous perdre dans nos propres pensées, mais l'un près de l'autre. C'est devenu l'unique moyen de communiquer sans que cela se termine par une dispute, chacun campé sur ses positions. Elle, sur son désir de me voir me plier devant cet empire qu'elle semble vouloir à tout prix développer sans cesse et moi… sur ma volonté de tout envoyer valser. De nous extraire de ce mensonge que je supporte de moins en moins.

Mon bras libre replié sous ma nuque, je penche la tête de façon à détailler son profil. Sous mon attention, un sourire, plus mélancolique, s'épanouit sur son visage. Parfois, lorsque je la regarde de trop près, comme en cet instant, j'en oublie qu'elle m'a donné la vie. Que plus de vingt ans nous séparent. Elle paraît si jeune… Et je ne fais pas allusion à cette illusion due au maquillage et autres soins esthétiques afin de fuir les années qui passent. Non, je parle d'elle. De cette enfant qui a perdu ses parents trop tôt, devenant ainsi responsable de deux sœurs cadettes. De cette jeune femme apeurée.

Je suis le seul à voir qui est réellement Émeraude Remington. À savoir combien, en réalité, elle est effrayée. Brisée. Voilà pourquoi je lutte contre elle plutôt que de claquer la porte et de me barrer. L'abandonner est tout simplement au-dessus de mes forces. L'enfoiré de service incapable de laisser sa mère seule avec ses blessures, si ce n'est pas ironique…

– J'aime bien Love, lance-t-elle d'un coup.

Toujours immobile, ma clope se consumant sur la margelle, je plisse des yeux, mais conserve un faciès stoïque malgré l'onde qui me pulvérise le ventre à la seule mention de sa petite protégée.

– En même temps, poursuit-elle, ne pas l'apprécier est difficile. C'est typiquement le genre de personne qui attire, met à l'aise. Avec qui on se sent bien.

Muet, je me borne au silence. *Avec qui on se sent bien ?* Merde, c'est tellement fade dit ainsi. Je ne me sens pas juste bien lorsque je suis avec Love, je me sens… comme quelqu'un ayant vendu son âme au diable : putain chanceux, transcendé, mais condamné à en payer le prix.

– Je me demande juste si elle est capable de supporter cette vie. Notre vie. Je pensais qu'avoir grandi en foyer l'aurait rendue plus suspicieuse, moins tendre. Moins confiante. Cependant, elle est si… émotive. Si prompte à aimer. J'ai peur pour elle, Ezra.

Un trémolo dans sa voix trahit son anxiété sur la fin de sa phrase.

– Toi, tu as toujours été si fort. Si dur. Mais Love… elle est une des rares personnes que j'ai envie de protéger. Avec toi. Même si tu ne m'en as jamais laissé l'occasion, me forçant parfois à le faire à ton détriment. Je pensais sincèrement que vous deux, ça pouvait fonctionner. Qu'elle serait apte à se confronter à toi. Je… je ne veux pas que tu la blesses.

Soudain, une appréhension glacée se diffuse sous ma peau.

– Qu'est-ce que tu lui as fait, Ezra ?

Son ton accusateur m'interpelle soudain. Trop vif pour paraître détaché, je m'assieds tandis que sa tête pivote vers moi, et qu'elle plante son regard grave dans le mien.

– De quoi tu parles ?

Ma voix est si basse, si ébréchée, qu'elle semble surgir d'outre-tombe.

– Love est partie, dévoile-t-elle alors, me retournant l'estomac. Elle est allée se réfugier chez son ami, Charlie, et m'a appelée dans la voiture pour me prévenir de son besoin de prendre quelques jours loin de nous. Elle avait l'air bouleversée. Donc, je me répète : qu'est-ce que tu lui as fait ?

Mon poing convulse contre ma cuisse pendant qu'une grimace enragée explose sur mon visage sans que je cherche à l'entraver.

– Tu sais quoi, maman ? Pour une fois, j'ai fait exactement ce que tu attendais de moi.

Une expression déconcertée chiffonne ses traits fins. Néanmoins, je n'essaie pas de clarifier mes propos et me relève aussitôt.

– Tu fais quoi, là ? s'exclame-t-elle.

– Je vais la chercher et ramener son cul. On est d'accord au moins sur un point : elle appartient à cette famille.

Oh, oui, elle appartient à mon monde.

Mais avant ça, je vais devoir payer mes conneries…

Il est là, le souci : même un démon ne peut échapper au diable et à son tribut.

31

Love

– Cul sec, bébé, grogne Charlie en avalant d'un trait son shot de tequila.

Sur le canapé de son salon, je l'imite, grimace lorsque l'alcool crame ma trachée pour me plomber l'estomac. Ses colocs ont été assez sympas pour déserter dans leurs chambres respectives afin de nous laisser un peu d'espace. En même temps, vu la tête que j'avais quand j'ai débarqué chez eux, ils ont vite compris. De concert, nous claquons le cul de nos verres sur la table basse en bois. Charlie les remplit aussitôt, mais je boude le mien pour me rencogner contre le dossier. Je bous intérieurement. D'une telle colère qu'une goutte de tequila en plus et mes veines s'embraseraient. Même si, pour l'instant, je refuse qu'elle s'éteigne, cette colère. Parce que je sais que, alors, s'engouffreront toutes ces autres émotions qui se bousculent déjà sous ma peau. Et ces émotions-là, je n'en veux pas. Pas maintenant, en tout cas.

Que Noa me révèle avoir eu une relation a été putain douloureux à entendre. Même si… bordel, je ne comprends pas. Ezra adore son cousin. Évidemment, il ne parle jamais de ce dernier, mais il me suffit de les voir ensemble. De voir comme, contrairement au reste du temps, il ne paraît pas sur la défensive avec lui. Certes, Ezra a démontré plus d'une fois être un connard, mais là… Non, je n'arrive pas à y croire.

Cependant, les images, vicieuses, qui tournent en boucle dans mon crâne ne laissent que peu de doute à mes doutes justement. Noa n'est rien. Quoi qu'il ait fait avec elle n'est rien. Rien en comparaison de… ces autres images. Celles, beaucoup plus perfides, de ma confiance méprisée et écrasée.

– Tiens, un autre à la santé du karma, enchérit mon meilleur ami avant de porter le liquide à sa bouche. En espérant qu'il se bouge pour une fois. Quel enfoiré, putain.

– Qui ? raillé-je, acide. Le karma ou Ezra ?

Prononcer son prénom m'écorche presque le palais.

– Les deux, bébé. Les deux. Quel enfoiré, putain. Ça, on le savait. Que c'était un enfoiré. Mais, même moi, je ne pensais pas qu'il irait aussi loin !

Je grimace, furieuse. Après avoir reposé son verre, il m'attire dans ses bras, un grognement s'extirpant d'entre ses lèvres pincées. S'il me berce avec douceur afin de m'apaiser, l'une de ses jambes, elle, ne cesse de tressauter méchamment. Je sais qu'il se contient pour ne pas envenimer davantage mon humeur maussade. En réalité, je suis encore plus en colère contre moi. Ezra avait raison sur toute la ligne : je ne suis qu'une idiote bien trop naïve.

– Tu sais ce que tu comptes faire ? demande-t-il au bout de longues minutes.

– Je… Aucune idée. De toute façon, je ne pense pas que la question se pose. Émeraude prendra la décision pour moi…

– C'est dégueulasse. Dégueulasse et injuste.

Une boule se forme d'un coup dans ma gorge, la comprime dans un étau douloureux. J'y ai cru. Encore. J'y ai cru pendant quelques secondes à cette famille que l'on m'offrait. Quelques secondes de trop. Encore.

– Tu en as parlé à Sélia ?

Je secoue la tête avant de l'enfouir davantage dans le creux de son épaule.

– Non, je ne veux pas l'impliquer. Ou…

Soudain, une rafale de coups s'abat sur la porte d'entrée, interrompant ma phrase. Charlie se fige des pieds à la tête, resserre sa prise sur moi et grommelle :

– Si c'est lui, je ne réponds plus de rien.

– Je ne pense pas qu'il sache où tu habites…

Trop tard. Un « Love ! » traverse les murs pour venir se déposer sur ma peau en une caresse enivrante avant de la transpercer violemment. À l'image d'Ezra : séducteur, trompeur.

– Putain de Remington, maugrée Charlie.

D'une main sur son torse, je l'arrête dans son élan tandis qu'il s'apprête à se lever.

– Laisse, j'y vais.

– Hors de question que tu te retrouves seule face à lui.

– Et hors de question que je me planque derrière toi. Puis, j'en ai besoin, Charlie. Besoin de lire dans ses yeux que je me suis plantée en beauté.

– Bébé, crois-moi, c'est lui qui s'est planté.

Je lâche un ricanement amer, certaine que *lui* ne le voit pas ainsi. Je me mets aussitôt sur mes pieds sans attendre, de peur que ce poison qui se diffuse dans mon sang ne perde de son ardeur. Charlie sur les talons, je progresse jusqu'à la porte d'entrée, que j'ouvre d'un geste sec. Avant de me figer. Merde. Fait chier. Pourquoi tout l'air se dérobe de mes poumons chaque fois que je pose les yeux sur lui ?

Une main sur le chambranle, je sens son regard enténébré envelopper le moindre grain de ma chair, me maltraiter le cœur sans qu'il s'en rende compte. Sa veste ouverte sur sa chemise à moitié déboutonnée tandis que ses cheveux retombent en bordel total sur le haut de son front, Ezra semble tout droit sorti de son enfer personnel. Son air débraillé accentue encore plus son aura de débauché et, si mon corps s'enflamme d'un désir brutal, ma colère redouble également.

– Qu'est-ce que tu fous là ? l'agressé-je.

– Qu'est-ce que, toi, tu fous là, mon cœur ?

Sa voix beaucoup trop confiante me fout en l'air. À l'instar de Charlie, qui ouvre plus largement le battant afin de se glisser à mes côtés. Un éclat meurtrier zèbre le visage d'Ezra au moment où mon meilleur ami enroule un bras possessif sur mes épaules, pour se dissiper à une telle vitesse que je me demande sérieusement si je ne fabule pas.

Un rire chatouille soudain mon oreille.

– Tu vois, bébé ? J'avais raison : c'est lui qui s'est planté.

Si je ne saisis pas le sens de sa remarque, Ezra, quant à lui, paraît parfaitement le capter. Cette fois, une expression menaçante, presque dangereuse, pulvérise ses traits.

– Love, grogne Ezra, les yeux méchamment rivés à Charlie. J'aimerais te parler. En privé.

Mon premier réflexe est de l'envoyer au diable. Qu'il y reste, dans son enfer. Néanmoins, j'ai besoin de le confronter. Besoin que ma colère lui explose au visage dans l'espoir – sûrement vain au demeurant – de le blesser comme il m'a blessée. Aussi, j'adresse un sourire se voulant rassurant à mon ami, qui comprend d'emblée sa signification.

– OK, je vous laisse. Mais toi, interpelle-t-il Ezra, tu ne fous pas un pied chez moi.

– Je compte me barrer d'ici avec elle. Pas prendre racine, rétorque-t-il.

– Bon courage, conclut Charlie en riant.

Après avoir déposé un baiser sur ma tempe, il fait volte-face, sans néanmoins trop s'éloigner puisqu'il part se jucher sur l'un des tabourets hauts de la cuisine ouverte. À tout juste cinq mètres de nous, donc.

Un soupir entravé dans ma gorge, je repousse Ezra d'une main sur son torse pour l'obliger à reculer dans le couloir et referme derrière nous. Seulement alors je mesure la portée de mon geste. Ma paume brûle, uniquement séparée de son épiderme par le tissu fin de sa chemise. Je brûle de sentir sa chaleur s'enlacer à la mienne, cherchant à soumettre mon corps et mon cœur avec toutes ces émotions qui n'attendent qu'un instant de faiblesse pour me dévorer. Je brûle de… Non, c'est pire encore. Au moment où je retire mes doigts de son buste, je réalise qu'Ezra a bel et bien réduit en cendres une partie de ce qui cogne douloureusement dans ma poitrine.

Et ce constat me bousille.

Portée par la rage, je me mets à applaudir. Chaque battement résonne lourdement contre les murs du couloir.

Surpris, Ezra fronce les sourcils, ses épaules s'élargissant et se carrant comme s'il s'apprêtait à parer à un coup.

– J'imagine que je dois te féliciter, craché-je. Alors, bravo, Ezra. On peut dire que tu as remporté la partie.

Il s'avance d'un pas, comble le peu de distance instaurée entre nous. Puis, d'un air soudain affreusement irrévérencieux, il répond :

– Qui a dit que la partie était terminée, Love ? On n'en est même pas encore arrivé au meilleur. Tu sais, ce moment où nous laisserons enfin nos corps s'affronter.

Soufflée par son culot, j'ouvre la bouche sans prononcer un son.

– Toi et moi, on n'en a pas fini, mon cœur. Pas tant que je n'aurai pas entendu ton souffle lorsque je m'enfoncerai en toi. Pas tant que ton regard continue de me déchirer comme il le fait à cet instant. Pas tant que je crève de ne pas te fondre sous ma peau.

Une fois de plus, je suis réduite au silence par sa tirade. Chamboulée, je ramène mes bras contre ma poitrine et essaie d'étouffer les pulsations s'affolant contre ma cage thoracique.

– Love…

Ses doigts repliés effleurent ma pommette, diffusent cette onde douce et chaleureuse qui m'a toujours apaisée. Apaisée quand… tout n'était que mensonge.

– Tu avais raison, dis-je alors dans un murmure. Tu n'es qu'un putain de mensonge, Ezra Remington.

Sèchement, il retire sa main. Se recule, son visage se murant derrière ce masque froid et suffisant qu'il arbore quand il est avec les autres.

– Je t'interdis de dire ça, feule-t-il.

À croire qu'il est vraiment touché. À croire que mes paroles l'atteignent avec la même violence qu'elles s'arrachent de mon cœur.

– Pourquoi ? Ce n'est pas comme si je mentais… n'est-ce pas ?

D'une enjambée, je me rapproche de lui. Suspends mon

regard au sien avec aplomb quand j'en ai mal de sentir son parfum s'accrocher désespérément à moi.

– Parce que, cette vidéo de toi et moi, le soir de ton retour, dans ta chambre, que m'a montrée Noa, elle ne mentait pas. Ni celle où elle, la petite amie de ton cousin pour rappel, est à genoux devant toi, ton sexe dans sa bouche. Faut être sacrément tordu pour filmer ce genre de trucs, à notre insu en plus. Quand je pense à toutes ces fois où tu me suppliais presque de te demander de m'embrasser... Quand je pense combien je trouvais ça touchant alors que...

Soudain, la rage froide qui me maintenait à peu près debout devient incandescente. Ma main fuse sur son sternum.

– ... alors que tu t'assurais juste que j'apparaisse parfaitement consentante sur tes putains de vidéos ! Tout ça pour quoi ? Pour bien prouver à ta mère que, comme les trois quarts avant moi, je n'ai pas été capable de garder mes cuisses serrées devant tes mensonges !

À mesure que mes paroles s'extirpent de ma gorge, et se transforment presque en cris, l'expression d'Ezra se déconstruit. Pour mieux se façonner en lignes dures, acérées. Tranchantes.

– Tu n'es qu'un enfoiré égoïste ! Briser un couple, détruire ce début de vie que, merde, je commençais à vraiment aimer, tu n'en as rien à foutre ! Tant que ça sert Ezra Remington, qu'est-ce tu peux en avoir à carrer des cœurs que tu blesses au passage, n'est-ce pas ?

Face à son mutisme, j'explose. Et le repousse brutalement.

– Mais réponds, bordel !

S'il recule sous le choc, son visage, quant à lui, demeure lisse. Hermétique. Glacial.

– À quoi ça sert, hein, Love ? On dirait que mon procès est déjà fait. Je ne suis qu'un connard qui s'est servi de toi. Tout le monde t'a prévenue, pourtant. Tu en auras mis du temps à t'en rendre compte.

J'ignore ce qui me tue le plus. Qu'il ne se défende pas ? N'essaie même pas de s'expliquer ? De me réconforter un minimum ? Ou... de réaliser que tous les moments que nous avons partagés n'étaient que des leurres ? Que le Ezra que j'ai appris à connaître n'existe même pas ? C'est peut-être cela qui me détruit le plus : ce Ezra-là me manque déjà atrocement.

– Je crois que…

Je déglutis, ravale un sanglot que je refuse de lui céder et reprends :

– Tu veux une autre victoire, Ezra ? Jamais personne ne m'avait autant blessée. Même pas quand la famille qui m'avait adoptée, il y a cinq ans, a tenté de me refourguer à d'autres parents d'adoption sur un putain de groupe Facebook.

Malgré moi, une larme dévale ma joue. Larme que ses yeux suivent jusqu'à ce qu'elle échoue sur la bretelle de ma robe rouge. Lorsque ses prunelles se raccrochent à mon regard, je vois quelque chose s'y cristalliser. S'y figer dans un voile si obscur que je jurerais me noyer dans ses ombres. Si seulement Ezra n'était pas qu'un mensonge…

– Pourquoi je te dis ça ? lancé-je avec un ricanement sinistre. Comme si tu pouvais comprendre, ou être touché… Regarde-toi, à aucun moment tu n'as exprimé un quelconque regret sur ce que tu as fait…

Lasse, désireuse de me blottir dans les bras de Charlie le temps que toutes mes larmes s'échappent de mon corps, j'opère un pas en arrière.

– Va-t'en, Ezra. Va montrer à ta mère que j'ai rompu ce foutu contrat qui me liait à toi, à vous. Montre-le à la terre entière, je m'en fous. Parce que, finalement, tu seras toujours plus seul que je ne le serai jamais.

Je me retourne quand sa voix me fauche :

– Reviens à la maison. Je te promets que cette vidéo ne sortira jamais, Love. Mais, je t'en prie, reviens.

Mes paupières se ferment. Bordel, reste focus, Love. Tout ça : son ton suppliant et son corps que je sens se rapprocher dans mon dos ne sont que des foutus mensonges !

Sans répondre, j'avance jusqu'à la porte de l'appartement, et m'apprête à enrouler ma main à la poignée quand Ezra chuchote à mon oreille :

– Tu as raison sur un point…

Son front chute sur l'arrière de ma tête tandis que ses doigts se referment sur ma hanche, déclenchant un spasme fébrile et agressif dans mon abdomen.

– Je suis seul si tu n'es pas là.

Une autre larme fuite, traîtresse. Sans pitié pour mon cœur, qu'il piétine, Ezra ajoute :

– Reviens.

– Ce n'est pas mon problème si tu es seul, parviens-je à répondre malgré ma voix tremblotante.

– Je te promets que cette vidéo ne sortira pas.

– Je ne te crois plus, Ezra. Et quoi ? Je devrais revenir pour être à ta botte ? Qu'est-ce qui t'empêchera de me menacer de tout révéler à ta mère quand tu n'auras pas ce que tu veux ?

– Parce que, souffle-t-il dans mes cheveux, ma foutue cage est encore plus… étouffante si tu n'y es plus. Parce que juste faire ça…

Derrière moi, je le sens se reculer d'un pas. Puis d'un deuxième. Je me retourne sur lui au moment où il se poste contre le mur opposé.

– … juste cet espace entre nous me tue, termine-t-il.

Mon cœur, il ne le piétine plus, mais le crible de balles. De balles armées de ses mots. Armées de sa trahison. Son regard tombe sur une seconde larme qui coule. Tandis qu'il suit son chemin le long de ma joue, les ténèbres semblent l'engloutir.

– Tu parles tellement bien, Ezra… Mais ce ne sont que ça, que des belles paroles. Des belles paroles auxquelles je ne crois plus.

Un sourire doux, presque vulnérable, étire ses lèvres et provoque une envolée de papillons aussi chauds que furieux dans mon ventre.

– Si, tu y crois encore, mon cœur. Tu l'as dit toi-même : tu es et tu suis ton cœur.

Je pince les lèvres, amère et révoltée qu'il reste si sûr de lui.

– Comment tu peux te montrer aussi arrogant ? sifflé-je.

– Parce que je sais, Love. Que lorsque je partirai d'ici, ma peau ne sera pas la seule à hurler.

– Connard.

– Je ne peux malheureusement pas te contredire… Mais justement, réfléchis. Si je suis ton raisonnement, avec cette vidéo, j'ai déjà ce que je voulais. Alors pourquoi m'emmerder à te supplier de revenir, dans ce cas ?

– Parce que tu aimes trop jouer, craché-je.

Ses paupières se plissent. D'une profonde inspiration, il paraît reprendre son calme. À croire que je l'ai blessé par mes paroles. Et franchement ? J'espère bien que je l'ai blessé. J'espère bien qu'il a mal autant que j'ai mal de le voir debout devant moi quand… je peine à tenir sur mes jambes, à me confronter à ce visage qui m'a trahi.

– Je ne joue plus depuis que mon propre cœur a préféré se désolidariser pour te suivre, toi.

Réduite au silence, je… suis incapable de quoi que ce soit. De ressentir quoi que ce soit. Ou plutôt si, je ressens trop, comme toujours avec lui. Sauf que cette fois, la colère et l'incompréhension se mêlent à mes émotions. Et me bousillent.

– Love…

D'un geste de la main, je balaie l'air entre nous, lui imposant de se taire.

– Tu…

Je déglutis. Endure la douleur qui me comprime la gorge.

– Tu n'as pas le droit, reprends-je. C'est… Non, tu n'as pas le droit, Ezra. De me dire ça… D'utiliser mes émotions pour essayer de contraindre ma raison.

Sa tête se penche sur le côté tandis qu'il me dévisage plus intensément encore. Je ne suis pas fichue de lire sur ses traits. Non… c'est même tout le contraire. J'ai l'impression enfin qu'Ezra s'affiche sans masque, sans armure. Sauf que je ne suis pas en mesure de vraiment le comprendre, ou tout simplement de l'accepter.

– OK, admet-il après de longues secondes sans prononcer une parole. Pas d'émotions, mais dans ce cas, soyons plus… pragmatiques.

D'une impulsion, Ezra se décolle du mur, et avance d'une enjambée pour mieux se figer.

– Je te montrerai… quelque chose, plaide-t-il. Que j'ai toujours refusé de partager. Si tu reviens, je te montrerai. Comme ça, toi aussi, tu auras un joker dans ta main en cas de…

– De coup bas ? le coupé-je.

Ses lèvres s'étirent lentement, modèlent un air à la fois serein et étrangement dur à la surface de son visage.

– Reviens et tu sauras.

Je le déteste. Je me déteste. Et je déteste encore plus ma poitrine, qui manque d'imploser à l'idée de ne plus jamais le revoir. Comme si… j'étouffais soudain. Comme si abandonner maintenant était encore plus odieux que cette histoire de vidéo.

– Tu es une Remington, déclare-t-il d'un timbre lourd.

– Pourtant, c'est toi qui fais tout pour m'éjecter.

– Alors ne me laisse pas gagner.

Ezra amorce un pas sur le côté, et je me maudis encore plus lorsque je constate que, effectivement, mon corps hurle déjà.

Je ne le retiens pas quand il opère une volte-face. Ni quand, en s'évanouissant dans le couloir, sa voix s'élève pour répéter :

– Tu es une Remington, Love. Ta place est près de moi.

32

Love

Concentrée sur ma tablette graphique, je peaufine les derniers détails d'un dessin tandis que je suis sur l'un des transats bordant la piscine intérieure. Dehors le soleil est trop haut, trop éclatant pour me permettre de bien voir l'écran. Je me suis donc retranchée dans la demeure Remington, car oui, je suis revenue. Après beaucoup d'hésitations, de doutes et de langage fleuri aussi. C'est Charlie qui m'a décidée. Selon lui, gâcher une chance pareille pour un « sale gosse capricieux » serait une erreur monumentale. Et je n'ai qu'à me concentrer sur ma tâche pour me convaincre qu'il a raison. Si nos rêves étaient si facilement accessibles, j'imagine que l'on ne pourrait pas les appeler ainsi… Ezra n'est rien d'autre qu'un obstacle. Un obstacle sur lequel je me serais blessée jusqu'au sang, mais que je dépasserai pour mieux avancer. Je sais que j'en suis capable. Il le faut. Et il me suffit de ne pas penser et repenser aux paroles qu'il m'a dites dans ce couloir, à son air vulnérable, aux émotions qui…

Bordel, je dois arrêter de me torturer le crâne avec ça. Et me focaliser sur sa trahison. Sur ce goût amer qui tapisse mon palais chaque fois que ces images de nous foutent le chaos dans mon cœur.

Émeraude a semblé si heureuse de me voir réintégrer ces murs qu'une douce chaleur s'est invitée au fond de ma poitrine. Cette sensation, je l'apprécie, la chéris même, mais… elle me fout une trouille bleue. D'autant plus depuis le sale coup d'Ezra. Je suis parfaitement consciente que ma situation avec la famille Remington est, finalement, on ne peut plus précaire. Tout peut soudain s'arrêter. À tout instant, Ezra peut décider de rompre la branche sur laquelle je me trouve. Dommage pour lui : je ne plierai pas. Et ne céderai pas. Il a au moins ça de bon qu'il décuple mon côté combatif.

– Déjà marre de hurler, mon cœur ?

Je ferme subrepticement les paupières, le temps d'endiguer ce foutu feu cherchant à ravager mon ventre, puis les rouvre pour arquer un sourcil sur Ezra qui, avec une nonchalance énervante, s'assied au bout de mon transat. Par réflexe, je ramène mes jambes nues sous mon paréo contre moi afin d'échapper à son contact. Non pas que le toucher me débecte. Oh, non. Bien au contraire. Il a raison. Ma peau hurle après la sienne. Mais je la ferai taire. L'étoufferai si nécessaire.

– Ose me dire que tu ne te sens pas chez toi, ici, renchérit-il.

D'un mouvement souple, il s'installe en tailleur, ses coudes sur ses genoux et son regard ancré dans le mien. Habillé d'un jean et d'un simple tee-shirt bleu nuit, il dessine sur ses lèvres un sourire bien trop serein pour mes nerfs. Doucement, quand mon sang se transforme en lave dans mes veines, je repose ma tablette sur le sol avec délicatesse avant de me couler jusqu'à lui. Une main près de sa cuisse, je m'incline, mon visage à hauteur du sien. Sans aucune pudeur, ses yeux me délaissent afin de glisser lentement sur mon décolleté mis en valeur par le haut de mon maillot de bain orange. Je ne tique pas. Ni quand j'ai la sensation dingue que la caresse de son regard fusionne avec ma peau. Ni quand ce regard, j'ai l'impression de ne plus le reconnaître. Ni quand il me fixe de nouveau, son souffle court et ses lèvres entrouvertes.

Si je ne crois plus un mot qui sort de sa bouche, son corps en revanche, ne me ment pas, lui.

– Tu as toujours envie de me baiser, Ezra ? chuchoté-je d'une voix doucereuse.

Ses paupières se plissent légèrement, signe qu'il n'est pas dupe.

– À en crever, répond-il néanmoins avec une sincérité qui me prend au dépourvu.

– Bien. J'espère que tu en vomiras de frustration. Parce que, hormis les fois où nous devrons faire semblant de nous entendre dehors, je ne veux plus avoir affaire à toi. Si je suis revenue, c'est pour moi. Pour mon avenir, que je compte bien prendre à bras-le-corps. Pour cette chance que je mérite. Certainement pas pour toi.

– Ce serait tellement facile si c'était vraiment le cas, n'est-ce pas ? Pour toi comme pour moi, d'ailleurs.

– Raconte tes conneries à d'autres. J'ai peut-être été trop naïve de croire que tu étais différent de l'enfoiré que tous dépeignent, mais je ne suis pas conne au point de ne pas apprendre de mes erreurs. Tu l'as dit toi-même après tout, tu n'es qu'un…

La fin de ma phrase se meurt sur sa paume qui bande soudain ma bouche, emprisonnant mon souffle contre sa peau. Ses doigts s'enfoncent doucement dans mon visage lorsqu'il rapproche ce dernier du sien.

– Ne me pousse pas à bout, Love, gronde-t-il, une fureur froide hantant ses traits. Je ne veux plus entendre ce putain de mot dans ta bouche. Pas la tienne.

Condamnée au silence, je me contente de le clouer de mon regard le plus effronté en stock.

– Tu m'en veux ? poursuit-il sur le même ton. OK. Tu me détestes ? OK. Tu veux m'ignorer ? Bon courage, mon cœur…

Je roule des yeux. Feins une assurance que, clairement, je ne possède pas car je sais qu'ignorer sa présence est tout bonnement impossible. Néanmoins, enfouir mes émotions face à lui, j'en suis capable. Ou, du moins, je vais apprendre.

– Mais j'ai hâte de te voir essayer, conclut-il d'un timbre moqueur qui enflamme mes nerfs.

D'un geste brusque, je vire sa main de mon visage sans cependant me reculer.

– Moi qui pensais que tu étais un mec intelligent… Mais

ton ego fausse tes pensées, Ezra. Qui tu crois être pour imaginer que je te laisserai me toucher après ce que tu as fait ? Je te l'ai pourtant dit : mon corps obéit à mon cœur. Et non l'inverse. Si je me suis fait avoir une première fois, c'est uniquement parce que tu as joué les mecs sincères et touchants. Tu m'as bien roulée, ça, je te le concède. Sauf que, à présent que je me tiens face au vrai Ezra, mon cœur ne te reconnaît plus. Qui tu es vraiment, il n'en veut pas. Alors, laisse-moi te souhaiter aussi bon courage… parce qu'il gèlera en enfer avant que je ne te laisse de nouveau approcher de moi.

Quelque chose semble exploser à la surface de son visage, se déchaîner jusque sous son torse. Je m'en carre, de l'avoir vexé ou énervé. Qu'il persiste à vouloir me faire céder plus que je ne lui ai déjà cédé est cruel.

– Qui te dit qu'il ne gèle pas déjà en enfer ? souffle-t-il du bout des lèvres. Que tout n'y est pas déjà glacé et mort ?

Je secoue la tête, chasse ce truc qui semble à tout prix vouloir me torturer la poitrine, puis me rencogne contre le dossier du transat.

– C'est trop tard, dis-je après avoir difficilement dégluti.

Durant de longues, très longues secondes, il se contente de nouer nos regards l'un à l'autre. Je pourrais m'y noyer, dans ses prunelles de la même couleur que les profondeurs marines. En silence, il se remet ensuite debout puis… me tend la main.

Face à mes yeux ronds, il explique :

– Je t'ai promis de te montrer. À toi de voir si, finalement, tu veux encore apprendre une dernière chose sur moi…

33

Love

Sur le seuil de la chambre d'Ezra, j'hésite. Ce dernier pénètre entre ses murs, laissant sa porte grande ouverte puis se fige après quelques pas. Sans un mot, il se retourne sur moi, toujours aussi stoïque. Je crois que c'est ça qui me tue le plus : le voir aussi calme. Hormis un ou deux instants de faiblesse – sûrement feinte d'ailleurs –, les émotions, mes émotions, semblent glisser sur lui. Et ça me fait enrager. Peut-être même plus que ma rancœur face à sa trahison.

Prudente, comme si je mettais un pied en plein territoire ennemi, j'avance enfin. D'instinct, mon regard se dirige sur sa bibliothèque, à l'endroit où la caméra devait être placée au vu de l'angle de la vidéo que m'a montrée Noa.

– Elle n'y est plus, commente alors Ezra, parfaitement conscient de ce que je cherche.

– Tu ne m'en voudras pas si je décide de ne pas te croire, rétorqué-je, la boule au ventre de me retrouver ici. Ni de conserver une distance entre nos deux corps, tu sais… au cas où.

Un rictus moqueur soulève le coin droit de ses lèvres, me filant l'envie de le lui arracher.

Tandis qu'il se dirige vers son bureau, il en profite pour se couler dans mon dos, sa bouche chatouillant mon oreille.

– Tes désirs sont des ordres, mon cœur.

Je mords l'intérieur de ma joue pour ne pas l'envoyer méchamment bouler. Même si les seules paroles qui percent mes pensées sont « ça, ça se saurait ».

Je me raidis lorsque je l'entends ricaner. À mes mots donc. Mots prononcés à voix haute. Encore.

Heureusement pour ma raison, malheureusement pour mon cœur, aux images bien gravées dans mon esprit se superposent celles de ce troisième regard qui nous observait. À mon insu. Aussitôt, une vague acide me ronge l'estomac. J'ai mal. Mal que ce qui devait être l'un de mes meilleurs souvenirs ne soit qu'un mensonge, perverti par un homme qui, pourtant, clame haut et fort ne dire que la vérité.

– Tout est là, déclare-t-il soudain.

Perdue dans mes pensées, je n'ai même pas remarqué qu'il avait ouvert un placard si bien intégré dans le mur qu'il est impossible à déceler. Ezra s'efface ensuite, m'invitant d'un geste de la main à me rapprocher. Légèrement suspicieuse, pour ne pas dire carrément curieuse, je m'avance jusqu'à découvrir de gros tas de feuilles reliées entre elles. J'ignore pour quelle raison, mais à peine ma main a effleuré le papier qu'un engourdissement se propage le long de mon bras. C'est puissant. Presque mystique à ce point. Perturbée par mes propres sensations, j'attrape un premier bloc, le cale contre mon ventre afin de l'étudier et… un coup fictif me cueille la poitrine. Je lis les mots sur la page de garde. Écarquille les yeux. Puis m'empresse de fouiller les autres. Je reconnais les premières lignes à force de les avoir lues et relues. À ceci près que plusieurs ratures et annotations manuscrites se sont ajoutées.

Non, ce n'est… Je dois rêver.

C'est impossible.

Sous l'attention acérée d'Ezra, qui scrute la moindre de mes expressions, je continue mon exploration. Chope un deuxième tas. Même constat. Des mots que je connais presque par cœur car, souvent, ils sont allés jusqu'à pénétrer mon âme.

L'engourdissement se mue en frisson. En une onde presque… déférente pour ce que je tiens entre les mains.

Abasourdie, je relève enfin mon visage sur Ezra. Lui continue de me fixer, calme, mais tendu. Je le devine à ses épaules larges et contractées ou encore à son regard ombrageux. Son être entier semble sur le qui-vive.

– C… Comment tu as réussi à les avoir ? demandé-je dans un souffle.

Pour unique réponse, il penche la tête sur le côté, un sourire étirant subrepticement ses lèvres pour aussitôt disparaître.

– D'où est-ce qu'ils sortent ? insisté-je, trop choquée pour me rendre à l'évidence.

Cette fois, son doigt vient tapoter sa tempe.

– Impossible, murmuré-je.

Stupéfaite, non, effarée, je me laisse tomber sur la chaise de son bureau. Les deux manuscrits échouent sur mes cuisses. Mes mains y sont toujours agrippées comme si je refusais de les lâcher.

Je n'arrive pas à y croire. Et en même temps… Est-ce si étonnant ? Ezra est Sanada Adkins ?

Bordel…

Ezra est Sanada Adkins.

Le choc est tel que tout se noie sous ma peau. La colère. La trahison… Tout disparaît durant un court instant de répit. Le cœur battant, je l'observe sans réellement le voir s'accroupir devant moi. Non, je ne le vois pas. Alors même qu'il vient de me livrer une pièce manquante de son propre puzzle. Je suis perdue, larguée. Et pourtant… Sa façon de parler avec une telle ferveur des mots, toutes ses notes gribouillées dans ses carnets, cette intelligence vive et acérée qui transpire de son regard, ses absences de plusieurs jours… Tout s'emboîte, corrobore ce qu'il me révèle dans un silence lourd.

– Je n'arrive pas à croire que c'est toi.

Ma voix est si basse, si ténue, que je ne suis pas certaine qu'il m'ait entendue.

– Comment ça peut être toi ? demandé-je un peu plus fort.

Comment il peut être *lui* ? Cet homme, cet auteur que j'ai toujours admiré ? Comment quelqu'un capable de me blesser de la sorte sans éprouver aucun remords peut aussi bien décortiquer l'esprit et le cœur humains ? Comment peut-il inspirer autant d'émotions uniquement à travers de simples lignes quand…

– Tu vois ? répond-il enfin. Tu me connais, Love. Tout ça, ces histoires, ces heures d'écriture, ces mots… c'est moi. Là-dedans, je ne me dissimule pas.

Sans réfléchir à ce que je fais, je glisse jusqu'à m'agenouiller sur le sol, à de ridicules centimètres de lui.

– Tu essaies de me dire que tu es sacrément tordu ? Non, parce que ça… je l'avais compris.

Ma remarque lui arrache un léger rire. Rire qui se répercute sur mon visage en un sourire que je ne contrôle pas. Percevant une faille, Ezra porte sa main à ma joue, la caresse avant que ses doigts ne chutent sur mon cou. Bon sang… Mon pouls s'accélère. L'envie et le besoin de le ressentir davantage me compriment violemment le ventre, le cœur.

Je ne sais pas comment prendre cette nouvelle. D'un côté, je suis impressionnée et ébahie, admirative devant lui. Et, d'un autre, j'ai peur. Sa faculté à aussi bien manipuler les émotions ne le rend que plus menaçant, dangereux.

Il s'incline ensuite, ses lèvres trop proches des miennes, lorsqu'il m'explique, le souffle haché :

– Personne ne le sait, hormis ma mère et Josh. Qui prendrait au sérieux un mec dont la famille gagne une partie de son fric grâce à la téléréalité ? Au moins, je sais que la réputation dont jouit mon alter ego n'est pas influencée. En mal comme en bien, d'ailleurs.

– Tu as peur que quelqu'un n'en parle s'il le sait ?

– J'ai confiance en ma famille. Jusqu'à un certain point. Sélia est loyale, mais aime beaucoup trop se retourner la tête en soirée. Et je n'ai pas confiance en ce qu'elle se fout dans le sang dans ces moments-là.

J'acquiesce en silence. Je me sens… étrange. Comme en suspens au-dessus de la ligne de temps. Je vis, mais sans réellement la toucher. Hors de la réalité.

– Je n'en parlerai pas, affirmé-je après de longues secondes.

– Je sais, Love.

– Mais… tu dois comprendre : on est loin d'être ex aequo. Si je parle, on saura peut-être qui est Sanada Adkins, mais ta réputation est déjà faite, Ezra. Au pire, on apprendra que cet auteur porté par la critique est un bel enfoiré, mais ça… on le saurait si ça portait préjudice à un homme. En revanche, si tu le décides… je perds tout. Cette nouvelle famille à laquelle je m'attache, ma chance d'accomplir un rêve… Tout.

Sa main toujours sur mon cou se resserre doucement sur ma peau. Avant de m'abandonner pendant qu'il lâche dans un chuchotement qui m'agresse presque :

– Je sais. Mais je devais trouver un argument pour te faire revenir.

Mes paupières papillonnent. Comme si je m'extirpais d'un enchantement et que je me scratchais à pleine puissance sur cette foutue ligne du temps.

– Pardon ?

– Ne me regarde pas de cette façon, mon cœur. Tu as refusé de revenir. Or, je savais que si je t'ouvrais une porte sur moi, tu ne résisterais pas à la franchir.

La colère enfle de nouveau entre mes tempes, dans mon sang, sous mes côtes. Se mue en une vague qui n'est pas près de refluer. Un putain de tsunami aux flots aussi puissants que dévastateurs.

– Alors tu… tu m'as manipulée ? Encore ?

– Mon cœur…

Imitant son geste de tout à l'heure, je plaque ma main sur sa bouche, l'autre conservant les deux manuscrits pressés contre mon buste. Le regard assassin, j'approche mon visage du sien.

– Tu sais ce que je veux, Ezra ? Ce que je veux, moi, à en crever ?

Je laisse planer quelques secondes durant lesquelles il me sonde avec autant d'intensité que d'arrogance. Puis, j'avoue d'un timbre presque métallique :

– Te voir perdre la face. Te voir perdre ce contrôle auquel tu sembles désespérément t'accrocher. Et je te fais la promesse que j'y arriverai. Je vais me venger, Ezra. Je te jure que je vais me venger.

Son aura obscure à laquelle je me suis habituée n'est rien en comparaison de celle qui l'engloutit en cet instant. Plus sombre encore. Étrangement plus vive et plus brûlante, elle rampe sur ma peau pour mieux me soumettre. Et je m'y soumets sans aucune retenue. Car je sais qu'elle me rendra encore plus forte.

Je me relève ensuite, mon butin serré contre moi. Toujours sur le sol, Ezra se met à sourire tout en me dévisageant, un air insolent et foutrement irrévérencieux sur son visage. Avant de réellement perdre pied, je me retourne, me dirige vers la sortie quand il me percute le cœur comme seul lui sait le faire :

– Et je te promets d'aimer ça autant que toi. Tu aimeras me foutre à genoux, mon cœur.

34

Love

Deux semaines. Deux semaines que j'essaie de l'agacer, de l'énerver, pour enfin réussir à le toucher. Je me fonds à merveille dans les « obligations familiales », sors en public sans trop me cacher. Souvent en compagnie des cousins d'Ezra, ou de Charlie puisque cette histoire de faux couple n'est malheureusement pas enterrée. Non pas que nous agissions en tant que tels ; au contraire, nous nous comportons comme nous l'avons toujours fait. Et c'est étrange, mais je me sens finalement assez en phase avec tout ce délire. Peut-être parce que la raison qui me motive est de l'ébranler, lui. Je sais à quel point il a horreur de cette comédie. À quel point il déteste quand je me prête à ce jeu et que je fais semblant.

Alors, ouais, depuis une quinzaine de jours, je joue à la parfaite petite Remington. Au grand bonheur d'Émeraude. Je pousse même le vice jusqu'à nourrir mes nouveaux réseaux sociaux et, maintenant que je m'affiche sans trop de retenue avec ma nouvelle famille, la rumeur de ma possible adoption gonfle de façon exponentielle. Néanmoins, ce point, je ne suis pas certaine de bien le gérer. Techniquement, je ne porte pas encore le nom Remington puisque mon contrat stipulait que nous, Émeraude et moi, avions trois mois de délai de réflexion. Délai qui expire dans un peu plus de trois semaines. Et plus la date fatidique approche, plus la peur grignote mon estomac. Suis-je capable de ne plus être que sa sœur ? De vivre près de lui et d'endiguer ma rancœur ? Sans plus jamais le toucher… le ressentir ?

Un vent de panique souffle entre mes côtes à cette pensée. En vérité, c'est moi que je suis en train de noyer en tentant de l'atteindre. J'en ai conscience. Pourtant, je continue. À avancer, peu importe les conséquences. Peu importe tant que je parviens enfin à m'enfouir sous sa peau.

Habillée d'un legging ainsi que d'une brassière de sport, je me rends dans la salle où Ezra s'entraîne presque tous les soirs. À croire qu'il extériorise son feu intérieur de cette façon. En silence, musique sur les oreilles, je pénètre dans la pièce tandis qu'il court sur un tapis et, sans un regard dans sa direction, grimpe sur le deuxième appareil, juste devant lui. J'allume la machine, règle l'allure adéquate et commence à marcher rapidement, le temps que l'engin prenne de la vitesse. Alors que je me mets à courir, je sens son regard, derrière moi. Je ne pensais pas un jour que le désir me boufferait à ce point. Pire, depuis ma rencontre avec Ezra, je ne pensais pas désirer encore plus fort. Sauf que depuis que j'ai connaissance de son autre identité, mon corps et mon traître de cœur sont encore plus avides. De lui. J'ai beau me focaliser sur sa trahison, nourrir ma rancœur et ma colère, rien n'y fait. J'ai besoin de son feu contre ma peau. Au creux de mon ventre.

Au bout de vingt bonnes minutes, j'attrape mon téléphone coincé dans le bandeau à mon bras puis, après avoir arrêté la musique et réduit mon allure, le braque au-dessus de mon visage de façon à me cadrer avec Ezra.

– Fais donc un sourire, *grand frère*, lui dis-je, mes yeux braqués sur lui à travers l'écran. Ton cher public te réclame.

Un rictus infernal ourle ses lèvres et me bombarde via son reflet. Il pianote sur l'écran de son tapis de course. Ce dernier ralentit jusqu'à s'arrêter. Ensuite, Ezra chope la couture de son tee-shirt afin de le retirer. Torse nu, en sueur, il réplique :

– Alors, ne le décevons pas.

Décontenancée, je fige mes doigts sur mon téléphone.

– C'est une photo pour Instagram, précisé-je.

– J'avais compris, mon cœur, raille-t-il.
– Je… Je croyais que…
– Que ? m'interrompt-il d'un ton amusé.
– Que tu ne voulais pas afficher tes tatouages.
– Pas faux. Mais tu sais quoi ? Je te laisse le choix, Love. Expose-moi comme tu t'exposes ces derniers temps. Comme tu cherches à nous exposer. Peut-être qu'avec un peu de chance, tu parviendras à tes fins, qui sait ?
– Parce que tu penses que ce sera suffisant pour me venger ? Oh, tu te plantes, Ezra. Il m'en faudra bien plus.
– C'est une promesse ? s'amuse-t-il.
Agacée de constater qu'il ne perd rien de sa superbe, je prends la pose, tire la langue tout en faisant un clin d'œil à l'écran pendant qu'Ezra n'esquisse pas un putain de mouvement dans mon dos. Je ne regarde même pas le cliché et le poste sur Instagram sans aucune légende.
Pendant ce temps, Ezra quitte son tapis pour grimper sur le mien et se couler derrière moi, ses pieds de part et d'autre du tapis. Son visage est par-dessus mon épaule et je dois faire appel à toute ma volonté afin de demeurer stoïque. Enfin… autant que je le peux parce que, malheureusement, je suis incapable de réfréner le frisson qui descend le long de ma colonne vertébrale.
– Tu réalises que ce n'est pas ainsi que tu arriveras à te venger ? murmure-t-il, ses lèvres près de mon oreille.
– Mais peut-être que ce n'est pas ma seule envie, Ezra. Peut-être que je joue aussi le jeu afin d'assurer mon avenir et que je me sers tout simplement de toi.
– Comme je me suis servi de toi, c'est ça ? ricane-t-il.
Une grimace froisse mes traits.
Soudain, sa main frôle ma hanche, mon ventre puis s'élève devant moi jusqu'à pianoter sur les commandes pour arrêter mon tapis. Puis son index se pose sur l'écran de mon portable. Je le laisse sortir de l'application pour activer ma galerie de photos. Ezra fait ensuite défiler ces dernières jusqu'à la toute première vidéo prise avec ce téléphone.
– Tu te rappelles ?

Il presse sur l'icône et nos deux visages apparaissent près de la piscine lors de ma première soirée en compagnie de toute la famille. Si je m'en souviens ? Les mots qu'il m'a murmurés cette fois-là « Maintenant, je te veux » sont inscrits profondément dans ma chair.

– Laisse-moi deviner, réponds-je. Rien n'a changé, tu me veux et tu m'auras, c'est ça ?

Contre mon cou, je le sens sourire.

– Rien n'a changé ? Si seulement…

Sans que j'aie le temps de réfléchir à ses paroles, il me retourne en attrapant ma taille. Ses doigts enfoncés dans ma peau nue, Ezra m'accule contre les commandes du tapis. Son contact affole l'entièreté de mon corps. Assiège mon ventre. Me tue.

– On est bien au-delà d'un simple « je te veux », Love. Ce que je veux, en réalité, c'est que tu te battes encore pour moi…

– Contre toi, rectifié-je, les dents serrées.

– Que tu t'essouffles à force d'être trop près de moi. Que tu me griffes à force d'essayer de m'atteindre. Que… tu me foutes à tes genoux, putain. Mais toi… toi, je ne te « veux » pas. Toi… tu m'appartiens.

Chamboulée autant que révoltée, je ne réagis pas. Durant de longues secondes, je me perds dans son regard implacable. Le plus horrible dans tout ça, je crois, c'est qu'aucune sonnette d'alarme ne retentit dans mon crâne. Ses mots le devraient, pourtant, non ?

Non ?

Ils résonnent bien, dans ma tête, dans ma poitrine, mais en un écho profondément bouleversant. Alors même que je devrais m'élever contre eux.

– Il y a une seule et unique chose qui t'appartient, Ezra, réponds-je enfin malgré mon pouls chaotique. Ma colère.

– Alors, ne m'en veux pas si je continue de l'attiser…

Lentement, il penche son visage, sa langue dardant d'entre ses lèvres. Si près des miennes que je suis à un souffle de m'en emparer.

– … Je veux la sentir me brûler, ta colère. Mais je te le répète : tu n'y arriveras pas de cette façon, mon cœur.

Ma bouche entrouverte, effleurant la sienne, je chuchote :

– Dans ce cas, j'imagine que je vais devoir passer à la vitesse supérieure.

– Je n'attends que ça, mais, je t'en prie, frappe fort, mon cœur.

35

Ezra

Sélia se jette sur mes jambes tandis que je suis assis sur le canapé de son salon. Ses bras autour de mon cou, elle me serre trop fort contre elle avant de sauter sur les cuisses de Josh, installé à côté de moi. Ce soir, nous fêtons son anniversaire. Rectification : tout le gratin du pays fête son anniversaire. Une soirée organisée chez ma tante pour l'occasion, où aucun téléphone n'est autorisé. Histoire que chacun puisse se retourner le crâne sans craindre des fuites intempestives dans les médias. Parce que ma cousine a beau se battre pour éveiller les consciences sur la difficulté d'être jeune à notre époque, il n'en reste pas moins qu'elle en explore elle-même les dérives. Et les vices. À ceci près que, contrairement à d'autres réellement en difficulté, Sélia ne le fait que pour s'amuser. Et ce soir ne déroge pas à la règle, si j'en crois ses pupilles déjà bien dilatées.

Après une étreinte un brin trop exaltée, elle repart comme elle est arrivée, telle une tornade. Je la suis du regard quand elle fend la foule, qui peuple déjà le rez-de-chaussée, avant de me figer sur une silhouette aux longs cheveux bruns. Ses courbes moulées dans sa robe noire, celle qu'elle portait le soir de son arrivée, Love discute et rit avec… je n'en ai aucune idée et je m'en fous. Tout ce que je vois est le bras de son pote passé sur ses épaules, le bout de ses doigts flirtant avec la naissance de sa poitrine, comme si elle lui appartenait. Ça me dégomme. Qu'il puisse s'afficher ainsi avec elle quand je suis putain condamné à la désirer dans l'ombre. Love en fait des tonnes, ce soir.

Elle parle, s'esclaffe, minaude avec n'importe quel mec qui croise son chemin. Je sais qu'elle tente de me rendre jaloux. Est-ce que ça fonctionne ? Un peu trop à mon goût. D'autant plus que cette femme qui, d'un trait, vide le reste de sa flûte de champagne n'est pas vraiment Love. Quoique… peut-être que si, finalement. Après tout, de ce que je sais sur elle, personne ne l'avait encore poussée dans ce genre de retranchements avant moi. Et je me console avec ça, avec l'idée qu'elle n'agit que dans le but de me toucher. Peu importe la colère qui m'étrangle de la voir m'atteindre aussi facilement – même si elle n'en a pas conscience. Ouais, peu importe car, bordel, j'en redemande. De ses émotions qui éveillent mes sens jusqu'à ce que mon cœur pompe avec passion et frénésie.

– Pourquoi elle ? me demande soudain Josh, suivant mon regard.

Sans réfléchir au choix de mes mots, je réponds :

– Parce qu'elle me rend vivant.

Au sein de ma famille pour le moins atypique, j'ai toujours été à part, haïssant l'attention que l'on nous a toujours portée depuis notre naissance quasiment. Seul sous le feu de milliers de regards. Et je la recherchais, cette solitude. M'y plaisais. Mais depuis que Love a débarqué dans ma vie, je me rends compte à quel point je n'ai fait que vivre à travers ces âmes que je créais de ma plume. Ça me convenait. Plus maintenant.

– Ouah, comme quoi… les miracles existent vraiment.

Sans dévier mon attention de Love, dont le regard s'est échappé dans ma direction, je tends le bras et assène un taquet sur l'arrière du crâne de mon cousin, qui se met à rire.

– Dommage que ce soit ta sœur.

Je demeure de glace, en apparence, quand une rivière de cendres coule dans mes veines. Si je suis honnête : je m'en tape, de cette histoire d'adoption. Ça se saurait si l'avis des autres me concernant m'importait un tant soit peu. Love, en revanche… Ça la détruirait. Sans compter un point non moins épineux : l'inceste est puni par la loi. Or, je ne suis ni un homme d'État ni aussi bien placé pour échapper à une condamnation. Love non plus, d'ailleurs…

– Depuis quand ce genre de détails me freine ? raillé-je.

– Je dois te rappeler à qui tu parles ? demande-t-il d'une voix plus grave. Joue au mec détaché devant les autres si ça te plaît. Mais pas avec moi.

– Je ne joue pas les mecs détachés, Josh. C'est malheureusement la vérité. Sinon, on n'en serait pas là, elle et moi.

– Pourquoi tu ne lui révèles pas la vérité alors ? Après tout, elle fait partie de la famille à présent. Ça ne résoudra pas votre problème mais, au moins, elle arrêtera de te mater comme si elle voulait te dévisser le crâne.

– Et si j'aime ça ?

Un ricanement passe au travers de la barrière de ses lèvres.

– Je n'en serais pas étonné. Quand même, je me dis que ma nouvelle cousine doit être un peu tordue, elle aussi, pour t'avoir pris dans ses filets.

– Elle est libre et donc, elle sera toujours plus tordue que nous tous réunis.

– Mec, tu es le seul à te sentir piégé. Tes barrières, tu te les imposes toi-même.

Je ne lui réponds pas, me contente de vider le reste de mon verre de whisky. Cette conversation, nous l'avons eue des centaines de fois lui et moi. Il ne m'écoute pas. Je reste campé sur ma position. Or, ce soir, je n'ai pas envie de faire du surplace. Impossible. Quand Love est dans ma ligne de mire, je ne peux qu'avancer. Encore et encore. Jusqu'à la rejoindre. Voilà pourquoi, bien qu'elle ne s'en rende pas compte, elle a déjà gagné. Le jour où je l'ai retrouvée endormie dans mon lit, elle a raflé la victoire haut la main.

Avec l'aura d'une reine en pleine guerre, elle se retourne, m'affichant la peau nue de son dos à moitié dissimulé par la cascade de ses cheveux.

L'envie de la toucher. De virer le bras de l'autre abruti de son corps pour recouvrir ce dernier de mon empreinte. De m'enfoncer dans son ventre. D'entendre son souffle sous mes coups de reins. De la goûter à m'en ravager les synapses.

Le besoin qu'elle me veuille avec la même fièvre que je la veux. De lire dans ses yeux sombres son besoin, à elle, de céder. Qu'elle me dépossède totalement de cette armure dans laquelle je m'enferme depuis trop de temps maintenant.

Ses éclats de rire, ses cris de rage, sa douceur, sa ferveur, sa sensualité… Je veux tout, putain.

– Faut que je trouve quelqu'un à baiser, maugréé-je, extorquant un rire supplémentaire à Josh.

– Et tu fais quoi des bienfaits de la frustration ? se moque-t-il.

– Ta gueule.

– Moi aussi, je t'aime, grand fou.

Le regard toujours braqué sur le cul de Love qui bouge légèrement en rythme avec la musique house qui nous enveloppe, je plante un majeur sous le nez de mon cousin. Sans que je le voie venir, ce con le lèche d'un coup de langue.

– Putain, grogné-je en m'essuyant sur le cuir du canapé. Va savoir où elle a traîné, en plus.

– Toi, tu sais, ironise-t-il. Et puis, tu pues le sexe tellement tu veux la mettre à l'horizontale. Mon corps est faible et a succombé à ton appel, voilà tout.

Un rictus mi-dégoûté mi-rieur fend mon visage. Avant de fondre comme neige au soleil – ou comme neige en plein enfer, dirait Love –, dès que j'aperçois la silhouette de Noa qui se dirige vers nous. Habillée d'une combinaison couleur *nude*, comme celles dont raffole ma mère, elle me gratifie d'un sourire retors. Sourire qui se mue à une vitesse vertigineuse en une moue chaleureuse lorsque Josh tourne la tête vers elle.

– Bébé, l'accueille-t-il tandis qu'elle s'assied à côté de lui et se blottit contre son torse. Tu tombes bien. Ezra a besoin de libérer sa frustration. Tu connais quelqu'un qui pourrait se dévouer ?

Mes lèvres s'étirent de nouveau. Les yeux de cette garce s'ancrent une microseconde dans les miens, soulèvent sous ma peau un orage qui n'augure rien de bon. Est-ce que j'aime lire dans son regard une peur panique que j'en dise trop ? Bordel, j'adore ça. Je ne suis qu'un démon, paraît-il…

– Il y a toujours la petite sœur de Leath, la co-star de Sélia, glousse faussement Noa. La dernière fois, tu n'as pas eu de mal à la coller dans ton lit, il me semble.

– Tu sais ce qu'on dit, répliqué-je. Le réchauffé, ça colle au cul.

Tandis qu'elle émet un sifflement outré et que Josh se met à rire, je me relève et les abandonne d'un vague geste de la main.

***

Vingt bonnes minutes plus tard, je suis dans l'une des chambres d'amis de ma tante avec une brune dont je n'ai même pas retenu le nom. Je sais. Je ne suis qu'un enfoiré, bla-bla-bla…

Seulement, même si j'en crève d'envie, coucher avec Love n'est pas à l'ordre du jour. Même si elle en crève d'envie également. Avant, je veux être certain qu'elle mesure les conséquences, toutes les conséquences. Sans compter qu'entre désirer et accepter de succomber, il y a un fossé empli de rancœur qu'elle n'est pas prête à franchir.

La fille me repousse jusqu'à un fauteuil beige dans lequel je m'affale. Elle s'agenouille, se coule entre mes jambes et, pendant qu'elle s'affaire sur la fermeture Éclair de mon pantalon, je l'arrête dans son élan.

– Dis-moi que tu le veux, lui intimé-je.

Ses paupières se plissent d'incompréhension.

– Est-ce que tu as envie de moi ? clarifié-je, d'une voix rauque.

– Si j'ai envie d'Ezra Remington ? pouffe-t-elle. Évidemment.

Sa remarque manque de me faire vriller. Je suis sur le point de la virer quand, dans son dos, s'ouvre la porte de la chambre. Un corps bandant à mort se découpe dans la pénombre diffuse de la pièce. Aussitôt, ma queue double de volume entre les doigts de la brune. Satisfaite et pensant sûrement être à l'origine de ce changement, elle me prend en bouche sans plus attendre. Un spasme me contracte le bide. Ç'en est violent tant la seule présence de Love me soumet à un désir déchaîné.

En silence, cette dernière s'avance lentement. Se fige derrière la brune, qui ne la remarque même pas. Ses lèvres ont le temps de coulisser trois fois sur ma hampe avant que Love ne se décide enfin à intervenir. D'un raclement de gorge, elle attire l'attention de la fille, qui s'immobilise aussitôt puis, les yeux écarquillés, se retourne sur elle.

– Je suis vraiment navrée de t'interrompre alors que tu es si bien… partie, mais il ne t'a pas prévenue ? lui demande-t-elle en me désignant de l'index.

La jeune femme me jette un coup d'œil interrogateur, auquel je ne réponds pas. Je suis bien trop hypnotisé par l'apparition qui vient de révolutionner ce qui devait être un simple instant de perdition. D'oubli.

– Il a été un mauvais, très mauvais garçon. Du coup, il est puni. Pas de sexe tant que… qu'il ne se sera pas mis à genoux pour demander pardon.

Cette fois, un sourire enflamme mes lèvres, chaque cellule qui me compose.

– C'est quoi, votre délire ? s'insurge la jeune femme.

– Ne t'inquiète pas. Elle ne supporte juste pas de me voir prendre du plaisir ailleurs que sur elle, la provoqué-je, embrasant le regard de Love au passage.

– Bon sang…

La brune, dépitée, se relève.

– Je le savais. Fallait encore que je tombe sur des tarés. Ma sœur m'avait prévenue, pourtant. « Tu verras, à L.A., ils sont tous plus dépravés les uns que les autres »…

Poursuivant son monologue, comme si nous n'existions plus, elle se remet debout et se dirige vers la sortie.

– … C'est fini. J'en ai plus que soupé des stars et de leurs sexes qui gonflent en même temps que leur ego… Je vais rentrer chez moi. Cette fois, je le fais. Ouais, je vais me trouver un mec bien et…

Sous les yeux ronds de Love, elle s'évanouit dans le couloir.

– Préviens-moi si tu le trouves, ce mec bien ! lui crie cette dernière une fois la porte refermée sur nous.

Elle pivote ensuite dans ma direction. Puis, un sourire cassant et foutrement sexy aux lèvres, elle déclare d'un timbre autoritaire :

– Je t'interdis de coucher avec qui que ce soit, Ezra. Toi aussi, tu es à moi.

36

Love
Quelques instants plus tôt

D'un sourire, je m'échappe des bras de Charlie, qui ne me lâche pas d'une semelle. Je l'adore, mais il m'étouffe. Je sais qu'il cherche à me protéger d'Ezra. Sauf que je ne veux pas être protégée. Pas de lui en tout cas. Avec Ezra, je veux tout ressentir. Le bon comme le mauvais. Le désir comme les déchirures. Je veux qu'il me remplisse d'émotions, les extraie de force de ma poitrine pour qu'elles l'éclaboussent enfin. Qu'il m'étourdisse, me retienne à lui.

En bref ? Je suis foutue. J'ai beau être poussée par une envie de vengeance, je ne peux ignorer mon besoin de l'atteindre, de me rapprocher encore et toujours plus de lui. C'est quoi, mon problème, sérieux ? Avec ce qu'il m'a fait, je devrais avoir envie de lui arracher les yeux. Pas de lui arracher les yeux ET de le sentir en moi. Peut-être ferais-je mieux de tenter, comme Charlie, les parties de jambes en l'air sans lendemain. Histoire de me libérer de ma frustration qui, clairement, fout le bordel dans mon esprit.

Après avoir vidé le reste d'une énième coupe de champagne, j'abandonne mon meilleur ami en pleine discussion avec des potes de Sélia pour me rendre à l'extérieur. Je tangue plus que je ne marche jusqu'à la piscine et inspire profondément, espérant ainsi dissiper l'alcool dans mon corps. Je n'aurais pas dû boire surtout quand, pour des personnes comme moi, deux verres suffisent à faire voir des étoiles. Surtout quand noyer ma raison dans les bulles de champagne risque fort de me pousser à m'acoquiner avec l'ennemi. La main devant ma bouche, je pouffe, seule. M'acoquiner, sérieux ? Il sort d'où, ce mot ? Avec Ezra, ce serait plus… se vautrer dans la débauche. Laisser les flammes de l'enfer ramper sur ma chair. Se…

– Love ?

Je retiens de peu un « Ta gueule ». Sauf que j'ignore s'il me serait destiné afin de réprimer mes pensées indécentes ou s'il serait dirigé vers Noa qui vient d'interrompre mes… bah, mes pensées indécentes. Merde. Si je suis destinée à mourir de frustration, laissez-moi au moins fantasmer en paix !

Je la laisse me rejoindre puis s'asseoir à côté de moi, sur la margelle. Contrairement à moi, elle ne plonge pas ses pieds dans l'eau.

– Comment tu vas ? demande-t-elle d'un ton soucieux.

– Parfaitement bien. C'est dingue l'effet que ces bubulles peuvent avoir sur l'humeur, dis-je en agitant ma coupe vide sous son nez.

En réalité, j'ignore comment réagir avec Noa. Après tout, sans elle, le diable sait jusqu'où Ezra serait allé avec cette histoire de vidéo. Sans elle, je serais encore à sentir ces fichues ailes me chatouiller le ventre. Bon, elles sont toujours présentes ; mais, elles ne me chatouillent plus… Disons qu'il s'agit plus de secousses violentes. Ardentes. Destructrices. Ou exaltantes. Oui, sans Noa, je me prélasserais dans le mensonge plutôt que de lutter dans la vérité. Je lui dois beaucoup. J'en suis consciente. Sans compter qu'elle aussi a été victime de l'esprit retors d'Ezra. Seulement, je ne cesse de me questionner : pourquoi elle ne s'échappe pas de cette famille ? Et bordel, comment elle peut terminer entre les jambes d'Ezra quand elle sort avec son cousin ? L'image de sa bouche s'affairant sur lui se tatoue douloureusement sur mes rétines. Tapisse ma bouche d'un goût âcre. Dégueulasse. Saloperie de jalousie mal placée !

– J'ai remarqué que c'était compliqué entre Ezra et toi, remarque-t-elle.

Je pivote dans sa direction, la dévisage avec une expression qui serait une parfaite illustration de « t'es débile de naissance ou tu l'es devenue cette nuit ? ».

– Compliqué ? Il m'a filmée à mon insu en plein… bref, tu sais. Tu as vu. Ce n'est pas compliqué, c'est chaotique. En revanche, que tu agisses comme si celle qui avait les amygdales collées à sa queue n'était pas toi, ça me dépasse, je t'avoue.

Un tic chiffonne ses traits fins. Merde, je l'ai blessée. Et si une part de moi en est assez satisfaite, l'autre, cependant, s'en veut aussitôt. J'imagine que le choc a dû être brutal pour elle également.

– Excuse-moi, mes mots ont dépassé ma pensée, m'empressé-je d'ajouter.

Un sourire mélancolique étire ses lèvres.

– Ce n'est rien, Love. Et puis, tu as raison. Pourquoi je me la ferme et subis ? Parce que j'aime Josh, tout simplement. Je préfère endurer cette épée de Damoclès au-dessus de ma tête plutôt que de vivre sans lui. Je…

Elle déglutit, ses yeux verts se voilant d'une fine pellicule de larmes qui m'atteint directement au cœur. Sans réfléchir, je presse mes doigts autour des siens par-dessus sa cuisse.

– J'ai conscience d'avoir fauté. De m'être laissé avoir par les mots que me susurrait Ezra à l'oreille. Si tu savais comme je le regrette et combien je m'en veux… Parfois, je… j'ai la sensation d'étouffer quand je suis seule. D'étouffer de culpabilité. Mais je ne m'en remettrais pas si je devais perdre Josh, enchérit-elle d'un timbre tremblotant.

– Ça n'arrivera pas, la rassuré-je avec un aplomb qui m'étonne moi-même. Je ferai tout pour que cette vidéo ne fuite pas.

– Tu ne comprends pas, Love. Tu ne dois surtout pas l'approcher. Tu dois rester le plus loin possible de lui. Il te dévorera. Si je t'en ai parlé, c'est uniquement pour que tu te protèges. Tu es si douce. Face à lui… J'avais trop peur qu'il ne brise ta vie juste par plaisir.

Sans trop comprendre pour quelle raison, son contact me brûle soudain. D'un geste un peu trop vif, je ramène ma main contre moi. La presse contre ma poitrine dans l'espoir vain d'asphyxier la douleur qui me bouffe de l'intérieur.

– Tu sais, ajoute-t-elle, si ça peut te rassurer, je pense qu'avec toi… il y a quelque chose de différent. Me concernant, j'imagine qu'il ne voulait que s'amuser à mes dépens. Et à ceux de son cousin. Mais toi, je crois que c'était plus profond que ça.

– Peu importe, craché-je. C'est injustifiable.

Elle acquiesce d'un hochement de tête.

– Je suis soulagée de voir que tu as pris tes distances.

Je demeure muette, incapable de répondre. Pour dire quoi ? Un mensonge ? Comment prendre mes distances quand il peuple chacune de mes foutues pensées ? Je pourrais mettre la planète entière entre lui et moi qu'il serait toujours là. En moi. À me hanter de sa présence fantôme.

– Tu ne m'as pas dit comment tu es entrée en possession de ces vidéos ? l'interrogé-je soudain.

– Une intuition, pour commencer. Quand… je faisais ce que je faisais… Enfin, tu vois… j'ai remarqué qu'il regardait souvent dans la même direction. Sur le coup, je n'y ai pas prêté une grande importance. Mais plus tard… ce détail m'a littéralement bouffé l'esprit. Comme si mon instinct cherchait à m'alarmer. Un jour, quand il n'était pas là, je me suis introduite dans sa chambre, j'ai fouillé… et j'ai trouvé. Malin comme il est, il n'a pas utilisé une caméra dernier cri, mais une assez ancienne. Où la vidéo ne vient pas se stocker sur un serveur, mais sur une carte mémoire. Sans carte, pas de trace… Il est le seul à en disposer. Enfin, ça, c'était avant que je ne la lui vole.

Un frisson polaire gèle ma nuque. Je ne suis pas sûre de préférer que ces images soient entre ses mains plutôt qu'entre celles d'Ezra. Toutefois, un autre vent de colère me broie les côtes. Ce petit con a omis de me faire part de ce détail. Quand je pense qu'il m'a promis que ces vidéos ne sortiraient pas alors que… il n'en a plus le pouvoir !

– J'ai détruit la carte, Love, m'assure-t-elle. Tu n'as pas à t'inquiéter de ça.

En silence, j'acquiesce. Les battements d'ailes de papillon se sont transformés en de véritables typhons.

– Je te laisse, je vais rejoindre Josh. Si tu… si tu as besoin, je suis là, Love. N'hésite pas.

Une fois de plus, pas un mot ne franchit mes lèvres closes. Je la gratifie néanmoins d'un sourire un peu forcé. Avec une moue compatissante, elle se remet debout et m'abandonne, seule. Seule au milieu de la foule en quête d'air frais.

Seule, le cœur en déroute.

Seule avec ma colère qui redouble lorsque j'aperçois Ezra avec une jeune femme. Cette dernière, ses doigts enlacés aux siens, l'emmène à l'intérieur et, visiblement, ce n'est pas pour une visite des lieux.

D'un bond, je me relève. Pilotée par mes nerfs en feu, je les suis à l'étage puis jusqu'à la chambre dans laquelle ils pénètrent. J'attends deux bonnes minutes avant de, à mon tour, entrer dans la pièce. Malgré l'obscurité enlaçant leurs deux corps, je les distingue parfaitement. Elle, à genoux, devant lui. Comme… comme avec Noa.

Là, à cet instant, j'ai la sensation de me déchirer en deux. Mon abdomen se leste d'un brasier aussi vil que délicieux. Mon cœur, lui, hurle.

Mais c'est quand le regard enténébré d'Ezra s'emmêle au mien que je comprends… Noa a raison : lui et moi, c'est plus profond. Cette connexion, ce lien si passionné entre nous existe bel et bien. Et je sais…

Je sais comment le faire payer.

37

Ezra
Retour au présent

– Je t'interdis de coucher avec qui que ce soit, Ezra. Toi aussi, tu es à moi.

Est-ce que je me remets à bander à ces mots ? Putain, oui. Est-ce que me sentir transcendé par cette simple affirmation me fait flipper ? Carrément. Cependant, à peine elle a amorcé un pas dans ma direction que cette sensation s'envole. Vite remplacée par une envie inconsidérée de la posséder. Elle a tout d'une reine ce soir. Quant à moi, bien loin d'un chevalier, je ne suis qu'un fichu voleur. Parce que, ouais, je veux tout d'elle. Au-delà de son corps, je veux lui voler son cœur.

Un uppercut fictif me cueille méchamment à cette seule pensée. Merde. Cette histoire va trop loin. En vérité, elle est déjà allée trop loin. Et au moment où Love se penche au-dessus de moi, ses longs cheveux échouant sur mon buste, je réalise que jamais je ne la laisserai partir.

Une main écrasée sur le tissu du fauteuil, près de mon visage, elle s'incline davantage avec un air déterminé.

– Tu es jalouse, mon cœur ? la provoqué-je avant qu'elle ne parle.

– Jalouse ? répète-t-elle, sa bouche à de ridicules centimètres de la mienne. C'est pire que ça, j'ai la rage au cœur, Ezra. Après ce que tu m'as fait, je devrais rejeter tout ce que tu représentes et pourtant… J'en suis à ne pas supporter de voir une autre te toucher, à la jalouser d'avoir pu te goûter. À en avoir atrocement mal de…

Elle s'interrompt, déglutit. Et moi, au lieu d'être satisfait de ses paroles, j'en crève. Ça, cette peine réelle dans son regard, ce n'est pas ce que je veux. Josh a raison. Je dois lui dire la vérité.

– Love… commencé-je.

– Tais-toi, me coupe-t-elle. Je refuse de t'entendre. Tu es trop doué, Ezra. Trop doué avec les mots. Tu en uses pour abuser les autres. M'abuser, moi. Alors tais-toi. Et écoute-moi.

Je me mords l'intérieur de la joue pour ne pas rétorquer. Si j'en comprends les raisons, qu'elle pense que chacune de mes paroles cache un mensonge me bousille. Néanmoins, je conserve mes lèvres scellées. Love a besoin de m'exposer sa rancœur. Je le lui dois. Et puis, n'est-ce pas ce à quoi j'aspirais ? Que ses émotions me percutent enfin ?

Soudain, elle se coule sur le sol, entre mes jambes après les avoir écartées. Ses ongles se plantent dans mon aine à travers le tissu de mon pantalon, dont la braguette est encore largement ouverte. Mon sexe en partie visible pousse davantage sur mon boxer sous la brûlure de son regard.

– C'est ce que tu veux, je me trompe ? Que, moi, je me mette à genoux. N'est-ce pas, Ezra ?

Putain, non. Ce n'est pas ce que je veux. Encore une fois, je ne mentais pas. Je veux que tu me foutes à tes genoux, mon cœur. Que quelqu'un réussisse enfin à animer ce truc qui bat sous mes côtes. Et ce quelqu'un ne peut être que toi, Love.

Évidemment, je demeure silencieux, respectant sa volonté. Même si, à cet instant, ça me tue.

Sa bouche s'approche ensuite si près de ma queue que son souffle chaud la caresse. Me pulvérise d'une vague violente de désir.

– Parfois, je me dis que tu y es déjà parvenu. À me mettre à terre. Et parfois…

Elle rejette la tête en arrière, inspire profondément.

– Parfois j'ai l'impression de… de respirer à pleins poumons. Comme jamais auparavant.

Parce que tu vis, mon cœur. Plus intensément.

Lentement, Love se relève puis, sans que je m'y attende, grimpe à califourchon sur mes cuisses. Son intimité se loge pile contre mon sexe, me déchirant le bide.

– Parfois, poursuit-elle, je hais ce besoin de te sentir sur ma peau.

Avec une douceur juste intolérable, elle commence à onduler du bassin contre moi.

– Et parfois, j'ai la sensation que… qu'à l'instant où tu ne me toucheras plus, il ne restera plus que des cendres de moi.

Comme si je répondais à sa demande, mes paumes s'insinuent sous les plis de sa robe pour s'agripper à ses fesses. Ses paupières se ferment une seconde avant de se rouvrir, me livrant un regard assombri par le désir. L'une de ses mains vient ensuite se déployer sur mon visage, la pulpe de ses doigts enfoncée dans mes joues.

– Est-ce qu'au moins je parviens un peu à fissurer ta carapace ?

Est-ce qu'elle y parvient ? À ce moment précis, elle n'a pas idée à quel point elle a déjà tout envahi.

– Embrasse-moi, Ezra, souffle-t-elle ensuite contre mes lèvres.

Ma prise sur sa chair se resserre. S'affermit. Je brûle de la goûter de nouveau. Mais quelque chose que je n'identifie pas me bloque.

– Embrasse-moi. Je te le demande, ce n'est pas ce que tu veux, d'ordinaire ? insiste-t-elle d'un timbre devenu métallique.

Pour toute réponse, j'appuie sur son cul, la force à accélérer le rythme de ses balancements.

– Abandonne ce foutu contrôle, Ezra.

Elle se tait le temps qu'un gémissement étouffé s'arrache de sa gorge. Sa langue darde d'entre ses lèvres, me nargue tandis que ses hanches poursuivent leur danse infernale.

– Abandonne-le. Arrête de te retenir, bordel.

– Je ne peux pas, réponds-je enfin, les nerfs incendiés.

– Tu ne veux pas !

D'une poigne ferme, j'attrape sa nuque, tire sa tête en arrière. Qu'elle ne loupe rien de mon expression. Si elle ne croit pas mes mots, j'espère qu'il en sera différemment si elle lit en moi. Parce que je lui livre tout. Je ne peux même pas dire à quoi ressemble ma gueule en cet instant tant je ne me cache plus. Je ne contrôle rien. Ne lui abandonne peut-être pas ce contrôle, mais mes émotions, elles, je les dépose à ses pieds. Toutes. Mais surtout ce besoin presque désespéré de… d'elle tout simplement.

Durant un long moment, Love m'observe. Et plus les secondes s'égrènent, plus elle se dépouille de sa colère, redevenant celle qui m'a fait tomber d'un seul éclat de rire un peu trop fort.

– Non, je ne veux pas, grondé-je tout à coup.

Et pourtant, ma bouche fusionne aussitôt avec la sienne. L'embrasser, c'est… encore plus puissant que lorsque j'ai plongé dans les rouleaux du Pacifique pour la sauver. Ce jour-là, j'ai retenu ma respiration pour la remonter à la surface. J'ai cessé de respirer pour elle sans savoir que Love serait la seule capable de pouvoir me rendre ma respiration. Moi, je veux lui voler son cœur quand… elle m'a déjà volé mon souffle. Comme tout le reste.

Avide, je grogne contre sa bouche. Ma paume s'accroche davantage à sa nuque, la forçant à approfondir notre baiser. La plaquant contre moi afin de la ressentir encore. Encore et toujours plus.

– Ezra, halète-t-elle après avoir détaché ses lèvres des miennes. Montre-moi. Comment tu me ferais l'amour. Fais-moi jouir comme si tu me possédais vraiment.

Je crois qu'à cet instant précis, quelque chose cède au fond de moi. Me terrasse. Je ne devrais pas… Je sais. Que je vais le regretter. Car, là, je ne contrôle plus rien. Plus rien du tout.

Sinon, je ne m'empresserais pas de la soulever pour ensuite l'allonger sur le sol. Ses cheveux étalés sur la moquette luxueuse, Love me dévisage avec une telle intensité que je dois faire appel à toute ma volonté pour ne pas craquer et m'enfoncer réellement en elle. Au lieu de cela, je m'insinue entre ses jambes, soulève l'une de ses cuisses pour caler sa cheville sur mes reins. Puis, un poing ancré dans le sol, à côté de sa tempe, je donne un coup de bassin, mimant de la pénétrer d'un mouvement sec. Ses muscles se crispent en dessous de moi, mais se relâchent dès que je commence à frotter mon sexe contre le sien. Avec une lenteur qui met à mal ma retenue. Ma bouche la retrouve. S'égare sur son cou, sa gorge puis ses lèvres. Ce baiser que je lui donne est d'une telle langueur que chaque point de contact entre nous semble s'embraser.

Ses bras m'entourent soudain, l'une de ses mains se glissant, dans mon dos, sous mon tee-shirt pendant que la seconde échoue sous mon pantalon et mon boxer. D'une pression sur mon cul, elle m'oblige à m'incruster encore plus contre son intimité.

Putain, je vais crever. Le démon, c'est elle. Ça a toujours été elle. Depuis le départ.

– Fais-moi jouir, Ezra.

Sa voix vibre jusque dans ma poitrine, jusqu'au creux de mon abdomen. Renverse ma volonté avec une facilité ahurissante.

Je m'exécute.

Me surélevant légèrement, je plaque ma paume ouverte sur son sexe, le mien par-dessus afin de lui montrer la puissance, la passion avec laquelle je rêve de la posséder.

Ses yeux noirs suspendus aux miens, Love ouvre sa bouche en un O parfait au premier coup de boutoir qui la cloue au sol. Au deuxième, elle halète. Au troisième, un râle de plaisir lui échappe, choquant tout mon corps.

Plus je continue, plus sa peau se colore de rose. Se voile de sueur. Se hérisse de frissons. Et plus je me perds dans son regard qui ne me quitte pas. C'est exactement ce que je disais. Je l'ai sauvée et, à présent, c'est moi qui me noie en elle, qui suis emporté vers le fond par la tonne d'émotions qui la rendent si vivante. Me rendent si vivant.

Mon poing s'abat plusieurs fois sur le sol en une énième

tentative de ne pas céder. Lui céder. Me céder surtout. Et quand l'orgasme l'emporte, tous mes muscles se rigidifient jusqu'à la souffrance.

Putain, j'ai tellement envie d'elle que je pourrais en crever. Là. Maintenant. Tandis que la jouissance dessine sur ses traits une expression apaisée.

Ne tenant plus, je me laisse tomber à côté d'elle, un bras en travers des yeux. Mon cœur révolté bombarde mes côtes. Mon ventre hurle de douleur.

Mais ce n'est rien… Rien en comparaison de ce que Love m'inflige ensuite.

Un froissement de tissu m'interpelle. Je baisse mon bras à temps pour la voir se remettre debout tout en replaçant correctement sa robe.

– Merci, dit-elle d'un timbre froid. J'en avais besoin.

Un pli creusé entre mes sourcils, je me redresse sur les coudes et lève mon visage vers le sien, qui me fauche d'un regard glacial. Me surplombant de toute sa hauteur, Love prend quelques secondes pour m'observer. Avant de déclarer :

– J'en avais besoin, une dernière fois. Une toute dernière fois. J'espère que tu m'as regardée jouir, Ezra. Que tu m'as bien regardée. Parce que ça n'arrivera plus jamais. À partir de maintenant, à mes yeux, tu n'es plus. Tu cesses d'exister. Et ne crois pas que je le fais par vengeance. Il s'agit juste de me choisir, moi. Et je suis certaine qu'Émeraude ne m'abandonnera pas. Tu l'as dit après tout : je suis une Remington, à présent. Tu vois, la différence entre toi et moi, c'est que je désire plus que tout vivre. Avancer. Me focaliser sur le bon, le meilleur. Et toi… Toi, Ezra Remington, tu n'as rien de bon.

Sans plus m'accorder le moindre regard, Love enjambe mon corps au bord de la rupture.

La porte de la chambre claque. Résonne, lugubre, entre les parois de mon crâne.

Putain, oui, elle claque fort… sur mon cœur en furie.

38

Ezra

Les nerfs à vif, je referme l'écran de mon ordinateur d'un coup sec. Impossible d'écrire quoi que ce soit. Ou plutôt si. J'écris. Trop même. Mais pas sur mon manuscrit en cours. Pour la première fois de ma vie, je suis incapable d'ordonner mes idées, de catégoriser chaque émotion pour une action bien précise. Depuis toujours, poser des mots sur des sentiments éprouvés par des personnages fictifs dans des situations tout aussi fictives ne m'a jamais posé de soucis. Au contraire, décortiquer l'âme humaine à travers mes lignes est d'une facilité assez déconcertante compte tenu de ma faible capacité de me lier aux autres. Coller des maux sur les autres est tellement plus aisé…

Sauf que, là, je ne suis plus foutu d'aligner deux mots sur ces personnes qui naissent dans ma tête. Trop de bordel les étouffe. M'étouffe. Et le seul moyen à ma disposition pour ne pas vriller, c'est d'abattre ce bordel sur les touches de mon clavier. Première fois aussi de ma vie que les sentiments qui s'affichent sur ma page Word m'appartiennent. C'est… déstabilisant. Et, en même temps, les extirper de mon crâne de la seule façon que je connaisse m'apaise. Jusqu'à ce que j'éteigne l'ordinateur. Que mes mots soient noyés dans le noir. Mes pensées avec.

Dire que je déteste Love serait loin de la vérité. Trop facile aussi. J'aimerais la détester. Putain, oui, j'aimerais ça… Je pourrais au moins prendre mon pied lorsque je baise la première venue juste pour que Love puisse l'entendre crier depuis sa chambre. Mais même ça, elle me l'a enlevé.

Toucher une autre peau que la sienne n'a aucune saveur. Insipide.

En réalité, tout est insipide depuis que cette peste se borne à m'ignorer. Et ce qui me colle encore plus la rage, c'est que plus aucune émotion ne chahute son corps lorsque je m'approche d'elle. Love n'a jamais été foutue de feindre quoi que ce soit. Encore moins l'indifférence. Quand elle m'a balancé ces paroles en pleine gueule chez ma tante, je ne les ai pas crues. Puis… les jours ont passé. Accompagnés de ces regards vides lorsque ces derniers m'effleuraient tout juste. De ses sourires adressés à tous excepté à moi. De ses éclats de rire qui ne me parviennent plus que de loin. De ce manque… De ce besoin jamais comblé d'entrevoir de nouveau l'intérêt aiguiser ses iris d'obsidienne dès que je me livrais un peu à elle.

Maintenant, elle ne m'offre plus que le néant. Or, le néant n'est jamais bon pour un mec habité par le chaos.

Un grondement frustré retenu dans ma gorge, je me relève du canapé et, pieds nus, pars me planter derrière la baie vitrée au verre fumé. Tel un mort de faim, je mate Love, allongée sur un transat au bord de la piscine. Les rayons du soleil, avides, s'empressent de dévorer chaque parcelle de sa peau qui n'est pas dissimulée par un bikini noir à pois blancs trop échancré pour ma santé mentale.

Soudain, un corps se découpe à mes côtés. Des mèches courtes blondes, des maxillaires carrés du typique Californien, une silhouette imposante vêtue d'une simple chemise et d'un pantalon en lin. Une allure plus que déterminée. Josh suit mon regard, esquisse un sourire puis serre mon épaule dans sa main.

– Tu sais ce que la chanson dit, pourtant : on ne tombe pas amoureux à Los Angeles[1].

Je contracte méchamment les mâchoires sans répondre tandis qu'il se détourne des courbes qui se gravent sur mes rétines pour s'adosser à la fenêtre, son attention rivée à moi.

1. Paroles inspirées de la chanson « L.A. on a Saturday Night », de Hearts & Colors.

– C’est toujours putain compliqué de comprendre ce que tu ressens, raille-t-il. Mais je te connais. On n’a peut-être pas le même sang ; toutefois, je sais être celui qui te comprend le mieux. Enfin, peut-être plus depuis l’arrivée de Miss Joie et Bonne Humeur.

– Tu parles trop, réponds-je, cachant mes poings fermés dans les poches de mon pantalon. Comme toujours. Tu ferais mieux de te préparer pour ce soir.

– Mais je suis prêt. Je suis même au-delà de ça. Ce qui bouillonne dans mes veines, c’est de l’impatience.

– Bien. Alors va faire chier Jenna, plutôt.

– Sauf que ma sœur adore quand je la fais chier. Toi, je t’emmerde vraiment et ça… ça n’a pas de prix.

Je retiens de justesse un sourire.

– Tu vas faire quoi après ce soir ? enchérit-il. Je veux dire avec Love. Quand elle saura.

– Je ne suis pas certain que ça change quoi que ce soit, répliqué-je, plus amer que je ne l’aurais voulu.

– Ça ne dépend que de toi. Mais un conseil : bouge-toi le cul. Son adoption n’est plus réellement un secret bien gardé, mais aucune annonce officielle n’a encore été faite. Après… ce sera mort, Ezra. Après, tu ne pourras plus la toucher bien que, techniquement, tu n’en aies déjà pas le droit…

Un sentiment de possessivité pure me comprime d’un coup le bide. « Plus le droit de la toucher »… Bordel, cette phrase sonne comme une saloperie d’hérésie. Comme un contresens énorme que je dois à tout prix gommer de cette histoire…

– Et puis, ajoute Josh, l’avoir à tes côtés ce soir ne serait pas une mauvaise idée.

J’arque un sourcil, intrigué. Avant qu’une vague d’appréhension ne me grignote l’estomac quand le visage de mon cousin s’habille d’une certaine crainte. Une crainte qui ne tarde pas à se teinter, elle, de pitié.

– Qu’est-ce qu’il y a ? grondé-je devant son soudain changement d’attitude.

– Tu ne vas pas aimer ce que j’ai à te dire…

À croire que je sais déjà. Que mon corps pressent ce qu'il s'apprête à m'annoncer. Cette tempête au creux de mon ventre, je la connais. Ne la connais que trop bien. Ce vent qui me griffe les organes, me pourrit d'un mal immonde… Putain, oui, je le connais. Et je le hais de toutes mes tripes.

Sur un coup de sang, j'enroule mes doigts dans le col de la chemise de Josh et le ramène brusquement près de mon visage.

– Quoi, putain ? aboyé-je.

– Carter… Il sera là, ce soir.

39

Love

– Parfois, j'ai l'impression d'avoir adopté non pas un membre, mais deux en plus de cette famille, remarque Émeraude, un rictus en coin.

Un regard appuyé sur Charlie qui, tout sourire, passe un bras sur mon épaule, elle secoue la tête en riant.

– Quoi ? Love ne m'a pas inclus dans les petites lignes de son contrat pré-adoption ? raille mon meilleur ami.

Un sourcil haussé, Émeraude soupire puis reporte son attention sur moi.

– Heureusement que nous avons également signé une clause de confidentialité, n'est-ce pas ?

À mon tour de sourire de toutes mes dents. Émeraude, sublime dans une combinaison fluide noire piquée d'éclats argentés, me couve d'un regard amusé quoiqu'un peu dur tandis que nous marchons vers la voiture garée devant l'entrée de la demeure. Voiture censée nous conduire à une énième soirée pour un événement dont je n'ai même pas retenu l'origine. En vérité, tout ceci me fatigue… À moins que ce ne soit de faire semblant qui épuise toutes mes forces. Ou alors, c'est ce trou dans ma poitrine qui aspire mes émotions pour les transformer en… en rien, tout simplement. Et ce rien, je le hais. Car il ne me ressemble pas.

Comment en suis-je arrivée là ? À avoir mal au point de vouloir blesser à mon tour ? À ne plus me sentir moi-même quand jusqu'ici je faisais de mon identité ma force ? La réponse, je la connais. Ezra. En partie, du moins. Malheureusement, la totalité de la faute ne peut pas lui incomber. Ce qu'il s'est passé chez Sélia… Jamais je ne pourrai me le pardonner. Espérer apercevoir ne serait-ce qu'un peu de souffrance dans son regard, ça n'a rien de sain. Et, encore une fois, ce n'est pas moi. Selon Charlie, c'est un mal pour un bien. Ainsi, avec Ezra tenu à distance, aucun risque que l'adoption me passe sous le nez.

Sauf que je ne me suis jamais sentie aussi mal que depuis ces derniers jours. J'essaie pourtant de rester focus sur cette fichue vidéo afin de nourrir ma rancœur et donc de continuer à ignorer Ezra, mais force m'est d'admettre que, hormis à me plomber le moral, je ne réussis à rien.

Je le veux, lui.

Putain de problème épineux impossible à résoudre sans m'écorcher au passage.

– Charlie, l'interpelle Émeraude. Je te laisse grimper dans la voiture, j'aimerais parler à Love.

Mon meilleur ami se raidit une microseconde, puis s'exécute néanmoins. Difficile de dire non à Émeraude Remington. Lorsque nous nous retrouvons seules, elle se plante face à moi et m'observe durant un court laps de temps. Toujours cette étrange chaleur qui m'envahit sous son regard. Toujours cette peur de la perdre, cette chaleur.

D'un geste tendre, Émeraude attrape mes cheveux rassemblés en une queue-de-cheval lisse pour les ramener sur mon épaule dénudée. Ce soir, Jenna a à tout prix voulu me faire porter une robe créée par elle et Josh. Un bandeau de soie noire ceint mon cou, un autre l'entièreté de ma poitrine, laissant visible le haut de mon abdomen tandis qu'une jupe longue fourreau de couleur fuchsia recouvre mes jambes. D'ordinaire, les pièces créées par les jumeaux sont un peu plus excentriques avec une touche de trash, mais j'avoue être totalement fan de cette tenue. À l'instar d'Émeraude, si j'en crois l'éclat de fierté dans ses yeux quand ces derniers me scannent.

– Sur une échelle de un à dix, à combien tu m'en veux ?

Décontenancée par sa question, je me contente d'un :

– Hein ?

– Pour t'avoir en quelque sorte forcée à supporter mon fils ?

– Zéro, réponds-je sans prendre le temps de réfléchir. Mon cœur ne serait pas le même sans avoir connu Ezra.

À peine les mots s'échappent-ils de ma bouche que je me fige.

Merde. Pourquoi j'ai sorti un truc pareil ?

Outre le fait que mes propres paroles me torturent davantage, les avouer à Émeraude est une sacrée bourde. D'ailleurs, tout à coup immobile, elle me dévisage en silence. Ses yeux se referment sur moi, un pli creusé entre ses sourcils.

– Disons qu'il n'est pas si con que ça avec les membres de sa famille, précisé-je. Et qu'il a enfin compris que j'en fais partie maintenant.

Ces mots, en revanche, me lacèrent presque le palais.

Les lèvres d'Émeraude s'étirent, façonnent sur ses traits délicats une expression douce qu'elle montre rarement.

– J'ai remarqué qu'il t'appréciait, effectivement. Que tu aies réussi à l'attendrir en deux tout petits mois, c'est un exploit, crois-moi. J'aimerais être un peu comme toi, Love. Posséder cette capacité de toucher aussi facilement les autres.

Un rire incrédule s'arrache de ma gorge.

– Euh… tu es une star, crois-je bon de rappeler. Des millions de personnes te suivent, te connaissent et t'aiment.

– Parce qu'ils m'idéalisent, remarque-t-elle avec un clin d'œil. J'ai mis des années à créer mon image. Toi, tu es… juste toi.

– Je… Merci, réponds-je, émue.

– Ne me remercie pas, Love. Ne remercie personne pour t'être construite seule malgré une entrée difficile dans la vie. Jamais.

J'acquiesce sans rien dire. Bien que je ne sois pas totalement d'accord avec elle. Je ne serais certainement pas la même sans Charlie ou Marlow, par exemple. Et, toute ma vie, je les remercierai intérieurement de m'avoir aidée à devenir celle que je suis. Contrairement à Ezra, je ne pense pas que compter sur quelqu'un soit une faiblesse. Sans eux, sans toutes ces personnes qui ont traversé ma vie, ne serait-ce que pour quelques heures, mon existence serait vide. Terne. Comme en ce moment… sans lui.

Soudain, sa main attrape la mienne, nos doigts s'emmêlant.

– Je vais avoir besoin de toi, déclare-t-elle d'un ton plus grave. Ce soir est un moment important.

Les paupières plissées, je fouille dans ma mémoire en quête d'une information oubliée concernant cette fichue soirée.

– Tu verras, ajoute-t-elle en devançant ma question. Seulement, j'ai peur qu'Ezra… ne perde pied.

– Pourquoi ?

– Je… Fais-moi confiance. Je connais mon fils.

– Émeraude, je ne comprends pas.

Sans savoir pour quelle raison, mon pouls s'emballe, pris de panique. Saleté de cœur trop faible ! Il suffit que quelqu'un prononce le prénom d'Ezra pour que, lui aussi, perde pied.

– Je sais, dit-elle en resserrant ma paume dans la sienne. Mais promets-moi que si tu sens qu'il vrille, sors-le. On ne peut pas se permettre de scandale ce soir.

– Peut-être que si tu m'en dévoilais davantage, je…

– Promets-le-moi, Love.

Comme je le disais, on ne dit pas non à Émeraude Remington. Je devrais. Oui, je devrais sûrement refuser. Rester loin d'Ezra. Qu'il ne puisse plus m'atteindre. Que je parvienne enfin à maîtriser de nouveau ce qui cogne férocement contre mes côtes. Mais j'en suis incapable.

Parce que je préfère le protéger, lui, que me protéger de lui.

Parce que, comme je le disais, mon cœur ne serait pas le même sans lui.

– Promis, soufflé-je alors.

40

Love

Le rez-de-chaussée du manoir privatisé pour l'occasion est bondé, l'ambiance baroque des lieux troublée par la horde d'invités. Invités que, pour la plupart, je ne reconnais pas hormis les stars proches des Remington. Mais ce qui me perturbe le plus, c'est qu'en discutant avec quelques personnes, je me rends compte que tous ici ont reçu une invitation personnelle d'Émeraude tandis qu'aucune annonce officielle n'a été faite dans les médias. Bizarre. Bizarre car lorsque les Remington organisent un événement, quel qu'il soit, la presse se déchaîne dessus. Cela étant dit, j'ai remarqué plusieurs journalistes voguant entre les coupes de champagne que des serveurs aux yeux bandés proposent sur leurs plateaux. Des hors-d'œuvre glissés dans des bulles transparentes sont accrochés au plafond. Des fontaines de chocolat, dont le liquide chaud glisse le long de gouttières sur les murs pour échouer sur des fleurs comestibles, sont disséminées aux quatre coins. Très, peut-être même trop, moderne pour la décoration rococo de la demeure située sur les collines de Los Angeles.

Les trois sœurs Remington ont disparu. Seuls Sélia, Jenna et Josh flanqué de Noa se mêlent à la foule. Quant à Ezra, je sais qu'il est déjà arrivé puisque Josh m'a confirmé avoir fait le trajet en sa compagnie, mais lui aussi nous gratifie de son absence. Et je ne saurais dire s'il s'agit d'un bon présage ou non.

– Tu vas te détendre un peu, me souffle Charlie en passant son doigt sous des cascades de chocolat pour en récolter du liquide chaud avant de le porter à sa bouche. Tu es encore plus tendue qu'un string.

– Classe, grommelé-je.

Cela dit, Charlie a raison. Je ne parviens pas à me détendre. Émeraude et sa promesse nébuleuse m'ont collé un stress considérable. J'ai besoin de le voir, de m'assurer au moins de son état d'esprit. Alors que… merde, je devrais ne rien en avoir à faire.

Comme tout bon démon qu'il est, Ezra apparaît au moment où mes pensées semblent l'avoir invoqué. Un réflexe non maîtrisé me pousse à plaquer mon bras en travers de mon abdomen. Voilà. J'en suis encore à ce stade. Celui où peu importe l'endroit, peu importe le moment, dès qu'il entre dans mon champ de vision, il aspire tout. Tout ce qui n'est pas lui ou moi. Toutes ces âmes autour de nous, ces bruits de conversation ou bien le moindre souffle, tout disparaît. Pour ne plus laisser que cette tempête incendiaire au creux de mon ventre. Ainsi que cet orage en plein cœur.

Vêtu d'un pantalon sombre avec un simple tee-shirt, où des écritures noires déchirent le tissu blanc par endroits, il est… douloureusement beau à regarder. Parce que, ouais, j'en ai encore mal de le regarder. Mal aussi de lire cette rage latente imprégnée dans la masse de ses muscles. Il est immobile, mais ses yeux bleus scannent les corps comme s'il s'attendait à voir se matérialiser l'un de ses pires cauchemars d'un coup. Ou plutôt comme s'il *espérait* le voir se matérialiser. Soudain, nos regards se croisent, s'entrechoquent avec violence. Durant un temps qui me semble infini, Ezra reste accroché à moi. À moins que ce ne soit moi qui reste accrochée à lui. Une semaine que je me borne à l'indifférence totale, et ce simple échange visuel me terrasse. À croire que toutes mes émotions enfouies, ce besoin enfoui également, n'attendaient qu'un minuscule instant de faiblesse de ma part pour jaillir avec encore plus de puissance. Sa colère paraît s'apaiser ; néanmoins, le reste, il le mure derrière un faciès dur et fermé.

Ezra s'arrache à mon regard, et quelques secondes s'égrènent durant lesquelles j'hésite à le rejoindre quand un changement s'opère. Ezra se fige. Aussi raide qu'un bout de bois. S'il était tendu, cette fois, il est à deux doigts de se rompre. Je l'ai souvent vu en colère, pas plus tard qu'il y a plus d'une semaine, lors de l'anniversaire de Sélia. Mais là… la rage semble le posséder pour mieux le soumettre. Inquiète, je suis son regard pour tomber sur Émeraude qui, ses sœurs l'entourant, parle avec un homme. Sans trop savoir pourquoi, je m'avance afin de mieux les voir jusqu'à ce que je puisse distinguer le visage de l'homme d'une cinquantaine d'années qui discute avec la mère d'Ezra. Ce type, il me semble l'avoir déjà vu, ou au moins aperçu lors d'un des trop nombreux événements où sont invités les Remington. Dégageant une assurance folle, il lui sourit, affable. Il est beau, très beau, difficile de le nier. Habillé d'un costume trois pièces noir, il déploie sa stature imposante. Son visage à la mâchoire carrée et aux lignes harmonieuses doit inspirer confiance à plus d'un. Sans compter ses yeux bleus et ses épis bruns parsemés de fils gris parfaitement coiffés. D'instinct, je reporte mon attention sur Ezra, à la limite de la rupture.

Bon sang, mais qui est cet homme ?

– Fait chier, entends-je soudain grommeler.

Je regarde autour de moi et réalise que si Sélia, Jenna, Charlie et Noa continuent leur discussion, Josh, lui, est entièrement polarisé sur son cousin. À l'instant même où Ezra amorce un pas, Josh bondit. Traverse la marée humaine afin de se placer devant Ezra. Celui-ci, une véritable haine dans le regard, tente de le repousser, mais Josh tient bon. Perdue face à la scène qui se joue sous mes yeux, je regarde une dernière fois Émeraude, qui me prie en silence d'intervenir auprès de son fils si j'en crois ses yeux opérant des allers et retours entre lui et moi.

Et je m'exécute aussitôt. Sans ne serait-ce que prendre une microseconde pour peser le pour et le contre ou même tenter de comprendre. Pilotée par mes émotions qui, toutes, ne tendent que vers lui, je marche rapidement vers eux. Pile à l'instant où Ezra repousse son cousin pour foncer droit devant, j'interviens. Mes doigts s'enroulent autour de son poignet quand il se décale pour m'éviter avant que, d'une pression sur son articulation, je ne le force à se retourner sur moi. Sous l'impulsion, il titube, son torse se figeant à de tout petits millimètres de ma poitrine. Comme pétrifié par ma présence, il ne bouge plus. N'esquisse plus aucun mouvement. Mon visage se relève sur le sien, qui se baisse. J'entrouvre ma bouche, happant l'air qui se raréfie, emportée par la chaleur d'Ezra qui s'écrase sur ma peau en manque. Ses lèvres imitent les miennes, sa langue s'immisçant entre elles. Quelque chose d'à la fois inconnu et de déjà ressenti éclot dans mon ventre. Ce sentiment, je le connais pour l'avoir déjà éprouvé face à lui. Seulement face à lui. Mais jusqu'ici je ne parvenais pas à le définir, à poser de mots dessus. Ou plutôt un mot unique. Un mot qui me fout une trouille bleue.

– Tu te souviens que j'existe, mon cœur ? siffle-t-il presque avec hargne. Ou bien tu obéis enfin sagement aux ordres de *notre* mère ?

Je grimace sur sa façon d'insister sur le « notre », mais décide de ne pas entrer dans son jeu.

– Reste avec moi ce soir, soufflé-je alors trop près de sa bouche.

Ma réplique fout le bordel au creux de ses yeux. En écho, un chaos hallucinant naît dans ma poitrine. Je sais. Que la demande d'Émeraude n'a rien à voir avec mes paroles. Mon cœur a perdu sa raison, ma raison. *Je* me suis perdue. Quelque part entre les vagues du Pacifique et cet instant.

– Et pour quelle raison, hein, Love ? Pourquoi tu voudrais rester avec quelqu'un qui t'empêche d'avancer ?

Est-ce qu'il s'en rend compte au moins ? Du pas en avant qu'il opère pour se coller davantage à moi ? De sa paume qui s'accroche à ma hanche pour me contraindre à ne pas reculer ? De son autre main qui vient caresser ma joue ? J'en doute tant il paraît également perdu malgré ses mots amers.

Mon corps en revanche… lui a parfaitement conscience du feu qui rampe jusque dans ses os.

Soudain, une ombre surgit presque par magie à nos côtés.

– On commence à vous regarder, murmure gravement Josh.

Je me fige d'un coup, déclenchant un rictus pincé au coin des lèvres d'Ezra. Avec une lenteur calculée, il s'éloigne. Lève ses mains en signe de fausse reddition.

– Les habitudes… raille-t-il.

– Ezra, s'il te plaît, tenté-je de l'apaiser.

– Pas ce soir, insiste Josh. Écoute, je t'en dois une. Je te dois même beaucoup. Alors suis mon conseil : prenez le large. Tous les deux.

Doucement, il s'avance vers Ezra, le jauge comme s'il se tenait devant un animal sauvage puis pose ensuite une main sur son épaule.

– Pars avec elle, lui dit-il plus bas. Pour une fois, choisis ce qui est bon pour toi.

Je me ratatine à la fin de sa phrase. Phrase beaucoup trop proche de celle que je lui ai balancée la dernière fois dans le but de le blesser. Et vu la colère qui flambe de nouveau dans son regard, je devine que les pensées d'Ezra suivent le même cheminement.

– Bravo, mon cœur, s'adresse-t-il directement à moi. Personne n'avait encore réussi à me voler mes émotions de cette façon.

Un pli se creuse entre mes sourcils sous ses paroles que je ne comprends pas.

– Ouais, félicitations, Love. Tu es devenue le centre de tout. Mais, à ta place, je resterais loin de moi. Sauf si tu veux aussi être le centre de ma colère.

Soufflée par la violence de ses paroles, je demeure sans voix lorsqu'il donne un coup d'épaule pour s'échapper de la prise de son cousin afin de s'échapper tout court. Josh, une mine contrite, se rapproche de moi.

– Ne le prends pas contre toi. Ezra a ces pensées toxiques parfois qui le…

– Transforment en un sombre connard ? le coupé-je, une boule dans la gorge.

– J'allais dire « qui bousillent l'image qu'il a de lui », mais ouais… « sombre connard », ça marche aussi.

Un profond soupir ébranle son torse avant qu'il ne reprenne :

– Il ne comprend vraiment rien…

– Je te le confirme.

Le menton dressé, j'opère une volte-face dans la direction empruntée par Ezra et enchéris :

– Depuis le temps, il devrait l'avoir intégré, pourtant… Je suis du genre indisciplinée et je fais toujours le contraire de ce qu'on me demande de faire.

J'entends tout juste Josh laisser fuser un rire derrière moi lorsque, d'un pas décidé, je me fraie un chemin à travers les invités.

Ezra est un sombre connard têtu ? Pas grave. Moi, je suis une acharnée de la vie.

41

Love

Un grognement agacé se répercute dans le couloir à la tapisserie pourpre. Un quart d'heure que je cherche Ezra partout dans ce manoir beaucoup trop grand. L'un des chauffeurs de la famille m'a assuré qu'aucune voiture n'était partie depuis le lancement de la soirée alors je sais qu'il se terre quelque part. Et je compte bien le débusquer pour mettre au clair ce… bordel – je ne vois pas d'autre mot – entre nous. Et tant pis si j'en souffre encore au passage.

J'ouvre une énième porte d'un énième étage quand, enfin, je tombe sur lui. Ma détermination s'évanouit aussitôt au creux de son regard. Regard qui se télescope au mien à peine j'ai mis un pied dans une pièce ressemblant à une espèce de boudoir composé de quelques fauteuils de velours noir et rouge ainsi que de deux méridiennes en tissu doré. Mais la pièce maîtresse est cet immense miroir aux arabesques sombres posé à même le sol dans un coin. Miroir contre lequel Ezra a une main étalée, se confrontant à sa propre image. Légèrement incliné en avant, il semble à bout de souffle. À bout de… tout en vrai.

Lentement, je referme le battant dans mon dos, nous isolant du reste du monde. En silence, Ezra m'observe avancer à travers le reflet. Ses paupières se plissent comme s'il cherchait à me ferrer de son regard. S'il savait… à quel point je suis déjà « ferrée ».

À quelques mètres derrière lui, je m'immobilise. Et déclare d'un ton ferme quoiqu'un peu vacillant :

– Je suis là.

Ses yeux toujours rivés aux miens, il hausse un sourcil.

– Putain têtue, hein ?

– T'as pas idée.

– Qu'est-ce que tu veux, Love ? Qu'est-ce que tu cherches, au juste ? Tu vois bien, pourtant. Que tu ne tireras rien de bon de moi ce soir. C'est pour ça que tu voulais me rayer de ta vie, non ?

– Comme si j'en étais capable, dis-je avec un ricanement amer. Tu veux savoir ce que je veux, Ezra ? Simple : tu m'as dit que j'étais le centre de tout, exact ? Alors…

Doucement, j'ouvre les bras.

– … fais de moi le centre de ta colère.

Une grimace froisse son visage, qui devient encore plus lugubre lorsqu'il croise son propre reflet. Vif, il se retourne enfin, sa voix vibrant contre les murs recouverts d'une tapisserie mauve. Et sa colère éclate bel et bien.

– C'est quoi, ton problème, bordel ? Tu as si envie que ça que je te blesse ? Tu aimes avoir mal, Love ? C'est ça ?

En opposition avec la fureur qui transpire de son corps, je murmure d'un ton calme :

– Ce que j'aime, c'est que tu… tu me construis.

Ezra se fige, les poings serrés contre ses cuisses. Ses épaules se carrent comme s'il s'apprêtait à recevoir un coup violent. Quant à moi, je ne cille pas alors que je m'apprête à mettre mon cœur à découvert. À le mettre complètement à découvert.

– J'ai toujours…

Je déglutis, inspire. Puis reprends :

– Être orpheline… Ma première adoption a clairement été un échec puisque ceux censés être mes parents ont préféré tenter de me refourguer à d'autres sur un groupe Facebook[1] plutôt que de s'adapter à mon tempérament trop fougueux. Et même si j'avoue en garder une blessure, ça ne m'a jamais vraiment abattue. Alors oui, mon cœur a enduré quelques égratignures au passage, mais rien de…

1. Malheureusement, ceci est une réalité. Aux États-Unis, plusieurs associations se battent afin d'encadrer davantage les adoptions et d'éviter ce genre de dérives.

Rien à voir avec ce que toi, tu peux lui infliger. Toi, tu… tu le blesses. Le déchires. Et j'aime ça. Pas parce que j'aime avoir mal. Mais parce que je me sens tellement plus vivante à travers ces sentiments que je n'avais jamais connus avant.

Face à son corps qui se pétrifie, se tend à mesure que mes mots pleuvent sur lui, je me rapproche de quelques pas. M'immobilise lorsque ma poitrine frôle son torse. Le regard suspendu au sien qui me dévisage comme si je n'étais pas vraiment réelle, je poursuis :

– Tu sais, un peu comme avec une pierre précieuse. Tu choques mon cœur juste ce qu'il faut pour qu'il ne soit plus lisse, plus régulier. Pour qu'il brille encore plus grâce à tous ces éclats à sa surface. Tu me construis, Ezra.

– Par la *douleur* ? feule-t-il.

– Bien sûr que non, dis-je dans un souffle. Par toute cette lumière dont tu m'éclabousses et dont tu n'as même pas conscience. OK, tu m'as blessée comme jamais je ne l'avais encore été, et oui, je t'ai détesté comme j'ai détesté cette douleur. Mais justement car tout est plus puissant à tes côtés. Je me sens plus puissante à tes côtés. Et c'est ce que j'ai toujours recherché : vivre. Vivre avec passion, avec fièvre. Avec folie et ivresse. Je veux que mon cœur déborde, Ezra. Et… tu es le seul capable de l'enivrer d'assez d'émotions pour…

Je m'interromps, mords l'intérieur de ma lèvre puis enchéris :

– Avec toi, plus que vivante, je me…

– Love, gronde-t-il, le regard bouleversé. Arrête-toi. S'il te plaît, arrête-toi.

Mes doigts s'enfouissent dans son tee-shirt, en froissent le tissu contre son abdomen.

– Je ne peux pas, dis-je presque tremblotante. Je ne peux pas parce que j'ai peur. Et, cette peur, je dois l'extraire de mon corps, tu comprends ? Elle me bouffe trop, je ne me reconnais même plus. Ezra…

Ma main droite attrape l'un de ses poings encore contractés pour le ramener contre ma poitrine.

– Dis-moi que tu le sens, toi aussi, murmuré-je, effrayée par mes propres mots. Ce truc dément qui se débat en moi dès que tu me touches. Ou dès que tu es tout près. Tu ne comprends vraiment pas ? Ezra, tu transcendes la moindre sensation qui m'étreint, la moindre émotion. Tu révolutionnes tout. Tu me révolutionnes.

Une expression tourmentée peinte sur les traits, il laisse choir son front contre le mien. Ses ongles griffent ma peau à travers le fin tissu du bandeau recouvrant mes seins.

– Pourquoi tu fais ça ? halète-t-il, le souffle court.

– Je ne fais qu'appliquer tes conseils. Tu te rappelles ? « Ressens et vis. Ressens et les mots viendront tout seuls. »

– C'est encore pour me foutre à genoux, je me trompe ?

– Quoi ? Non… c'est même tout le contraire… Ezra, je…

– Tais-toi, me coupe-t-il sèchement. Ne le dis pas. Ne le dis pas, Love. Regarde… regarde-moi…

Avec une lenteur presque cruelle, Ezra se baisse… jusqu'à s'agenouiller. Là. Devant moi. À mes pieds. Deux bras écartés, comme s'il livrait son cœur pour cible, un regard chaotique pointé sur moi, il dit dans un murmure :

– Tu vois ? Tu as réussi. Je te laisse la victoire, mon cœur. Mais je t'en prie, ne dis pas des mots que tu vas regretter. Ou que tu voudras me reprendre.

Soudain, sans que je m'y attende, ses paumes se plaquent contre mes reins, me ramènent contre lui tandis que son nez s'enfouit dans la peau nue de mon ventre pour me respirer. Chamboulée par sa réaction, je ne suis plus en mesure de prononcer un son. Un fil barbelé me torture la gorge, s'enroule dans mon ventre, mais, paradoxalement, il ne fait que me relier davantage à Ezra. À cet homme qui, en contradiction avec ses paroles, se raccroche à moi pour une raison que je n'identifie pas. Peu importe. Peu importe si je ne comprends pas la raison de son désarroi à cet instant. Car ce que je suis en mesure d'identifier, en revanche, c'est que…

– Je t'aime, Ezra, avoué-je, mes lèvres contre son cuir chevelu.

L'espace d'une fraction d'une seconde, la réalité semble se suspendre. Le monde s'arrêter de vivre. Un peu comme ce minuscule instant qui aspire tout juste avant une explosion. Puis, un souffle puissant nous balaie. Me balaie quand Ezra appuie brusquement sur ma taille pour m'attirer sans délicatesse par terre. Sans réaliser comment, je me retrouve allongée sur le sol, son corps épousant le mien et ses paumes emprisonnant mon visage.

– Redis-le, me supplie-t-il. Redis-le, Love.

Et je m'exécute. Évidemment que je m'exécute. Pour lui. Mais surtout car j'en ai tant besoin… Peut-être qu'une fois cette peur qui me ronge de l'intérieur hors de moi, je serai capable de l'affronter.

– Je… je t'aime, Ezra. Je ne suis même pas foutue de savoir comment c'est arrivé. Je sais juste qu'en sauvant ma vie, tu l'as bouleversée. Et que je serais prête à me jeter un millier de fois dans le Pacifique pour ne plus jamais avoir à me passer de toi.

42

Love

Ses lèvres se précipitent soudain sur les miennes, m'emportant dans un baiser qui n'a rien de doux, et encore moins que rien de tendre. La totalité de son corps pressé contre le mien, Ezra maintient mon visage dans l'étau de ses mains. Ses doigts s'enfoncent dans mes joues. Sa langue s'approprie la mienne, m'embrasse avec une telle passion, un tel abandon que je le sens presque trembler. Quant à moi, je ne saurais dire si je tombe, brûle ou me noie. Sûrement les trois à la fois.

Lorsque sa bouche consent à se détacher de moi, Ezra me fauche de nouveau. Avec ses billes bleues agitées d'une mer tourmentée.

– Comment tu peux dire ça ? émet-il dans un grognement.

– Parce que c'est la vérité, dis-je, essoufflée.

Une grimace me répond.

– Je ne mens pas, affirmé-je. Et tu le sais parfaitement.

Enfin, ses traits se détendent. Un peu. Un rictus se coule alors sur ses lèvres.

– Donc tu ne mentais pas quand tu m'as balancé que je n'avais rien de bon pour toi ? Et que je n'existais plus à tes yeux ?

Ce mec est hallucinant. Il est là, à se débattre avec ses émotions et ce qui lui torture l'esprit, et pourtant, il trouve le moyen de retomber sur ses pattes pour reprendre la main.

– Et toi ? Tu ne mentais pas en me disant ne pas vouloir de moi ce soir ? contre-attaqué-je.

– Non, Love. Je… Crois-moi, je ne suis pas de bonne compagnie, là. J'avais peur de te blesser. Encore.

– Parce que ce n'est plus ce que tu veux?

– Non. J'ai compris maintenant…

D'un mouvement leste, il se redresse, s'installe à califourchon sur moi, ses cuisses emprisonnant ma taille. Lentement, avec une douceur teintée de brutalité, Ezra dénoue les liens du bandeau autour de mon cou puis celui recouvrant ma poitrine afin de m'en débarrasser. Seins nus, allongée sur le sol et surplombée par son regard de démon, je me sens étrangement puissante.

Ses doigts s'étalent ensuite sur mon sternum pendant que sa voix s'élève de nouveau:

– … Ton cœur est assez grand.

– Pour toi?

Un sourire à la fois arrogant et lumineux fend son visage. Puis sa main glisse jusque sur mon abdomen, appuie un peu plus fort.

– Laisse-moi m'enfouir en toi, Love. M'évanouir en toi. Laisse-moi faire disparaître mes… tout enfouir dans ton ventre.

– Le centre de tes émotions?

D'un hochement de tête, il acquiesce. La lueur vive dans le creux de ses yeux est si intense qu'elle me soutire un violent frisson.

– Je n'attends que toi, Ezra.

Ses ongles me griffent en se resserrant sur ma peau. Avant qu'il ne passe un bras par-dessus son épaule pour retirer son tee-shirt, me dévoilant ses tatouages qui noircissent des pages entières de mon carnet à dessin. Ces mêmes fichus tatouages qui ont presque fait saturer mon compte Instagram lorsque j'ai posté cette photo de lui et moi dans la salle de sport. M'en suis-je voulu de l'avoir fait? À mort. Mais uniquement par jalousie. Car je n'étais alors plus une privilégiée.

Je me redresse d'un coup, écrase la pointe de mes seins contre son torse. Nos respirations s'emballent à l'unisson, nos corps parcourus par la même envie brute. Ezra se penche jusqu'à frôler ses lèvres des miennes puis son poing s'enroule dans ma queue-de-cheval, tire ma tête en arrière tandis qu'il s'empresse de m'embrasser. Fébrile, je m'affaire à déboutonner son pantalon, le rabattre sous ses fesses avec son boxer et, sans plus tarder, empoigne son érection gonflée. Un grognement échoue contre mon palais. Grognement qui se mue en râle lorsque je romps notre baiser pour me baisser contre son membre tendu, que je remonte d'un lent coup de langue. Sa prise dans mes cheveux s'accentue. Son abdomen se soulève avec frénésie. Pour mieux se figer au moment où je le prends en bouche. Bien que je ne le voie pas, au mouvement de son buste, je devine qu'il rejette la tête en arrière en même temps qu'il expulse un profond soupir. Une main arrimée à ses fesses, je fais coulisser ma bouche sur son sexe. L'avale puis le relâche doucement. Recommence. Encore. Et encore. Avant que ses hanches ne se mettent à bouger en rythme, à s'enfoncer plus profondément en moi. Ezra se penche ensuite sur le côté et, au feu qui irradie soudain sur mes joues, je comprends qu'il s'est incliné afin de m'observer. D'un coup de reins, il s'insinue davantage entre mes lèvres. D'un deuxième, il m'envahit toujours plus. Et jamais encore je n'avais ressenti un tel besoin de contrôler le plaisir de quelqu'un. De le faire vibrer. De le sentir fondre contre moi parce que je le brûle trop. De… oui, de le mettre à genoux, mais uniquement pour que nous finissions tous les deux l'un en l'autre.

Seulement, j'avais oublié à qui j'avais affaire. Ezra n'est pas du genre à laisser le contrôle.

– Love, stop.

D'une pression sur ma nuque, il m'oblige à me redresser. Il se décale ensuite, me force à l'imiter et à m'agenouiller également. Un regard ravagé de désir, Ezra dézippe la fermeture Éclair de ma jupe sans un mot. Toujours en silence, il fait glisser le tissu jusqu'à me le retirer, embarquant au passage mon dessous. Puis, il m'oblige à me placer devant lui, mon dos moulé à son torse. Et pile face à l'immense miroir. Nos corps tranchés par les arabesques noires sur la surface dépolie, nous sommes… *parfaits*. Bon sang, oui, nous sommes parfaits. Avec mes émotions trop fortes pour être contrôlées. Avec ses émotions trop fortes pour ne pas être contrôlées. À genoux l'un pour l'autre.

Par-dessus mon épaule, ses yeux dévorent le reflet de mon corps nu. Mon visage qui se niche dans le creux de son cou. Mes seins qui se tendent d'impatience. Mon ventre qui se creuse de besoin. Mon sexe qui n'attend que lui. Mes cuisses écartées prêtes à la guerre. D'une main possessive, il dévale mon flanc, presse sur mon abdomen, caresse mes seins puis mon cou. Avant de recouvrir totalement mon intimité, m'arrachant une plainte silencieuse.

Puis, au milieu de nos souffles erratiques, il se met à fouiller dans sa poche. Un éclat de colère mêlée à de la jalousie me malmène une microseconde le cœur en avisant le préservatif qu'il extirpe de son pantalon et en l'imaginant avec n'importe quelle autre femme de la soirée. Cependant, je balaie tout ceci rapidement. Ezra est avec moi. Et je sais, je sens jusque dans mon sang, que sa place est ici. Son corps contre le mien. Il gaine ensuite son membre de latex et appuie entre mes omoplates. Mes paumes atterrissent sur le miroir au moment où Ezra me possède enfin. D'une longue et puissante poussée, il se fiche au creux de mon ventre, comblant ce vide qui me hantait et dont je n'avais aucune conscience avant de l'avoir connu. Un gémissement s'arrache de ma gorge, échoue en tache de buée contre le miroir. Quant à Ezra, je le sens se tendre, ses doigts fermement arrimés à la chair de mes hanches. Sa bouche plonge dans mon cou, me mord. Avant que sa langue ne vienne apaiser son empreinte sur ma peau.

Durant un court instant, nous ne bougeons plus. Prenons le temps de nous imprégner de ces nouvelles sensations délirantes. De ce lien qui, à ce moment précis, se scelle avec autant de violence que de douceur. Nos regards noyés l'un dans l'autre à travers nos reflets, il murmure d'un timbre qui me remue méchamment :

– Moi aussi, j'ai peur, Love. Parce que… j'ai besoin de toi. Trop. Tout le temps. Et ça me fait flipper car je hais ça.

Mais, ce que je veux, c'est que tu me fasses aimer… d'avoir besoin de toi.

Mon cœur se serre brutalement. D'émotions si intenses que je ne suis pas certaine de réussir à respirer de nouveau correctement un jour.

– Promets-moi d'y parvenir, insiste-t-il.

– Il paraît que je suis « putain têtue », non ? Je te l'ai dit : toi aussi, tu es à moi, Ezra Remington.

Un sourire atrocement arrogant se couche sur ses lèvres.

– Ah ouais ? Pourtant, c'est moi qui te possède, susurre-t-il en me pénétrant plus profondément.

– C'est en moi que tu te perds, Ezra. En moi que tu cherches à te protéger de tes émotions.

Quelque chose se coule sur ses traits. Un voile plus sombre. Plus sauvage aussi. Comme s'il brisait son foutu contrôle pour enfin se dévoiler.

– Tu es prête, mon cœur ? À devenir mon centre ?

43

Ezra

Lentement, je me retire de son corps, traumatisant mes cellules, pour mieux le réintégrer d'un puissant coup de reins. Ses ongles raclent le miroir sous le choc tandis qu'un gémissement foutrement excitant s'esquive d'entre ses lèvres.

Elle a réussi. À totalement me faire perdre le contrôle si tant est que je l'aie un jour eu en sa présence. C'est son regard. Sa façon si franche, si pure de m'observer. De me voir. Si auparavant, ce n'était qu'une impression, à présent, je ne peux plus me voiler la face : je suis devenu dépendant de ce fichu regard. Et le pire, c'est que je m'en contrefous, d'en avoir besoin. Parce que, à cet instant, pour la première fois depuis très longtemps, mon reflet qui me fait face ne me paraît pas distordu. Incomplet. Perverti.

Peut-être parce que je suis en elle. Peut-être parce que je cherche à enfouir tout mon chaos intérieur entre ses chairs, comme si elle était la seule capable de l'affronter pour enfin m'apaiser. Peut-être parce que Love est parvenue à me réconcilier avec une partie de mon cœur. Ou peut-être parce qu'elle est là, entre ce reflet et moi et que… tout semble possible depuis les trois mots que sa bouche a prononcés avec tant de ferveur.

Ou peut-être que… le plaisir qui me scie le bide est si violent qu'il fait s'évanouir tout le reste. Qu'il engloutit le pire pour ne laisser plus que ce besoin de l'autre. De ressentir. De sa peau en sueur contre la mienne. De nos souffles qui s'accélèrent à mesure que je la pénètre plus vite. Plus fort. Que je laisse tomber jusqu'à la plus petite chaîne qui me retenait encore. Love l'a dit : elle est prête. À moi. Et je suis prêt à son cœur et à toutes ces émotions qui en débordent comme elle l'a si justement dit.

D'un geste brusque, j'appuie ma paume sur le bas de son dos, la cambre afin de m'enfoncer davantage au creux de son ventre. Dans son centre qui devient le mien dorénavant. Sa poitrine finit par s'écraser contre la surface dépolie quand, d'une main, elle tente de se maintenir agenouillée. J'ignore même si elle s'en rend compte. La mer noire de ses yeux dévore presque la totalité de ses pupilles. Me dévore d'un putain de feu. D'une foutue addiction dont je jure ne jamais me débarrasser. J'en serais incapable, je crois bien. Pas sans extirper moi-même le sang de mes propres veines.

Malgré son corps secoué par mes coups de boutoir, Love ne dévie pas son attention de la mienne. Toujours cette sincérité, cet abandon qui me fout sur le carreau. Mais qui, paradoxalement, m'élève vers une envie d'autre chose. De plus.

Un grognement s'arrache de ma gorge tandis que mes mouvements se font plus saccadés. Plus brutaux. Impulsifs. Sans concession. Et surtout incontrôlés.

Difficilement, Love tente de se redresser. Aussi, je passe mon bras sur son abdomen et la rabats contre moi. Son contact décuple la force de ce qui bat entre mes côtes et qui doit sûrement résonner sur sa colonne vertébrale tant c'est le bordel sous ma peau. Mes doigts enfoncés dans la pulpe de sa hanche, je coule ma main libre jusqu'à recouvrir son cou.

– Regarde-moi, grondé-je alors que je la sens au bord du gouffre.

– Toujours, halète-t-elle.

Et, ses yeux rivés aux miens, Love jouit. Son corps entier se tend, s'arc-boute encore plus, comme pris de spasmes électriques. Ses doigts s'accrochent à ma nuque, me griffent, rendant visible cette putain d'empreinte qu'elle affirme et réaffirme depuis qu'elle a débarqué dans ma vie.

Et, mes yeux noyés dans les siens, je jouis. Me répands en elle avec la pensée dingue que, moi aussi, j'affirme mon sceau dans sa chair.

44

Ezra

Un nuage de fumée s'évanouit dans l'air au-dessus de nous. S'évapore lentement comme si elle aussi refusait de quitter cette pièce, s'arracher à cet instant hors de… hors de tout.

Putain.

Me barrer d'ici va me coûter un effort surhumain.

Love, allongée à même le sol et encore nue, n'esquisse plus un mouvement. Un sourire figé sur les lèvres depuis dix bonnes minutes, elle semble noyer ses pensées dans le plafond sombre. Quant à moi, ma tête calée sur son aine, je tire sur la cigarette chipée dans la poche de mon pantalon. Je laisse retomber les cendres sur le sol en damier, me foutant pas mal d'en coller partout. L'une des cuisses de Love repose entièrement sur mon torse. Maintenu ainsi prisonnier de son corps, je me sens putain libre. Libre et puissant. Un voleur ayant enfin réussi à s'emparer de ce qu'il convoitait avidement. Et plus encore. C'est comme désirer ardemment quelque chose et, qu'une fois obtenu, ce quelque chose s'avère encore plus jouissif. Ou comme avoir un besoin vital de respirer. Et que la première bouffée d'air soit si intense, si étourdissante que jamais plus on n'acceptera de revenir à la normale, et de ne respirer qu'à moitié.

J'inspire trois dernières fois sur le tube de nicotine, l'écrase par terre puis lance sans aucun préambule :

– Tu sais ce qu'est l'espionnage industriel ?

Un léger rire fait trembler son ventre.

– Tu es l'un des auteurs les plus doués que j'ai pu lire… et tu choisis cette phrase après le sexe ?

– Sexe, murmuré-je. Encore une fois, dans ta bouche, certains mots saisissent enfin toute leur nuance.

– Ah, tu vois ? Tu peux être presque romantique quand tu le veux.

Un sourire amusé ourle mes lèvres. Puis, lentement, je me retourne, mon menton appuyé sur le bas de son ventre, et toujours entre la chaleur de ses cuisses.

– C'était une question sérieuse, Love.

– Je sais bien. Tu es toujours si sérieux, raille-t-elle, un pli forcé entre ses sourcils. Même quand tu vires à l'indécence, tu es si grave. Si… impérieux.

Cette fois, un rictus foutrement arrogant et fier s'empare de ma bouche. Bouche que j'entrouvre à quelques millimètres de son sexe encore humide.

– Réponds, soufflé-je contre ses chairs.

Un sourcil arqué, elle s'exécute, non sans se fendre d'un regard outrageux.

– L'espionnage industriel ? C'est quand une entreprise paie quelqu'un pour s'infiltrer chez un concurrent afin de choper des infos, non ?

– Exact. Pour avoir une longueur d'avance sur le marché. Par exemple, voler les plans d'une nouvelle technologie. Ou… les éléments d'une prochaine collection de haute couture.

Je la sens alors se raidir. Un nouveau pli se forme entre ses sourcils, sauf que celui-ci n'a rien de feint.

– Haute couture ? répète-t-elle. Tu fais allusion à Josh et à Jenna ?

D'un hochement de tête, j'acquiesce en silence. Et ajoute d'un ton laconique :

– Et Noa.

Là, la totalité de ses membres réagit. D'une torpeur post-orgasme à une tension plus que palpable. Le sombre de ses yeux se mue en deux pierres particulièrement tranchantes. Au pli formé par ses lèvres pincées, je devine que Love se retient de parler. Aussi, je la devance :

– Tu sais que mes cousins font partie des nouveaux influenceurs mode. Ce dont, peut-être, tu n'as pas conscience, c'est à quel point leur influence devient énorme. Au point de faire des jaloux. Beaucoup de jaloux. Surtout depuis qu'une rumeur assurant la naissance de leur propre maison de couture s'est répandue comme une traînée de poudre. Nous vivons dans un monde de merde, mais le nôtre… est pire encore. Chacun est tellement assoiffé de lumière que la peur de l'ombre rend son âme plus noire encore.

– C'est pour ça que tu fuis la vie de ta famille ? Par peur de… lumière ?

Je me coule au-dessus d'elle, mes lèvres frôlant les siennes.

– De cette lumière-ci, oui. J'en ai peur, avoué-je sans honte. Ce que les gens peuvent faire ou accepter pour rester dans son halo… Disons que tu me connais assez pour savoir que je suis capable de beaucoup de choses déjà, et pas que du meilleur, alors… je n'ose imaginer si je devenais avide de célébrité.

Étrangement, malgré ce que je lui révèle et qu'elle sait être vrai, c'est avec tendresse que Love me sourit tout en croisant ses chevilles sur mes reins pour me ramener contre elle.

– Je te trouve très paradoxal, Ezra Remington. Tu refuses la célébrité, mais tu la nourris avec tes scandales. Tu es sûr de ne pas la rechercher un peu ?

– Ce que je recherche, c'est ma liberté, mon cœur. Qu'on me haïsse pour que ma mère accepte de me foutre la paix.

– Je ne te crois pas, déclare-t-elle avec une douceur qui m'ébranle bien plus que si elle l'avait hurlé. Tu as 21 ans. J'imagine que tu subviens parfaitement à tes besoins avec les ventes de tes livres. Et pourtant, tu es là. Dans la même maison qu'Émeraude. À être loyal à ta famille au milieu de ce monde que tu dis vouloir quitter.

Durant un court instant, je me contente de la mater. Comme le voleur que je suis. Conscient de la chance de pendu que j'ai d'être, à ce moment précis, contre sa peau.

– Cette vidéo, j'ai voulu la faire, lâché-je, soudain, soulevant dans son regard une ire flamboyante. Mon plan initial était de la coller sur Internet. Qu'on me voie me taper ma demi-sœur aurait été l'acte de trop. Ma mère n'aurait eu d'autre choix que de me laisser enfin dans l'ombre. Seulement…

Un ricanement quelque peu fataliste s'échappe de la barrière de mes lèvres.

– … regarde-toi, Love. Si… conquérante sans même en avoir conscience. Mais regarde-moi surtout. Ça fait un bail que tu m'as foutu à genoux, mon cœur.

Un voile humide noie la colère au creux de ses yeux noirs. Puis, d'un mouvement agacé, elle secoue la tête en maugréant :

– Viens-en au fait, démon. J'en ai marre de passer d'une émotion à l'autre.

Je souris. Encore.

– Je n'ai jamais fait cette putain de vidéo, Love.

Son visage se pare d'étonnement avant de couler dans la méfiance.

– Je ne te mens pas, insisté-je.

– Ah non ? dit-elle d'un ton dur. Pourtant, tu m'as confirmé en être à l'origine. Pour quelqu'un qui ne ment soi-disant jamais, je trouve que trop de doutes enveloppent tes propos.

– Je ne t'ai rien confirmé.

– Ni infirmé alors, m'accuse-t-elle.

– Je t'ai seulement dit qu'il ne me servait à rien de me défendre puisque tu étais de toute façon convaincue de ma culpabilité.

– Tu joues sur les mots, Ezra. Encore.

– Je sais. Mais tu devais y croire.

– Et pour quelle putain de raison ? s'emporte-t-elle, son corps toujours entravé par le mien.

– Noa. Elle a voulu se venger.

– Se venger de quoi ?

– De l'avoir filmée pendant qu'elle trompait mon cousin. Avec moi.

Une onde de choc paraît s'engouffrer sous sa cage thoracique. Son souffle s'emballe, son cœur martelant avec la puissance d'un cheval lancé au galop. D'une main sur mon épaule, elle tente de me repousser, mais je résiste. Bordel, je ne veux pas quitter sa chaleur.

– Éloigne-toi, Ezra.

J'hésite une fraction de seconde avant que ma raison ne réintègre enfin mon crâne. À contrecœur, je me redresse, m'assieds par terre, le dos appuyé contre le mur et mon attention rivée à Love, qui se rhabille. Ses gestes désordonnés et saccadés trahissent son émotion. L'entièreté de ma peau est en feu, prise d'assaut par une envie brûlante de la toucher. De la ramener contre moi. En réalité, le désordre, c'est sous mes côtes qu'il règne en maître. Je ne suis tout bonnement pas fichu de gérer ma culpabilité. Et ça aussi, c'est une première.

Une fois sa nudité dissimulée, Love se retourne sur moi, poings sur les hanches. Prête à en découdre.

– Crache le morceau, Remington.

Les coudes soudés à mes genoux, je fonds mon regard dans le sien et commence :

– Tu te souviens de Rob ?

– Le mec qui m'avait draguée au défilé ?

Je hoche la tête. Puis enchaîne.

– Son nom de famille est Harrigan. Rob Harrigan. Lui aussi est un visage connu dans le monde de la mode. Et il fait partie de ces jaloux dont je te parlais. Noa a été payée par lui pour infiltrer, en quelque sorte, notre famille. Et surtout se rapprocher de Josh. On a appris que Rob a également pour projet de créer sa propre marque. Or mes cousins sont les seuls susceptibles de lui faire de l'ombre. Le pire, c'est que cet enfoiré était un de nos amis. C'est d'ailleurs chez lui que Josh a rencontré Noa. Elle traînait toujours autour de Josh, dans l'espoir de grignoter un peu de cette fameuse lumière. Noa n'a jamais vraiment appartenu à ce… notre monde. Mais elle en a toujours rêvé. Un jour, Josh a couché avec elle parce que… parce qu'il avait envie de baiser, tout simplement.

Une grimace froisse ses traits. Néanmoins, je poursuis :

– Rob a ensuite eu l'idée de payer Noa pour qu'elle séduise Josh. En échange de virements réguliers sur son compte en banque, elle n'avait qu'à lui fournir des infos sur nous, mais surtout sur Josh et Jenna. Et évidemment, Josh s'est vite fait avoir par ses yeux de biche. Au départ, ce n'était pas grand-chose : des partenariats qui leur passaient sous le nez car Rob les coiffait toujours au poteau, des renseignements sur leurs projets qui fuitaient dans la presse… Jusqu'au jour où une pièce que Jenna avait dessinée elle-même s'est retrouvée sur les réseaux de Rob, ce dernier affirmant bien entendu qu'il en avait créé le design seul. Là, les doutes se sont transformés en certitudes. On n'a pas mis bien longtemps à comprendre que Noa était à l'origine de toutes ces fuites. Un chèque glissé à la bonne personne plus tard et on savait pour l'argent que Harrigan lui versait. Josh a voulu la virer de sa vie sur-le-champ, et pas de la meilleure des façons, en faisant éclater la vérité. Mais ma mère a refusé. Selon elle, ça nous collerait une image de faibles. Tout ce dont elle a horreur, n'est-ce pas ? J'ai donc eu l'idée de la faire chanter. Noa a une telle soif d'attention que je savais qu'il me suffisait de lui en accorder un peu pour l'attirer. Le but était simple : je nous filme, menace de balancer la vidéo sur Internet si elle ne disparaît pas de la circulation sans faire de vagues. Le comment, tu le connais déjà. Et pourquoi moi ? Parce que je n'en ai rien à cirer de ma réputation. Sauf que… un imprévu est venu foutre le bordel dans ce plan.

Je m'interromps, laisse planer un silence durant lequel j'intensifie mon attention sur elle.

– Toi, dis-je enfin, soulevant un sourcil sur son visage. J'ignore comment, mais Noa a vite compris pour la vidéo. Heureusement, elle n'a jamais su la véritable raison et pense juste que je cherchais à déclencher un scandale de plus en emmerdant ma famille au passage. Malheureusement, Noa a trop vite compris que…

Je déglutis, perdu par le choix de mes prochains mots. Un putain de comble pour un auteur.

– … que quelque chose se tissait entre nous. Le soir où je suis rentré, et que je t'ai trouvée dans mon lit, cette garce a profité du moment où je parlais avec Josh pour se faufiler dans ma chambre pendant que tu dormais – enfin, j'imagine – et a allumé la caméra. Caméra qui n'avait pas bougé de sa place initiale. Par la suite, elle est venue me trouver avec ces images de nous deux. Et… le karma s'est rappelé à moi, j'imagine. À son tour, elle m'a menacé de tout mettre sur la Toile en me collant l'entière responsabilité. Et histoire de quand même me la mettre profond, Noa est ensuite allée te trouver. Pour t'éloigner de moi.

En réponse à mes dernières paroles, Love resserre ses bras autour de sa poitrine. Quant au reste de son corps, il demeure immobile, si ce n'est son buste malmené par sa respiration erratique.

– Un scandale immense, déglutit-elle. Ce n'est pourtant pas ce que tu voulais ? Tu aurais pu en profiter, après tout.

Une colère vive s'empare de mes nerfs. Entièrement dirigée contre moi. Parce que je crois que je réalise seulement les dommages que mes actes, et surtout mon silence, ont causés chez Love.

– Je te l'ai dit : ma réputation, je n'en ai rien à carrer. Mais toi… toi, tu n'aurais jamais pu endurer un tel raz-de-marée médiatique. Sans compter ton avenir au sein de notre famille…

– Pourquoi ne pas m'avoir parlé de tout ça avant ? m'accuse-t-elle, la voix tremblante.

– Parce que tu ne sais pas faire semblant, Love. Et tu devais me haïr pour que Noa pense avoir réussi à me museler. Et parce que… égoïstement, je ne voulais pas que tu sois au courant qu'elle et moi avions… Tu es le premier regard dont je me soucie, Love. Et ça me fait peur. D'un côté, je voudrais que tu voies tout de moi. Et de l'autre, je flippe à l'idée que… que tu t'en ailles. D'autant que je repoussais le moment où je devrais faire face à ce que je lis dans tes yeux.

Une unique larme roule sur sa joue, me fusille le cœur. Je sens ma lèvre supérieure se retrousser d'une fureur que j'ai du mal à contenir.

– Et qu'est-ce que tu lis, Ezra ?

– Ta douleur.

L'air d'une reine en plein champ de bataille, Love redresse le menton lorsque je me relève. Encore torse nu et le pantalon à moitié ouvert, je dévore la distance entre nous. Emprisonne son visage entre mes mains sans qu'elle tente de se soustraire. Au contraire, comme à son habitude, Love me livre tout, laisse ses émotions danser à la surface de son visage pour me faire tomber toujours un peu plus.

– As-tu la moindre idée de ce que j'ai ressenti, Ezra ? De la peine qui m'a pourri le cœur, l'esprit et les veines ? Et tout ça pour… rien ? Tu as accepté de me voir souffrir pour…

– Te protéger, l'interromps-je. Et protéger ma famille.

– Je n'ai pas besoin de ta protection, Ezra Remington. Je n'ai besoin de la protection de personne, affirme-t-elle d'un ton tremblant mais fier.

Mes doigts se replient contre sa joue, en caressent doucement la peau. Aussitôt, Love se ramollit contre moi. Légèrement, du moins.

– Je suis désolé, Love.

Putain, là encore, je crois bien que c'est une première. Je ne me souviens pas de m'être excusé un jour.

– Tu as raison, enchéris-je. Tu n'as besoin de personne. Tu n'as pas besoin de lumière. Ni de ma famille. Ni de moi… Tout ce que je peux te dire, c'est que je suis prêt à sacrifier cette liberté pour laquelle je me bats depuis si longtemps pour toi. Je me fous de rester coincé dans ce monde si j'y reste coincé avec toi.

Mon front choit contre le sien. Nos paupières se ferment de concert.

– Ezra, souffle-t-elle.

– Dis-le, Love. Dis-moi que toi aussi tu veux y rester. Avec moi.

Mes mâchoires se contractent à m'en faire mal. Bordel, cette douleur me tue aussi. Comment ai-je pu en arriver là ? À renier ce qui m'anime depuis des années pour une autre âme ?

Parce que cette âme a reconnu la tienne, t'a reconnu, voilà comment.

Mes yeux se rouvrent pour être submergés par des prunelles vibrant d'une intensité à couper le souffle.

– Non, Ezra. Je refuse d'être coincée. Ce que je désire, plus que tout, c'est vivre dans la lumière. Avec toi.

45

Love

Un étrange silence règne dans le couloir lorsque nous sortons du boudoir. En revanche, entre mes tempes, mes pensées fusent dans tous les sens, provoquant un vacarme de tous les diables. Ou plutôt un vacarme d'un seul et unique démon. J'aimerais pouvoir dire que je suis perdue. Mais c'est tout le contraire. À mesure que j'analyse mentalement ce qui vient de se dérouler, une voie dégagée s'ouvre sur mon passage. Même si j'ai parfaitement conscience de ce que je dois perdre. Je ne pensais pas un jour incarner le cliché de la fille prête à écarter la meilleure chance de sa vie pour un mec. Et pourtant… me voilà, à marcher tête haute, sourire accroché aux lèvres et le cœur embrasé. Oui, une part de moi en veut à Ezra de ne pas m'avoir révélé la vérité plus tôt et donc de m'avoir laissée souffrir. Mais… dans un sens, je chéris cette blessure. Comme je le disais : Ezra me construit. Je ne suis pas masochiste, seulement, j'aime vivre. Or vivre n'est pas un long chemin tranquille, mais ce serait plutôt comme marcher sur un fil de fer bardé d'épines en équilibre au-dessus du vide. Mais sans ça, pas de vertiges, pas de frisson. Comment apprécier la joie, les éclats de rire, le bonheur si on ne connaît que ça ?

Ou alors, je suis juste trop sensible et amoureuse et je me cherche des excuses pour me jeter dans cette histoire.

Peut-être.

Peu importe en vrai.

J'ai décidé de m'y jeter donc… j'y vais et la tête la première.

Ezra, les mains dans les poches, marche à côté de moi sans dire un mot. Depuis que nous avons quitté le boudoir, il semble à la fois plus déterminé et plus fébrile. En réalité, plus on avance pour retrouver la salle de cérémonie, plus son corps se drape d'un manteau lugubre et froid. Je sais que cela n'a rien à voir avec moi. Il n'y a qu'à se rappeler sa réaction avant que Josh ne tente de le calmer. Tandis que nous arrivons au sommet de l'escalier reliant l'étage inférieur, je ralentis dans le but de lui parler. Tenter de comprendre ce qui provoque cette violence que je sens le torturer. Toutefois, je n'ai pas le temps d'émettre un seul son qu'il me devance. Ses doigts s'enroulent à mon bras et me retournent brusquement sur lui. La seconde suivante, ses lèvres capturent les miennes et m'emportent dans un baiser presque furieux. Comme s'il tentait, encore une fois, d'enfouir ses émotions sous ma peau.

– Ezra, soufflé-je ensuite contre sa bouche. Cet homme, celui qui était avec ta mère et tes tantes, q…

– Pas de questions, Love. Je t'en prie.

Ses iris aux couleurs de la plus profonde des mers s'arriment à mon regard avec force. La sensation dingue de le sentir s'accrocher à moi, de me sentir aspirée par son ombre me comprime la poitrine. Aussi, je hoche la tête pour acquiescer, imitée par Ezra, qui relâche l'air de ses poumons.

– Tu ne veux pas me balancer une de tes conneries légendaires ? demande-t-il soudain.

Une grimace faussement vexée aux lèvres, je réplique :

– Tu m'as prise pour le bouffon du roi ? Ce n'est pas sur commande, tu sais.

– Tu veux dire que ta connerie est instinctive ? s'amuse-t-il.

– Ou qu'en fonction de la personne en face de moi, elle est plus ou moins motivée…

– Je motive ta connerie, mon cœur ?

– Je viens de coucher avec celui censé être mon demi-frère, je te laisse juge.

Un sourire vorace s'incruste sur son visage, bien loin de cette aura sombre qui l'enveloppait.

– La vraie connerie serait de recommencer, tu ne penses pas ?

Je hausse les épaules, opère une volte-face puis mets le pied sur la première marche. Avant de lui répondre en posant une main sur mon ventre :

– Mon corps sait maintenant, Ezra. Je suis l'élue. Et une élue est prête à tout. Même à la plus monumentale des conneries.

Un éclat de rire me chatouille agréablement l'oreille pour ensuite se diffuser sur mon épiderme alors qu'il m'emboîte le pas. Le temps de descendre de trois étages et nous arrivons enfin sur le lieu de la réception. En pénétrant dans l'immense salle, j'écarquille les yeux. À croire qu'un tremblement de terre a révolutionné le décor. Les invités ont pris place sur des chaises, toutes installées autour d'un podium qui paraît être fait de plexiglas et qui traverse à présent la pièce.

Mais il sort d'où, ce truc ?

Hallucinée par ce changement d'atmosphère, je ne remarque pas immédiatement Émeraude, un micro en main, juchée sur le podium, et déjà en train de s'adresser à l'assemblée. Mon regard est attiré par celui de Charlie qui, une épaule contre un mur, a choisi de rester à l'écart. Un sourire lourd de sens étire sa bouche quand il remarque Ezra à mes côtés. Puis, il se met à secouer la tête d'un air de dire « ça y est, tu l'as faite, ta connerie ». En réponse, je lui envoie un baiser de la main. Lui me tire la langue. Avant, d'un signe de tête, de m'indiquer Émeraude en plein discours.

Ouais, faudrait peut-être que je l'écoute…

– Bon, maintenant, si nous passions aux choses sérieuses ? À la vraie raison qui nous a poussés à vous inviter, et ce dans le mystère le plus complet. Une fois de plus, il s'agit d'une histoire de famille…

Je décroche de ses paroles, juste le temps de capter un échange visuel entre Ezra et Josh. À ce moment-là, ce dernier resserre sa prise sur la taille de Noa, la rapproche de lui tout en acquiesçant en silence en direction de son cousin. Par réflexe, je reporte mon attention sur Ezra, qui se contente de m'adresser un clin d'œil avant de doucement se placer dans mon dos.

– On a récupéré la vidéo, me chuchote-t-il à l'oreille.

Un poids sur ma poitrine s'évanouit aussitôt alors même que… bah, j'ai presque honte de l'avouer, mais à aucun moment je n'ai pensé au fait que Noa pouvait s'en servir contre moi, trop focalisée sur le soulagement de savoir qu'Ezra ne m'avait, finalement, pas trahie.

– Maintenant, regarde, m'intime-t-il sans m'apporter de précision supplémentaire.

Je me polarise de nouveau sur Émeraude pile à l'instant où elle annonce :

– C'est pourquoi nous avons décidé de fonder notre propre maison de couture. Qui, j'en suis persuadée, ne tardera pas à s'imposer grâce au redoutable talent de mes neveux, Josh et Jenna Remington, qui en seront bien sûr les stylistes.

J'émets un hoquet de surprise avant de littéralement sautiller sur place en applaudissant. Évidemment, je ne passe pas inaperçue. Évidemment, Ezra se met à ricaner derrière moi. En revanche, ce à quoi je ne m'attendais pas, c'est que le reste de la foule se mette à me copier. Sans le sautillement version gamine dopée au sucre bien sûr.

D'où elle se tient, Émeraude me couve d'un regard rieur, mais elle revient vite à la charge en invitant Jenna et Josh à la rejoindre. Josh embrasse longuement, trop longuement même, la tempe de Noa qui, elle, semble déchirée entre ses yeux paniqués et son sourire figé, pour ne pas dire forcé. Lorsque son petit ami l'abandonne, elle envoie aussitôt un regard perdu en direction d'un homme à l'autre bout de la pièce. Homme que je reconnais immédiatement. À l'instar de mon corps, d'ailleurs, qui est envahi d'une sensation malaisante. Rob Harrigan.

Soudain, la voix d'Émeraude se fait mielleuse, d'une telle douceur qu'elle en devient cassante. Le port altier, l'air d'un guerrier savourant sa victoire, elle reporte son entière attention sur Noa, qui semble se ratatiner sur place.

– Mais je voudrais remercier tout particulièrement la fiancée de mon neveu, Noa Miller. Sans elle, ceci n'aurait malheureusement pas été possible. Il y a quelque temps de cela, elle nous a révélé qu'une personne – dont, pour des raisons juridiques, je ne citerai le nom – tentait de nous piéger. De voler les idées de Jenna et de Josh. Il paraît que le génie et le succès vont fatalement de pair avec l'envie et la jalousie. Une fois de plus, nous en avons fait les frais. Mais, une fois de plus, nous prouvons que notre famille est inébranlable. N'est-ce pas, Noa ?

Cette dernière, prise au piège, et sachant pertinemment n'avoir d'autre choix que de jouer le jeu, se penche en avant, une main sur la poitrine en guise de remerciement.

– Je t'en prie, rejoins-nous, l'invite alors Émeraude.

Avant de refermer un regard dur et impérieux sur la pauvre Noa quand cette dernière tente de se soustraire d'un geste de la main.

– Monte sur le podium, Noa. Après tout, c'est ta victoire également. Toi aussi tu mérites les projecteurs, tu as tant œuvré pour…

Un méchant frisson glace ma colonne vertébrale, par pure empathie. OK, elle mérite son sort, mais la façon dont lui a parlé Émeraude, cette menace voilée pour tous sauf pour Noa… c'est flippant.

La petite amie – enfin, la future ex-petite amie, j'imagine – de Josh grimpe les trois marches sous les regards, captivés pour la plupart, attendris pour certains et suspicieux pour les plus perspicaces. Et puis, il y a cet autre regard. Celui qui parvient à peine à camoufler sa colère, pire sa rage, de s'être fait berner par la fille à qui il versait de l'argent. Parce que vu l'animosité qui dégueule de Rob tandis qu'il fixe son attention sur Noa, nul doute qu'il pense s'être fait rouler dans les grandes largeurs. D'une pierre deux coups, comme on dit. Harrigan se retrouve comme un con, avec menace juridique à la clé et subtilement amenée, l'air de rien, par Émeraude tandis que Noa se fait griller de chaque côté.

Une fois sur l'estrade, cette dernière, ne sachant où se placer, se fait alpaguer par Josh, qui la serre dans ses bras, tout en murmurant quelque chose à son oreille. J'ignore quoi mais, devant les traits décomposés de Noa, je ne peux m'empêcher d'éprouver un peu de compassion.

– Maintenant, vous comprenez les raisons de tout ce mystère, déclare ensuite Émeraude. Cela fait des semaines que nous œuvrons dans l'ombre afin de pouvoir vous annoncer cette merveilleuse nouvelle. Et surtout… afin d'être en mesure de partager avec vous, ce soir même, la toute première collection printemps-été de JJ Remington !

Des exclamations excitées retentissent de toutes parts. Vite accompagnées d'applaudissements impatients.

Émeraude, Josh, Jenna et Noa disparaissent du podium, cette dernière s'empressant de s'évanouir dans la foule.

Profitant du fait que tous sont entièrement polarisés sur les mannequins faisant leur entrée, Ezra se presse contre mon dos, me provoquant, comme toujours, un frisson délicieux.

Frisson qui vient aussitôt plomber mon estomac.

Même si je la comprends, la réaction de sa mère, ce soir, m'a… gelé les entrailles.

Parce que lorsqu'elle saura, et elle saura, pour Ezra et moi… elle voudra me détruire.

46

Love

Allongée sur le ventre, par-dessus mes draps, dans ma chambre, je gribouille sur ma tablette à dessin sans grande conviction. L'épisode Noa est passé depuis quelques jours, non sans avoir laissé dans son sillage quelques traces assez prégnantes. Comme cette appréhension qui me grignote le bide plus la date fatidique des trois mois approche. Ou cette peur, plus forte, du vide qui me submerge quand je pense à la suite.

Contrairement à Ezra et à ses cousins, je n'ai jamais eu un avenir tout tracé, mais, malgré tout, je savais toujours plus ou moins de quoi le lendemain était fait. Je savais où j'allais. Or là… c'est le grand plongeon. Encore. Cela dit, je mentirais en affirmant qu'il s'agit là de ma plus grande préoccupation. Ezra. Lui est à l'origine de cette panique qui, pour l'instant, se tient en retrait. Mais je la sens. Pelotonnée dans le creux de ma poitrine, attendant son heure pour enfin se réveiller.

Que va-t-il se passer une fois que j'aurai refusé l'adoption ? Et surtout quand Émeraude saura la raison de ce refus ? Quant à Ezra… Qu'adviendra-t-il de notre début de relation une fois que je serai chassée de sa vie ? Parce que, je ne suis pas dupe, j'ai bien compris que la raison de sa rage au manoir n'avait rien à voir avec cette histoire avec Noa, mais tout à voir avec cet homme qui parlait avec sa mère. Seulement, il refuse toujours de m'en parler. Or, s'il ne me fait pas assez confiance pour se confier…

D'un geste un peu trop rageur, j'efface les lignes que je trace et trace encore depuis une bonne demi-heure. Autant j'essaie d'accueillir chacune de mes émotions à bras ouverts, autant, là, je m'auto-agace prodigieusement. Rester dans l'inaction ne me correspond pas mais je suis paralysée à l'idée de bouger enfin mon cul. Et…

– Oh, ta gueule ! râlé-je contre moi-même.

– C'est peine perdue, mon cœur. Tu n'auras jamais le dessus sur ton esprit, ricane une voix.

Absorbée par mes pensées, je n'ai même pas remarqué qu'Ezra avait pénétré dans ma chambre.

Dans toute ma maturité, je lui tire la langue et fais mine de me concentrer sur mon écran. Un ricanement plus tard, Ezra pose un genou sur mon lit avant de… s'étendre sur moi, soulever ma jupe, et tranquillement caler sa tête sur mes fesses. Son nez inspire ma peau. Ses dents ne tardent pas à me mordre. Puis, ses mains se glissant le long de mes flancs, il pose sa joue sur ma chair trop abondante à cet endroit pour ne plus bouger.

– Confortable ? lancé-je, le regard rivé aux lignes que je n'esquisse même plus.

– Tu as vu ton cul, Love ? Je crois qu'on se rapproche du paradis, là.

– Un démon qui se prélasse au paradis. C'est presque poétique. Ou apocalyptique. Au choix.

– Ce qui est apocalyptique, c'est ton humeur. C'est la première que je te vois broyer du noir. Je t'ai vue en colère, la rage au ventre, mais déprimée… jamais. Et ça ne te va pas, mon cœur.

Mes doigts relâchent la tablette pour venir froisser le drap. Je suis ridicule. Pourquoi je flippe autant, bordel ?

– Je ne suis pas déprimée. Je suis… je n'en sais rien, soupiré-je.

Soudain, je sens un corps me grimper dessus et me retourner brusquement. Deux poings enfoncés dans le matelas de chaque côté de mon visage, Ezra me surplombe. Quelque chose d'indéfinissable dans le regard, mais qui trouve un écho violent et puissant dans ma poitrine. Quelque chose qui bouleverse mon pouls.

Voilà pourquoi je flippe. Là, à cette seconde précise, je réalise que s'il déserte ma vie, je ne ressentirai plus qu'à moitié. Vivre à moitié reviendrait à m'étouffer un peu plus chaque jour. Je ne peux pas… Respirer un air qui ne me comblerait pas, qui ne serait jamais assez.

– Tu as peur, affirme-t-il dans un murmure.

Sans prononcer un son, j'acquiesce.

– Tu ne me fais pas confiance, Love.

Là encore, je ne réponds pas, incapable de lui mentir. Et Ezra le capte parfaitement, au vu de son visage qui se froisse d'amertume. Néanmoins, son corps ne tarde pas à me recouvrir totalement, ses lèvres happant les miennes dans un baiser qui me comble de cet air devenu presque viscéral. Indispensable.

D'instinct, ses hanches se mettent à rouler, massant son érection contre mon sexe, atomisant au passage mes doutes, mes peurs. Pour un court moment, du moins. Une main sur le sommet de mon crâne qu'il enfonce un peu plus dans le matelas, il s'affaire à déboutonner son pantalon de l'autre, le glisser sous ses fesses avec son boxer. L'instant d'après, il décale mon dessous et, après avoir enfilé un préservatif, récupère sa place dans mon ventre. Pour s'y figer, le souffle déjà court.

– Mon cœur aussi est assez fort, tu sais, grogne-t-il soudain. Assez fort pour t'accueillir toi, et toutes tes émotions si éclatantes. Si bordéliques. Si… trop. Parfois juste trop. Mais je suis assez fort, Love. Pour toi, je le suis.

Face à mon regard bouleversé, il se retire de mon abdomen pour mieux me pénétrer d'une poussée plus brutale.

– Je ne comprends toujours pas comment tu peux m'aimer, mais je m'en fous. Je m'en fous et je le veux, cet amour. Je le réclame même. Comme mien. Alors je peux t'assurer que, quoi qu'il se passe, je ne te laisserai pas partir.

Ce souffle qui me manquait envahit mes poumons. Ses paroles ont beau être empreintes de possessivité, elles sont exactement ce dont j'avais besoin.

– Tu m'appartiens, Love. Et quand je parle d'appartenir, je parle de… de la façon dont tu deviens ce besoin absolu qui, paradoxalement, me libère. Et de cette façon où…

– Où tu deviens ce besoin absolu qui me… m'étourdit de vie, le coupé-je.

Un sourire resplendissant, avec cette sempiternelle touche d'arrogance, sublime ses traits.

– Dis-moi que tu comprends, dit-il dans un souffle.

J'enroule mes jambes à sa taille. Et, d'une pression de talons sur ses reins, je l'incite à m'envahir plus profondément.

– Ce que je comprends, c'est que… Ezra Remington est à moi.

Un rire sexy s'arrache de sa gorge, provoque le mien.

– Putain, oui, mon cœur. Tellement à toi…

47

Love

– Quand même, je m'y étais habitué, moi, à cette pseudo-vie de star, soupire exagérément Charlie dans le combiné.

Mon téléphone sur mode haut-parleur en équilibre contre le rebord du lavabo, je me brosse les cheveux tout en levant les yeux au ciel.

– Je l'ai toujours dit : c'est toi qu'Émeraude aurait dû adopter.

– C'est vrai que j'ai déjà l'aura d'une star, ricane-t-il. J'aurais été comme un poisson dans l'eau, mais que veux-tu… je nage trop bien pour jouer la sirène sur le point de se noyer.

– Tu ne le vois pas, mais je te fais un gros *fuck*, là, maugréé-je.

– Trois mois de vie de célébrité et voilà ma Love transformée en Courtney Love… Petite âme toute faible.

– À ta place, je mesurerais mes paroles. Je te rappelle que toi et tes colocs, vous avez accepté de m'héberger si, enfin… quand Émeraude me demandera de partir alors… gaffe, mec, ou je vais transformer ta vie en enfer.

– Je croyais que le démon, c'était Remington fils ? se moque-t-il.

Pile à cet instant, une ombre se découpe dans le miroir en face de moi. Un rictus mi-insolent mi-agacé sur les lèvres, Ezra se décolle du seuil de la salle de bains où, apparemment, il m'observait pour venir se couler dans mon dos.

– Démon, ça lui va tellement bien, réponds-je à mon meilleur ami, le regard arrimé à celui d'Ezra à travers le reflet.

– Surtout si j'en crois ce que tu m'as raconté sur votre partie de « Démon, y es-tu ? » dans le boudoir.

En réponse aux mots de Charlie, deux mains accrochent brutalement mes hanches, leurs doigts s'enfonçant dans ma peau dissimulée par la serviette dans laquelle je suis enroulée.

– Sérieux, insiste Charlie, inconscient que nous ne sommes plus seuls, même moi j'avais envie qu'il me baise après ce que tu m'as dit.

Cette fois, les yeux d'Ezra s'écarquillent de surprise, m'arrachant un rire.

– Rigole pas, bébé. C'est déjà assez perturbant comme ça, enchérit mon ami.

– D'avoir envie de te taper un mec ? m'amusé-je.

– D'avoir envie de me taper un connard !

Là où mon sourire se fige, celui d'Ezra se déploie, nullement vexé par les propos de Charlie. Au contraire, il semble y trouver une certaine satisfaction. Je crois que jamais je ne comprendrai ce trait-là de sa personnalité. J'ai bien compris qu'il préfère tenir les autres à distance et j'imagine que, lorsque sa vie est aussi exposée que la sienne, cela reste logique et compréhensible. Surtout si on pense au cas « Noa ». Mais, lui et moi sommes tellement différents là-dessus. J'aimerais que les autres le voient comme, moi, je le vois…

– Bref, résonne la voix de Charlie dans un soupir, passons. Écoute, bébé, plus sérieusement… Je serais un ami merdique si je ne te posais pas la question : tu es sûre de toi ? Est-ce que tu as bien réfléchi à tout ce que tu vas sacrifier ? Parce que si tu le dis à Émeraude ce soir… Tout est fini, tu en as bien conscience ?

L'attention d'Ezra est vissée à mon visage, sûrement en quête d'une faille ou d'une hésitation. Pourtant, cette décision d'en parler à sa mère, nous l'avons prise à deux. S'il était prêt à poursuivre cette histoire, notre histoire, en nous dissimulant afin que je prenne le temps d'être plus en confiance, moi, je le refuse. Faire profil bas pour Ezra revient à lui imposer des chaînes, et je ne serai pas celle qui les lui imposera. Et puis…

– Oui, je suis sûre, Charlie. Sûre et certaine.

– C'est ce que j'imaginais… Et j'imagine également que je devrais t'en dissuader… mais je suis égoïste, je déteste parler dans le vide.

– Ou tu m'aimes trop et tu ne veux que mon bien.

– Bébé, pour ce qui est de ton bien… Disons que je vais croiser les doigts très fort pour que tu ne regrettes pas cette décision. Et, oui, je t'aime trop, ma…

Soudain, un grognement tapisse ma nuque d'un frisson et coupe Charlie.

– J'en ai assez entendu.

La seconde suivante, Ezra met fin à la conversation en raccrochant au nez de mon meilleur ami.

– Je sais que tu as une réputation à tenir mais, généralement, ça, on évite, protesté-je mollement en gigotant dans ses bras.

Lentement, Ezra s'incline en avant, me coince un peu plus entre son corps contracté et le lavabo. En opposition avec la tension qu'il dégage, je m'alanguis contre lui, et penche la tête sur le côté pour le laisser murmurer durement à mon oreille :

– À quel moment tu crois que je vais te laisser aller vivre chez lui ?

– À quel moment tu penses avoir le choix ? répliqué-je, toujours avec douceur.

– Love…

D'une pression sur ma taille, il m'oblige à lui faire face. Avant de ramener ses mains contre l'émail, de chaque côté de mes hanches, puis de se pencher jusqu'à amener ses yeux à hauteur des miens. D'emblée, l'envolée de papillons ressurgit, me dévore le ventre. Bordel. Je ne peux m'empêcher de penser, durant une fraction de seconde, que se sentir à ce point transportée par un regard, par ce sentiment de possessivité que je le sens l'envahir, c'est mal. Et, en même temps… est-ce que ça l'est ? Non. Non, pas quand je sais ce que traduit sa réaction…

– Ezra Remington serait-il jaloux ? le provoqué-je.
– Tu te fous de moi ?
Son timbre en devient métallique tellement il vibre d'une colère contenue. Les papillons se transforment en une sensation qui me déchire le ventre. Parce que je réalise à quel point il ne s'agit pas d'une simple jalousie. Mais bel et bien de peur.
– Je regrette, Love, mais non, je ne supporte pas l'idée que tu ailles vivre chez le mec avec qui tu as perdu ta virginité, ajoute-t-il, sur le point de basculer, au vu de ses traits crispés et ses mâchoires raides comme un bloc de marbre.
– Il est surtout mon meilleur ami, tenté-je de l'apaiser. Rien de plus que mon meilleur ami.
– Il est l'homme qui a été présent à chaque moment, ou presque, de ta vie.
– Comme un frère.
– On ne couche pas avec son frère, Love.
J'arque un sourcil, dardant sur lui un regard entendu. Puis, je réponds :
– Ezra, si je pouvais retourner en arrière, en sachant ce que je sais maintenant, je t'assure que je ne coucherais pas avec Charlie. Ne serait-ce que pour ne pas lire ce que je lis dans tes yeux. J'aime Charlie, c'est un fait. Comme tu aimes Josh. À aucun moment, je n'ai besoin de…
Avec douceur, j'attrape l'une de ses mains, la passe sous l'ouverture de ma serviette pour l'étaler sur mon abdomen, qui se contracte par réflexe.
– … ça, conclus-je.
Et je n'ajoute rien. J'en ai marre des mots. Sans compter que je suis beaucoup moins douée que lui avec. Alors, place à… juste *ça*. Son empreinte sur ma peau. Sous ma peau. Et que je sais parfaitement qu'il ressent également. À ce lien brûlant et passionnel qui se déploie entre nos corps pour les ramener, nous ramener, l'un vers l'autre. Ses iris se dissimulent sous la barrière de ses paupières durant plusieurs secondes pendant lesquelles il inspire comme s'il se nourrissait de ce minuscule espace entre nous.

– Il n'y a pas besoin de jalousie entre nous, Ezra. Vraiment, c'est inutile en plus d'être insignifiant comparé au reste.

Il déglutit puis, d'un bras sur ma nuque, il m'attire à lui. Me fond dans son étreinte puissante.

– Ce qui me tue, avoue-t-il enfin, c'est que tu réagisses comme si j'allais complètement t'abandonner après. Que tu allais devoir te démerder seule si ma mère réagit mal.

Ses paumes se déploient sur mes joues, relèvent mon visage pour suspendre mon attention à la sienne.

– Love, bordel, tu ne crois pas qu'avec les moyens que j'ai, je peux…

– Je ne veux pas de ton argent, Ezra, l'interromps-je avec un peu trop de véhémence.

Ses traits deviennent soudain durs. Hermétiques.

– Tu me vexes, là. Si tu penses que je vais utiliser mon nom pour te rendre dépendante de moi, c'est que tu me connais bien mal.

– Là, c'est toi qui me vexes, grogné-je.

– Love, je suis là. Tu n'es pas seule, bordel.

– Mais… mais je n'ai jamais prétendu le contraire, enfin !

– Sauf que tu réagis comme tel. Tu as prévu la suite avec Charlie. Sans venir me voir, moi. Sans m'en parler pour qu'on trouve une putain de solution ensemble. Tu m'as écarté. À croire que tu t'apprêtes à clore le dossier Remington et à reprendre ta vie d'avant.

Je me pétrifie, ses mains emprisonnant toujours mon visage, le temps que ses paroles se fraient un passage jusqu'à mon cerveau. Bon sang. Je…

– J'ai merdé dans les grandes largeurs, dis-je dans un souffle.

Ma phrase, en plus de lui soutirer un léger rire nerveux, lui arrache un soupir de soulagement.

– Je… Je suis désolée, Ezra. Je crois que c'est l'habitude.

– Love, je ne te demande pas d'avoir besoin de moi. Mais de *compter sur* moi. Sinon… putain, je crois que ça va me faire vriller si tu te tournes vers lui plutôt que vers moi. Salement vriller.

– Ah, je me disais, aussi… Je te trouvais bien raisonnable, d'un coup.

– Love…

– Je t'aime, Ezra, le coupé-je.

– Tu es au courant que tu ne t'en sortiras pas toujours grâce à ça ? grogne-t-il.

Je me mets à rire. Avant de préciser :

– Ezra, j'apprends. Je n'y connais rien aux relations amoureuses, tu sais. Après tout, j'ai autant d'expérience que… bah, que toi.

Je parviens encore à provoquer un sourire sur ses lèvres.

– Ça promet d'être épique, raille-t-il.

– Une élue ne saurait faiblir face aux obstacles.

– Putain, faut que tu arrêtes avec ce truc, Love.

Néanmoins, ses lèvres s'étirent davantage. Un éclat plus lumineux se loge dans le creux de ses prunelles, apaisant son humeur tempétueuse. Humeur qui risque malheureusement de virer à l'orage…

– Écoute, commencé-je, j'ai… enfin, je dois t'avouer quelque chose. Il se peut que je t'aie menti…

Bingo. Mon dernier mot déclenche le combo « attention à l'enfoiré qui se profile » : mâchoire qui saille sous sa peau, regard acéré, muscles contractés et prêts à passer à l'offensive, sans oublier ce truc qui émane de son corps et qui… bordel, qui me donne envie de lui sauter dessus.

Cette journée va m'achever. Parce que si Remington fils ne me bouffe pas menu, la mère s'en chargera de toute façon.

– Crache le morceau, m'intime-t-il, impérieux.

Mes doigts s'enroulent à ses poignets, le forcent à relâcher mon visage tandis que je déglutis.

– Disons que… qu'il se pourrait, qu'en fait, je… n'ai pas vraiment signé de contrat d'adoption.

Un seul mot fuse :

– Pardon ?

– Émeraude et moi avons signé une sorte de contrat pré-adoption. En gros, c'est comme un essai de trois mois. Histoire de voir si ça pouvait fonctionner. Avec ma précédente adoption et les enjeux pour ta famille, ça nous a semblé une bonne solution.

– C'est pour ça qu'elle n'a jamais rien annoncé officiellement… dit-il si bas qu'il semble plus se parler à lui-même que s'adresser à moi.

– Oui, puis une adoption aussi prématurée aurait été étrange.

Son expression demeure murée derrière un masque impassible. Cette saloperie de masque que je hais. En revanche, sa façon de me regarder, elle… J'ignore pour quelle raison exactement, mais elle me vole tout mon souffle. Il m'en veut ? Ou… il est… impressionné ?

– Pourquoi me le faire croire ?

– Tu voulais à tout prix me dissuader au départ d'accepter l'idée d'Émeraude. Alors je me suis dit que si tu pensais que c'était trop tard… bah, tu n'aurais plus vraiment le choix.

– OK, mais dans ce cas, tu aurais pu me le dire après…

– Quand tu espérais me mettre dans ton lit ? Je ne suis pas conne, tu sais. Je savais que tu espérais créer un scandale. Avec cette histoire de vidéo, je me suis dit : « OK, dévoile-la. Je serai baisée, mais toi aussi car nous ne sommes pas vraiment demi-frère et sœur. »

– Et avant la vidéo ?

Les bras croisés sur ma poitrine, je baisse les yeux un court instant avant de les arrimer à ses prunelles qui brillent étrangement.

– J'avais peur que tu ne veuilles plus jouer avec moi, confessé-je.

Cette fois, il éclate de rire. D'un rire incrédule et dépassé.

– Tu… Putain, tu es douée, mon cœur. Et tu penses ne pas t'adapter à cette famille ?

– Mais tu… tu n'es pas fâché ? Ou c'est juste ta surprise qui couvre ta colère ? Parce que… ça me perturbe, là.

À peine ai-je terminé ma phrase que, d'une main sur ma nuque, il précipite ma bouche sur la sienne. Révolutionne mes cellules avec un baiser à la fois lent et sauvage. Quand ses lèvres se détachent des miennes, c'est pour dessiner le sourire le plus dévastateur qu'il m'ait été donné de voir.

– Deux choses : que tu me l'aies dissimulé pour que je ne m'éloigne pas, putain… J'aime ça. Un peu trop, d'ailleurs. Et je crois que je suis trop soulagé pour t'en vouloir de m'avoir menti, de toute façon. Tu réalises, mon cœur ? On… Bordel, on est libres !

48

Love

Libres ? Légalement, peut-être. Et encore… Je n'étais pas censée coucher avec celui qui devait devenir mon frère. En réalité, je me sens tout sauf libre de la famille Remington. Émotionnellement, je suis dedans jusqu'au cou. C'est, en tout cas, la vérité qui m'explose au visage et me serre la gorge dans un étau assez douloureux pendant que nous dînons tous ensemble dans un resto choisi par Émeraude. Isolés dans une pièce à l'abri des regards, nous partageons un réel moment familial. Et ça me bousille. Profiter de cet instant en sachant que ce sera très certainement le dernier est particulièrement cruel. La folie et l'excentricité de Sélia vont me manquer. La tranquillité et la créativité de Jenna vont me manquer. Le calme apparent et le génie de Josh vont me manquer. L'intelligence et la détermination des sœurs Remington vont me manquer. Et puis… Émeraude va me manquer. Cette femme pas toujours facile à cerner, prête à tout pour se hisser sur le podium. Sa douceur, qu'elle tente de masquer souvent, son cœur, qui, j'en suis persuadée, saigne parfois à cause de son fils… Oui, elle va me manquer.

Soudain, mon portable vibre contre ma cuisse, m'arrachant à mes pensées mélancoliques.

[Tu es si facile à lire, mon cœur.]

Je m'efforce de conserver une expression impassible en découvrant ce texto et, surtout, de ne pas regarder vers Ezra, placé de l'autre côté de la table. Puis, je réponds :

[Ah oui ? Pourtant, j'ai bien réussi
à te cacher pour l'adoption ;
enfin, la non-adoption plutôt.]

[Tu m'as eu une fois, Love.
Pas deux.]

[On parie ?]

[Tu veux jouer ?
Encore ?]

Ce simple échange allège aussitôt mon cœur. Cœur qui demeure lourd face à ce qu'il s'apprête à perdre. Malgré tout, je sais faire le bon choix. Je sais qu'Ezra est mon bon choix.

Le reste du dîner se déroule à la perfection. Hormis l'intervention de Josh expliquant que Noa est retournée dans sa ville natale et que Rob ronge son frein dans le silence le plus complet, conscient que sa réputation ne tient plus qu'au bon vouloir des Remington. Personne ne fait davantage allusion à cette histoire. Je me demande quand même de quelle façon Émeraude n'a pas eu vent de la vidéo entre son fils et moi. De ce que m'a dit Ezra, Josh s'est arrangé pour garder dans l'ombre ce qui devait y rester. Moi, ce que je sais, c'est que Josh, Sélia et sûrement Jenna puisque son frère ne lui cache rien, sont au courant pour Ezra et moi. Or, je ne saurais dire si ce point me rassure ou pas. Peu importe finalement. Tout sera terminé dans quelques heures…

Lorsque nous sortons du restaurant, Émeraude se coule doucement à côté de moi. Son bras s'enroule tendrement sur ma taille en une étreinte déroutante au moment où nous passons la porte de sortie arrière. Ma poitrine, aussitôt, se gonfle d'une sensation de chaleur, toutefois vite nuancée par un voile acide de peine. Durant quelques mètres, nous marchons en silence quand, tout à coup, une silhouette sombre se découpe au loin dans la ruelle discrète. Mes yeux se plissent afin de mieux voir, mais Émeraude me prend de court :

– J'ai demandé à un journaliste de confiance de se poster ici et de prendre quelques clichés volés. Bon, ils ne sont pas vraiment volés, mais l'important, c'est qu'on le pense.

Ezra, en pleine conversation avec son cousin plusieurs pas dans mon dos, n'entend rien. Ne remarque rien. Ni mon corps entier qui se tend. Ni le mec qui nous bombarde. Ni la voix d'Émeraude qui continue :

– Vu que nous sommes arrivés à la fin des trois mois, il est grand temps de passer à l'étape suivante. Nous ne venons ici qu'en famille, sans jamais personne d'autre, et ça, les journalistes le savent. Noa n'est jamais venue, par exemple. Alors, nous voir si proches à la sortie de ce restaurant… Les déductions que certains ont déjà faites vont vite se transformer en certitudes, tu verras.

Puis, tandis que mon sang baigne dans la panique, elle me relâche et hausse le ton pour s'adresser au reste de sa famille :

– Prêts pour la soirée casino du maire ?

***

À ce que j'ai compris, tous les ans, le maire de Los Angeles organise une soirée casino, mais dans le secret le plus absolu. Seules quelques personnes triées sur le volet sont conviées, en échange d'une entière discrétion, bien entendu. Du coup, j'imagine la tronche de l'ancien acteur reconverti en homme politique lorsque Émeraude a dû ajouter mon nom sur la liste. Quoique… comme je le dis si souvent : on ne dit pas non à une Remington.

Et surtout, je me cogne pas mal de cette sauterie pour people. Pourtant, c'est la première fois que je peux voir une table de black jack, une farandole de machines à sous, etc. puisque je n'ai jamais mis les pieds dans un casino. Mais je m'en contrefous. J'ai le moral dans les chaussettes et n'ai qu'une hâte : rentrer et parler à Émeraude. Me libérer de ce poids qui m'oppresse. Les conséquences m'apparaissent soudain bien dérisoires face à la culpabilité qui m'étreint et à la tristesse de perdre ceux qui commençaient à constituer ma famille. En mode pilote automatique, je suis Jenna, qui tente de m'expliquer les règles du black jack pendant que Josh s'installe à la table et que Sélia sautille à ses côtés. J'abandonne le spectacle au bout de quinze longues minutes – enfin, j'imagine – puis me fraie un chemin parmi les invités jusqu'à une machine à sous. Mon bras a tout juste le temps de s'abaisser trois fois qu'une présence ne tarde pas à s'imposer dans mon dos, soulevant au passage un feu délirant dans mon abdomen.

– Tu ne m'as pas répondu, mon cœur. Tu veux encore jouer ?

Un sourire se déploie comme par enchantement sur mes lèvres. D'instinct, je m'amollis contre Ezra, me fichant pas mal que d'autres puissent nous voir. Après tout, si j'en suis là, c'est bien parce que je suis prête à renoncer à tout sauf à lui. Alors, *fuck*, le monde.

Je me retourne, et lève un regard peu équivoque dans sa direction.

– Comme toujours, Ezra. Je suis prête à jouer. Je suis prête à toi, murmuré-je.

Un souffle s'esquive d'entre ses lèvres tandis que ces dernières s'étirent, s'incurvent en un sourire charmeur.

– Et moi… répond-il dans un murmure en se penchant à mon oreille avant de terminer : j'ai envie de te baiser.

Mes yeux s'arrondissent de surprise et, sans chercher à me contrôler, j'éclate de rire.

– Vous m'avez habitué à mieux niveau verve, Monsieur L'Écrivain.

– Ce n'est pas toi qui avais dit aimer la brutalité de ma façon d'écrire ?

– Parfois, j'ai dit. Mais plus j'y pense, plus je me demande comment j'ai fait pour ne pas voir l'évidence. Tu es à l'image de ta plume, Ezra. Incisif, brut, cruel, passionné, et des fois si doux.

Sa façon de me regarder s'aiguise, me piégeant dans un tourbillon d'émotions. L'envie de sentir sa peau contre la mienne s'impose soudain comme un besoin vital. Et si une voix inconnue ne nous avait pas interrompus d'un « Ezra… » dégoulinant, mes lèvres seraient déjà plaquées sur les siennes.

En une fraction de seconde, l'atmosphère change du tout au tout. Une chape de givre nappe soudain chacune particule d'air autour de nous au point que j'ai un mal fou à respirer. Quant à Ezra… il irradie de violence. Je pivote alors sur l'homme qui nous observe d'un regard appuyé et reconnais celui qui parlait avec Émeraude lors du lancement de JJ Remington. Vêtu d'un smoking sombre, il étire ses lèvres d'un sourire affable. Toutefois, l'animosité qui rampe sur le corps d'Ezra me pousse d'emblée à le détester. J'ignore qui est ce type, mais une chose est sûre : je le hais déjà.

– Ça fait longtemps, insiste l'homme malgré l'attitude clairement hostile d'Ezra. Je n'ai malheureusement pas eu la chance de te croiser la dernière fois.

Son attention délaisse Ezra pour me ferrer, tapissant ma peau d'un manteau dégueulasse.

– Et, toi, tu dois être Love, la nouvelle protégée d'Émeraude, je me trompe ?

Sa main se tend vers la mienne dans l'intention de l'attraper, mais Ezra, d'une détente, s'interpose. Ses doigts cadenassent le poignet de l'inconnu et, d'un coup vif, rejettent son bras.

– Je te déconseille de la toucher, siffle-t-il.

L'instant d'après, c'est son corps entier qui se place entre nous, m'affichant sa nuque raide. L'une de ses paumes, par réflexe, se tend derrière lui afin de serrer ma hanche avant d'immédiatement la relâcher. Aussitôt, un éclat sournois se loge dans les prunelles du quinquagénaire.

– Oh, Ezra, ricane-t-il à voix basse. Qu'est-ce que tu as fait ? Tu n'as pas pu t'empêcher de te glisser entre les cuisses de ta sœur, n'est-ce pas ? Quoi ? Tu penses que je n'ai pas compris le manège de ta mère ? C'est moi qui l'ai faite, je te rappelle.

Un frisson polaire se love autour de chacune de mes vertèbres. Ce qui se déroule devant moi me dépasse, clairement. Néanmoins, mon instinct, lui, capte très bien l'urgence et la dangerosité de cet instant. Et il s'emballe d'ailleurs lorsque j'aperçois les poings d'Ezra se contracter jusqu'à en faire trembler ses membres. Cependant, c'est avec une assurance glaciale qu'il lui répond :

– Joue au mec intouchable tant que tu peux encore, Carter. J'ai promis de te détruire et j'y arriverai. Je parviens toujours à mes fins. La détermination est de famille, tu dois le savoir. Un jour, je me dresserai devant toi. Je t'anéantirai et, les mains dans les poches, j'admirerai ton cadavre en train de flotter dans la rivière[1].

Un rictus soulève la commissure droite de ses lèvres. J'ignore si Ezra la remarque, la menace qui s'incruste dans le regard du fameux Carter, mais moi, je la ressens jusque dans mes os.

– Tu crois pouvoir me faire face ?

– Je sais pouvoir te faire face.

– Vraiment ?

Après s'être légèrement incliné vers Ezra, il ajoute dans un murmure :

– Et qui, selon toi, a soufflé l'idée à Rob de vous piéger ?

– Tu penses que je l'ignore ? Mais ça ne change rien. Tu as juste échoué, encore. Carter, ajoute-t-il d'un timbre qui me fait froid dans le dos, tu es incapable de nous atteindre…

– Ah oui ? ricane-t-il. Voyons un peu ça…

Après un clin d'œil dans ma direction, Carter s'éloigne. Je libère alors l'air resté prisonnier de mes poumons puis lâche d'un coup :

– C'était quoi, ça ?

---

1. Ici, Ezra reprend les paroles de Lao Tseu sur la vengeance, mais en en transformant le sens puisque celui initial consiste à dire de ne pas se venger, de s'asseoir au bord de la rivière en attendant de voir passer le cadavre de la personne qui a offensé.

Aucune réponse ne me parvient. Je ne suis même pas certaine qu'Ezra m'entende. Ou soit encore conscient de ma présence. Son intérêt est entièrement polarisé sur l'homme qui, à présent, se poste derrière Émeraude, venue soutenir Josh.

– Ezra ? dis-je pour tenter d'attirer son attention.

En vain. Il se tend davantage, au bord de la rupture.

Et j'ai tout juste le temps d'apercevoir l'index de Carter longeant la colonne vertébrale d'une Émeraude qui se raidit d'un spasme qu'Ezra bondit. En quelques foulées rapides, il rejoint la table de black jack. Et, sa main autour de la gorge de Carter, il le plaque violemment contre le tapis vert, lâchant un cri si empli de rage qu'il me transperce le ventre et le cœur.

49

Love

Durant plusieurs secondes, je demeure figée, la panique gelant mes cellules. Choquée par le spectacle d'Ezra hurlant à de malheureux millimètres du visage de ce Carter, je ne bouge plus. Parce que je réalise à quel point Ezra s'est toujours contenu. Lui qui paraît toujours si sûr de lui, qui sait toujours si bien se maîtriser, là… il explose, balayant toute retenue.

Le souffle de ses émotions chaotiques me transperce la poitrine. La maltraite.

L'explosion atteint ensuite le reste de la réception. Des exclamations ondulent par vagues successives, des corps se tendent, à l'affût, tandis que d'autres se précipitent vers les deux hommes en train de se battre. Quoique, non, ils ne se battent pas vraiment. Carter ne tente même pas de se défendre. Il laisse Ezra vociférer des insultes tandis que ce dernier raffermit sa prise sur son cou.

– Je te détruirai, raclure ! hurle-t-il. Tu ne mérites pas de vivre, tu entends ? Encore moins de respirer le même air qu'elle !

Seul un léger sourire aux lèvres, que Carter ne parvient même pas à camoufler, le trahit. C'est ce sourire, d'ailleurs, qui m'arrache de ma torpeur de panique. Ce signe que cet enfoiré, en dépit de sa position de faiblesse, est en réalité en train de gagner. Qu'il a obtenu exactement ce qu'il cherchait : faire sortir Ezra de ses gonds. Les scandales font partie intégrante de la vie de ce dernier ; cependant, il les provoquait intentionnellement. Cette fois, c'est différent, je le sens bien. Comment ce mec sorti de nulle part peut-il avoir autant d'ascendant sur lui ?

– Je jure d'effacer ce sourire de ta gueule d'enfoiré à tout jamais ! continue-t-il de crier.

D'un revers mental, je chasse mes interrogations. Et, à mon tour, je bondis pour enfin courir vers eux. Je suis néanmoins devancée par deux gorilles de la sécurité ainsi que par Josh, qui crie à son cousin de se reprendre. Quant à Émeraude, je crois que c'est la première fois que je vois ses vraies émotions s'emparer de son beau visage. Et la souffrance que j'y lis me briserait le cœur si je n'étais pas trop focalisée sur son fils. Elle aussi essaie de raisonner Ezra, mais se fait vite éjecter par les deux types de la sécurité, qui doivent s'y reprendre à plusieurs fois avant de réussir à dégager Carter de la masse de nerfs en furie qui le surplombe. Lorsqu'ils y parviennent, je me faufile entre les silhouettes amassées pour profiter du spectacle et réussis à me placer devant Ezra, maintenu à chaque bras par les deux hommes. Il crie, en proie à une fureur sans nom, se cabre pour leur échapper, mais se fige dès que j'entre dans son champ de vision.

– Ezra…

Mon murmure paraît l'anéantir tant son visage se décompose. Toutefois, le bleu de ses yeux reste fixé sur moi. Et je n'entends plus rien. Ni les remarques choquées qui fusent, ni l'un des types qui me conseille « gentiment » de me pousser. Ni Josh ou Émeraude qui essaient de parler à Ezra. Non, je n'entends plus rien, ne perçois plus rien si ce n'est lui qui se retient à moi. Qui ne tente même pas de se soustraire à mon regard paniqué. Au contraire, sans prononcer un seul son, une grimace amère de fureur aux lèvres, Ezra se livre entièrement à moi dans son silence le plus total. Et je sais. Qu'à cet instant il ne peut s'abandonner davantage à moi, à nous. Qu'à cet instant, notre lien ne peut être plus absolu.

– Bouge-toi de là, petite, m'interpelle soudain l'un des deux gorilles.

À contrecœur, je m'exécute, consciente que nous ne pouvons demeurer ici au beau milieu du bordel qu'il a provoqué. Je m'écarte donc, Ezra, flanqué des armoires à glace, prenant la direction de la sortie. Alors que je m'apprête à leur emboîter le pas, Émeraude attrape mes épaules. Ses mains tremblantes s'incrustent un peu trop dans mes articulations, comme si elle essayait de se maîtriser face aux paires d'yeux braquées dans notre direction.

– Ramène-le à la maison. Je m'occupe de… gérer, déclare-t-elle d'une voix ébréchée, mais déterminée.

Toute trace d'émotion a déserté son visage. Émeraude a de nouveau endossé la peau d'une Remington en un claquement de doigts. Envolée la souffrance qui imprégnait ses traits.

Je n'acquiesce pas à sa requête. Me borne à river à ses prunelles bleues mon regard inquisiteur.

– Qui est cet homme ? demandé-je d'une voix blanche.

La peine ressurgit en un éclair vif au creux de ses yeux. Si rapide qu'elle en est presque imperceptible. Presque.

– Un fantôme, lâche-t-elle dans un souffle, avant d'opérer une volte-face, le menton haut et le port altier.

Émeraude Remington en représentation. Sans plus attendre, je me retourne également et me précipite vers la sortie. Une fois dans le couloir de la demeure personnelle du maire, je tombe sur les mecs de la sécurité, qui ont enfin relâché Ezra ainsi que sur Josh qui, lui aussi, les a suivis. L'un d'eux grogne un « T'as de la chance d'être un Remington » puis s'échappe, imité par son compagnon, pour rejoindre la pièce transformée en casino.

Le dos appuyé contre le mur, Ezra s'incline en avant, en quête d'un souffle qui semble lui manquer. La paume de Josh se déploie aussitôt sur sa nuque, rapproche le sommet du crâne de son cousin contre son torse.

– Mec, t'as merdé, là, lui reproche-t-il d'une voix néanmoins empreinte de douceur.

– Il l'a touchée, siffle Ezra, la respiration saccadée. Cet enfoiré a posé la main sur elle. Encore.

Au moment où Josh pousse un long soupir, une toile glacée se tisse autour de chacun de mes membres. Ce simple petit mot « encore » me paralyse d'horreur. Aussitôt, l'image d'Émeraude se figeant lorsque ce Carter a laissé son doigt courir sur son dos me revient en mémoire. Nul besoin de pousser son imagination pour deviner ce que ce mot signifie au milieu de ce couloir trop petit pour contenir un si lourd fardeau.

En silence, je m'avance jusqu'à eux, Josh m'observant d'un regard sombre. Mais pas aussi sombre que celui d'Ezra, qui se redresse à peine quand il m'entend approcher.

– Laisse-nous, dit-il alors à son cousin.

– Tu ne veux pas que je vous raccompagne avant ? rétorque ce dernier.

– Non. Toi, reste près d'elle.

Sans qu'Ezra ait besoin de s'expliquer davantage, Josh hoche la tête d'un air grave puis tourne immédiatement les talons pour, l'instant d'après, rejoindre les autres derrière la porte. Ma peau noyée d'une sensation malaisante, j'amorce un mouvement pour attirer Ezra contre moi, mais celui-ci m'en empêche d'une main sur mon ventre.

– J'ai la rage au bide, Love. Je… Non, ne me touche pas.

Ses paroles me lacèrent le mien, de bide. Cependant, je me force à ne pas montrer la peine qu'il m'inflige. Oui, il me fait mal. Mais je comprends. Parfois, la colère peut être si violente, si puissante qu'elle donne cette impression d'être littéralement vivante. Vivante et tellement plus forte qu'un seul corps. Juste trop pour une seule âme. Aussi, immobile à quelques centimètres de lui, assez près pour sentir sa chaleur se mêler à la mienne, je murmure :

– Ezra, qui est ce type ?

L'arrière de sa tête vient cogner le mur tandis que son regard s'arrime au mien avec force et intensité. De longues secondes s'égrènent, durant lesquelles il me sonde. Se fraie un chemin jusqu'au cœur de ma poitrine. Avant que, enfin…

– Daniel Carter. Un producteur de films qui a un jour décidé d'aider ma mère dans sa quête de célébrité. Et accessoirement aussi le mec qui l'a violée.

Je m'attendais à cette dernière information mais, putain, le coup qui percute mon abdomen à ses paroles n'en est pas moins violent.

En revanche, le reste… ça, je ne m'y attendais pas.

– Love, cet enfoiré… c'est mon père.

50

Love

Durant le trajet en voiture séparant la demeure du maire de celle des Remington, personne ne parle. Chacun reclus dans ses pensées. Les siennes, chaotiques. Encore plus que d'ordinaire. Les miennes… je ne saurais dire. D'un côté, j'ai mal. Mal pour Émeraude. Pour ce qu'elle a enduré. Et endure. Atrocement mal pour lui. Être issu d'un viol, je n'ose imaginer l'impact que cela doit avoir sur une personne. Lorsque l'on naît sans parents, sans famille, on demeure sans influence. Avec ses bons et surtout ses mauvais côtés. Mais, notre personnalité, nous la construisons par notre seule force. Certes, parfois, ça peut mal tourner, mais… être le fils d'un violeur, comment on gère un truc pareil ?

Mal.

En tout cas, en ce qui concerne Ezra.

Et, d'un autre côté, certaines choses sont enfin plus claires. Comme cette manie qu'il avait de sans arrêt vouloir que je verbalise mon envie qu'il me touche. Si je pensais, avec cette histoire de vidéo, qu'il s'assurait que je paraisse consentante maintenant je comprends… Il réclamait seulement ma permission, ne cherchait qu'à s'éloigner de son père. De ce qu'il imagine sûrement couler dans son sang. Je connais Ezra. En fait, je le connais depuis la première fois que mes yeux se sont posés sur ses lignes. Ce besoin de décortiquer l'esprit humain, souvent dans ses penchants les plus obscurs… Je suis certaine qu'il trouve son origine là-dedans. De ce besoin de se comprendre lui-même. Sa propre thérapie.

Soudain, ses mains se crispent sur le volant, qu'il tourne trop brusquement dans un virage serré. Ezra a refusé qu'un chauffeur nous ramène, prétextant avoir besoin de conduire pour se vider le crâne. Moi, je suis sûre qu'à cet instant il ne supporte pas les regards extérieurs. À part le mien, il faut croire. J'ignore ce qu'Ezra attend de moi. Clairement, il ne veut pas que je m'éloigne, mais se recule quand j'essaie de le toucher. Et, surtout, j'ignore, moi, comment réagir. Forcément, j'ai mille questions qui me pourrissent la tête ; néanmoins, le moment n'est pas vraiment opportun pour les laisser s'échapper de mes lèvres. J'aimerais lui dire que sa souffrance me tue. Que je comprends sa rage. Contre cet enfoiré. Contre ce monde qu'il exècre. Que je me fous de qui est son père. Que notre naissance ne nous définit pas, je suis bien placée pour le savoir. Que je l'aime au point d'en avoir mal de ne pas pouvoir enfouir ses blessures sous ma propre peau. Mais… il ne m'entendrait pas. Le problème avec les mots, c'est que lorsqu'on les connaît par cœur, ils perdent leur impact. Leur sens. Or, j'imagine qu'Ezra a dû en user et en abuser, de ces mots, sur toute cette horreur.

Aussi, je demeure silencieuse sur le siège passager, mon regard perdu dans le paysage de L.A. *by night* qui défile derrière la fenêtre. Mes sourcils se froncent lorsque la voiture ne s'engage pas vers Bel Air. Durant de longues minutes, nous roulons sans un bruit avant qu'Ezra ne gare le véhicule sur les hauteurs de la ville, sur une colline qui offre une vue parfaite sur les fameuses lettres blanches, symboles d'un rêve qui peut si souvent se transformer en gouffre vers l'enfer.

Toujours en silence, il coupe le moteur, et s'extirpe de l'habitacle en claquant sa portière. Un soupir vide mes poumons. Avant qu'une longue inspiration ne me donne la force de le rejoindre. Je contourne la voiture et me mange un méchant coup dans l'abdomen lorsque je retrouve Ezra assis par terre, le dos calé contre la carrosserie et les yeux perdus dans le vide. Un bras sur l'un de ses genoux repliés, il me fait penser à un guerrier qui, après un combat violent, contemplerait les ruines qu'il a lui-même engendrées, le désespoir au cœur.

– Ezra…

– Je sais, me devance-t-il sans reporter son attention sur moi. Tu veux savoir, comprendre. Pourquoi ce salaud respire encore le même air que ma mère ? Pourquoi elle se la ferme ? Pourquoi je suis aussi con avec elle ? Pourquoi je… Pourquoi avant toi, je détestais la moindre femme qui se laissait toucher par moi ? Pourquoi, parfois, dans mes moments les plus dégueulasses, je me dis que…

Enfin, le bleu de ses yeux me trouve, m'engloutit dans leur profondeur.

– … le souci quand on a conscience de ce qui se dissimule dans son propre sang, c'est que tout est perverti. Est-ce normal, par exemple, d'avoir envie de toi jusqu'à la douleur ? Quand je te vois et que je t'imagine attachée sous mon corps, est-ce moi ou… une sorte de réminiscence de la violence dans laquelle j'ai été conçu ? Ou…

– Tais-toi, l'interromps-je, le timbre vacillant.

Je déglutis. Et chasse l'horreur qui s'est couchée sur ma peau à ses paroles. Je fais également taire mon cœur qui hurle puis amorce un pas dans sa direction.

– Tu te trompes, insisté-je. Je ne veux pas savoir ou comprendre. Ce que je veux, c'est que toi, tu saches. Et comprennes.

Un pli se creuse entre ses sourcils. Le regard orageux, il m'observe approcher, sa tête penchée sur le côté, comme s'il tentait de me dissuader de poursuivre ma connerie. Mes doigts se glissent dans mon dos puis dézippent la fermeture Éclair qui retient ma robe. Cette dernière choit en corolle à mes pieds sous un grognement.

– Love, tu fous quoi ?

Sans lui répondre, je dégrafe mon soutien-gorge, le laisse tomber par terre et me débarrasse de mon dessous. Nue, une chair de poule tapissant mon épiderme en raison de la fraîcheur de la nuit, j'enjambe ensuite mes vêtements pour me placer à califourchon sur les cuisses d'Ezra. Bien que nous soyons isolés et seuls, n'importe qui passant par-là pourrait nous voir. Pire, nous filmer.

Mais je m'en contrefous.

Car je suis exactement où je devrais être.

– Mon cœur, dit-il dans un souffle douloureux.

Ses poings fermés chutent de chaque côté de ses jambes dans sa volonté de ne pas me toucher. Pas grave. Mes mains sagement posées sur mes cuisses, j'approche mon front contre le sien. Aussitôt, ses muscles se relâchent, un peu, tandis qu'il s'empresse de clore ses paupières.

– Dis-moi que tu as envie que je te touche, Ezra, murmuré-je.

Ses yeux se rouvrent subitement. Me sondent sans qu'il prononce un son.

– Dis-le-moi, le supplié-je.

Sa bouche frémit. Son visage s'adoucit. Légèrement. Puis, enfin, son corps bouge. Ses bras se lèvent, ses doigts s'infiltrent entre les boutons de sa chemise entièrement noire et, d'un coup sec, il les arrache pour me révéler son torse. Comme s'il exposait sa part la plus vulnérable, parfaitement conscient que je pourrais… le mettre à genoux. Encore.

Avides de son contact, mes mains se ruent aussitôt sur sa chair, sur la ligne saillante de ses abdominaux, les muscles secs de ses pectoraux pour se figer sur son cou.

– Dis-moi que tu as envie de me toucher, répété-je d'une voix plus ferme cette fois.

Sa réponse fuse.

– Toujours.

– Alors fais-le.

Mes lèvres frôlant les siennes, je renchéris :

– Fais-le, Ezra. Je suis le centre de tes émotions, tu te rappelles ? Touche-moi, parce qu'il n'y aura jamais rien de plus vrai que ça : ta peau contre la mienne.

Une grimace s'empare de ses traits. Et, la seconde suivante, ses paumes atterrissent sur mes cuisses, les survolent pour empoigner fermement mes hanches. Un gémissement soulagé m'échappe sans que je puisse le contrôler, pour mieux se couper net quand Ezra vient étaler sa main sur ma poitrine. Ses doigts se recroquevillent ensuite, comme s'il cherchait à s'emparer de ce qui bat dessous avec une intensité folle. Sans plus attendre, je m'affaire entre nous, à déboutonner son pantalon.

– Love, bordel. Pourq…

– Tu me possèdes, mais c'est moi qui te protège, tu t'en souviens ?

Une tornade semble s'engouffrer au creux de son torse tant ce dernier se soulève rapidement. Cette fois, son expression délaisse la tourmente pour s'habiller de détermination. Soudain, Ezra crochète ma nuque pour propulser ma bouche sur la sienne. Sa langue m'envahit aussitôt, une tempête incendiaire s'élevant dans mon ventre en réaction. De quelques gestes frénétiques, il s'occupe lui-même de son pantalon, agrippe brutalement mes fesses pour me hisser et…

Ma tête se rejette en arrière. Un sourire transcende mes lèvres. Et une gerbe de flammes me dévaste délicieusement le ventre.

– Comment tu peux croire que…

Je me tais, le souffle coupé par son membre qui creuse davantage sa place dans mon abdomen.

– Tu ne sens vraiment pas, Ezra ? C'est si… putain, c'est si pur, ce qu'il y a entre nous.

Son front contre mon épaule, son grondement me rampe sur la peau :

– Love, crois-moi, il n'y a rien de pur dans tout ce que je veux te faire.

Malgré moi, un rire m'échappe.

– Tu confonds tout. Il s'agit de… passion. De faim. De luxure. D'envie. Et il n'y a rien de plus sain que de vouloir abandonner ses désirs les plus enfouis à la personne qu'on aime. Sinon… à quoi sert de se lier à une autre âme ? Voilà pourquoi c'est si fort. Parce que… ton désir se retrouve dans le mien. Parce qu'ils se nourrissent l'un l'autre. Et…

Mes ongles griffent ses épaules tandis qu'il passe un bras sur mes reins pour me rabattre encore plus sur son érection.

– … il n'y a rien de plus pur que ce que je ressens chaque fois que tu me touches. Ou me regardes. C'est tellement fort, tellement éclatant. Tellement puissant. Juste… beau, Ezra.

Son visage enfoui contre ma poitrine, il cesse de bouger entre mes jambes. Ses bras tremblent lorsqu'il me serre puissamment.

– Promis ? lâche-t-il dans un murmure qui me broie les entrailles.

– Promis.

Doucement, je le repousse jusqu'à appuyer de nouveau son dos au métal. Puis, lentement, j'ondule sur lui, mon regard lourd de désir, mais surtout empreint de cette force qui me porte, arrimé au sien.

– T'aimer est le sentiment le plus pur que je pourrai jamais éprouver, Ezra.

51

Ezra

Love encore alanguie dans mes bras, j'enlève ma chemise pour recouvrir son corps repu après l'orgasme. Sa peau apaise ma peau encore un peu perdue entre le dégoût, la rage et la multitude d'émotions qui ne manquent jamais de me traverser avec elle. Doucement, je ramène ses jambes sur moi et chasse la terre qui macule ses genoux. Puis, pendant qu'elle se pelotonne contre mon torse, je laisse choir l'arrière de ma tête contre la portière, le regard perdu dans les étoiles.

– Je l'ai su le jour de mes 15 ans.

Le son de ma voix s'élevant dans la nuit sonne étrangement à mes propres oreilles. Peut-être parce que, hormis à Josh – et encore, c'était il y a six ans –, je n'en ai jamais parlé. Des mots, j'en ai couché des milliers, souvent en empruntant la voix d'un de mes personnages, mais jamais de cette façon… Jamais avec le besoin d'extraire ces pensées de mon cœur pour les livrer à un autre cœur. Sans, pour une fois, chercher une explication, un sens à toute cette merde, mais uniquement afin d'offrir à Love la dernière partie de moi qu'elle ne possède pas encore.

Son corps tendu est à l'affût. Néanmoins, elle ne bouge pas, se contentant de se blottir un peu plus dans mes bras.

– Je connaissais déjà Carter puisqu'il faisait partie de l'entourage de ma mère. En réalité, c'est grâce à lui que sa carrière a pu décoller. À la base, cet enfoiré est producteur de films. Un producteur qui n'a jamais rien produit de bien marquant pour l'histoire du cinéma. Un jour, il est tombé sur une jeune blonde qui traînait trop souvent dans les bars de Hollywood afin de se faire remarquer et qui a fini par se faire remarquer. Par lui. Il a vu en elle un genre de Marilyn Monroe des temps modernes. Un corps à porter en icône du XXIe siècle. Alors il l'a prise sous son aile, lui a présenté tout son carnet d'adresses. Sauf que… tu connais assez bien ma mère pour savoir que personne ne peut la contrôler. Encore moins la réduire à un corps. Devenir une icône, oui, mais à sa façon à elle.

– Et elle a réussi, murmure Love, son nez fiché dans mon cou.

– Et elle a réussi, répété-je en souriant malgré moi. Seulement ça n'a pas plu à Carter, qui s'imaginait agiter sa poupée comme bon lui semblait. Il avait juste oublié le pouvoir de la famille. Émeraude ne voyait pas sa réussite sans ses deux sœurs ; c'étaient elles trois ou rien. Et certainement pas sous l'influence d'un homme. Carter ne l'a pas entendu de cette oreille et…

Je me tais, laissant le silence parler à ma place. Ce mot… je le hais. L'ai en horreur. Comme si le simple fait de le prononcer pouvait m'arracher les entrailles. Comme si l'extraire de mon corps était impossible sans que j'en crève en même temps.

– J'ai compris, dit-elle dans un souffle.

Mes bras se resserrent sur elle. J'ai besoin de la sentir, de me réfugier dans sa chaleur. De ressentir cette pureté dont elle parlait. De superposer ses mots à elle sur… *celui-là*.

– Et je suis né, déclaré-je d'une voix d'outre-tombe. J'ignore si ce salaud a compris tout de suite. Ma mère m'a juste expliqué qu'elle s'était empressée de raconter partout cette histoire d'insémination afin qu'il ne puisse pas réclamer un quelconque droit sur moi. Je suis persuadé qu'il ne l'aurait pas fait, de toute façon. Par peur que ma mère ne révèle la vérité. Et, tu vois, c'est ça que je ne comprends pas… Pourquoi elle se la ferme, putain ? Il y a vingt et un ans, OK. En termes de reconnaissance des droits féminins, vingt ans sont un gouffre. Mais maintenant… c'est différent. Surtout avec le poids du nom Remington. Si elle racontait ce qui s'est réellement passé, ce salaud serait crucifié sur la place publique. Au lieu de ça, il continue à rôder autour d'elle dès qu'il peut pour lui rappeler ce qu'il lui a pris. Et elle le laisse faire… Bordel, Love, elle est tétanisée chaque fois qu'elle le voit. Chaque putain de fois. Les autres ne le remarquent peut-être pas, mais moi… Pourquoi ? Pourquoi, putain ?

De cette rage que je suis incapable de contenir, je balance un coup de poing dans la terre. Ma main est vite récupérée par Love qui, aussitôt, presse ses lèvres sur mes jointures. Sauf que ça ne me calme pas.

Je l'aime. C'est là. Dans ma peau, mon ventre, mon crâne. Mon cœur. Mon âme. Partout. Si Love prétend que je la construis, elle… elle me nuance. Atténue l'obscur. Apaise le mal. Estompe les contours de ce démon qui me ronge. L'affaiblit. Me montre que, malgré ce trop-plein dans mon esprit, j'étais vide. Vide de ce qui compte réellement.

Néanmoins, cette douleur-là, cette colère-là, jamais elle ne pourra m'en débarrasser. Là n'est pas son rôle, en même temps…

– Tu lui en as parlé ? chuchote-t-elle.

– Au début, oui. Le jour de mes 15 ans, on était tous réunis pour mon anniversaire. J'ai surpris une conversation entre elle et mes tantes. Une parole captée par inadvertance, quelques autres entendues avec clarté et… j'ai compris. J'ai tout de suite demandé plus d'explications à ma mère. Elle a essayé de me mentir. De chercher à me mettre sur une autre voie. Ou d'arrondir les angles lorsqu'elle a vu que je ne lâcherais rien. Mais… j'avais soif de vérité. Et tant pis si cette soif m'a presque fait crever quand ma mère m'a enfin tout dit. Et qu'elle a exigé – exigé, putain – de ne jamais en parler. J'étais tellement en colère. Que cette femme si forte, si déterminée, se laisse piétiner de la sorte. Qu'elle soit capable de me forcer à la suivre dans ce monde dont je ne veux pas alors qu'elle n'est pas foutue de faire payer l'enfoiré qui l'a violée !

Enfin, il m'échappe, ce putain de mot maudit. Et contrairement à ce que j'imaginais, il ne me laisse pas sur le carreau. Il fait mal, atrocement mal, mais… d'une douleur supportable.

Presque libératrice. Peut-être parce que, ce mot, je le lui confie, à elle. À Love. Peut-être parce qu'il a trop pourri à l'intérieur. Ou tout simplement parce qu'il est temps. Temps d'arrêter de saigner.

– Tous ces scandales, c'est pour te venger ? demande-t-elle en se redressant légèrement.

Ses yeux noirs comme la nuit qui nous recouvre s'insinuent avec douceur sous ma peau.

– J'avais 15 ans, Love. Quinze ans… S'il existe un bon âge pour apprendre ce genre de choses, ce n'est pas celui-là. Avec le recul, je pense que tout s'est mélangé. Mon besoin que cet enfoiré paie. Ma colère envers ma mère. Mon incompréhension aussi. Et puis… mon rapport au sexe a été… complètement distordu, je m'en rends compte maintenant. Je… Dès que je touchais une femme, dès que j'avais besoin de dominer, ne serait-ce qu'un peu, je ne pouvais m'empêcher de penser : « Est-ce que ça vient de lui ? », « Est-ce que ça vient de son sang qui pourrit le mien ? » Le pire, c'est que j'en venais à me détester et donc à détester ces filles qui se laissaient faire. Mais, je recommençais. Ça me blessait. Je les blessais, elles, car je me comportais en salaud, mais… je recommençais.

Son regard se trouble d'un voile de larmes qui me voile également le cœur. Néanmoins, je poursuis :

– C'était plus fort que moi. J'avais beau me rendre compte que je m'enfonçais ainsi, ça devenait presque vital de nourrir cette blessure. Mais depuis toi… Quand je te touche, Love, il n'y a pas d'ombres. Cette sensation d'étouffer, d'alimenter ma douleur avec le sexe, elle n'existe plus. Tu…

Lentement, je décale ma main pour la déployer sur son ventre.

– Tu aspires tout. Et ne laisses éclater que cette lumière, cette bienveillance et cette douceur qui me foutent toujours plus à genoux. Mais, même à genoux, je respire comme jamais auparavant.

Cette fois, une larme glisse sur sa joue pour venir s'échouer sur le haut de sa poitrine. Sans prononcer un seul son, Love me sourit. Puis, ses lèvres s'approchent des miennes pour m'embrasser. Me clouer d'un baiser à couper le souffle. Lorsque sa bouche se détache de la mienne, Love m'enveloppe de ses bras pour me fondre dans son étreinte. De longues minutes après, elle pose deux mains sur mon visage et ramène ce dernier à hauteur du sien.

– Je suis… désolée de ce que tu as dû vivre, Ezra. Et révoltée aussi. Mais, tu dois comprendre. Même si chacun de tes actes est compréhensible, il y a une chose sur laquelle tu n'as aucun droit : le choix d'Émeraude. Crois-moi, je rêverais que ce sale type souffre et qu'il paie. Seulement, c'est un choix qui ne nous appartient pas. Ta mère a autant le droit de porter cette affaire au grand jour qu'elle a droit au silence. C'est injuste, je suis d'accord sur ce point. Toutefois, ce qui importe réellement est de faire ce qui est juste pour elle. Tu es une victime collatérale, Ezra, mais Émeraude… elle porte cette blessure dans sa chair. Certaines personnes trouvent la paix dans la vengeance. D'autres, non. Et chacun devrait pouvoir choisir. Et être respecté dans ce choix. Je… je sais que mes paroles te semblent dures, mais…

Sans la laisser terminer, je la rabats contre moi. La serre à m'en faire putain mal. Elle a raison. Et ça, dans un sens, me fout en l'air. Mais dans un autre…

Mes lèvres pressées contre son cuir chevelu, je hoche la tête. Et mes yeux se lèvent d'instinct vers le ciel piqué d'éclats lumineux. Ça fait tellement de temps que je ne les ai pas sentis, ces éclats. Ces étoiles. Parfois, les jours, le temps passent et on les oublie. On oublie qu'elles sont là, au-dessus, à briller quoi qu'il se passe, s'octroyant leur place, peu importe les tempêtes qui se succèdent. Même après leur propre extinction, elles continuent d'étinceler, de rayonner. D'éclabousser notre monde. De nous fasciner.

Je saignerai. Encore. Je le sais. Tout comme je sais que je serai vivant. Toujours. Tellement vivant.

Un jour, ces autres mots m'ont été soufflés : « Live, Laugh, Love. » Je n'avais juste pas encore compris… qu'ils seraient mes propres étoiles.

52

Ezra

Pieds nus, je grimpe les dernières marches de l'escalier extérieur menant au rooftop de la demeure. L'endroit préféré de ma mère qui, tous les matins, se lève aux aurores pour être témoin des premiers rayons du soleil. D'aussi loin que mes souvenirs remontent, je l'ai toujours vue faire ça : s'imprégner des prémices d'une journée pour être certaine de se l'approprier, cette journée. De la faire sienne et de la conquérir. Du Émeraude Remington tout craché. Souvent, avant, je venais partager ce moment avec elle. Avant…

C'est donc sans surprise que je la retrouve assise, les jambes repliées sous ses fesses et enveloppée d'un châle pourpre, dans un fauteuil en osier. Son visage dépouillé de tout maquillage en direction de l'aube, elle a les paupières closes. Sans tous ses artifices, elle fait tellement plus fragile, presque juvénile malgré son expression mélancolique. Une légère brise s'engouffre dans ses cheveux détachés au moment où elle rouvre les yeux pour les arrimer à ma silhouette. D'un pas lent, je la dépasse. Me plante, dos à elle, face au soleil, les mains dans les poches de mon pantalon de sport.

– Ça fait combien de temps que tu ne m'as pas rejointe au réveil ? demande-t-elle d'une voix douce, connaissant pertinemment la réponse.

– Depuis mes 15 ans, répliqué-je aussi sec.

Seul un soupir me parvient. Avant un laconique :

– Il ne portera pas plainte.

– Tu m'étonnes, raillé-je.

– Quant au maire…

– Il se la fermera pour ne rien ébruiter de sa petite sauterie. Et puis, je m'appelle Remington, non ?

– Remington ou non, tu ne peux pas exploser ainsi en public, Ezra.

– Je sais, dis-je, les épaules tendues. Mais j'ai la rage, maman.

Quelques secondes s'écoulent. Puis, son timbre soudain fragile s'élève avec difficulté.

– Je sais.

Mes paupières se ferment, se plissent sous la grimace enragée qui me tord le visage et qu'elle ne peut voir. J'inspire ensuite profondément, lisse mes traits. Et nous libère, au moins un peu.

– Mais tu as raison, déclaré-je d'un ton confiant quand j'ai tout à coup l'impression d'avoir de nouveau 15 ans. Je n'ai pas à me comporter ainsi. Pas si toi, tu ne le veux pas. Même si… putain, même si je ne comprends pas. Seulement, je ne peux pas te forcer à quoi que ce soit. Encore moins quand, toi, tu as été forcée de la pire des manières.

Je m'interromps, toujours avec cette sensation que quelque chose se déchire sous ma peau.

– J'ai été con. Con et surtout égoïste. Et… j'en suis désolé.

Enfin, je trouve le courage de me retourner pour me confronter à son regard. Regard qui me percute avec une force inouïe. Une pellicule humide noie ses yeux bleus, qui me dévisagent comme si elle me découvrait pour la première fois. Ou qu'elle me retrouvait enfin, devrais-je dire. Et cette constatation me tue.

Parce que je prends réellement l'ampleur de mon chaos de ces dernières années. Du chaos dans lequel je l'ai plongée, elle, également. Alors qu'elle ne le méritait pas. Ça, au moins, je le comprends.

Doucement, je me rapproche jusqu'à m'accroupir face à elle, mes mains sur le sommet de ses genoux dissimulés par son châle.

– J'ai déchaîné sur toi ma frustration de ne pas pouvoir

lui faire payer. Sur moi aussi. Je nous ai blessés par rage et rancœur parce que je ne pouvais pas l'atteindre, lui. Je n'en avais pas le droit.

Un sourire tente de s'imposer sur ses lèvres, mais ces dernières ne font que trembler d'émotion.

– Tu t'es senti impuissant, dit-elle après avoir dégluti difficilement. C'est l'un des pires sentiments qui puissent exister, crois-moi. C'est normal et humain de s'y perdre par moments. Ezra…

Après avoir déplié ses jambes pour s'asseoir correctement, elle se penche et déploie ses mains sur mon visage puis caresse ma joue d'un geste si tendre que, à cet instant précis, je serais incapable de me relever et de tenir sur mes jambes.

– Tu es désolé et tu n'as pas idée à quel point ces paroles, je les ai rêvées. Et comme elles me… me font un bien fou. Mais j'espère que tu n'attends pas que je te pardonne. Parce que tu dois comprendre une chose : je n'ai rien à te pardonner, mon fils. Tu n'as fait que tenter de garder la tête hors de l'eau pour ne pas te noyer. Et, regarde-toi, tu as réussi.

Un ricanement amer s'arrache de ma gorge.

– Tu trouves ?

– Tu es un écrivain connu et reconnu. Un homme magnifique, intelligent. Et, malgré tous ces scandales que tu provoquais soi-disant pour me punir de te forcer à vivre dans notre monde, tu ne m'as jamais lâchée. Jamais tu n'es parti, Ezra. Tu es toujours resté à mes côtés. À m'accompagner dans ce monde que tu vomis pour ne pas me laisser seule avec Carter dans les parages.

Un pli se creuse entre mes sourcils, comme si, moi aussi, je voyais pour la première fois. Que réussir enfin à lui parler levait ce voile obscur qui troublait ma vue. Que tout s'éclaircissait.

– Alors dis-moi, Ezra. Tu penses vraiment que j'ai quelque chose à te pardonner ?

– Je… j'ai été un enfoiré. Avec toi. Avec toutes ces filles.

– Carter est un enfoiré. Toi, tu es juste un homme un peu trop écorché qui s'est débattu avec des événements avec lesquels un ado n'aurait jamais dû avoir à se débattre.

– J'ai le même sang que lui, lâché-je dans un souffle qui me ravage le palais.

Subitement, son visage s'assombrit, s'aiguise en une expression froide et dure.

– Tu es MON fils, Ezra. Pas le sien ! Pas une seule fois, pas une seule seconde je ne l'ai vu, lui, en toi. Quand je te regarde, je ne vois que… l'amour de ma vie, mon enfant. La seule personne au monde qui, avant même de vivre, m'a poussée à m'en sortir. Et à prendre ma revanche.

Bordel, ça fait mal. Un nœud me laboure la trachée. Mes veines sont soudain noyées d'une sensation étrange : un truc désarmant qui m'abîme, m'amoche de l'intérieur, mais qui, paradoxalement, m'apaise. Et soumet ma rage. Enfin.

– Quelle revanche, maman ? Il est là. À tout faire pour respirer le même air que toi quand il devrait pourrir en prison.

– En prison ? reprend-elle avec un rire défaitiste. Et il risquerait quoi ? Quelques années dans une cellule tout confort avant d'être relâché pour bonne conduite parce que nos prisons sont pleines ? Non… Ce n'est pas ce que je veux. Je préfère qu'il me regarde. Tu ne comprends pas, Ezra ? Je l'ai déjà, ma revanche. J'ai une famille unie. Je suis forte. Je suis douée dans ce que je fais. Il n'y a pas un seul pays qui n'a pas entendu parler de moi, du nom Remington. Alors que lui… il n'est rien. Pourquoi tu crois que je le laisse m'approcher quand il me suffirait d'un mot pour le bannir de notre monde ? Parce qu'il a besoin de respirer le même air que moi justement pour survivre. Parce que c'est moi qui ai toujours eu le pouvoir. Et que pour l'obtenir durant de pauvres minutes, il a dû me le voler de la plus lâche des façons. Donc oui, je le laisse se nourrir des quelques secondes de peur qu'il parvient à provoquer de temps à autre car je sais… Je sais qu'un jour, ces quelques secondes, je les lui prendrai. Je lui prendrai tout. Quand je le déciderai. Parce que j'ai le pouvoir.

J'ai l'impression qu'un souffle aspire la totalité de mes forces. Que cette rage qui m'empêchait de plier me déserte. Et même si ce n'est que temporaire, j'accueille à bras ouverts cette paix nouvelle.

– Tu vois ? Ma vengeance est déjà assouvie, enchérit-elle.

Soudain épuisé, je laisse tomber ma tête sur ses jambes. Aussitôt, elle s'empresse d'emmêler ses doigts dans mes cheveux. Un soupir soulagé me délivre le torse.

– C'est à toi de me pardonner, chuchote-t-elle. J'aurais dû te dire tout ça bien avant. Parfois, on pense, à tort, qu'une blessure guérira toute seule avec le temps. Que le silence finira par la faire oublier. Qu'il suffit de ne pas en parler pour qu'elle cesse d'exister. Alors que… les mots sont souvent le meilleur des remèdes.

Comment la contredire quand c'est exactement ce qui m'a poussé à écrire ? Pouvoir verbaliser des maux par des mots que je refusais tout simplement d'entendre ?

Sans bouger, dénué de toute force, j'acquiesce en silence. Avant de dire dans un murmure :

– Je n'ai rien à te pardonner, maman.

Je la sens sourire contre mon cuir chevelu. Puis, elle se rencogne contre le dossier, sa main lissant mes épis bruns tandis que, immobile, mon visage enfoui contre elle, je laisse les rayons de ce nouveau jour me réchauffer la peau. Enfin.

53

Love

Mon crayon file sur la feuille. Trace plusieurs lignes courbes. Noircit quelques zones. Se perd comme ces derniers jours se sont perdus dans la ligne du temps. Après sa conversation avec sa mère, il y a presque une semaine, Ezra m'a aussitôt rejointe dans ma chambre. Il ne m'a rien dit. Pas un mot. Il a juste… souri. D'un sourire que je ne lui avais encore jamais vu. D'un sourire qui a irradié dans mon cœur et mon âme. Avant de tout simplement s'allonger à côté de moi et de s'endormir.

À son réveil, nous avons décidé d'attendre le retour d'Émeraude de Tokyo avant de lui parler pour nous deux ainsi que pour cette adoption impossible. La bombe que nous comptons lui lâcher risque de compliquer, encore, leur relation, qui aura à peine eu le temps de respirer d'un souffle de paix. Et, rien que pour ça, je culpabilise déjà, mais mentir davantage est inenvisageable. Pour nous aussi, il est temps.

Soudain, tandis que, au beau milieu du salon, je dessine quelque chose qui n'a pas vraiment de forme, une ombre se place devant la lumière artificielle pour se déployer en lignes obscures sur ma feuille. Je tourne le visage et mes yeux s'écarquillent de surprise lorsque je découvre Émeraude qui, tranquillement, prend place à côté de moi sur le canapé. Émeraude donc, qui était censée ne rentrer que dans deux jours…

– Continue, me dit-elle d'une voix douce désignant mon dessin.

J'hésite durant quelques secondes, mais son expression bienveillante m'encourage à reprendre ma tâche. Aussi, je m'exécute et reprends mes esquisses. Son téléphone sonne une fois. Puis deux. Néanmoins, elle s'en désintéresse totalement. Au bout de longues minutes, cela ne ressemble toujours qu'à un enchevêtrement de lignes trop têtues pour se défaire les unes des autres, mais la tempe d'Émeraude qui se pose sur mon épaule me pousse à poursuivre. Et me décontenance, surtout. Elle n'a jamais été froide ou même désagréable avec moi, mais aussi tendre et douce, ça, c'est une nouveauté. Une nouveauté qui me plaît. Et qui, au fond, me déchire le cœur.

– Merci, murmure-t-elle d'un coup alors que son portable s'emballe un peu plus.

Je dévie vers elle un regard interrogateur pendant qu'elle redresse son visage. Puis, sans que je m'y attende, Émeraude m'attire dans ses bras. M'étreint avec une réelle intensité qui, en une fraction de seconde, couvre ma vue d'un film humide.

Merde.

Pourquoi elle fait ça maintenant ?

– Je sais que c'est en partie grâce à toi, Love, ajoute-t-elle en caressant mes cheveux. Cette infirmière, celle qui t'a donné ton prénom, a dû voir dans ton regard ce dont tu serais capable. C'est pour ça… qu'elle t'a donné la plus belle marque du monde.

Cette fois, je ne retiens pas une larme. Larme qu'Émeraude essuie avec tendresse du revers de son index.

Puis, c'est tout.

Elle se relève, lisse sa robe turquoise et repart pendant que les bips de son téléphone prennent de l'ampleur. Comme ça. Sans une parole de plus. Comme si elle ne venait pas de me pulvériser le cœur.

D'un bond, je suis sur mes jambes. Le bras en travers de ma poitrine, je sors.

J'étouffe. J'ai mal.

Mais je sais. Oui, je sais ne pas me tromper.

54

Ezra

– Elle est où, bordel ? rugis-je au téléphone.

– Pas la peine de gueuler ! crache Charlie. J'avais compris ta demande les trois premières fois. Et ma réponse n'a pas changé depuis les trois dernières secondes. Je n'en sais foutre rien !

De fureur, je lui raccroche au nez. De toute façon, si Love ne veut pas être retrouvée, ce n'est certainement pas lui qui me dira quoi que ce soit. Amitié, mon cul !

– Calme-toi, tente de me raisonner Sélia.

Un regard meurtrier de ma part la réduit au silence. Un court instant. Il en faut plus, malheureusement, pour l'impressionner.

Mes doigts se referment brutalement sur mon portable avec l'envie de briser l'écran. Ce même écran qui, quelques minutes plus tôt, me crachait encore à la gueule ces images de nous. L'envie de me frapper moi-même me submerge. Comment ai-je pu croire que tout se déroulerait aussi facilement ?

Et comment cette putain de vidéo s'est retrouvée sur Internet ? Sur un compte Instagram créé uniquement dans le but de partager cet instant entre elle et moi. Celle que, pourtant, notre détective privé s'était assuré d'avoir récupérée chez Noa.

Mon poing porté à ma bouche, je mords mon index pour ne pas vriller en tournant comme un lion en cage au beau milieu de la chambre de ma cousine, chez laquelle j'ai débarqué dans l'espoir d'y trouver Love. Impossible qu'elle ne soit pas au courant. Ça fait plus de trois heures maintenant que cette saleté de vidéo tourne sur la toile. Instagram s'est bien occupé de la supprimer et de bannir le fameux compte, mais c'était déjà trop tard.

Pour la énième fois, je renvoie un appel de ma mère sur le répondeur. Je n'ai pas le courage, et encore moins la patience, de me confronter à elle.

Je ne veux que Love. Je dois la voir. M'assurer qu'elle va bien. Qu'elle ne me hait pas. Que… J'ai besoin de m'assurer que l'éclat dans ses yeux, celui qui m'est entièrement destiné et qui m'a réappris à respirer, est encore là.

– Ezra, enchérit Sélia. Love a sûrement besoin de réfléchir à tout ce bordel qui vient de lui tomber dessus. Mais elle va gérer. Je sais qu'elle va gérer.

– Et comment ? Elle ne connaît rien à ce monde ! Toute cette merde, c'est… Elle n'est pas prête ! Pas pour ça !

Je crie. Hurle plutôt. Ce n'est même plus de la rage qui me comprime le cœur, mais carrément de la panique. Si elle…

– Fait chier ! crié-je plus fort.

Soudain, mon portable bipe de nouveau. Un message. Pour deux petits mots :

[On joue ?]

55

Love

Fébrile, je patiente. Avec beaucoup de mal, mais je patiente. Mon regard erre sur chaque recoin de la pièce. Celle où tout a vraiment commencé. Celle où mon corps avait compris avant mon esprit que, ce jeu que j'acceptais, je donnerais tout pour que jamais il ne cesse. Tout.

Alors oui, je suis fébrile, mais je ne doute pas.

Dans mon dos, la porte s'ouvre enfin. Une silhouette qui, déjà, fait couler sur ma peau une rivière de lave passe le seuil et referme le panneau en silence. Puis se glisse dans mon dos. Assise sur le fameux socle vibrant du club Feel the Beat, je ne me retourne pas sur lui, dessinant mentalement les marques incandescentes qui s'éparpillent davantage sur mon épiderme. Durant de longues secondes, Ezra reste derrière moi. Sans un mot. Seul son souffle s'échoue sur ma nuque. Me grise. M'enivre de cette sensation que je reconnais si bien et qui, pourtant, gagne en intensité chaque fois qu'il m'approche : ce besoin inconsidéré qu'il me prenne tout. Tout.

Enfin, il me contourne et se place devant moi. La pièce baignée de ténèbres comme la première fois ne me permet pas encore d'apercevoir son visage puisque l'unique rai de lumière est entièrement dirigé sur mon corps. Corps qui s'embrase d'une légion de frissons lorsque la main d'Ezra se referme sur mon cou. À l'aide de son pouce sous mon menton, il m'oblige à pencher la tête sur le côté. Puis sur l'autre. Comme s'il cherchait une réponse qu'apparemment il trouve aussitôt.

– C'est toi, dit-il dans un souffle.

Je ne réponds pas. Me borne à le fixer, quelque part dans l'ombre.

– Tu as publié cette vidéo, insiste-t-il.

Mes lèvres closes, je consens à les laisser s'étirer en un sourire mi-arrogant mi-insolent. Un truc à la Remington.

– Pourquoi ?

Sa main libre écarte, autoritaire, mes cuisses. Je me laisse faire sans opposer la moindre résistance tandis qu'il se place entre elles.

– Pourquoi, Love ? répète-t-il d'une voix dure, son expression toujours indiscernable.

– Pour gagner ? Je t'avais prévenue, pourtant. Que je ne m'étais pas encore vengée.

Le talon de mon escarpin contre l'arrière de ses jambes, je tente de le ramener contre moi, mais il résiste, apparemment pas satisfait de ma réponse.

– Ou peut-être par jalousie ? Tu sais, ce bon vieil instinct de propriété. Maintenant, tout le monde sait que tu es à moi.

Cette fois, je me rapproche. Mes fesses glissent sur mon siège jusqu'à encastrer mon sexe contre ses cuisses. Néanmoins, sans s'éloigner d'un seul pas, il recule son torse, me dissimulant encore plus son visage.

– Ou… pour te montrer. Te prouver. Que je suis prête. À ton monde. À toi. Au meilleur, mais au pire aussi.

– Tu n'as pas idée de ce qui va te tomber dessus, Love. De la tempête médiatique dans laquelle tu vas te retrouver.

– Au contraire, affirmé-je avec aplomb, le menton relevé. Je pense en avoir une très bonne idée. Et pourtant, je m'y suis jetée sans aucune hésitation. Regarde-nous, Ezra. Nous sommes exactement où tu voulais nous mener le premier soir où tu m'as attirée ici. Ton plus gros scandale est partout. Mais tu sais quoi ? Je ne doute pas. Je m'en remets à toi. Entièrement. Après tout, tu pourrais me laisser tomber. M'abandonner et obtenir ce que tu voulais. Sauf que ce n'est plus ce que tu veux, n'est-ce pas ?

J'essaie de me relever ; néanmoins, ses doigts toujours sur mon cou m'en empêchent d'une pression.

– Et pour me le prouver, tu as choisi de faire… *ça* ?

Sa voix est claire. Limpide. Sans aucune trace d'émotion. Mais comme je le disais : je ne doute pas.

– J'ai choisi la confiance. Ce dont tu as toujours eu réellement besoin, Ezra. Tu te souviens lorsque tu me l'avais demandé ? Eh bien, je te réponds, maintenant. En m'exposant totalement. Et je sais que tu resteras à mes côtés. Parce que moi, je n'ai besoin que de ton regard pour ne pas douter. Et avoir confiance en toi.

– Tu…

La fin de sa phrase se meurt sur ses lèvres, qu'il écrase soudain sur les miennes. D'un bras, il me soulève, empoigne mes fesses pour me hisser contre lui pendant que je croise mes chevilles sur ses reins. Nos bouches fusionnées, nous nous embrassons comme si le chaos nous attendait réellement et que nous vivions nos derniers instants de liberté avant la tourmente alors que… je sais, nous savons à présent : notre liberté, nous venons de l'arracher au reste du monde.

De longues minutes plus tard, il me repose sur mon siège. Enfin, son visage m'apparaît dans la lumière et bombarde mon cœur d'une tempête de feu tant son expression respire la passion, la ferveur.

– Je t'aime.

La déflagration qui suit ses paroles est si puissante, si vive que j'ai la sensation que mon cœur va éclater. Ça pourrait être douloureux… si j'étais ailleurs que dans ses bras.

Je souris. D'un sourire qui se grave jusque dans mon âme et que, jamais, je ne pourrai effacer. Pas sans me l'arracher, cette âme qui irradie de bonheur.

Oui, je souris. Parce que aimer est la plus belle souffrance qu'un cœur puisse espérer ressentir un jour. Et… je ressens. Putain, oui, que je la ressens, cette douleur magnifique à en perdre la raison.

Ezra ne prononce pas un mot de plus. Nul besoin. Autant ses mots sont beaux, autant ceux qu'il murmure en silence sont sublimes. Purs.

Sa bouche se pose de nouveau sur la mienne puis sa langue dessine le contour de ma lèvre inférieure avant qu'il ne se redresse.

– J'espère que, comme tu le prétends, tu es prête, mon cœur. Parce que les médias, ce n'est qu'une brise d'été comparé au cyclone Émeraude Remington.

Un rire m'échappe. Un rire totalement nerveux. Ne pas douter ne veut pas forcément dire ne pas flipper à mort. Je sais pouvoir tenir tête à sa mère. Tout comme je sais que cela sera épique et particulièrement difficile. En revanche, ce que j'ignore, c'est dans quel état je vais en ressortir, de ce face-à-face.

– Tu doutes de moi, Remington ?

Un rictus de sale gosse s'envole sur son visage.

Soudain, il s'en va. D'un pas, il recule pour se faire engloutir par les ombres.

– Je sais que, normalement, on dit que le devoir passe avant le plaisir, mais…

– Mais, toi et moi, on n'a jamais procédé dans cet ordre, le coupé-je.

Un ricanement me répond. Avant que sa voix ne claque à la surface de ma peau.

– Je veux ce que tu m'as refusé la dernière fois, m'intime-t-il.

Je me mords la lèvre sans même y faire gaffe. Puis, lentement, je me place bien au centre du socle et écarte les jambes.

– Et pourquoi tu penses que je t'ai dit de venir ici ? Tu me dois un orgasme, Remington.

– Dis-le, Love. Dis-moi que tu veux que je te fasse jouir.

Je secoue la tête.

– Non, Ezra. Je ne te le dirai plus. À ton tour. De te faire confiance.

Là encore, il ne répond pas. Son souffle qui s'intensifie me suffit. Aussi, sans un mot supplémentaire, Ezra recule davantage jusqu'à dissimuler l'entièreté de son corps dans l'obscurité. Il ne faut pas plus d'une minute pour que la musique se déverse soudain des enceintes placées aux quatre coins de la pièce et… que les vibrations se répercutent jusque dans mon ventre.

Un autre sourire éclate sur ma bouche. Entièrement libre, j'agrandis encore plus l'espace entre mes cuisses, me penche un peu en avant, collant mon intimité aux percussions.

Et, mon regard rivé aux ténèbres, les siennes, celles que j'ai juré un jour de faire miennes, je jouis. Avec une violence pure et magnifique.

56

Love

Depuis le siège passager de la voiture, je jette un coup d'œil anxieux aux deux camionnettes garées dans l'allée de la demeure Remington. Je sais ce qu'implique la présence de ces véhicules et autant dire que je n'en mène pas large. Enfin, encore moins large qu'il y a quelques minutes. Derrière le volant, Ezra coupe le moteur puis lâche un ricanement moqueur.

– Alors ? Toujours aussi prête, mon cœur ?

Sans me retourner vers lui, je plante un majeur devant son visage.

– Tu n'es pas censée me soutenir ? M'encourager ? On dirait que tu t'en fous, sérieux.

– Je ne m'en fous pas, mais… Qu'est-ce que tu as dit, déjà ?

Ses doigts accrochent mon menton afin de m'obliger à le regarder.

– Ah oui, reprend-il, « je ne doute pas ».

Je grimace. Certes, je ne doute pas, mais c'est tellement facile à dire, enfermée dans une pièce avec Ezra, loin du courroux de sa mère. Pourtant, malgré la trouille qui s'amuse avec mes entrailles, je ne regrette pas. Je devais m'imposer. Face à quelqu'un comme Émeraude, je n'avais pas d'autres choix. Plier n'est pas envisageable. Céder, encore moins. D'un côté j'ai conscience de la décevoir, surtout après cette chance qu'elle m'a offerte. Mais, d'un autre, me dresser ainsi devant elle, devant cette image publique qu'elle chérit tant – parfois beaucoup trop – est ma façon de réclamer ma liberté. Notre liberté. J'apprécie Émeraude. Je me suis attachée à elle. Bien plus que je ne l'aurais imaginé. Mais j'ai réalisé une chose : peu importe la chance qu'on m'offre, je veux pouvoir choisir. Arracher ce choix à d'autres s'il le faut. C'est peut-être égoïste, sûrement même, mais son propre bonheur se choisit.

Et ce choix, il est là. Dans ce regard amusé qui me couve. Insolent. Confiant.

Ses lèvres s'épanouissent en un sourire au moment où je l'embrasse. J'inspire ensuite un bon coup puis m'apprête à sortir de l'habitacle quand le bras d'Ezra se place en travers de mon ventre pour me retenir.

– Comment tu as eu cette fichue vidéo ? me demande-t-il soudain.

Je lève les yeux au ciel. Comme si c'était le moment…

– Jenna et Sélia, réponds-je alors. Ce sont elles qui ont réussi à soutirer la vidéo au mec que vous aviez engagé. D'ailleurs, si tu veux mon avis, vire-le. Il n'est pas bien fiable. Même si, je lui accorde au moins ça : Sélia est particulièrement tenace lorsqu'elle veut quelque chose.

Visiblement choqué, il rétorque :

– Elles t'ont aidée ? Mais… tu leur as dit ce que tu comptais en faire ?

– Évidemment. Et tu sais ce qu'elles ont dit ? Tiens, devine. Qui a dit « Ça lui apprendra. Un petit coup de karma dans les dents ne peut faire de mal » ?

– Jenna, lâche-t-il dans un soupir.

Avant d'ajouter d'un ton dépité :

– Et Sélia, j'imagine qu'elle était heureuse du moment que c'est ce que tu voulais.

– Pas loin. Elle a également émis l'hypothèse que cette histoire te plairait certainement bien trop à toi et ton goût du scandale, mais que jamais tu ne me l'avoueras.

Un autre sourire enflamme sa bouche. Un de ses sourires énigmatiques, aux nuances sulfureuses. Un de ceux qui me torpillent le ventre d'une boule de feu.

Quelques minutes plus tard, nous poussons enfin la porte d'entrée puis pénétrons dans l'immense pièce à vivre. Sans grande surprise donc, nous sommes accueillis par l'équipe de tournage. Trois hommes braquent aussitôt leurs caméras sur nous à peine nous avons mis un pied dans la pièce. Du Émeraude tout craché. Parfaitement consciente que ni Ezra ni moi ne sommes à l'aise avec son délire de téléréalité, elle a appelé l'équipe. Histoire de nous déstabiliser et, par la même occasion, de récupérer son pouvoir sur l'avis public.

Cela dit, même si je hais déjà la présence des caméras, ce qui me perturbe le plus reste les autres paires d'yeux qui nous scrutent. Certains avec compassion comme ceux de Sélia, Jenna et Josh. D'autres avec plus de dureté comme ceux d'Ella ou d'Érica. Et puis… il y a ces derniers, qui nous fixent avec une intensité si froide qu'ils m'en collent un frisson glacial. Assise autour de l'énorme table, hormis Émeraude qui reste debout, le dos calé à la baie vitrée, la famille Remington au grand complet nous attend. Je me fige une microseconde et, aussitôt, Ezra enroule son bras autour de ma taille pour me coller un peu plus à lui. Le regard d'Émeraude tombe alors sur ce geste, fixe les doigts de son fils ancrés à ma hanche avant de revenir me harponner d'une flèche empoisonnée au moment où elle déclare :

– Je t'ai fait confiance.

OK, celle-là, elle est dure. Et fait mal. Surtout qu'elle s'adresse entièrement à moi. Et non à son fils. Mais… elle est méritée, je ne peux le nier.

– Je sais, réponds-je d'une voix claire malgré mon estomac plombé.

– Tu…

– Stop, intervient aussitôt Ezra. Sérieux, c'est quoi, ton tribunal à la con, là ? Et devant des caméras, évidemment… Non. Je refuse. Je refuse d'étaler, une fois de plus, ma vie devant tout le monde. J'en ai marre, maman. Tu veux qu'on parle ? OK, mais tu les dégages. Et je t'interdis de t'en prendre à Love.

La bouche d'Émeraude s'ouvre, surprise et quelque peu outrée. Par habitude, elle s'empresse de lisser ses traits et rétorque :

– Fallait y penser avant de vous donner en spectacle, mon fils. Je te trouve bien hypocrite quand on sait que l'adresse IP qui a balancé cette vidéo vient d'ici. Et donc forcément de l'un de vous deux.

– C'était moi, avoué-je sans ciller.

Là, Émeraude ne masque pas son choc. Ce qui me blesse plus que je ne l'aurais pensé. Parce que je réalise qu'à aucun moment elle n'a dû penser que cela venait de moi et qu'elle m'a vraiment fait confiance.

Durant plusieurs secondes, un silence pesant rampe dans chaque particule d'air qui nous entoure. Pour la première fois depuis que j'ai pris la décision de partager cette vidéo, j'éprouve une réelle culpabilité. Et… je peux dire que ça pique. Atrocement.

Soudain, une voix d'un naturel enjoué tente de casser la chape de plomb qui nous étouffe tous.

– Franchement, est-ce si grave que ça ? soupire théâtralement Sélia. D'un, les sextapes sont devenues le nouveau truc à la mode pour se faire connaître. Franchement, ça ne choque plus personne maintenant. De deux, vu les antécédents de notre cher Ezra, on n'est plus à ça près. Disons que ça contribue juste à nourrir la légende. Et de trois, ils sont consentants et amoureux en plus. D'autres font pire et réclament de l'argent aux gens pour les mater. Finalement, ils ont juste offert un spectacle gratuit. Alors, je répète : est-ce si grave ?

– Sélia, lui répond sa mère. Oui, ça l'est. Notre famille entière est affectée par de telles conneries. Parce qu'il s'agit bel et bien d'une immense connerie que d'avoir mis sur Internet cette vidéo. Surtout quand Émeraude prévoyait d'adopter Love et que cette dernière le savait parfaitement.

– Euh… pardon, hein, s'élève la voix de Josh, mais je ne vois pas en quoi ça m'affecte, perso. À part être content pour mon cousin de voir qu'il s'éclate au pieu avec sa meuf, le reste… je m'en contrefous pas mal. Puis, tu sais ce qu'on dit : toute pub, même mauvaise, est bonne à prendre. Alors, voir le nom Remington affiché partout, ça me va. Surtout avec la création de JJ Remington. Donc…

Josh se redresse légèrement sur sa chaise, mime une révérence tout en terminant sa phrase d'un :

– Merci, Love.

Je souris timidement. Les voir intervenir en ma faveur me réchauffe le cœur. Seulement, au vu de l'expression d'Émeraude qui s'obscurcit, je ne suis pas certaine qu'ils m'aident vraiment.

– On a fait confiance à Love, ajoute soudain Érica. Ma sœur a accordé sa confiance à Love. Il est là, le vrai problème.

Je me ratatine sur moi-même. La gorge serrée, j'ai soudain envie de… pleurer. Comme une enfant. Une enfant qui aurait déçu ses parents. Et ce constat me tue. Hormis Marlow, et encore dans une autre mesure, jamais l'avis d'une « figure parentale » n'avait eu un réel impact, une réelle importance, à mes yeux. Jamais… Avant.

– Je m'étais renseignée sur toi, intervient enfin Émeraude. Avant de te proposer cette adoption, j'avais fait une enquête pour savoir plus ou moins à qui j'avais affaire. Beaucoup m'ont dit que tu étais trop têtue, instinctive, parfois imprévisible, mais tous se sont accordés à dire que tu avais un cœur immense. Alors… Pourquoi ? Pourquoi m'avoir manipulée de la sorte plutôt que d'être venue me voir ?

– Parce que tu manipules, Émeraude.

Ses yeux s'ouvrent en grand. Avant de se plisser tandis que je poursuis :

– Pourquoi, toi, tu m'as proposé ce deal ? Afin de mettre une laisse à ton fils. Espérer lui racheter une image. Certes, tu m'as offert une chance inouïe, je ne le nierai jamais. Mais c'était uniquement dans ton but à toi. Pas celui d'Ezra. Ni le mien. J'ai juste eu de la chance que nos buts se soient accordés pendant quelque temps. Peut-être que, effectivement, j'aurais dû partager avec toi ces sentiments qui me liaient de plus en plus à ton fils. Mais est-ce que tu m'aurais vraiment écoutée ? Est-ce que tu n'aurais pas tout simplement pensé qu'Ezra ne faisait que s'amuser avec moi ?

Parce que, toi non plus, tu ne fais pas confiance. Et… c'est quelque chose que je peux comprendre. Que tu aies du mal à te fier aux autres.

Consciente du poids des caméras sur nous, je n'explique pas davantage ma pensée, laissant Émeraude lire entre les lignes. Ce qu'elle fait très bien, si j'en crois son visage qui s'affaisse subrepticement.

– Toi et moi, on sait ce qu'il se serait passé, enchéris-je en me détachant d'Ezra pour m'avancer vers elle. Tu aurais écarté le problème : moi. Parce que c'est ce que tu fais. Tu calcules et effaces tout simplement ce qui s'éloigne du chemin que tu veux emprunter. Ou faire emprunter aux autres. Et, même si…

Je m'interromps une seconde, le temps de déglutir afin de ravaler cette boule d'émotions qui obstrue soudain ma gorge.

– Même si tu m'as offert un vrai premier foyer, même si je m'y suis vraiment, vraiment épanouie, dans ce foyer, je refuse de sacrifier ma relation avec Ezra. Je refuse d'être effacée de la vie de ton fils. Alors oui, j'ai voulu te devancer. Oui, quelque part, j'ai manipulé aussi. Pour… survivre. Et, je me dis que, sur ça au moins, tu peux me comprendre.

Le bleu trouble de son regard semble ne voir que moi. Son regard totalement happé par le mien, elle demeure silencieuse. Comme si mes mots résonnaient encore en elle. Comme s'ils résonnaient fort. Trop fort.

– Je…

Je me tais, ayant la sensation que ma trachée va imploser sous le poids de mes paroles, de ma vérité.

– Je ne sais pas si ça peut te soulager ou… Bref, je n'en sais rien, murmuré-je, mais je suis désolée si je t'ai blessée. Et je peux t'assurer que quitter cette famille va… Merde !

Je porte mes mains à mes joues, les frotte un peu trop vigoureusement dans l'espoir de me secouer un peu. Bordel, je n'imaginais pas avoir aussi mal. Me sentir aussi minable. Mais surtout, là, à cet instant, je me rends compte que jamais je ne m'étais réellement sentie orpheline. Jusqu'à ce moment précis.

– Crois-moi, Émeraude, cette punition est pire que le pire que tu as pu imaginer pour me faire payer.

Elle ne répond pas. Se borne à noyer sa rancœur – certainement – dans mes yeux. Puis, ses bras se croisent sur sa poitrine tandis qu'elle inspire profondément. Jamais je ne l'avais vue faire ça encore. D'ordinaire, elle se tient toujours droite, comme si elle était capable de résister à n'importe quelle tempête.

Enfin, son attention m'abandonne. Elle baisse la tête, son regard et, ça aussi, c'est une première. Avant de relever ce dernier en direction de ses sœurs. De puiser en Ella et Érica assez de force pour me faire face de nouveau. Un voile étrange bouleverse son regard. Me bouleverse.

– Et toi ? demande-t-elle ensuite à son fils. Qu'as-tu à dire ?

J'entends Ezra laisser échapper un rire. Un rire… Si je n'étais pas aussi mal, je crois que je le tuerais de mes mains de prendre ça autant à la légère !

– Hum… Merci ? répond-il, toujours sur ce ton qui me donne envie de l'étriper.

En quelques enjambées, il me rejoint, déploie sa paume sur mon cuir chevelu et m'attire dans ses bras en une étreinte déconcertante de tendresse.

Sans me relâcher, Ezra dit à l'intention de sa mère :

– Maman, me coller Love dans les pattes, c'était… parfait. Une putain de bonne idée. Que cela ne se soit pas déroulé exactement comme tu le prévoyais ne veut pas dire que c'est un échec. Tu ne penses pas ? Je dirais même que c'est une victoire écrasante.

Émeraude ne rétorque toujours pas, se bornant à un mutisme qui continue de me grignoter méchamment l'estomac.

Tout à coup, deux paumes s'abattent sur la table en un bruit qui me fait sursauter.

– Bien ! lance Jenna en se relevant de sa chaise. Je pense parler pour beaucoup ici en affirmant que Love vient de prouver qu'elle a tout d'une Remington. Adoption ou non, on s'en fout. Moi, je dis : on la garde.

On la garde ? Je suis quoi ? Un chien ?

Néanmoins, je ne peux empêcher un sourire de poindre sur mes lèvres. Ne pas me sentir totalement rejetée apaise cette saleté de monstre qui me bouffe le ventre.

– Je propose un vote ! ajoute Jenna. Qui est pour ?

Sa main se dresse aussitôt. Suivie de celle de Sélia.

– Je l'ai aimée en première ! Bien sûr qu'on la garde ! s'enthousiasme-t-elle.

– Je suis ! les appuie Josh. Pour supporter Ezra, il va lui en falloir, du courage. Ne pas la garder près de nous serait non-assistance à personne en danger. Je ne veux pas avoir ça sur la conscience.

– Sale con, se marre Ezra en lui décochant au passage un doigt d'honneur.

Son cousin tord sa bouche en cul-de-poule, faisant mine de l'embrasser de loin. Et, pendant un court instant, je me sens plus légère, heureuse de les voir faire front pour moi. Ou au moins pour Ezra.

– Et depuis quand on vote ? claque la voix d'Émeraude.

– Maman l'a dit, lui répond Sélia. Ça concerne la famille. Toute la famille. Nous sommes quatre avec Ezra. Vous êtes trois donc vous…

Soudain, le silence. Arraché à chacun d'entre nous par un geste. Un tout petit geste. Un geste tout simple. Une main qui se lève, qui s'impose en soufflant toutes les autres et me vole mon air. Un morceau de mon cœur aussi.

– Je vote pour.

Et ces mots… qui anéantissent avec une douceur extrême ce monstre dans mon ventre. En une caresse, ils le font disparaître et m'en délivrent.

Du coin de l'œil, j'aperçois Ezra qui sourit, comme rarement je l'ai vu sourire. Comme s'il savait depuis le départ que ça se finirait ainsi.

Émeraude abaisse sa main. Se rapproche d'un pas.

– Tu te trompes sur un point, Love : je me suis fiée à toi. C'est d'ailleurs à cause de ça que la publication de cette vidéo est… douloureuse. Mais j'ai oublié une chose essentielle : faire confiance ne suffit pas parfois et j'ai commis une erreur. Je t'ai accueillie chez nous. Dans notre vie, notre famille, mais je n'ai jamais fait en sorte de gagner la tienne, de confiance. Je crois que je ne sais plus vraiment ce que ça veut dire : partager. J'impose à ma famille de s'impliquer, mais je ne me donne plus vraiment à eux. Alors oui, je vote pour. Je… Si tu le veux bien, j'aimerais que tu restes parmi nous. Tu y as ta place. Belle-fille… Ça sonne effectivement comme une victoire écrasante, conclut-elle d'un clin d'œil qui me renverse le cœur.

Une larme roule sur ma joue. Ma vue est tellement brouillée que je ne vois plus vraiment les traits de son visage. Peu importe. Ses lèvres qui s'étirent en une expression que je n'avais jamais espérée m'étourdissent d'un bonheur pur et simple. Et me compriment la poitrine de chaleur lorsque Émeraude embrasse tendrement mon front.

J'entends bien les voix des autres qui reprennent, mais je ne les écoute pas. Je m'en fous.

Le bonheur, je l'ai toujours accueilli à bras ouverts, le cherchant dans chaque moment de ma vie, chaque regard ou chaque geste. Mais, pour la première fois, j'ai la sensation de le serrer enfin avec force contre moi, de l'étreindre pour le fondre sous ma peau.

Non, je ne les écoute pas vraiment. Ne sens qu'Ezra qui, malgré son cousin qui le charrie, ne me quitte pas.

En revanche, les dernières paroles d'Émeraude qui déclenchent un autre silence choqué, elles, je les capte parfaitement. Tout comme les membres d'Ezra qui se raidissent d'un coup.

– Par contre, va falloir gérer cette histoire de vidéo. Et pour contrer ça, vous allez vous marier, mes enfants !

ÉPILOGUE

Love
Quatre ans plus tard

Je relève mon visage sur deux yeux gris qui me couvent avec fierté.

– Marlow ! m'exclamé-je en bondissant de ma chaise.

Sans réfléchir à mon geste, je me penche par-dessus la table et l'enlace. Ce que jamais, ni lui ni moi, n'aurions osé auparavant. En tant que directeur d'un orphelinat, il doit bien évidemment proscrire certains rapprochements physiques. Mais là j'oublie, tellement heureuse de le voir ici, à ma toute première séance de dédicaces.

Surpris par ma démonstration d'affection, il se raidit sur le coup. Puis, il pose une main timide entre mes omoplates, tapote mon dos et, un peu gauche, se défait de mon étreinte.

– Tu es venu, dis-je, un immense sourire accroché aux lèvres.

– Évidemment, me répond-il de sa voix grave. Même si, ne m'en veux pas, mais je ne suis pas certain que ce soit mon type de… lecture.

– Hum… Un manga parlant d'un ancien samouraï converti en ange de la mort et qui se retrouve lié, à cause d'une erreur d'âme fauchée, à une humaine particulièrement chieuse ? Le tout parsemé de quelques scènes… *spicy* ? Effectivement, je doute que ce soit pour toi, réponds-je en riant.

Marlow, avec sa carrure d'armoire à glace et son costume anthracite, détonne totalement au milieu de cette petite librairie spécialisée dans les bandes dessinées et les mangas, surtout au milieu de toutes les jeunes filles qui patientent derrière lui. Ce qui rend la scène d'autant plus touchante. Jamais il n'aurait mis les pieds ici si ce n'était pour venir me voir.

– Alors, disons que je vais le mettre sur la bibliothèque de mon bureau. Sous cloche pour qu'un de mes gosses ne s'amuse pas à parcourir les pages, disons, hum… *spicy*. Mais en évidence quand même. Qu'ils comprennent. Qu'une naissance ne définit pas le reste de sa vie.

Mon sourire s'évanouit pour laisser place à une expression radieuse et surtout touchée.

– Marlow ! intervient une troisième voix dans mon dos. Je vais me vexer. Tu n'es jamais venu pour mon premier service au restaurant lorsque j'ai commencé à bosser.

Charlie, se sentant chez lui peu importe l'endroit où il se trouve, pose une main sur mon épaule et se coule à côté de moi.

– Bien sûr que j'étais là, grogne notre ancien mentor. Il fallait que je m'assure que tu n'allais pas rendre chèvre les autres serveurs. Ou les clients.

– Je suis irrésistible, rétorque très sérieusement mon ami.

– Justement, soupire Marlow.

Fier comme un paon, Charlie déploie son torse, offrant un sourire aguicheur aux personnes qui attendent leur tour dans la file.

De concert, Marlow et moi roulons des yeux. Puis, ce dernier me tend le tout premier tome de *Cherry Blossom* pour que je le signe. Je me rassieds, fais filer mon crayon sur la première page vierge, dessinant un Marlow au regard intense de sincérité derrière son bureau avant de le lui rendre. Un éclat lumineux traverse ses yeux, qu'il relève ensuite sur Charlie et moi.

– Je suis fier de vous.

Pour une fois, mon meilleur ami ne trouve aucune connerie à dire. Aucune blague de mauvais goût, de raillerie. Rien. Parce que, lui aussi, son cœur vient d'éclater d'un trop-plein de joie. Sans un mot de plus, Marlow tourne les talons, laissant sa place à un couple de copines qui, aussitôt, bondissent dans ma direction.

Au grand dam de ma maison d'édition, j'ai choisi cet endroit pour sa taille assez petite ainsi que sa discrétion. Je ne suis pas dupe. Si mon histoire a eu autant de succès en peu de temps, c'est en partie dû au nom Remington qui me suit partout. Il y a quatre ans, juste après avoir balancé cette vidéo sur la Toile, tout est devenu… énorme. Émeraude, afin de récupérer la main sur l'image de la famille, a alors avancé la date de sortie de la saison de *With the Remingtons*. Et, à mon grand étonnement, les trois sœurs ont décidé de tout laisser. Tout. Toute la vérité. Sur mon arrivée dans la famille ainsi que sa véritable raison. Sur mon faux couple avec Charlie. Et surtout, ce fameux moment de notre confrontation avec Émeraude. Je pensais que, vu mes paroles dures, elle couperait certains moments ou l'effacerait tout simplement. Mais non. Chaque seconde a été portée sur les ondes. Et reprise par les médias je ne sais combien de fois. Au départ, je n'étais pas spécialement pour, mais je me suis dit que je lui devais au moins ça. Finalement, le plus difficile à convaincre fut Ezra. Ce dernier a cédé par usure. Et peut-être aussi parce que je l'y ai poussé…

Bien entendu, la famille en a essuyé, des critiques. Les avis n'étaient pas unanimes concernant ce projet d'adoption, mais la plupart des gens se sont laissés hypnotiser par l'histoire d'amour qui en a découlé : la nôtre. Ça, couplé à la vulnérabilité d'Émeraude qui en a ému beaucoup, et la famille Remington n'en est sortie que plus forte. Encore plus fascinante. Les premiers mois qui ont suivi se sont avérés franchement difficiles à vivre. Les paparazzi hantaient chacun de nos pas, si bien que je n'osais plus poser un pied hors de la demeure. J'en ai hurlé de frustration plus d'une fois.

Et puis, un scandale à l'autre bout du pays, un deuxième à l'autre bout du monde, et un troisième de l'autre côté de l'océan ont évincé le nôtre, nous offrant enfin un peu d'air pour respirer.

Et me voilà, quatre ans après. Face à des lecteurs totalement inconnus et qui, sans le savoir vraiment, tiennent entre leurs mains un morceau de mon âme.

Soudain, entre deux dessins, j'entends un grognement dans mon dos.

– Si elle ne répond pas à son téléphone, c'est qu'elle a les mains occupées, genius ! râle Charlie, son portable collé à l'oreille. Quoi, « comment ses mains sont occupées ? »

Un silence saoulé plus tard, il reprend :

– Oh, bah, là, elle est en train de branler un mec qui lui a gentiment demandé. Tu connais notre Love, elle ne résiste pas à une demande joliment formulée.

Mes yeux ronds comme des soucoupes, je me retourne vivement sur Charlie, qui éloigne le smartphone de son visage en grimaçant. D'un regard furieux, je lui fais comprendre de dégager. Il s'exécute tout en ricanant à l'intention de son interlocuteur :

– Moi aussi, je t'aime, mon chaton. Tu sais pourtant l'effet que tu as sur moi quand tu me parles si salement…

J'adresse ensuite une grimace gênée d'excuses au jeune homme qui, visiblement, n'a pas loupé une miette des paroles de Charlie. Je vais le tuer. Les tuer. Ezra et lui sont comme chien et chat. C'est à qui poussera le plus l'autre à bout. Des fois, je me demande si, en réalité, ils ne s'apprécient pas réellement, mais, comme deux mecs trop fiers, sont incapables de se l'avouer. Alors chacun cherche l'autre, le provoque parfois jusqu'à l'implosion. Et, le moins que l'on puisse dire, c'est qu'Ezra a une patience beaucoup plus limitée que celle de Charlie…

Mais là, je n'en veux pas vraiment à Ezra. Je sais qu'il vit assez mal le fait de ne pas partager ce moment avec moi. La famille Remington a préféré rester à l'écart. Pas par manque de soutien. Au contraire. Mais s'ils s'étaient tous déplacés aujourd'hui, il y aurait certes dix fois voire cent fois plus de monde, mais seul un quart serait là pour mon livre, les autres attirés uniquement par les trois sœurs et leurs enfants. J'ai conscience que je ne pourrai plus jamais me défaire du nom Remington aux yeux du public, et cela me convient très bien. Seulement, cet instant est le mien. Cette histoire, je l'ai portée à bout de bras. Parfois dans la douleur. Saleté d'inspiration qui n'en fait qu'à sa tête ! Souvent prise dans une frénésie qui bouffait tout mon temps, mon esprit et mes émotions. Mais… bordel, que c'était bon ! Alors oui, cette victoire est la mienne. Même si je resterai reconnaissante à Émeraude et au reste de la famille toute ma vie.

Depuis quatre ans, ils sont mon chez-moi. Ce foyer que je n'avais pas conscience d'avoir besoin. Avec tous les avantages et les inconvénients. S'ils sont devenus les nouveaux piliers de ma vie, parfois, leur influence est lourde à porter. Comme lorsque Émeraude voulait à tout prix que nous nous mariions afin de prévenir les répercussions de la sextape. Ce que nous avons toujours refusé. Ou durant les moments où Ezra et moi devons nous prêter au jeu de la *fame* ainsi qu'il l'appelle. Cela dit, nous n'avons pas vraiment à nous plaindre. Émeraude a compris que lâcher du lest à son fils était nécessaire. Tout comme elle a compris que nous n'étions pas à l'aise avec ce regard public qu'elle cherche tant. Cependant, j'ai appris une chose : avoir une famille implique parfois de faire des compromis. Afin que chaque membre puisse y trouver sa place et s'y sentir bien, à cette place.

– Bonjour, lancé-je alors à une rousse planquée derrière une paire de lunettes.

D'un sourire avenant, j'essaie de la mettre à l'aise tandis qu'elle s'avance d'un pas hésitant. Je récupère le livre qu'elle me tend et… me fige, la mine interdite. Le plus discrètement possible, elle pose un index sur ses lèvres et me fait signe de ne pas réagir. Pas facile quand mon cœur manque d'éclater pour la seconde fois de la journée. D'un signe de tête, Émeraude, dotée d'une perruque, de lunettes et même de lentilles marron, m'indique de fouiller à la première page.

Je m'empresse donc de regarder et souris. Émeraude,

quoi. Elle seule pouvait se permettre de me dédicacer mon propre bouquin. Un ricanement bloqué derrière mes lèvres, je lis ses mots.

« À ma Love, ceci est le tout premier livre imprimé avec ton nom. Je me suis assurée de le récupérer (tu sais bien que personne ne me dit non). Il ne pouvait que te revenir. À toi. Mon deuxième enfant. Notre seconde chance. »

J'ai un mal fou à retenir mes larmes. À ne pas grimper sur cette table pour la prendre dans mes bras. Ma poitrine se comprime avec une telle force que durant une seconde je vois flou. Émeraude est et restera Émeraude. Autoritaire, déterminée, intransigeante parfois, mais il y a aussi ces autres instants. Ceux où elle redevient une femme. Juste une femme. Une personne blessée qui m'a un jour avoué que, même si parfois elle en souffre encore, jamais elle ne rendrait public son viol afin de ne pas coller une étiquette de « fils de violeur » à son propre enfant. Une maman qui a accepté dans sa vie une deuxième fille malgré tout le chaos que cela a engendré. Et ces instants-là sont… inestimables.

En silence, une pellicule humide voilant légèrement mes yeux, je la regarde poser ses doigts sur sa bouche puis sur mon front. Et, toujours en silence, elle se retourne, disparaît dans la foule après m'avoir insufflé un shoot immense de bonheur direct dans les veines.

***

Trois heures du matin ont sonné depuis quelques minutes lorsque, enfin, Ezra et moi passons le seuil de notre maison. Depuis deux ans maintenant, nous avons abandonné la demeure Remington, ne supportant plus la présence des caméras. Bon, ça ajouté au besoin de nous retrouver seuls sans sa famille qui peut parfois être bien présente. Trop présente.

Sélia, Jenna et Josh m'ont préparé une soirée surprise afin de fêter la parution de mon premier tome. Quoique, surprise, cela reste relatif. Quand on sait que Sélia est capable de préparer une fête immense pour l'anniversaire de sa tortue géante, il y avait fort à parier que je n'échapperais pas à sa folie des grandeurs. Mais je dois avouer que cette soirée était géniale. Parce que, justement, pour une fois, elle a laissé de côté sa folie des grandeurs puisque nous n'étions qu'entre nous. Avec Charlie évidemment. Comme dirait Josh, « il fait partie du package maintenant ». Même Émeraude l'apprécie. Elle a d'ailleurs tenté plus d'une fois de lui trouver un poste, selon elle, plus gratifiant, mais Charlie a toujours refusé. Heureux de sa carrière, qu'il construit doucement au restaurant où il travaille, mon ami n'en réclame pas davantage. Les pieds bien ancrés au sol et la tête loin, très loin dans les nuages, voilà qui est mon meilleur ami.

– Ezra ?

Tout à coup, je réalise que ce dernier m'a abandonnée tandis que, assise sur l'escalier central, je me débarrasse de mes chaussures. Bien moins tape-à-l'œil que celle des autres membres de la famille, notre maison nous ressemble. Enfin, j'imagine. La lumière prédomine ici. Comme dans l'ancienne chambre d'Ezra, que j'adorais, le style est sobre mais chaleureux. Sans oublier les piles de livres ou de notes qu'il ne peut s'empêcher de parsemer ici et là.

Contrairement à moi, Ezra refuse toujours de révéler qu'il est en réalité Sanada Adkins. Et je pense qu'il ne le fera jamais. Ezra a toujours aimé les ombres, et Sanada est une part de ces ombres. Celui qui règne en maître sur ces ténèbres.

En parlant de ténèbres…

Lentement, je me relève, chacune de mes cellules se réveillant, grisée par ce à quoi je m'attends. Je grimpe les marches une à une. Suis ce fil enflammé qui me relie à lui et me guide vers notre chambre. À peine ai-je pénétré dans la pièce qu'une ombre se coule dans mon dos. Soulève dans mes veines ce truc démentiel qui n'appartient qu'à lui. Qu'à nous.

– Love…

Une main s'étale sur mon ventre, froisse le tissu de ma robe en son poing. Une bouche s'ouvre contre la peau de mon cou sans vraiment la toucher. Déclenche une légion de frissons qui viennent tous mourir au creux de mon abdomen.

– Parfois je déteste les moments où je dois te partager avec les autres, souffle Ezra à mon oreille. Et puis, je me rappelle…

D'une pression, il me rabat contre lui, mes fesses pile sur son érection déjà bien enflée.

– … que je suis de toute façon à toi, terminé-je à sa place.

– Tu es si belle en pleine lumière, mon cœur.

– Je préfère tes ténèbres, murmuré-je.

Je le sens sourire contre ma nuque. Avant qu'il ne lèche ma chair et ne me retourne face à lui. Son regard d'un bleu sombre m'enveloppe aussitôt, me kidnappant dans ces instants qui n'appartiennent qu'à nous deux. Ceux où, enfin, Ezra ne craint plus d'être qui il est. D'embrasser ses ombres, de se les approprier. De trouver sa paix. Sans plus aucune peur. Ni aucune honte.

Ses lèvres s'abattent subitement sur les miennes sans douceur. L'une de ses mains s'enroule à mon cou, me force à reculer jusqu'au pied de notre lit à baldaquin. En quelques secondes, je suis débarrassée de mes vêtements. Totalement nue, je le laisse me manipuler. Relever mes bras au-dessus de ma tête, ceindre mes poignets d'une paire de menottes. À présent accroupi, Ezra installe une sorte de barre de fer entre mes jambes, qu'il accroche à mes chevilles. Curieuse, je tente un mouvement, écarte un pied et… me retrouve vite bloquée, incapable de resserrer les jambes.

– Plus tu bouges… lâche-t-il avec un ricanement.

Je vois. Plus je bouge, plus je me retrouve écartelée…

Ezra recule ensuite d'un pas. Son attention serpente alors sur la totalité de ma peau, traçant un chemin qui s'embrase sur son passage. Comme souvent, il demeure un long moment ainsi. À me marquer de son regard. À affirmer encore et toujours son empreinte sur et sous ma peau sans même me toucher. Dans le silence le plus complet. Au milieu de nos lumières et de nos ombres.

Et, bordel, il est si… beau. Torse nu. Un désir sauvage et brut animant le moindre de ses muscles. Si impérieux. Si arrogant. Sûr de lui.

Enfin lui.

Tout à coup, il tombe à genoux. Son nez enfoui dans mon ventre, il me respire à pleins poumons. Comme chaque fois que je me retrouve attachée, ligotée, dominée.

– Je t'aime, chuchote-t-il contre ma chair.

Il étale ses doigts à côté de son visage, presse mon abdomen. Se cherche.

Le centre de ses émotions. Toujours.

Puis, Ezra se remet debout. Différent et en même temps exactement lui.

Son corps glisse sur une fréquence différente. Plus sombre. Plus vive aussi. De l'acier en fusion.

– Prête ? demande-t-il d'une voix obscure.

– Toujours.

– Viens avec moi, mon cœur. Vis avec moi.

– Toujours…

REMERCIEMENTS

Un très grand merci à vous de vous être plongé dans mes lignes, en compagnie de Love et d'Ezra. J'espère que l'amour dont déborde Love aura su vous toucher, au moins assez pour voir au-delà du comportement parfois (OK, souvent) de connard d'Ezra. J'espère aussi que vous aurez pardonné à ce dernier… Mais, malheureusement, parfois la souffrance intérieure est telle qu'on en rejette tout le reste, tout ce qui n'est pas cette souffrance, justement. C'est ça, l'histoire d'Ezra…

Si, d'ordinaire, mon rôle d'auteure est de guider mes personnages jusqu'à pouvoir les laisser voler de leurs propres ailes, ici, j'ai plutôt confié les rênes à Love. Je l'ai laissée, elle, me guider. En même temps… personne d'autre n'aurait pu aussi bien se frayer un chemin jusqu'au cœur d'Ezra, non ?

Je tiens à remercier en premier lieu ma famille, plus spécialement mon mari et mon fils. La source de mon cœur.

Une pensée également à mes amies de toujours (quasi vingt ans, je crois qu'on peut effectivement parler de « toujours ») qui se reconnaîtront. Merci de votre soutien, les filles. Je vous aime tellement.

Un merci du fond du cœur à Emi et Ci. Je vous aime, les filles. Vous êtes mon moteur dans cette aventure, pas toujours facile, qu'est l'écriture. Personne d'autre mieux que vous n'est capable de me coller des *smiles* à illuminer tout un building dans les pires moments.

À toi, ma Milyi, ma moitié de plume, l'unique capable de comprendre les émotions qui foutent le bordel dans mon (nos) crâne(s) dès que je me mets à écrire. Quant au reste… tu sais. Sans toi, je ne serais pas là, à écrire ces remerciements. Sans toi, rien ne serait pareil. Je t'aime et n'oublie pas… toi et moi, c'est d'la bombe, babe.

À ma Létie, merci d'avoir suivi, avec moi, les aventures de Love et d'Ezra.

À Virginie, la meilleure des relectrices. Merci pour ton honnêteté, c'est une qualité devenue bien rare de nos jours. Et puis, tu le sais… je t'ai, je te garde !

À Marie pour ta lecture, tes coups de pied au c… ainsi que tes conseils toujours avisés. Et surtout, merci de ton soutien !

À ma Cath, ma pom-pom girl adorée. Dois-je encore le préciser ? Tu es mon shoot personnel de bonne humeur. Merci de ton soutien depuis si longtemps et pour tes mots qui me touchent toujours autant.

À ma Vaness, celle qui a fait de son rêve une réalité. Et une réalité qui accueille le mien, de rêve. On ne pouvait pas mieux se retrouver… J'espère réussir à bientôt vous voir, ta sœur et toi, dans votre librairie. À très vite chez 2 Sœurs Mille Pages 1 Café !

À ma Em, l'une de mes lectrices de la première heure. Merci de ton soutien depuis tant d'années.

Ensuite, un immense merci à toutes les chroniqueuses, booktokeuses, instagrameuses, etc., de mettre si bien en valeur nos histoires. Lire vos avis passionnés sur nos mots est toujours un très grand bonheur, alors merci à vous. Évidemment, une énorme pensée à ma Létie (letie.serial.lectrice), Cécilia (cclevasion), Marie (heart.up.on.romance), Céline (line_et_ses_livres), Julie (les_lectures_de_juju) et Aurélie (r_o_x_y_lit). Merci pour votre soutien, les filles !

À mes chorégraphes préférées, Gaëlle (la_livropathie_de_gaelle) et Cris (livtyalecture). Vos vidéos pleines de peps sont une vraie dose de bonne humeur. Surtout lors d'un moment aussi stressant que peut l'être la sortie d'un livre, alors merci du fond du cœur !

Obligée de penser aussi à mon Elo adorée (des magiciennes_des_mots), Julie Blondy (julitdelaromance), Valou (valou_chasingromance), Ophélie (bookofrey), Ophélie de the.wind.rose, Emy de emy-lit-des-romances, les_romances_de_virginie (que j'adore faire souffrir), Aurélie et Maudi de Legere Libris, Karol de Karol_et_ses_lectures, Kelly de addiction_livresque, Marie Bertucci de leslecturesdemaria, les_étoiles_des_bibliotheques, Florence de florence_aime_les_livres, etc. Ne m'en voulez pas si j'oublie des noms, mais sachez que je lis chacun de vos posts et de vos ressentis avec attention.

Un immense merci aux éditions Addictives et plus spécialement à mon éditrice, Maud. Merci à toi pour ton écoute, tes conseils et ton professionnalisme. J'aime ta façon de respecter mes idées et rien que pour ça : merci du fond du cœur.

Enfin, merci à tous mes lecteurs qui me permettent de porter mon rêve encore et toujours plus loin. En attendant de vous livrer ces autres histoires qui grouillent dans ma tête, je vous souhaite de très bons moments livresques.

À bientôt,

Isla

Autrice : Isla A. Rowley

Edisource – Éditions Addictives
100, rue Petit, 75019 Paris
Imprimé par FINIDR – Lipova cp. 1965 – 73 701 Cesky Tesin,
République tchèque
Dépôt légal : février 2024 – Achevé d'imprimer : janvier 2024
ISBN : 978-2-37126-636-0
Réf. contrat : ZZRA_001